»Immer schön locker bleiben«, empfiehlt Ilaria Costa ihrer Tochter, als sie erfährt, dass Camilla eine Affäre mit einem verheirateten Mann hat. In Italien eine alltägliche Sache. Obwohl Camilla eigentlich nicht in die Rolle der Gespielin auf Zeit passt, lässt sie sich, kaum dass sie ihren Job bei einer renommierten Vicentiner Werbeagentur angetreten hat, auf eine prickelnde Liaison mit ihrem Chef ein. Ein Rausch, der jäh endet, als dieser sie schnöde abhalftert. Camilla kennt die Spielregeln, verwindet die massive Kränkung – vermeintlich. Jahre später, sie ist längst glücklich verheiratet, holt die Geschichte sie wieder ein. Und urplötzlich springt sie der Verdacht an, Gianni, ihr geliebter Mann, könnte das übliche Spiel ebenfalls betreiben …

Brigitte Beil, aufgewachsen in Münster, studierte Literaturwissenschaft, Philosophie und Publizistik und arbeitet als freie Journalistin und Buchautorin. Schwerpunkte ihrer zahlreichen Sachbücher, von denen mehrere in verschiedene Sprachen übersetzt wurden, sind soziale und psychologische Themen. Brigitte Beil hat zwei erwachsene Kinder und lebt mit ihrem Mann in München. Nach »Maskal oder Das Ende der Regenzeit«, »Eiswinter« und »Ein Brief aus England« ist »So friedlich, das Meer« ihr vierter Roman.

Brigitte Beil bei btb

Eiswinter. Roman (74186)

Ein Brief aus England. Roman (74572)

Brigitte Beil

So friedlich, das Meer

Roman

btb

MIX
Papier aus verantwortungsvollen Quellen
FSC® C083411

Verlagsgruppe Random House FSC® N001967
Das für dieses Buch verwendete FSC®-zertifizierte
Papier *Lux Cream* liefert Stora Enso, Finnland.

1. Auflage
Originalausgabe Mai 2015

Umschlaggestaltung: semper smile, München
Umschlagmotiv: © Getty Images/Steve Satushek;
Shutterstock/Sue McDonald
Satz: Uhl + Massopust, Aalen
Druck und Einband: CPI – Clausen & Bosse, Leck
UB · Herstellung: sc
Printed in Germany
ISBN 978-3-442-74727-6

www.btb-verlag.de
www.facebook.com/btbverlag
Besuchen Sie unseren LiteraturBlog www.transatlantik.de!

»Die Wahrheit ist immer unentwirrbar.«

(Javier Marias, Die sterblich Verliebten)

Kapitel 1

Dieser Duft. Manchmal frage ich mich, ob ohne ihn vielleicht alles ganz anders verlaufen wäre.

Wie ein Rausch überfiel er mich gleich an meinem ersten Arbeitstag, als ich im gläsernen Lift durch das Treppenhausauge der alten, aufwendig renovierten Stadtvilla nach oben, zu meinem Büro schwebte.

Ein Duft, der Frauen umhaut.

Klar, dass mir auf der Stelle ein Slogan durch den Kopf schoss, deshalb hatte man mich schließlich engagiert, als Junior-Texterin bei der *Agenzia Paolo Bertolini*, der renommiertesten Werbeagentur Vicenzas. Nicht schlecht für den Anfang. In der verspiegelten Rückwand des Aufzugs sah ich meine schnüffelnd gekrauste Nase. Exakt Emilias Nase, wie meine Mutter ständig betonte, viel zu groß und zu hakig für ein hübsches Frauengesicht. Eine Raubvogelnase. Und nun noch mit geblähten Nüstern! Lieber nicht hinschauen.

Zweiter Stock. Aussteigen. Hier hing nur ein undefinierbarer Mischmasch aus Gerüchen in der Luft, irgendwelche Parfums und Reinigungsmittel, keine Spur mehr von dem verführerischen Eau de Cologne. Meine Absätze klackerten den Flur entlang, vorbei an den weit geöffneten Türen noch leerer Büros. Hohe Räume, hohe Fenster, Stuckdecken über minimalistischem Mobiliar, im schräg hereinfallenden Licht der Morgensonne glänzten die schwarzweißen Rautenmuster der Marmorböden wie unter Wasser gesetzt. Irgendwo telefonierte jemand, aber zu sehen war kein Mensch.

Arbeitsbeginn sei um neun Uhr, hatte mir Carlo Tremante während eines ersten Rundgangs, bei dem ich auch einigen meiner künftigen Kollegen vorgestellt worden war, erklärt. Gesichter, Namen, die ich mir so schnell nicht hatte merken können. Mit den Zeiten schien man es nicht so genau zu nehmen. Oder war ich selbst zu früh? Ein Blick auf die Uhr: tatsächlich erst fünf vor neun. Der typische Übereifer des Anfängers. Schon kurz nach halb neun war ich aufgebrochen, um nach einem schnellen Caffè von meinem nur etwa zwei Kilometer entfernt gelegenen Elternhaus mit meinem hellblauen Fahrrad hierher in die Innenstadt zu fahren, vorsichtig die Pfützen umkurvend, in denen sich nach ausgiebigen Regengüssen der vergangenen Nacht jetzt die Frühlingssonne spiegelte. Bloß keine Dreckspritzer auf die neue sandfarbene Hose.

Das Büro, in dem ich arbeiten sollte, lag am linken hinteren Ende des Gangs und sah genauso puristisch aus wie die übrigen auf dieser Etage, nur hatte hier jemand die Holzläden vor den Fenstern geschlossen. Durch die Lamellen fiel mattes, gebrochenes Licht. Es dauerte einen Moment, bis ich mich im Halbdunkel zurechtfand und meinen Schreibtisch entdeckte, quer zu einem der doppelflügeligen Fenster stehend. Ich schob die Tastatur des Computers ein Stück zurück, legte Tasche und Schlüsselbund davor und schaute mich gerade nach einem Haken oder Kleiderständer um, an den ich meine Jacke hängen konnte, als ich bemerkte, dass noch jemand im Raum war. Ein paar Meter weiter links saß eine junge Frau am Schreibtisch, regungslos, den Kopf auf die Fäuste gestützt und schaute mir interessiert zu.

»Ciao, Camilla!« Plötzlich holte sie mit ihrem Drehsessel Schwung und landete nach zwei langen Hüpfern direkt vor meinen Füßen. »Super, dass es geklappt hat mit deinem Job hier.«

»Ciao.« Ich schüttelte die ausgestreckte Hand. Der Lippenstift grellrot, der knallenge Rock zwei Handbreit zu kurz, der Pulliausschnitt fast bis zum Bauchnabel, dazu wachteleigroße glitzernde Ohrgehänge. Sexy nach dem Muster der Girls aus Berlusconis Kommerz-Fernsehen. »Olivia, Stimmt's?« Ich war froh, mich an den Namen zu erinnern, vor allem weil ich dafür mit einem breiten, herzlichen Lächeln bedacht wurde. Auf einmal sah das Feuerwehrrot gar nicht mehr so schlimm aus.

Olivia setzte sich auf eine Kante meines Schreibtisches und nickte mit schaukelnden Klunkern. »Livia, nenn mich Livia, das tun alle hier. Ich bin übrigens das kleinste Licht in unserem Büro. Praktikantin bei der strengen Ada.«

Ada Nardini, auch der Name fiel mir wieder ein. Die Art Directorin im Team.

»Klein sicher nur im Hinblick auf die Länge«, sagte ich augenzwinkernd. Tatsächlich reichte mir die stehende Livia knapp bis zur Schulter, machte aber einen äußerst pfiffigen Eindruck.

»Ach, glaubst du?« Livias grüner Blick blitzte um die Wette mit den Funkelsteinen in ihrem Ohrschmuck. »Wenigstens einer, der das merkt. Ei-ne meine ich natürlich. Weibliche Verstärkung ist immer gut, vor allem wenn man es mit Ada zu tun hat.«

»Wieso? Gibt's Probleme mit ihr?«

Livias Dreiecksgesicht verzog sich zu einer skeptischen Grimasse. Beim Nachdenken schob sie ein paar Strähnen ihres langen braunen Haares hinter die Ohren. »Probleme vielleicht nicht direkt, aber manchmal finde ich sie ziemlich anstrengend, zu wenig flexibel oder sogar begriffsstutzig. Man muss ganz schön geschmeidig sein, um nicht mit ihr aneinanderzurasseln. Dagegen läuft die Zusammenarbeit mit Federica wie geschmiert.«

»Federica?« Ich hatte mich ebenfalls auf die Tischkante gesetzt, von der Seite schaute ich Livia fragend an.

»Federica Orsolini, unsere Senior-Texterin. Sie war vermutlich in einem Kundengespräch, als Carlo dich herumgeführt hat, darum hast du sie nicht kennengelernt. Ihr werdet prima miteinander auskommen. Überhaupt passt du sehr gut zu unserem Team.«

Das hatte Carlo am Ende des Vorstellungsgesprächs ebenfalls betont. Er war einer der beiden Kreativdirektoren der Agentur und benötigte zu meiner Verwunderung nur eine kurze Unterhaltung, um zu einer Entscheidung zu kommen. Anscheinend stimmte die Chemie, und offensichtlich gefiel ihm, was ich zu bieten hatte: erst vierundzwanzig Jahre alt, perfekt für ein betont junges Team; Psychologie-Studium, wenn auch nicht abgeschlossen, an der Mailänder Universität; dann, weil ich unschlüssig war, ein Volontariat beim *Corriere della Sera*, wobei ich meine Vorliebe für knapp gefasste Texte anstelle langer Abhandlungen entdeckt hatte; daraufhin Praktika bei zwei kleineren Agenturen in Bergamo und Verona, jeweils drei Monate lang; passable Kenntnisse in Englisch und Deutsch; Erfahrung mit dem Texten von Slogans, Headlines, Anzeigen und Verkaufsbroschüren; sicherer Umgang mit elektronischen Medien. Den sogenannten *Copytest*, sagte Carlo, mit dem normalerweise das einschlägige Talent eines Anwärters geprüft werde, halte er in meinem Fall für überflüssig. Er sei auch so überzeugt von meiner Kreativität und Wortgewandtheit.

Wortgewandtheit ! Bei diesem Ausdruck hatte ich mir nur mühsam ein Grinsen verkneifen können. Zuhause nannte man das ganz anders! Spitzzüngig, frech, anmaßend – das waren noch die netteren Attribute, die man mir dort verpasste, wenn ich blitzartig zielsichere Kommentare vom Stapel ließ oder Menschen und Situationen auf Anhieb mit einem einzigen Bild umriss. Meistens auch noch knackig und witzig genug, um die anderen gegen ihren Willen zum Lachen zu bringen. Unwahrscheinlich, dass sich am Familienurteil etwas ändern würde, obwohl ich gerade wegen dieser Manier den neuen Job bekommen hatte. Dafür waren die Rollen zu festgelegt.

Als Folie für meine eigene musste seit jeher Emilia herhalten, Emilia Angelasanto, die ominöse ältere Schwester meiner Mutter, deren Heirat mit einem – wie es hieß – *bärenartigen* Olivenbauern aus den Abruzzen und ihr anschließendes Verschwinden in einem abgelegenen Bergdorf auch zwanzig Jahre später noch für genügend Missbilligung in der Familie sorgte, um ihr jede Art von Untugend anzuhängen. Grobknochig sei sie gewesen – man sprach von Emilia immer nur in der Vergangenheitsform, obwohl sie nach wie vor jährlich eine Kiste mit hervorragendem Olivenöl schickte, abgefüllt in elegant etikettierten eckigen Flaschen, das selbstverständlich bloß verwendet wurde, weil man *nichts verkommen* lassen wollte. Auf alten Fotos überragte sie ihre Schwestern, darunter meine Mutter Ilaria, um etliche Zentimeter, was noch dadurch betont wurde, dass sie ihre dicken Haare auf der Mitte des Kopfes zu einem Wuschelpinsel zusammengefasst trug. Lockige dunkelblonde Haare, ganz anders als das glatte Schwarz der übrigen Familie. Und dann die *markante* Nase.

Und der breite, auf sämtlichen Bildern fröhlich lachende Mund, dem anscheinend laufend irgendwelche bissigen Sprüche entschlüpften, sonst hätte es sicher nicht von klein auf, wenn ich eine vorlaute Bemerkung machte oder mich neugierig in die Gespräche der Erwachsenen einschaltete, geheißen: *ganz Emilia.*

Ganz – dazu trugen, als ich größer wurde, natürlich auch meine blonde Mähne, die ausgeprägte Nase und meine Länge bei. Mit etwas mehr als eins siebzig war ich *Mamma* deutlich über den Kopf gewachsen und sogar meinem Vater. Der schien allerdings, seit er einen Teil der Verantwortung für sein gut gehendes Schuhgeschäft nahe am Bahnhof einem Mitarbeiter übergeben hatte, zusehends zu schrumpfen.

Oder bildete ich mir das nur ein, weil ich so sehr wünschte, endlich dem familiären Regime zu entkommen und auf eigenen Füßen zu stehen? Bloß wie? Mit meinem nicht gerade üppigen Gehalt würde das nicht so bald zu machen sein, und eigentlich lebte es sich zuhause ja auch ganz bequem.

Schon in dritter Generation bewohnte die Costa-Familie das erste Stockwerk eines vornehmen Bürgerhauses in der Contrà San Marco nahe beim Parco Querini. Weitläufige, ständig abgedunkelte Räume mit Stuckrosetten unter den Decken, die Türrahmen reich verziert, massive dunkle Möbel – eine perfekte Kulisse für das stets etwas theatralische Gehabe meines Vaters, den ich, solange ich denken kann, niemals ungepflegt oder nachlässig gekleidet gesehen habe. Sein stahlgraues Haar war glatt zurückgebürstet, der noch immer schwarze Schnauzbart, den er, wie winzige dunkle Haarspitzen im Waschbecken unter dem Badezimmerspiegel verrieten, beinahe täglich eigenhändig zurechtstutzte, gab seinem Gesicht zusammen mit tiefschwarzen Augen und Brauen einen Ausdruck finsterer Entschlossenheit. Dazu die betont aufrechte Haltung und die sonore Stimme. Manchmal glaubte ich, das alles könnte reine Pose sein, um den Herrn des Hauses herauszukehren und von seiner quirligen Frau nicht komplett untergebuttert zu werden. Und ich stellte mir vor, aus dieser tadellosen Erscheinung spränge plötzlich der verstrubbelte, hemdsärmelige, übermütig lachende Typ hervor, der er, den Fotos auf dem Kaminsims nach, früher einmal gewesen sein musste. Die junge Frau neben ihm, dicht an seine Schulter geschmiegt, war unverkennbar meine Mutter, immer schon eine typisch italienische Schönheit und Objekt grenzenloser Bewunderung.

»Ilaria würde sich auch heute noch auf so einem Cover gut machen«, hatte kürzlich wieder Luisa, die zweite Schwester der Mutter, geschwärmt, während sie auf dem schwellenden Sofa in unserem Wohnzimmer die *Amica*, den Klassiker unter den italienischen Frauenmagazinen, durchblätterte.

Richtig. Die schmale, gerade Nase, der reizvolle Kontrast zwischen dunklem Haar und hellblauen Augen, unterstrichen durch bläulichen Schimmer auf den schweren Lidern, ein Teint wie Porzellan, der zum Lächeln geschwungene Mund, zarter Knochenbau und anmutige Bewegungen – tatsächlich hätte Ilaria mühelos mit professionellen Models konkurrieren können. Und sie wusste das auch.

Natürlich spürte ich die kritischen Blicke, wenn meine eigene Erscheinung an der meiner Mutter gemessen wurde. Keine Chance. Zu lang, zu blond, zu unpuppig. Eine Zeit lang hatte ich heftig damit gehadert, hatte die Schultern eingezogen, die Haare dunkel gefärbt und süß zu lispeln versucht, doch das machte die Sache, wie ich selbst feststellte, nur noch schlimmer.

Count your blessings – irgendwann war ich auf diesen Spruch gestoßen, der dazu ermutigte, auf die eigenen Gaben zu setzen. Ich wusste nicht mehr, wann und wo das gewesen war. Egal, wenn er nur half. Und das tat er. Der Spruch und ganz sicher auch mein Mailänder Freund Franco, der große Frauen sexy fand und oberflächliches Gesäusel nicht ausstehen konnte, versöhnten mich nach und nach mit meiner Eigenart.

Die Sache mit Franco war nach ein paar Monaten schmerzlos zu Ende gegangen, aber meine veränderte Selbsteinschätzung hielt sich weiterhin – meistens jedenfalls. Inzwischen mochte ich meine langen Beine, und es machte mir Spaß, mit gepfefferten Sprüchen dagegenzuhalten, wenn man mich zuhause unter Hinweis auf die legendäre Emilia zu traditioneller Fügsamkeit erziehen wollte. Vielleicht würde ich bald einmal in die Abruzzen fahren und die Tante samt Bärenmann in ihrem Bergdorf besuchen.

Aber im Moment war meine Aufmerksamkeit hier im Büro gefordert, denn die Kollegen begannen einzutrudeln. Vorneweg Carlo, lang, schlaksig, den Kopf seiner rechts neben ihm gehenden Begleiterin zugeneigt, wobei ihm die glatten braunen Haare fast bis in die Augen fielen. Ada Nardini an seiner Seite schaute konzentriert zu ihm auf und nickte mehrmals heftig. *Die strenge Ada* – zumindest was ihr Erscheinungsbild anging, hätte Livia sich nicht treffsicherer ausdrücken können. Kein aufmüpfiges Strähnchen in der lackschwarzen, zum Dutt gedrehten Ballerinenfrisur, die exakt gezupften Brauen wie zwei gebogene Warnzeichen auf der hohen Stirn, der Mund – breit und dünnlippig – in dezentem Rot bemalt, faltenfrei das schwarz-weiß gestreifte Hemd über einer schmalen Hose.

Adas eng zusammenstehende Augen blieben kurz an mir hängen, ein knappes Begrüßungsnicken, dann richteten sie sich auf Livia, die eilig von meiner Tischkante hopste und zu ihrem eigenen Arbeitsplatz lief.

»Also«, mit schnellen, energischen Schritten durchquerte Ada den Raum und blieb vor Livia stehen. »Am Layout für *Belsanto* müssen wir noch was tun. Die Farben sind mir zu trist, vielleicht nehmen wir auch eine andere Schrift, da muss einfach mehr Pepp rein. Probier mal, was dir einfällt.«

Ich gab mir zwar den Anschein der Geschäftigkeit, räumte meinen Schlüsselbund in eine leere Schublade, stellte meine Tasche auf den Boden und schaltete den Computer auf dem Schreibtisch ein, spitzte dabei aber die Ohren, um zu verfolgen, wie es zwischen diesem ungleichen Gespann weiterging. Schließlich war es nicht unwichtig zu wissen, in welchem Ton man hier miteinander redete.

»Hab ich schon, hab ich schon«, sagte Livia eifrig. »Vielleicht grün-weiß als Signal für Frische und statt der harten *Candara* lieber …«

Weiter ging es nicht mit der Lauscherei, denn Carlo kam auf mich zu, im Schlepptau eine verwegen bunte Gestalt. *Colour Blocking*, schoss es mir durch den Kopf. Kanariengelb, Avocadogrün, Bischofslila. Das Gesicht mit spöttischen Augen, umrahmt von einer kastanienroten Mähne.

»Darf ich vorstellen, Federica – Camilla. Ihr zwei kennt euch noch nicht. Rauft euch mal schön zusammen.« Ermunternd legte Carlo jeder von uns beiden kurz eine Hand auf die Schulter, dann klingelte sein *telefonino,* und er wandte sich ab und ging palavernd zur Tür hinaus.

»Bleib sitzen!« Ein Wink hinderte mich daran aufzustehen. Stattdessen hockte sich Federica auf die Schreibtischkante, die Hände in den Taschen ihrer Leinenhose vergraben, und musterte mich eingehend, völlig unbekümmert gegenüber irgendeinem *Das-tut-man-nicht.* Und ich schaute prüfend zurück. Offenbar waren wir beide ähnlich neugierig und unerschrocken.

»Gut, gut«, sagte Federica plötzlich mit vertraulichem Grinsen, »das wird klappen mit uns. Komm, fangen wir an.« Sie sprang auf ihre in Wildleder-Ballerinas steckenden Füße – hier war das Lila verortet! – und ging mir voraus zu ihrem Arbeitsplatz nahe bei der Tür.

Auf dem Computerbildschirm leuchtete das Logo der Agentur, eine Konstellation verschiedenfarbiger und unterschiedlich großer Dreiecke, die zusammen ein Quadrat bildeten. Vermutlich sollte es die Vielfalt der unter einem Dach angebotenen Leistungen symbolisieren, hatte ich gedacht, als ich es zum ersten Mal sah. Und die war nach dem, was ich bei Google herausfand, tatsächlich breit gefächert. Die größte inhabergeführte Agentur der Region, hieß es dort. Vor zehn Jahren von Paolo Bertolini gegründet. Lokaler *Werbergott* wurde er in einem Zitat des unlängst zurückgetretenen Bürgermeisters von Vicenza genannt. Nach mehreren Jahren der Arbeit für große Agenturen in London und New York in seine Heimat zurückgekehrt , weil der Veneto mit seiner hohen Dichte an erfolgreichen Unternehmen, etliche davon sogar weltweit marktführend, ihm hervorragende Chancen eröffnet habe.

Und er ist hier der King, mit tausend Kontakten, hatte ich beim Betrachten seines Porträts auf der Firmen-Website vor mich hin gemurmelt. Ein guter Typ. Nicht mehr ganz jung, wie ein paar Silberspuren in seinem dicken, dunklen Haar verrieten. Vielleicht Mitte bis Ende vierzig. Der Blick fest und selbstbewusst, um den Genießermund ein etwas rätselhaftes Lächeln. Charmant? Überheblich? Oder einfach nur zufrieden?

Dazu hätte er jedenfalls allen Grund, wenn man das Haus anschaute, in dem seine Agentur residierte. Ja, *residierte*, genau das richtige Wort, wie ich fand. Die Stadtvilla aus dem 17. Jahrhundert, ein prächtiger Bau mit elegant gegliederter Fassade, lag im Zentrum, an der Contrà Riale. Während der ersten Jahre hatte die Agentur nur die untere Etage genutzt. Inzwischen belegte die auf vierzig Leute angewachsene Mitarbeiterschar längst das gesamte Haus. Bertolini selbst habe sein Büro im obersten, dem dritten Stock, hatte mir irgendjemand erzählt. Bislang war ich ihm noch nicht begegnet.

»Komm, setz dich.« Federica saß vor ihrem Computer und zog einen Stuhl für mich heran. Sie tippte etwas auf der Tastatur und klickte etwas an. »Hier, das sind die Projekte, um die wir uns gemeinsam kümmern werden.«

In der nächsten halben Stunde machte sie ihre Junior-Partnerin mit den aktuellen Auftraggebern vertraut. Kunde, Branche, Zielvorstellung. Konzentriert schaute ich auf den Monitor. Wie auf Knopfdruck rauschten mir zu jedem Thema – ob Kosmetik, Rennräder oder Strandmode – Assoziationen durch den Kopf.

»Die Werbung jongliert mit Wünschen und Träumen«, hörte ich Federica sagen. »Es ist ein bisschen so, als würdest du die Welt neu erschaffen. Also lass deine Phantasie von der Kette.« Schwang da ein Schuss Ironie mit? Ein schneller Seitenblick brachte nichts zutage. Egal, der Job würde mir Spaß machen.

Am Donnerstagmorgen meiner zweiten Arbeitswoche, ich hatte gerade den Aufwärtsknopf im Lift gedrückt, und die

Türen schnurrten schon aufeinander zu, wurde plötzlich ein Schuh in den Spalt geschoben, und ein Mann quetschte sich durch die schmale Öffnung.

»Scusi.« Vor dem Spiegel an der Rückwand schob er sein Leinensakko zurecht, das bei der Aktion verrutscht war, und fuhr sich durch die dichten, dunklen Locken. Links neben seinem Gesicht prangte ein schmieriger Fleck auf der glänzenden Fläche. Fett oder Gel von einem angelehnten Kopf. Sein leicht angewiderter Blick blieb kurz daran hängen und wanderte dann weiter zu mir, während ich ihm im Spiegel interessiert zuschaute.

Das war er, ganz eindeutig, das war der Typ mit dem Duft. Und außerdem war er Paolo Bertolini, der Agentur-Chef. Sein Gesicht hatte ich sofort erkannt, bloß war er größer und breitschultriger als in meiner Vorstellung. Er lächelte meinem Spiegelbild zu, freundlich, ein bisschen spöttisch, und drehte sich um.

»Gast hier oder neu bei uns?« Seine Stimme klang tief und kratzig.

Gauloises und Whiskey, spukte es mir durchs Hirn. »Neu«, sagte ich und erwiderte sein Lächeln, »im Team von Carlo Tremante.«

»Ah, gut. Willkommen, ich bin Paolo.« Offenbar ging er davon aus, dass ich wusste, wer er war. »Wie ist dein Name?« Er streckte mir seine Hand entgegen, eine feste, warme Hand.

»Camilla, Camilla Costa. Ich arbeite mit Federica zusammen.«

Warum hörte sich das so verhuscht an? Und wie kam er dazu, mich so eingehend zu mustern, in aller Ruhe, völlig ungeniert, Zoll für Zoll, von oben bis unten? Und weshalb, verdammt, fuhr der Lift so langsam, als wollte er nie ankommen?

Zweiter Stock, endlich. Wieder wurde ein Fuß in die Türöffnung gestellt. »Habt ihr nicht die Suntrec-Sache in Arbeit?«, fragte Bertolini und hielt dabei meinen Blick mit seinen Augen fest. »Sehr wichtiger Kunde. Ich glaube, ich sollte mal bei euch vorbeischauen.« Ein kurzes dunkles Aufblitzen, dann schloss sich die Tür, und der Lift fuhr weiter.

Der Duft! Den ganzen Lift hatte er ausgefüllt und blieb in meiner Nase hängen. Seit meinem Praktikum bei einer hauptsächlich mit Kosmetika befassten Agentur kannte ich mich mit Duftstoffen ein bisschen aus. Holz, Harz, Leder, ein Hauch Zitrone und eine Spur von Wald und Erde, typisch für Vetiver, das ätherische Öl aus den Tropen – ich wusste noch genau, welche Ingredienzien mir beim ersten Erschnuppern dieser speziellen Duftnote eingefallen waren. Und ich erinnerte mich auch an den Phantom-Mann, den ich mir spontan dazu gedacht hatte: unabhängig, nicht mehr ganz jung, ein bisschen wild, ein Typ, der Rotwein liebt und hitzige Debatten und vielleicht mit dem Motorrad in die Berge braust. Jetzt, nach der Begegnung im Lift, fügte ich der Geruchsnote noch etwas Rauchiges hinzu, wie Schwaden eines fernen Laubfeuers.

Ein markanter Duft, umwerfend sexy und trotzdem nicht aufdringlich.

Glich dieser Bertolini oder besser Paolo – alle duzten sich hier – dem Typ meiner Vorstellung?

Auf dem Weg den Flur entlang versuchte ich, mir Paolos Aussehen wieder vorzustellen. Hellbraunes Sakko, der Schuh im Türspalt unverkennbar ein Gucci-Mokassin, schwere Lider über dunklen Augen, dichter Lockenpelz auf dem Kopf, gut zwei handbreit größer als ich selbst. Und weiter? Komisch, obwohl mir sonst niemals ein Detail entging, musste ich in diesem Fall passen. Wenn mir überhaupt etwas zu seinem Gesicht einfiel, konnte das nur von dem Porträt auf der Website stammen. Und irgendwelche Attribute kamen mir schon gar nicht in den Sinn. Ich fühlte mich wie betäubt.

Vielleicht stimmte ja, was ich vor Monaten mal in einem Artikel über die Macht von Gerüchen gelesen hatte. Düfte, hatte ein Riechforscher darin behauptet, seien für unser Leben viel entscheidender, als wir gemeinhin annähmen. Sie beeinflussten unsere Erinnerungen, unsere Emotionen, unsere Stimmungen und Gelüste, sie könnten verführen und manipulieren. Unsere Nase bestimme, wen wir lieben und wen wir nicht riechen können. Gut möglich, dass manche Frauen auf Männer am ehesten mit der Nase reagieren, von mir selbst allerdings kannte ich das bislang nicht.

Was passierte hier mit mir? Weshalb war ich so irritiert? Lag es allein an diesem vertrackten Duft oder auch an Paolos abschätzenden Blicken? An seiner Art, mich eine gefühlte Ewigkeit lang zu fixieren? Hatte ich mich etwa einschüchtern lassen? Und wenn schon. Entschlossen streckte ich den Rücken. Albern, weiter über ihn nachzudenken, außerdem winkte Federica mit einer blauen Mappe. Wahrscheinlich neue Entwürfe für die Suntrec-Broschüre.

»Kommst du mit auf einen Caffè?« Gegen halb zwei tauchte Livia vor meinem Schreibtisch auf, schon abmarschbereit, ein buntgemustertes Tuch so um Hals und Schultern geschlungen, dass das glitzernde Logo auf ihrem pinkfarbenen T-Shirt noch gut zu sehen war. An besonders arbeitsreichen Tagen verbrachten wir, statt nach Hause zu fahren, inzwischen die verkürzte Mittagspause zusammen. Meistens in einer nur ein paar Ecken entfernten Bar an der Piazza dei Signori, erschwinglich und mit bester Sicht auf das vorbeiflanierende Volk. Heute schien die Sonne, es sollte warm werden, hatte das Radio angekündigt, über 20 Grad, sehr gut für Ende März. Mit etwas Beeilung würden wir vielleicht ein Tischchen im Freien ergattern, ehe Mengen von hungrigen Leuten sich überall breitmachten.

Auf gnadenlos hohen Absätzen schwang Livia ihren in Röhrenjeans verpackten Po Richtung Lift. Links, rechts, links, rechts. Im Takt ihrer Schritte wogten die mit Glitzersteinen gespickten strammen Rundungen auf und ab. Ich ging hinter ihr her und schaute fasziniert zu. Schon seit einiger Zeit hatte ich mich heimlich im Verdacht, eine veritable Po-Fetischistin zu werden. Angefeuert durch den momentanen Modetrend, jede Art von Hinterteil in hautenge Umhüllungen zu stopfen, war ich ganz ohne Absicht aufs Beobachten und Zuordnen verfallen. Mal entdeckte ich ein grinsendes Smiley, mal die Form schwankender, überreifer Birnen, mal trostloses Gehänge, die drallen, derben Batzen eines Ackergauls oder ein besonders knackiges Modell, das zum Reinkneifen reizte.

Livias Rückansicht gehörte zweifellos zu der letzten Kategorie und gefiel mir ausnehmend gut, wie überhaupt die ganze kleine Person. Livia konnte losschnattern wie angestochen, wenn irgendetwas sie begeisterte, war dabei aber immer treffsicher und originell, und klug genug, sofort den Mund zu halten, sobald Ada tadelnd eine Braue hochzog. Das kam, wie ich inzwischen bemerkt hatte, nicht gerade selten vor, weil Livia oft schon mit brillanten Ideen herausplatzte, während Ada noch brütend ins Nichts starrte. Manchmal fing ich ein verschmitztes Grinsen oder einen ironischen Seitenblick auf, mehr ließ sich Livia nicht anmerken. Clever. Wer will schon von seiner Praktikantin in den Schatten gestellt werden?

Geblendet durch die grelle Mittagssonne, wären wir beinahe gegen das Auto gelaufen, das direkt vor der Tür im Halteverbot parkte.

»Typisch!« Livia griff nach meinem Arm und lavierte mich um den kleinen, kompakten Wagen herum.

Ein schwarzer Fiat Abarth 500, wie ich im Vorbeigehen registrierte, der kultige Testosteronzwerg, 200 PS stark. »Klar«, nickte ich, »der traut sich alles.«

»Paolo? Aber immer!«

»Wieso Paolo?«, fragte ich erstaunt. »Ich meine doch den angeberischen Kugelblitz.«

»Eben, der gehört ihm. Der gehört Paolo. Kein Mensch sonst würde hier so unverschämt parken.«

»Dann sammelt er wohl ordentlich *multe*.«

»Ach was«, Livia lachte. »Paolo doch nicht! Der kennt jeden Polizisten im Zentrum, hier mal ein Caffè, da mal ein Weinchen, und schon läuft die Sache. Er gehört zu denen, die grundsätzlich in der zweiten Reihe parken und es genießen, wenn ein Hupkonzert losgeht.«

Giuseppe, der Kellner, spannte gerade die dunkelblauen Sonnenschirme auf. Er zog die Schultern hoch und machte eine ratlose Geste, als er uns kommen sah. Kein Tisch mehr frei. Doch im selben Moment gab eine ältere Frau von hinten links uns ein Zeichen, sie legte ein paar Münzen neben ihre leer getrunkene Tasse, knöpfte ihre braungemusterte Strickjacke zu und griff nach den Taschen und Tüten auf den nebenstehenden Stühlen. »Fliegender Wechsel!«, rief sie herüber und schlurfte schwerbepackt davon.

»Grazie mille.«

Rundherum die üblichen Verdächtigen. Drei junge Männer, offenkundig Bankangestellte, in etwas zu engen Business-Anzügen von der Stange. Ein Pulk lauter, skandinavischer Touristen, vom Rotwein schon leicht angesäuselt. Zwei Kinderwagen schuckelnde Mütter mit riesigen Sonnenbrillen. Dazwischen Einzelgänger, hinter Zeitungen verschanzt. Durch ein Gewirr von Beinen, Taschen und Rucksäcken schlängelten wir uns zu unserem Tischchen, dessen metallisch glänzende Oberfläche Giuseppe gerade von Caffè- und Aschespuren befreite. Er schob den Lappen unter das Schnürband seiner langen grünen Kellnerschürze.

»Na, meine Schönen, was darf es heute sein?« Sein Ton hätte nicht freundlicher sein können, wenn wir ein mehrgängiges Menu bestellt hätten, dabei wusste er genau, dass wir immer das Gleiche nahmen: je einen Caffè corretto, dazu ein Tramezzino, einmal mit Thunfisch – Livia –, einmal mit Schinken – Camilla.

Seit Tagen stritten wir darüber, ob Giuseppes Brauen gezupft waren. Zwei tadellose dunkle Sicheln über noch dunkleren Augen, die – auch das immer gleich – mit unverhohlener, flammender Bewunderung auf Livia ruhten, nein, eigentlich an ihr klebten, als wollten sie jedes Detail in sich aufsaugen. Und die Angebetete sonnte sich völlig ungeniert in seiner Begeisterung, klimperte mit den langen Wimpern, die je nach Outfit mal blau, mal grün oder sonst wie getuscht waren, warf die lange Mähne mit Schwung nach hinten, so dass ihre Ohrringe – heute fast untertassengroße Gold-Kreolen – aufblitzten, spitzte den Mund scheinbar sinnierend zu einem roten herzförmigen Schnütchen und zog ganz nebenbei das T-Shirt über ihrer ansehnlichen Oberweite glatt.

Ich schaute dem Spiel amüsiert zu und fragte mich zum

wiederholten Mal, wieso Livia dermaßen anfällig für jede Art von männlichem Beifall sein konnte. Ob das verspätete Ausläufer der Pubertät waren? Ach was, doch nicht mehr mit zweiundzwanzig! Andererseits war ich, wie meine Mutter ständig anmerkte, immer schon viel zu *spröde* gewesen. Spröde – ein Wort, das klang wie ein Hornhauthobel. Aber vielleicht traf es ja genau den Punkt, vielleicht hatte ich deshalb so albern reagiert, als Paolo mich im Lift taxierte – weil ich zu spröde war.

Wenn mir wenigstens eine kecke Bemerkung eingefallen wäre. *Idiota!*

»Nächstes Jahr wird er übrigens fünfzig.« Zwischen zwei Tramezzino-Bissen trank Livia einen großen Schluck von dem Wasser, das der Kellner zum Caffè serviert hatte.

»Wer? Sag bloß Giuseppe?« Ich grinste sie herausfordernd an.

»So ein Quatsch, Paolo natürlich! Ich überlege gerade, wann ein Mann bei uns eigentlich erwachsen wird.«

Ich schob mir ein Stück Brot in den Mund und kniff skeptisch die Augen zusammen. »Frag doch lieber: ob! Und frag weiter, ob er dann eventuell aufhört, mit Falschparkerei und solchen Scherzen zu zeigen, was für ein toller Hecht er ist.«

»Niemals!« Abwehrend wedelte Livia mit der Hand. »Da mach dir mal keine Illusionen, zumindest wenn es um Paolo geht. So einer lässt das nie.«

»Du scheinst ihn ja gut zu kennen.« Als wäre ich überhaupt nicht neugierig, ließ ich meine Blicke über die Nachbartische schweifen und beobachtete mit gespieltem Interesse die vergeblichen Versuche einer Mutter, das Gesicht ihres brüllenden Sohnes von einer dicken Schicht Schokoladeneis zu befreien.

Und tatsächlich, es funktionierte. Zwar zögerte Livia einen Moment lang und lutschte dabei an ihrem Caffèlöffel wie an einem Himbeer-Lolly, doch dann ließ sich die Lust am Tratsch nicht länger im Zaum halten und auch der Stolz darauf, mit einem halben Jahr Vorsprung über eine Menge mehr Insiderwissen zu verfügen als die neue Kollegin. »Gut ist vielleicht übertrieben, aber man kriegt doch so einiges mit.« Sie spähte ein paar Mal in die Runde, um ungebetene Zuhörer auszuschließen, bevor sie – die Arme auf der Tischplatte gekreuzt – alles erzählte, was sie über den Chef wusste.

Paolo war verheiratet, lange schon. Seine Frau hieß Lorenza und musste sehr attraktiv sein. In der Agentur ließ sie sich allerdings nie blicken, aber Carlo und Ada und ein paar andere Mitarbeiter hatten die beiden mal irgendwo zusammen getroffen. Und es gab drei halbwüchsige Kinder, zwei Mädchen und einen Jungen zwischen neun und fünfzehn Jahren alt. Livia meinte sich zu erinnern, dass sie Florentina, Alice und Luca hießen. Wo genau er wohnte, wusste Livia nicht, doch in der Innenstadt konnte es nicht sein, weil er immer mit seinem kleinen Flitzer angebraust kam. Irgendwer hatte ihn angeblich mal in einem Porsche 911 gesehen. »Wohl für besondere Gelegenheiten«, meinte Livia. Das würde ja auch zu seinem Image passen, lässig, jugendlich, guter Stil. »Hast du seine Uhr gesehen? Eine *Panerai,* todschick und sündhaft teuer.«

»Ein Aufschneider also?«, fragte ich.

»Nicht direkt, eher in so einer verspielten Art. Ein Gockel, der immer ein bisschen belustigt zwinkert. Ich kenne das gut, mein Vater gehört auch zu der Sorte.«

»Wirklich? Was macht er denn, dein Vater?«

»Er betreibt ein paar Kinos in Mestre und sonst wo. Verdient ziemlich gut und kommt sich auch ziemlich toll vor. Aber neben Paolo wirkt er eher konservativ, fast bieder. Bei Paolo spürt man seine Geschichte, die Jahre in London und New York, als Typ ist er ein Großstädter, ein Kosmopolit, findest du nicht?«

Ich zuckte mit den Achseln. »Ein Kosmopolit? Keine Ahnung, das kann ich nicht beurteilen. Stammt die Idee von dir?«

»Nein, das hab ich von Carlo. Der kennt ihn am besten, zumindest in unserem Team. Er hat ihm sogar einen eigenen Slogan verpasst: *Du sollst nicht langweilen – vor allem nicht dich selbst!*« Amüsiert zog Livia die Nase kraus. »Ganz schön punktgenau, was? Für alles offen, immer auf aktuellstem Stand, dauernd auf der Suche nach Neuem – das soll übrigens auch für seine Gespielinnen gelten.«

»Gespielinnen? Woher hast du das denn?«

»Von Bianca, seiner Assistentin. Es ist ihr mal so rausgerutscht, als wir abends zusammen im Lift nach unten fuhren. Sie muss ziemlich wütend auf ihn gewesen sein und zischte irgendwas durch die Zähne über die affigen Dinger, mit denen er herumzöge.« Livia strich sich die Haare hinter die Ohren. »Herrje, das hätte ich besser nicht erzählen sollen.« Etwas betreten blinzelte sie mich an. »Ich glaube, Bianca hat es sofort leid getan. Aber solche Sachen bleiben einem einfach im Kopf stecken.«

Eben, dachte ich, und jetzt stecken sie auch in meinem. Dabei gehen mich Paolos Frauengeschichten überhaupt nichts an.

»Ist das eine Nette?«, fragte ich schnell, um Livia aus ihrer Verlegenheit herauszuhelfen. »Vielleicht war sie ja nur ein bisschen eifersüchtig.«

Livia überlegte kurz. »Nett auf jeden Fall – aber eifersüchtig? Sie ist eine ganz normale, smarte Person, nicht hässlich, aber auch nicht besonders attraktiv. Vernünftig wirkt sie, wie man als Assistenz der Geschäftsführung sein sollte. Und es könnte sie schon nerven, wenn da immer wieder jemand ins Telefon säuselt und zuckersüß nach *P-a-o-l-o* fragt.« Gekonnt imitierte Livia den vermuteten Schmelzton. »Mit Eifersucht hat das nicht unbedingt zu tun.«

»Und wenn sie das bloß so dahergesagt hat, um ihrem Ärger Luft zu machen?«, wandte ich ein. »Kann es nicht sein, dass sie irgendwelche Geschäftsanrufe falsch interpretiert hat?«

»Möglich wäre das schon. Andererseits – Carlo machte neulich mal eine ähnliche Andeutung.«

»Dann ist der eben auch eifersüchtig.« Ich grinste Livia an. »Komm, vergiss es. Das ist ein Thema, über das wir uns zum Glück nicht den Kopf zerbrechen müssen.«

Schluss damit. Entschlossen drehte ich meinen Stuhl zur Seite und streckte die Beine in die Sonne, damit sie ein bisschen Bräune abbekämen.

Gegen halb acht schwang ich mich auf mein Fahrrad. Auf dem Heimweg wollte ich noch einen Bogen durch den Corso Antonio Fogazzaro machen und bei meiner Freundin Francesca läuten. Das hatte sich zu einem Ritual zwischen uns beiden entwickelt, einem Alltagsritual, wenn die Zeit nicht reichte für einen ausgedehnten Ratsch oder einen gemeinsamen Bummel. Ich stoppte dann vor Francescas Haus an der Abzweigung zur Contrà Porta S. Croce, drückte, ohne abzusteigen, einen Fuß am Boden, dreimal auf den Klingelknopf neben dem Namen *Siepi* und legte den Kopf in den Nacken, während oben im dritten Stock sofort das Fenster aufgerissen wurde und Francesca sich über den Sims beugte. Soweit das noch ging mit ihrem runder werdenden Bauch.

Wir beiden kannten uns seit Kindertagen, hatten zusammen an der Uni in Mailand studiert, aber anders als ich war Francesca ohne Umwege nach Vicenza zurückgekehrt und hatte sofort im Tourismusbüro an der Piazza Giacomo Matteotti, direkt neben Palladios berühmtem Teatro Olimpico einen Job gefunden. Sie organisierte Ausflüge und Wallfahrten zu den vielen Kirchen, Kultstätten und Pilgerzielen in und um Vicenza. »Für die Frommen mit den breiten Füßen«, lästerte sie manchmal, wenn ihr die geballte Pietät auf die Nerven ging.

Francesca war nur wenige Monate älter als ich, aber schon seit gut zwei Jahren mit Renato Siepi verheiratet, dem Geschäftsführer eines pharmazeutischen Unternehmens, und erwartete jetzt ihr erstes Kind. Einen Jungen, das stand schon fest. Mir zuliebe wollte sie ihn Camillo nennen.

Don Camillo, spottete Renato und versuchte – bislang noch vergeblich –, mit *Marco* oder *Riccardo* dagegenzuhalten.

Ich holperte über das Kopfsteinpflaster und freute mich wie immer, wenn ich guter Laune war, über das Dauerklingeln meiner defekten Fahrradglocke, einen hellen, fröhlichen Ton inmitten knatternder *motorini* und dröhnender Autos. Gerade überlegte ich, ob Francesca sich bei dem milden Wetter vielleicht zu einem Spaziergang am späteren Abend überreden ließe, als plötzlich ein Wagen neben mir bremste. Die Rufe des Fahrers aus dem geöffneten Fenster bezog ich nicht auf mich und schaute nur hin, weil er anfing auf die Hupe zu drücken, kurz und fordernd, wieder und wieder. Paolo. Das war ja Paolo!

»Salve, Camilla!« Jetzt verstand ich auch, was er, weit nach rechts gereckt, aus dem offenen Fenster rief. »Wie wär's mit einem Drink? Oder bist du in Eile?«

In Eile? Ich hielt an, einen Fuß auf das Pflaster gestemmt. In Eile eigentlich nicht, ich wollte nur einen schönen, entspannten Abend verbringen. Aber passte Paolo zu diesem Programm? Skeptisch blickte ich in das zu mir hoch gerichtete Gesicht auf dem verrenkten Hals. Wie eine falsch montierte Puppe, dachte ich und musste lachen. Für ihn anscheinend ein Zeichen der Zustimmung. Mit einem routinierten Schlenker fuhr er um mich herum, parkte in zweiter Reihe neben einem braunen Volvo-Kombi, ohne sich um das sofort einsetzende Protestgehupe zu scheren, und stand nach zwei langen Schritten an meiner Seite.

»Ciao, bellezza.« Ein strahlendes Drei-Tagebarts-Lächeln, ein Griff nach dem Fahrrad, das zwischen zwei parkenden Autos hindurchgehievt und als einsames Hellblau gegen die nächste Hauswand gelehnt wurde, ein sanfter Druck seiner Hand an meinem Ellbogen. »Komm, gehen wir.«

»Ich will – ich dachte …«, setzte ich an, doch Paolo hörte gar nicht hin. Die Linke wie ein Stoppschild erhoben, bugsierte er mich durch den Feierabend-Verkehr in Richtung einer kleinen Bar auf der gegenüberliegenden Straßenseite. *Mordimi* – burgunderrot auf grauer Markise der Name des Lokals. *Beiß mich* – wie passend! Selten hatte ich mich so überrumpelt gefühlt. Widerstand zwecklos, signalisierte Paolo mit jeder Geste, jedem Wort. Also gut, sollte er sich als Sieger betrachten. Ich würde die Gelegenheit zu Studienzwecken nutzen und ihn in aller Ruhe beobachten, den angeblich großen Charmeur in Aktion.

Wieder musste ich lachen, und wieder wurde ich missverstanden. »Ah, gut, dir gefällt's hier!« Im wandfüllenden Spiegel hinter dem Tresen auf der linken Seite des Lokals sah ich zwischen den Flaschenregalen sein Schmunzeln und das vertrauliche Zwinkern, mit dem er – begleitet von einem kurzen Winken – den Barmann begrüßte. Der seinerseits taxierte mich mit einem flinken Auf und Ab seiner Augen, getarnt durch ein eben poliertes Glas, das er prüfend gegen das Licht hielt. Ein Kennerblick, scheinbar zufriedenstellend, denn ihm folgte eine kleine Verbeugung in meine Richtung, dazu ein Lächeln, freundlich amüsiert.

»Michele, bring uns zwei Lugana!«, rief Paolo, während er mir einen Stuhl zurechtrückte und sich an einem der quadratischen Tischchen übereck neben mir niederließ, die Beine mit gekreuzten Knöcheln lässig weggestreckt, den linken Arm auf der Tischplatte abgelegt. Seine Finger trommelten einen kleinen Wirbel.

Prolog oder Pausenfüller? Ich schaute interessiert zu. Schöne Finger waren das, leicht gebräunt, lang und kräftig, gepflegt, aber nicht penibel manikürt, richtig brauchbare Finger.

»Na, zufrieden?«

Wie ein ertapptes Kind hob ich schnell den Kopf, sah das spöttische Funkeln in seinen Augen und griff dankbar nach dem Weinglas, das Michele gerade zur rechten Zeit vor mich hinstellte. »Ein kühler Weißer, wunderbar.« Ich nippte an meinem Wein, pickte, um irgendetwas zu tun, ein paar Chips aus dem dazu servierten Schälchen und verfolgte mit gespielter Aufmerksamkeit den Disput einer Gruppe von Japanerinnen, die vor der offenen Tür ihre unter bunten Schlapphüten verborgenen Köpfe zusammensteckten und sich offensichtlich nicht einigen konnten, ob sie hier einkehren sollten oder woanders.

Von wegen *den großen Charmeur beobachten*! Stattdessen fühlte ich Paolos Blicke auf mir ruhen. Ob weiterhin spöttisch oder *nur* prüfend, ließ sich nicht ausmachen. Dazu hätte ich ihn ansehen müssen, und das kam nicht infrage. Womöglich wäre ich rot geworden. Lieber so tun, als merkte ich nichts.

Auf dem Fernsehschirm rechts oben über der Theke schwangen ein paar spärlich bekleidete Blondinen ihre Beine zu tonlosen Takten. Daran konnte man unverfänglich die Augen festmachen, nachdem die Japanerinnen schnatternd weitergezogen waren. Wieso schaute er mich eigentlich so penetrant an? Was gab es denn da zu sehen?

Ich hatte mich nie für besonders attraktiv gehalten. Gemessen an der makellosen Schönheit meiner Mutter und gleichgesetzt mit Emilias robuster Erscheinung, zählte ich nach eigenem Empfinden und den Kommentaren der Familie ganz eindeutig zu denen, die zwar in gewisser Weise liebenswert, aber auf keinen Fall bewunderungswürdig waren. Also was sollte das?

»Bist du oft hier?«, fragte ich schließlich, um das allmählich lästige Schweigen zwischen uns zu beenden, und musste ihn höflichkeitshalber wenigstens kurz anschauen. Da war es wieder, das Glitzern in seinen Augen, von dem ich nicht wusste, wie ich es deuten sollte. Und das ein merkwürdiges Kribbeln in meiner Magengrube auslöste. Bloß schnell den Blick abwenden! Während ich Michele zusah, wie er Flaschen zurechtschob und Gläser sortierte, hörte ich Paolo leise murmeln. *Betörend*? Hatte er wirklich *betörend* gesagt? Sollte damit etwa ich gemeint sein?

Der Barmann half mir aus der Klemme. Mit breitem Grinsen wandte er sich uns zu und kam näher. Das rundliche Oval seines Kopfes, gekrönt von gleichmäßig auf halbe Streichholzlänge gestutztem Haar, glich einer reifen Mohnkapsel. »Klar doch«, er beantwortete meine Frage so selbstverständlich, als hätte ich sie an ihn gerichtet, »ohne seinen alten Kollegen hält Paolo es nicht lange aus.«

»Kollegen?« Verblüfft schaute ich zwischen den beiden hin und her.

»Na ja, vielleicht wäre *Kumpel* passender«, sagte Paolo lachend, dabei schob er sein Glas so weit zurück, dass seine Finger für einen Moment an meine stießen, die neben dem Chips-Schälchen lagen. »Als Vorstadt-Jungs haben wir jahrelang zusammen Fußball gespielt, so was verbindet.«

»Stimmt!« Micheles Mohnkopf nickte heftig. »Und wir waren wirklich fabelhaft. Keine Ahnung, warum sich niemand von *Vicenza Calcio* für uns interessiert hat.«

»Und wenn schon«, Paolo gab ihm einen vertraulichen Klaps auf den Arm, »bei denen reicht es gerade mal zur Serie B, nicht gut genug für Talente wie uns.«

»Immerhin haben sie das letzte Spiel gegen Brescia gewonnen, zwar nur 1:0, aber was war das für ein Schuss. Sensationell! Ein kurzer Dribbler von links außen und zack!« Michele machte einen Sprung zurück und gab in der Mitte der Bar ein glänzendes Imitat der entscheidenden Attacke. Daher also sein knackiger Gang mit rautenförmig nach außen gedrehten Knien. Ganz Profi.

Während die zwei sich in Fachsimpeleien vertieften, schielte ich auf meine Uhr. Kurz vor neun. Mamma würde zu Hause bereits den Tisch decken. Und überhaupt, fand ich, war es Zeit zu gehen.

»Was, jetzt schon?« Paolo erhob sich mit mir, versuchte aber nicht, mich aufzuhalten. Stattdessen nahm er meine

Hand und zog sie an seine Lippen. Ein warmer Hauch, ein glitzernder Blick.

»Danke, bis dann!« Ich winkte Michele zu und war zur Tür hinaus, ehe einer der beiden noch etwas sagen konnte.

Mein Fahrrad wartete gegenüber an der Wand. Mit seinen merkwürdigen Geräuschen kam es mir ab und zu vor wie ein lebendiges Wesen, das mal mit Klingeln und Quietschen, mal mit Rappeln, mal mit Ächzen auf meine jeweilige Stimmung reagierte. An diesem Abend rappelte es quietschend und ächzend mit mir nach Hause, ohne bei Francesca anzuhalten. Wieso wusste der verdammte Drahtesel nicht, wie die Lage einzuschätzen war?

Meine Erfahrungen mit Männern hielten sich bis dahin ziemlich in Grenzen, in sehr engen sogar, um ehrlich zu sein. Vielleicht fehlte mir das zuständige Gen, oder meine Antennen waren schlecht entwickelt, jedenfalls fand ich den Großteil der männlichen Wesen weder besonders attraktiv noch interessant, und das Gegurre und Gekicher, in das manche kleine Tanten schon im Grundschulalter beim Anblick bestimmter Exemplare verfielen, war mir absolut unverständlich.

Valentina, meine Schwester, gehörte auch zu der Sorte. Weil ich fünf Jahre älter war als sie, hatte ich gut beobachten können, wie sie bereits mit vier ihre ersten Flirtversuche startete. Kaum mehr als kniehoch, bestand sie darauf, donnerstags morgens vor unserer Haustür auf den Müllwagen zu warten. Als ich sie irgendwann mit etwas Druck nach dem Grund fragte, wand sie sich erst ein bisschen und lispelte dann: *Weil der Beppe so schön ist!* Beppe, einer der Müllmänner in knalliger Arbeitsmontur. Zum Lohn für ihre Anbetung tätschelte er ihr manchmal die Backe. In irgendwen war sie seitdem immer verschossen – den Messdiener, den knochigen Jungen aus dem Stockwerk unter uns, den Kioskbesitzer an der Straßenecke, bei dem sie eine Zeit lang fast ihr gesamtes Taschengeld in Comic-Heftchen und Süßigkeiten investierte. Eigentlich lief sie ständig mit umflortem Blick herum. *Dio mio!*

Sogar Alicia, neben Francesca meine engste Freundin, war nicht viel besser. Von klein auf hatten wir ein eingeschworenes Trio gebildet, alles miteinander geteilt, alles beredet, die Welt wie einen gemeinsamen Futternapf betrachtet, aber in diesem Punkt fiel ich komplett aus dem Rahmen.

Francescas Verhalten fand ich zwar eigenartig, doch irgendwie noch nachvollziehbar. Sie hatte ihre Schwäche für Renato, den Sohn einer Freundin ihrer Mutter, in gemeinsamen Familienferien auf Giglio entdeckt, vor Jahren schon, da war sie 15 oder 16. Von da an gab es nur noch ihn, eine Art Sonnengott, vor dem sie dahinschmolz. In ihren Augen glich er dem jungen Mastroianni – *sinnliche Lippen, geheimnisvoller Blick* und was weiß ich noch –, während er meiner von Liebe unberührten Ansicht nach eher dem farblosen, leicht rundrückigen Geschäftsführer im Schuhladen meines Vaters ähnelte. Offenbar war der Traum wischfest, denn sie waren ja mittlerweile verheiratet und freuten sich auf des Sonnengottes kleinen Strahlemann.

Alicia dagegen! Wenigstens heiratete sie nicht immer sofort, wie etliche Leute aus dem Show-Business, aber sie warf sich nach deren Manier mit Verve von einer großen Liebe in die nächste. Und jede war die definitiv wunderbarste, heißeste, *unübertrefflichste* – das sagte sie tatsächlich! –, ein paar Wochen lang, bis zum Absturz. Der übrigens nie besonders schmerzhaft zu sein schien, sondern eher den Auftakt zu einer neuen Runde abgab. Details kannte ich nicht, weil wir dieses Thema tunlichst mieden. Ich war einfach zu anders.

Aber wie war ich denn? Was Männergeschichten anging?

Ich radelte durch die bläuliche Dämmerung, in der Häuser und Menschen allmählich ihre Konturen verloren, und hatte das Gefühl, in mir selbst ebenfalls nur noch auf verschwommene Fixpunkte zu stoßen.

Ein paar Techtelmechtel hatte es natürlich auch bei mir gegeben, sozusagen probehalber, um herauszufinden, was daran so aufregend sein sollte. Wenn mir der jeweilige Kandidat dann aber zu nahe rückte und seine Hände auf Stellen legte, die ich lieber für mich behalten wollte, wurde ich ganz stachelige Abwehr. *Kratzbürste – taube Nuss – prüde Tussi.* Natürlich kam mir zu Ohren, was hinter meinem Rücken verbreitet wurde, allerdings störte es mich nicht besonders.

Eine Ausnahme war Sandro Giraldi. Im Nachhinein begriff ich nicht mehr, was mich dazu hatte bringen können, mir kurzfristig einzubilden, ich sei in ihn verliebt. Vielleicht die lässige Art, in der er abends über die Piazza schlenderte, meistens allein, mit einem so ironischen Gesichtsausdruck, als fühle er sich allen anderen haushoch überlegen. Von dem Schummer in meinem Hirn samt den zweieinhalb Schmetterlingen im Bauch blieb nicht die geringste Spur, nachdem ich einen Abend lang mit ihm herumgezogen war. Egal, ob in der Bar, wo wir Pizza aßen und Bier tranken, oder vor dem Kino, in dem gerade ein neuer Film von Marina Spada lief – er war nicht einen Moment lang bei der Sache, sondern redete und redete, und zwar ausschließlich über Rennwagen. Wenn es wenigstens Boote gewesen wären! Mit denen kannte ich mich einigermaßen gut aus, denn irgendwer aus meiner weitläufigen Verwandtschaft besaß immer ein Motorboot, das entweder im Hafen von Chioggia oder am Gardasee lag. Schon früh hatte ich damit umzugehen gelernt. Aber Rennwagen! Drehzahlen, Reifentypen, Hubraum, Rennstrategien – eine endlose Litanei technischer Details ließ er vom Stapel, ohne zu merken, dass ich mich kein bisschen dafür interessierte, und er hörte auch nicht auf, als ich anfing zu gähnen, erst verstohlen, schließlich völlig ungehemmt. Ein Abend – und ich war kuriert.

Die Geschichte mit Franco war damit überhaupt nicht zu vergleichen, allein schon deshalb, weil es wenigstens eine Geschichte gab. Er kreuzte in Mailand immer wieder meinen Weg, mal im Buchladen neben der Uni, mal in der Cafeteria, mal auf der Party einer meiner WG-Freundinnen. Zufällig, dachte ich, bis er mir später in einem schwachen Moment gestand, dass er agentenmäßig ausspioniert hatte, wo ich anzutreffen war, in welche Vorlesungen ich ging, in welche Lokale. Und wieso? Weil er *meinen Typ* möge, sagte er mit einem etwas nebulösen Schmunzeln, verspielte Frauen und ihr albernes Getue lägen ihm nicht. Da war also *das Spröde* einmal von Vorteil gewesen.

Er selbst sah in meiner Erinnerung ein bisschen aus wie ein möglicher Sohn von Mario Monti. Schmal, mit ernsten Augen hinter einer randlosen Brille und einem seltenen, aber überaus herzlichen Lächeln. Er studierte Sinologie und fernöstliche Philosophie im dritten Jahr, saß schon an seiner Doktorarbeit, als ich ihn kennenlernte, und hatte bereits ein lukratives Job-Angebot von einer Firma, die nach Taiwan expandieren wollte. Ich mochte seine klare Art zu denken, die Strenge seiner Argumentation, vielleicht weil sie sich so sehr von meinen eigenen spontanen Einfällen unterschied. Und ich mochte seine Hände, Pianistenhände, wie ich fand, die so zart mit mir umgingen, als sei ich eine Vase aus der Qing-Zeit. Kostbar und zerbrechlich. Ich! Eigentlich hatte er mir eines Abends nur seine Sammlung chinesischer Handschriften und sonstiger Schätze vorführen wollen, aber stattdessen landeten wir sehr schnell in seinem Bett. Ich mochte seine Hände, seine Gedanken, ich mochte den ganzen Franco – aber als er mich wenig später bat, ihn zu heiraten und mit ihm nach Taiwan zu ziehen, stellte ich fest, dass das nicht reichte. Ja, ich mochte ihn – aber lieben? Vielleicht ein bisschen, doch keinesfalls genug, um in ihm einen Ersatz für alles zu finden, was ich hier hätte aufgeben müssen.

Aus Feigheit, weil ich ein klares Nein nicht über mich brachte, fing ich an, gemein zu sein. Ekelhaft gemein. Ich warf ihm sogar an den Kopf, dass er mit seinen schmelzenden Blicken versuche, Richard Gere zu imitieren, bloß könne er dem berühmten Beau nicht das Wasser reichen. Eine Camilla, wie ich sie ihm jetzt präsentierte, würde er unmöglich haben wollen, und seine dadurch angestachelten Reaktionen sollten obendrein das bisschen Zuneigung in mir endgültig abwürgen.

Der Arme! Wenigstens konnte er mit dem Gefühl abreisen, einer schlimmen Zimtzicke entronnen zu sein.

Wie erkennt man eigentlich, ob es tatsächlich Liebe ist? Francesca sagte immer, allein diese Frage sei schon entlarvend. Wer wirklich liebe, müsse sie gar nicht stellen. Man spüre es einfach. Ein überwältigendes Gefühl, sagte sie, dem man sich nicht entziehen könne. Einmal verglich sie es sogar mit einem Tsunami.

Ich war mir nicht sicher, ob ich es erstrebenswert finden sollte, von wilden Emotionen weggeschwemmt zu werden, zumindest den Kopf hätte ich ganz gern oben behalten. Aber vielleicht ging das ja nicht, wenn es einen mit voller Wucht erwischte. Dafür sprach jedenfalls die Geschichte von Tante Pia, die mir plötzlich in den Sinn kam, während ich unsere Straße entlangradelte, in der gerade die Laternen angingen und einen warmen Schein auf die Mauern warfen. Nicht meine Tante übrigens, sondern die einer früheren Schulfreundin. Eine Second-hand-Tante sozusagen, an die ich mich manchmal erinnerte, wenn ich über mein relativ ereignisloses Liebesleben nachdachte.

Eigentlich führte Tante Pia das Leben einer leicht angestaubten ältlichen Magistratssekretärin in einer norditalienischen Kleinstadt, bis zu jenem Tag im Sommer 1989, als sie auf einer Wanderung hoch über dem Gardasee Halt machen musste, weil ihre Füße unerträglich brannten. Sie setzte sich ins Gras am Straßenrand, zog die Schuhe aus und sogar die Strümpfe und begann ihre Füße zu massieren, was sie nie getan hätte, wäre die Gegend nicht so menschenleer gewesen. Ein Irrtum. Gerade wackelte sie erleichtert mit den Zehen und hielt die Socken zur Kühlung in den Wind, da schoss ein Wagen über eine nahegelegene Hügelkuppe, so schnell und so leise, dass Tante Pia keine Zeit blieb, ihre geschwollenen Füße unter dem Rock zu verbergen. Ziemlich betreten schaute sie zu, wie das Auto, ein dicker, schwarz glänzender Mercedes mit Chauffeur, neben ihr bremste. Die hintere Tür wurde aufgestoßen, und ein Mann, der auf der Rückbank saß, lud sie ein einzusteigen und sie nach Hause zu fahren. Und Tante Pia nahm an. Was genau in dem Wagen geschah, wurde nicht bekannt, aber es kann nur so sein, dass Francescas Tsunami-Theorie in diesem Fall zutraf. Der Mann, ein Dr. Milan Suker aus Kroatien, baute Tante Pia nämlich von Stund an in sein Leben ein, obwohl er ein Mönch war, katholischer Ordensmann und hoher kirchlicher Würdenträger. Und Tante Pia machte mit. Er stellte sie seiner Familie in der Nähe von Dubrovnik vor, bei der er einmal im Jahr vier Wochen lang eine Auszeit vom Klosterleben in Rom nahm. Sie reiste dann ebenfalls zu der kroatischen Großfamilie und wurde herzlich aufgenommen, nur durfte sie niemals mit ihm in einem Zimmer schlafen. Nachts gab es deshalb immer reges Geraschel auf dem Flur. Über mehr als zwanzig Jahre sei das Ganze gelaufen, hatte meine Schulfreundin erzählt. Eine wirklich heiße Liebe also. Ich persönlich fand vier Wochen pro Jahr zwar etwas karg, aber Tante Pia hatte dafür ihre geordnete Umlaufbahn verlassen.

Ob mir auch so etwas passieren könnte?

Im Treppenhaus roch es verführerisch nach Knoblauch und Kräutern – Mammas Schmorhuhn! Leider war nur noch wenig davon übrig, als ich oben ankam, genauso wie vom Salat aus weißen Bohnen und Zwiebeln, den ich so liebte, und den Linguine mit Olivensauce. Lorenzo musste wieder zugeschlagen haben, mein mopsiger jüngerer Bruder. Ich hatte ihn *Polpo* getauft, weil er wie ein gieriger Kraken seine Arme nach allem ausstreckte, was essbar oder ihm sonstwie zuträglich war. Er kaute fleißig und feixte zufrieden, als ich mich neben ihn setzte und die kümmerlichen Reste, die noch auf dem Tisch standen, aus seiner Reichweite beförderte.

»Ziemlich spät heute, was?«, sagte mein Vater in meine Richtung. Er nippte an einem Limoncello, kam aber sofort in strengem Ton auf das Thema zurück, um das sich das Gespräch offenbar gerade drehte: Polpos bodenlose Faulheit und – noch schlimmer – seinen dreisten Einfall, aus Mammas an der Garderobe unbewacht herumliegendem Portemonnaie ein paar Euro-Scheine abzuzweigen. Große, versteht sich.

»Doch nur geliehen!«, protestierte mein Bruder. Seine brüchige Stimme passte perfekt zu seinem Charakter, wie ich fand. Und dann dieser Welpen-Blick, mit dem er anscheinend Mammas Groll beschwichtigen wollte! Normalerweise ein todsicherer Trick, aber jetzt schaute sie ihn vorsichtshalber nicht an, sondern hielt, nachdem sie mir kurz zugenickt hatte, ihre Augen mit hochgezogenen Brauen auf Valentina gerichtet. Meine Schwester stand, den Rücken der Familie zugekehrt, telefonierend vor einem der großen Fenster und untermalte ihren halblauten, nur von sekundenlangen Zuhör-Intervallen oder kleinen, neckischen Lachern durchbrochenen Redefluss mit Gesten, deren Wirkung sie im Spiegel der Scheiben überprüfte und je nach Qualität nachbesserte. Noch geschmeidiger die in die Luft gezeichnete Spirale des linken Arms, noch schwungvoller der Schulterwurf der langen Haare, noch gedankenschwerer die an die Schläfe gepressten Finger …

»Valentina, jetzt reicht's! Wir sind noch beim Essen!«, rief Papa ohne allzu viel Nachdruck und ohne sichtbaren Erfolg. »Und du, Lorenzo, wirst eisern sparen und das *geliehene* Geld bis auf den letzten Cent zurückzahlen. Capito?«

Polpo grummelte irgendetwas vor sich hin, das nach *gemein* und *ungerecht* klang, und Mamma seufzte, den unausbleiblichen Kampf offenbar schon vor Augen, gottergeben auf.

Ich mischte mich nicht ein, lieber vertilgte ich, was an Resten noch zu ergattern war, und überlegte dabei, dass ich meinem Bruder eigentlich dankbar sein sollte. Einfach weil er so war, wie er war: ein ungehobelter Sechzehnjähriger, der mit seinen Pubertätsmarotten dafür sorgte, dass die Aufmerksamkeit unserer Eltern sich voll auf ihn konzentrierte. Was mir jede Menge Spielraum ließ.

Und den brauchte ich in der folgenden Zeit. Dringend sogar, denn mein Alltag geriet allmählich mehr und mehr aus den Fugen. Immer häufiger versäumte ich das gemeinsame Mittagessen zuhause, eigentlich ein geheiligtes Familienritual, und zwar nicht etwa, weil mir irgendwelche dringenden Termine keine Zeit dafür ließen, wie ich natürlich vorgab. Und auch abends erschien ich oft nicht rechtzeitig, sondern kam, wenn die Mahlzeit längst beendet war, hielt mich nur kurz auf, verteilte ein paar flüchtige Küsschen, rief im Vorbeirennen irgendwelche vagen Erklärungen in die Runde, zog mich schnell um und stürzte wieder zur Tür hinaus, ehe jemand die Chance hatte, meinen Wirbel mit einer Frage zu unterbrechen. Unten, zwei Häuser weiter, wartete Paolo in seinem Wagen.

Die Sache mit Paolo hatte scheinbar ganz professionell angefangen. Drei Tage nach dem Zusammentreffen im Lift kam Paolo morgens in unser Büro, grüßte in die Runde, blieb bei Federica stehen, mit der er ein paar gedämpfte Worte wechselte, und wandte sich dann mir zu.

»Hättest du Lust, mich zu Suntrec zu begleiten?«, fragte er in sachlichem Ton. »Sie wollen eine neue Strategie mit mir besprechen. Wir denken, du solltest dabei sein und den Laden mal kennenlernen. Federica erwartet dann deinen Bericht.«

Als ich aufstand und nach meiner Tasche griff, pfiff er kaum wahrnehmbar durch die Zähne. Offenbar gefiel ihm mein Outfit: grauer Bleistiftrock mit bunter Seidentunika. Gut, denn gerade bei diesem Unternehmen wäre ich in Jeans ziemlich fehl am Platz gewesen. Der Firmensitz lag im Gewerbegebiet, nahe der Ausfallstraße nach Verona. Wir mussten also eine Weile fahren. Unterwegs erklärte Paolo mir nur knapp, um was es ging, dass Suntrec für die nächste Saison neben der bewährten, eleganten Modelinie eine vielfältige Kollektion von Schuhen, Schmuck und hochwertigen Accessoires plane und die notwendigen Werbemaßnahmen mit uns besprechen wolle. Danach schwieg er. Vielleicht ging er in Gedanken die Kampagne durch, die er gleich empfehlen würde.

Er schlug ein rasantes Tempo an, fuhr aber nicht rücksichtslos, sondern stoppte sogar mehrmals an Zebrastreifen, um Fußgänger passieren zu lassen. Vor allem, wie mir schien, wenn sie jung, weiblich und ansehnlich waren. Und im Kreisverkehr nahm er blitzartig jede sich bietende Chance wahr, schoss augenblicklich in die erste noch so enge Lücke und kreuzte beim Verlassen des Kreisels wiederholt knapp an den Kühlern anderer Wagen vorbei.

Für mich ein gefundenes Fressen. Mir macht es nämlich Spaß, die Fahrweisen verschiedener Leute zu beobachten und nach Bestätigungen für meine Behauptung zu suchen, dass es eine Übereinstimmung gibt zwischen dem Fahrstil eines Menschen und seinem Charakter. Mein gegenwärtiges Studienobjekt gehörte zweifelsfrei zu den Machern, schnell entschlossen, resolut, überzeugt vom eigenen Tun.

Das zeigte sich auch, als wir unser Ziel erreichten, ein weitläufiges Areal, beherrscht von einem imposanten Kubus aus Glas, Stahl und Beton, den ich im Vorüberfahren schon öfters bewundert hatte, und Paolo seinen Wagen nur wenige

Schritte von der im Sonnenlicht blitzenden Eingangstür des *Ladens* entfernt abstellte. Ein Chef geht keinen Schritt zu viel, dachte ich amüsiert, während ich ihm in gebührendem Abstand ins Gebäude folgte. Und lässt sich nicht vom Pförtner dirigieren, sondern schenkt dem dienstbereit aufspringenden Mann mit großem Firmenlogo an der dunkelblauen Jacke außer einem Zunicken keine weitere Beachtung. Marschiert schnurstracks zum Lift und übernimmt oben, im dreiseitig verglasten Besprechungsraum, nach dem Austausch von Höflichkeitsfloskeln und einer knappen Skizzierung der anstehenden Fragen durch den Geschäftsführer, einen rundlichen, jovialen Typ, augenblicklich die Gesprächsregie unter den anwesenden Mitarbeitern.

Ich hielt mich im Hintergrund und notierte Paolos Vorschläge zur Konzeption und Umsetzung einer integrierten Kampagne, die alle Medienkanäle einschließen sollte.

Sein Ton war dezidiert, äußerst selbstsicher, ein echter Chef-Ton, wie ich ihn bislang nicht von ihm kannte – und der noch nachklang, als wir wieder im Auto saßen und vom Firmengelände rollten.

»Du hast doch Zeit für einen kleinen Abstecher, stimmt's?« Das war keine Frage, eher eine Feststellung, und entsprechend verhielt er sich. Ohne meine Antwort abzuwarten, bog er, statt rechts herum zurück ins Zentrum zu fahren, nach links in die Ausfallstraße ein und brauste weiter stadtauswärts. Mein verblüfftes »Aber …« konnte er unmöglich überhört haben, trotzdem gab er sich den Anschein, pfiff einen aus dem Autoradio tönenden Ohrwurm mit und grinste mich zwischendurch vertraulich an. Eigentlich wollte ich einwenden, dass meine Eltern mich zum Mittagessen erwarteten, wie jeden Tag, wenn ich nicht Bescheid gab, ließ es aber bleiben, weil ich auf keinen Fall in eine Klein-Mädchen-Rolle rutschen mochte.

»Komm, entspann dich«, sagte er, als wüsste er genau, was in mir vorging. »Das Geschäft haben wir in der Tasche. Jetzt brauchen wir was Gutes zwischen die Zähne.«

Einen Moment lang dachte ich, er würde mir gleich das Knie tätscheln, dem er beim Schalten ohnehin reichlich nahe kam. Die Atmosphäre war plötzlich ganz anders als bei unserer Anfahrt. Auf einmal erschien mir der Flitzer, in dem wir eng nebeneinander saßen, vollkommen ausgefüllt mit Paolos körperlicher Präsenz, so massiv, dass ich mich fühlte wie eine kleine Schraube im Bannkreis eines starken Magneten: Ob sie will oder nicht – sie kann sich ihm nicht entziehen. Obwohl ich mich dagegen sperrte, spürte ich ein eigenartiges Vibrieren hinter meinen Rippen, knapp über Magenhöhe. Irgendetwas schlug da in mir an, wie eine Antwort auf einen unausgesprochenen Appell. Die Sonne warf einen breiten Lichtstrahl auf die Motorhaube, so als griente sie mir boshaft zu.

Paolo stoppte vor einer kleinen Trattoria etwas abseits der Straße, versteckt hinter einer Hecke aus blühendem Jasmin. Schwerer Blütenduft hing unter der gegen die Mittagshitze ausgerollten weinroten Markise, in deren Schatten links eine Gruppe von hemdsärmeligen Männern beim Essen saß. Arbeiter anscheinend, in derben Hosen und Schuhen. Vermutlich gehörten sie zu dem gelben Bauwagen, der draußen parkte. Sie unterbrachen ihr Palaver und schauten uns stumm entgegen, als wir die Terrasse betraten.

»Paolo!« Eine Frau erhob sich aus ihrem Kreis und kam mit ausgebreiteten Armen auf uns zu. »Wie schön, dich zu sehen!« Sie drückte ihn kurz an ihren von blaugeblümtem Stoff umspannten Busen und reichte mir die Hand, lächelnd, aber auch spürbar neugierig.

»Salve, Gioia! Darf ich dir Camilla vorstellen? Meine neue Mitarbeiterin.«

»Neue Mitarbeiterin. Aha. Willkommen!«

Bildete ich es mir nur ein, oder lag da wirklich ein leicht spöttischer Unterton in ihrer Stimme? Dass sie ihm für den Bruchteil eines Augenblicks vertraulich zuzwinkerte, war jedenfalls Tatsache. Ich fühlte mich an die Situation in Micheles Bar erinnert. Auch hier schien Paolo bestens bekannt zu sein, auch hier wurde ich taxiert, als mäße man meinem Auftreten an seiner Seite irgendeine besondere Bedeutung bei.

Mit einer für ihre Fülle überraschenden Anmut geleitete Gioia uns zu einem Tisch nahe der Hauswand, fuhr mit flacher Hand glättend über das weiße Tischtuch und rückte das schon bereitliegende Besteck pro forma noch einmal zurecht.

»Wie immer?« Die Frage konnte natürlich allein Paolo gelten, und *der Chef* gab als Antwort nur einen zufriedenen Grunzton von sich, in dem die Vorfreude auf das erwartete Mahl nicht zu überhören war. Ich wurde nicht gefragt. Interessant.

»Bene.« Gioia strahlte butterweich.

Verblüfft schaute ich zu, wie sie ihr ebenfalls in blaugeblümtem Stoff stramm verpacktes Hinterteil die Treppe hinauf Richtung Küche schwang. Drinnen hörte man sie etwas rufen mit dieser wunderbar ausgeschrienen Stimme, die vielen Müttern hier während jahrelanger Kinderaufzucht zuwächst. Und im nächsten Moment tauchte ein Mann in Kochmontur unter dem Türstock auf, links eine Karaffe Wasser, rechts eine Karaffe Weißwein in der Hand. Ein hageres Gesicht mit scharf vorspringenden Wangenknochen, spitzem Kinn und riesigen, zu einem breiten Lachen entblößten Zähnen. Zwei lange Schritte bis zu unserem Tisch, die Getränke abgesetzt.

»Salve, alter Freund!« Der Prankenhieb, der zur Begrüßung auf seiner Schulter landete, ließ Paolo etwas zur Seite knicken.

»Alfredo, wie geht's?« Paolo hatte sich schnell wieder berappelt. »Das hier ist Camilla, frisch in der Agentur.« Dabei legte er seine Hand auf meinen Arm, reichlich besitzergreifend, wie ich fand, aber ich hielt still, aus Höflichkeit und um nicht als Kratzbürste zu erscheinen.

Alfredos Reaktion glich der seiner Frau – zumindest nahm ich an, dass er und Gioia zusammengehörten – aufs Haar: Genau wie sie sagte er »Aha!« mit seltsamem Unterton, warf Paolo ein Zwinkern zu und schien mich mit Blicken einzuschätzen. Wozu, weshalb, wusste ich nicht und wollte es auch nicht wissen. Ich hielt ihm einfach meine Hand hin, die er mit seinen knochigen, von der Küchenarbeit geröteten Fingern sehr zart umschloss. »Camilla! Es ist mir eine Freude.« Und an Paolo gewandt: »Du hast wirklich Glück! Diese Begleiterin und dazu eine Sogliola von seltener Qualität. Du wirst sehen!« Ein genießerischer Schnalzer, ein auf die Spitzen von Daumen und Zeigefinger gehauchter Kuss, und er verschwand wieder im Haus.

Jetzt war es an mir, *Aha* wenn nicht zu sagen, dann doch zu denken. Eine Seezunge und ich, beziehungsweise ich und eine Seezunge – zwei Zutaten zum Glück. Die *seltene Qualität* bezog sich hoffentlich nur auf den Fisch.

Ehe sie zu den Arbeitern hinüberging, die schon eine Weile nach ihr riefen und mit Geldscheinen winkten, kümmerte

Gioia sich erst einmal in aller Ruhe um uns. Brachte Brot, schenkte die Gläser voll und stellte eine Platte mit Vorspeisen so vor uns ab, dass es wirkte wie die Aufforderung, gemeinsam von einem Teller zu essen. Und Paolo griff auch tatsächlich gleich nach seiner Gabel und langte kräftig zu, vertilgte genüsslich Auberginen, Peperoni, Schinken und Sardellen, und falls ich nicht leer ausgehen wollte, durfte ich nicht länger zögern, obwohl mir so viel Nähe eigentlich nicht recht behagte. Dann allerdings schmeckten die Antipasti dermaßen köstlich, dass es mich nicht einmal störte, wenn mein Tischgenosse und ich gelegentlich mit unseren Gabeln aneinanderstießen.

Die Lippen glänzend von Olivenöl, lächelte er mir verschwörerisch zu. »Na, zufrieden? Das hier ist wirklich ein besonderer Ort. Wart's nur ab.«

Zumindest was die Kochkünste anging, konnte ich ihm nur zustimmen. Eine so delikat zubereitete Sogliola hatte ich noch nie gegessen, und ich schmeckte noch den Spuren von Thymian und Zitrone nach, als Gioia schon mit einer Schale auftauchte, in der sich Eis und Früchte und ein fluffiger Schaum zu einem verführerischen Berg türmten. Verführerisch – kein anderes Wort hätte hier gepasst. Und dazu wieder zwei Löffel. Und ein schneller Blickwechsel zwischen Gioia und Paolo, auf den ich aber, satt und beglückt wie ich war, keinen weiteren Gedanken verschwendete. Auch über die Bemerkung, die Gioia beim Caffè fallen ließ, dachte ich nicht länger nach. Die Renovierung oben sei endlich abgeschlossen, sagte sie eher leise und an Paolo gerichtet. Anscheinend wurden hier auch Zimmer vermietet, aber das ging mich nichts an – meinte ich.

Natürlich fiel mir selbst nicht auf, dass sich Paolo neuerdings wesentlich öfter bei unserem Team zeigte als in der Zeit vor meiner Einstellung. Ich hielt es auch für normal, wiederholt in sein Büro gerufen zu werden, einen puristisch ausgestatteten Raum mit viel Kunst an den Wänden und einer angrenzenden, durch Oleanderbüsche abgeschirmten Dachterrasse, auf der uns Bianca, seine Assistentin, den Caffè servierte. Nie ohne mir einen kühl-strengen Blick zuzuwerfen, während Paolo von seinen Kunden berichtete, von Schuhfabrikanten, Modefirmen oder Brillenherstellern, zu denen er mich inzwischen häufig mitnahm, damit ich, wie er sagte, die ganze Palette unserer Auftraggeber kennenlernte. Touren, die oft weit aus der Stadt hinaus Richtung Treviso, Verona oder Padua führten, entsprechend viel Zeit in Anspruch nahmen und deshalb fast immer mit einer ausführlichen Rast in einem Restaurant verbunden wurden. Wenn das seine Art war, einen Neuling ins Geschäft einzuführen, warum nicht, fand ich und genoss einfach die großzügigen Einladungen, statt irgendwelche Hintergedanken zu vermuten. Und es amüsierte mich, Paolo beim Rollenwechsel zu beobachten. Der elegante, herrische Mann mit unverkennbarem Sinn für die eigene Bedeutung konnte sich nach einem Kundengespräch blitzartig in einen lässigen Typ verwandeln, der Jackett und Krawatte in den Fond des Wagens warf und das Hemd so weit aufriss, dass dunkler Flaum auf brauner Haut zu sehen war.

In meiner Ansicht, es handele sich um übliche Arbeitsausflüge mit Instruktionscharakter, sah ich mich durch die Fragen bestätigt, die Paolo mir während der Fahrt oder beim Essen immer wieder stellte. Ob mir zu den Turnschuhen, die uns gerade vorgeführt worden waren, grellbunten Dingern mit spektakulärer Profilsohle, schon etwas eingefallen sei, wollte er zum Beispiel wissen, oder zu den eben besichtigten

Edel-Sonnenbrillen beinahe in der Preisklasse eines Kleinwagens? Es schmeichelte mir, von einem Voll-Profi in seine Überlegungen mit einbezogen zu werden, obwohl meine spontanen Ideen ihn meistens nur zum Lachen brachten und höchst selten zu einem anerkennenden *Klingt brauchbar*. Merkwürdigerweise verweigerte mein wegen seiner treffsicheren Geistesblitze verschrienes Hirn in Paolos Gegenwart weitgehend den Dienst. Ganz besonders, wenn er – wie es ein paarmal vorkam – Skizzen für eine Werbekampagne vor uns auf dem Tisch ausbreitete und unsere Köpfe, während wir es gemeinsam studierten, so nahe zusammenrückten, dass ich glaubte, das Knistern seiner Locken in meinem Haar zu spüren. Und dazu noch der Duft!

Es war Livia, die meinem Glauben an eine harmlose, neutrale Arbeitsbeziehung die ersten Kratzer verpasste. An einem Dienstag. Wir saßen auf der großen Piazza im Café, vor uns das gewohnte, von Giuseppe mit Grandezza servierte Mittagsmahl. Rund um die Basilica bis in die Seitengassen hinein waren die Marktleute damit beschäftigt, Waren zu verstauen, Kleiderständer, Tische, Kartons und Kisten in ihre Wagen zu packen, während ein Trupp von Straßenkehrern schon den Müll zu kleinen Haufen zusammenfegte und in Karren schaufelte. Angelockt durch die vielen Abfälle kreisten noch mehr Tauben als gewöhnlich über dem Platz, noch unverschämter als sonst schossen sie in Nasenhöhe unter den Sonnenschirmen durch, in der Hoffnung, auch auf den Tischen etwas Essbares zu ergattern.

Ich wedelte gerade heftig mit den Armen, nachdem mich ein Flügel am Ohr gestreift hatte, als ich Livias Blick bemerkte. Ohne sich an dem Geflatter um unsere Köpfe zu stören, saß sie ruhig zurückgelehnt in ihrem Sessel und schaute mich an – irgendwie merkwürdig.

»Ist was?« Ich pustete eine Feder vom Tisch, die sich an meiner Untertasse verklemmt hatte, steckte ein Stück Brot in den Mund und wartete.

Livia legte den Kopf schief, so weit, bis ihr Ohrgehänge, eine Kreation aus tizianroten Flitterstäbchen, auf ihre ebenfalls rot verhüllte Schulter traf.

»Das würde ich auch gern wissen.« Mit ihren fragend hochgezogenen Brauen sah sie aus wie ein gespanntes Kind.

Ich zuckte mit den Achseln. »Wenn du etwas wissen möchtest, musst du schon deutlicher werden«, sagte ich und lehnte mich jetzt auch bequem zurück. Die Tauben fielen gerade über einen etwas weiter entfernten Tisch her, an den Giuseppe neben Pasta-Tellern auch einen vollen Brotkorb getragen hatte.

»Vielleicht wirst du ja böse!« Livia rückte ihren Kopf zurecht, kaute zögernd an ihrer Unterlippe, hielt die Augen besorgt auf mich gerichtet. Als ich ihr beruhigend zulächelte, gab sie sich schließlich einen Ruck. »Paolo«, sagte sie über den Tisch gebeugt mit gedämpfter Stimme, »läuft da was zwischen dir und ihm?«

»Wie bitte?« Ich schnellte nach vorn und starrte entgeistert in ihr Gesicht, das vor Schreck plötzlich ganz klein wurde.

»Siehst du, jetzt bist du doch böse!« Ihr Mund verzog sich, als würde sie gleich in Tränen ausbrechen. »Es ist nur – weil ... weil ...«

»Weil was?«, fauchte ich in das Gestammel. »Was willst du da andeuten? He, sag schon!«

Meine Miene muss furchterregend gewirkt haben, denn Livia konnte erst nach mehrmaligem krampfhaften Schlucken antworten, und das in einem Ton, der den Inhalt ihrer Frage mit spürbarem Zweifel unterlegte – wohl um mich von dem Glauben abzubringen, sie halte ernsthaft für möglich, was mir damit unterstellt wurde.

»Warum solltet ihr euch nicht auf den vielen Touren zu irgendwelchen Kunden nähergekommen sein? Ich – ich meine, Paolo ist schließlich ein erfahrener Womanizer, ein Sammler, wie Bianca behauptet, ein waschechter Macho. Ob so einer die Finger von dir lässt, wenn du da beinahe täglich mit ihm im Auto sitzt? – Ich mein ja bloß«, schob sie eilig nach, weil meine Brauen sich noch finsterer zusammenzogen.

»Und ich? Was bitte soll meine Rolle dabei sein?« Mein wütendes Schnauben ließ nicht nur Livia zurückschrecken, sondern trieb auch zwei Tauben in die Flucht, die sich gerade flügelschlagend auf unserem Tischchen niederlassen wollten. »Hältst du mich für dumm und bedürftig genug, um auf die Avancen eines Gewohnheitsjägers einzugehen – wenn es die gäbe?«

Livia versuchte zu lachen, brachte jedoch nur einen quiekenden Laut zustande. »Bedürftig ganz sicher nicht! Aber du kannst nicht bestreiten, dass Paolo ein attraktiver Mann ist, und wenn er es drauf anlegt …«

»Natürlich! Ausgerechnet bei mir! Hast du nicht selbst erzählt, dass er laut Bianca *affige Dinger* bevorzugt? Gehöre ich etwa zu denen? Ich bin doch garantiert alles andere als sein Typ! Und ist es nicht überhaupt selbstverständlich, dass der Chef neue Leute mitnimmt zu Kundenbesuchen? Kein vernünftiger Mensch spickt so etwas mit Verdächtigungen!«

Jetzt lachte Livia tatsächlich los. »Dio mio!«, prustete sie. »Bist du so naiv, oder tust du nur so? Natürlich geht er nicht mit jedem neuen Mitarbeiter auf Tour, weder aus unserem noch aus einem anderen Team. Mir wurde diese Ehre nie zuteil. Du bist die absolute Ausnahme, sonst hätte ich mir ja keine Gedanken gemacht.«

Ich starrte an den Fronten der alten Gemäuer vorbei zum gegenüberliegenden Ende der Piazza, wo über den Dächern ein kleines Stück der Kuppel des Doms im Sonnenlicht schimmerte. Wie ein grünblaues Auge, das mich aus dem Verborgenen beobachtete. Und jetzt? Wenn ich mich nicht selbst belügen wollte, musste ich – allerdings nur insgeheim – zugeben, dass ich auch schon in eine ähnliche Richtung gedacht, die Idee jedoch sofort wieder verworfen hatte. Nein, seine Wahl war nur zufällig auf mich gefallen, vielleicht weil die anderen schon mit genügend Aufgaben eingedeckt waren oder weil er mich aufbauen wollte als Spezialistin für Kundenbetreuung. Aber niemals, weil es mehr als rein berufliches Interesse an mir gab. Dazu passte ich viel zu wenig in sein von Bianca angedeutetes Beuteschema, spröde, vogelnasig wie ich war.

»Vergiss es«, sagte ich mit demonstrativer Gelassenheit, »hör auf herumzuspekulieren. Da läuft gar nichts zwischen uns, außerdem ist er verheiratet.«

»Na und? Hat das jemals irgendwen von einer Affäre abgehalten?« Livia hatte sich offensichtlich von ihrem Schreck erholt, sie grinste mich breit, beinahe herausfordernd an. Was mich dazu brachte, ihr – plötzlich überhaupt nicht mehr gelassen – zuzuzischen, sie solle ihre lächerlichen Vorstellungen ja nicht im Team herumtratschen, sonst …

»Sonst was?«, fragte sie keck, streckte aber sofort ihre Hand über den Tisch, um mir besänftigend den Arm zu tätscheln. »Das würde ich nie tun, außerdem interessiert sich da niemand für die Privatangelegenheiten der anderen. Und an Paolo traut sich sowieso keiner heran, der kann nämlich ganz schön chefig werden, wenn ihm jemand in die Quere kommt.«

Ich schob die Hand beiseite, legte Geld neben meinen Teller und stand auf. »Umso besser.« Meine Stimme klang so kühl, dass Livia während unseres Rückwegs ins Büro kein Wort mehr herausbrachte.

An diesem Abend fuhr ich nicht bei Francesca vorbei, wie ich eigentlich vorgehabt hatte, sondern bei einer anderen Freundin, der steinernen – zum ersten Mal wieder seit längerer Zeit. Ich passierte auf der Contrà Pusteria die Brücke über den Bacchiglione, bog nach rechts ab und schwenkte von der Viale Mariano links durch die alte Ziegelmauer in den Parco Querini ein. Hier steht meine Freundin in der Skulpturenreihe, die längs eines Weges auf einen kleinen, wasserumflossenen Tempel zuführt. Auf halber Strecke hat sie ihren Platz in der rechten Biegung eines Rondells. Ihren offiziellen Namen, *La Primavera*, verrät ein eingemeißelter Schriftzug auf dem Sockel, aber bei mir heißt sie Nicoletta, vielleicht weil ich den Namen vor Jahren, als ich sie so taufte, besonders hübsch fand. Genau weiß ich es nicht mehr, es blieb einfach dabei. Nicoletta hält eine Blumengirlande im rechten Arm und wirkt zarter als ihre Kolleginnen, und irgendetwas in ihrem Gesicht muss mich so angezogen haben, dass ich Vertrauen zu ihr fasste. Eine Weile lang mehr als zu den Gestalten aus Fleisch und Blut, unter denen ich lebte.

Man kann mit dem Rad in den Park fahren, es an einen der Bäume zwischen den Skulpturen lehnen und sich auf die Bank direkt neben Nicoletta setzen. Mittags ein wunderbar schattiges Plätzchen mit Blick über weite Wiesen hinüber zu dichten, dunklen Baumgruppen.

An die Sorgen, die ich früher, mit fünfzehn oder sechzehn Jahren, bei ihr ablud, entsinne ich mich nur schwach. Es werden die übliche Plagen dieses Alters gewesen sein: zu groß, zu plump, zu hässlich, und niemand hat mich lieb … Woran ich mich jedoch genau erinnere, ist das Gefühl, von Nicoletta verstanden zu werden. Nützlicher als kluge Ratschläge, Trostversuche oder bereitwillige Zustimmung ist es ja ohnehin, auf jemanden zu treffen, der einfach zuhört, nur zuhört. Darin war Nicoletta natürlich Meisterin, und nach jedem *Gespräch* mit ihr schwang ich mich mit leichterem Herzen wieder auf mein Fahrrad.

Über das Fahrrad hatte ich sie überhaupt kennengelernt. Meine Mutter brachte mir nämlich in diesem Park das Radfahren bei, zu einer Zeit, als wir – ich muss ungefähr fünf Jahre alt gewesen sein – ganz in der Nähe wohnten. Wenn sie nach anstrengendem, mich behütendem Hin-und-Her-Rennen eine Pause brauchte, setzten wir uns auf eine der Bänke, und sie erzählte, um mich ein Weilchen still zu halten, was ihr zu den Statuen eben einfiel. Warum die da vorne so traurig schaute, was die da drüben wohl in ihrer Amphore trug … Bei meiner späteren Freundin Nicoletta stellten wir beide ein feines Lächeln fest, so als wisse sie, dass wir gerade erschöpft waren oder etwas zu essen brauchten und deshalb schnell nach Hause mussten. Kein Wunder, dass ich mich in trüben Zeiten an die Skulptur erinnerte und mich an sie wandte.

Apropos Wunder. Irgendwann hatte ich meiner lebenden Freundin Francesca gegenüber die steinerne erwähnt und erzählt, in welcher Beziehung ich zu Nicoletta stand. Ein Anfall von Schwäche, der aber nicht, wie ich sofort befürchtete, eine Spottlawine auslöste, sondern im Gegenteil eine Welle der Begeisterung. Francesca verschluckte sich beinahe an ihrem

Meeresfrüchtesalat. »Phantastisch! Einfach phantastisch!«, schrie sie so laut, dass die anderen Gäste der Trattoria auf der Rückseite des Doms, in der wir beim gemeinsamen Abendessen saßen, erstaunt zu uns herübersahen. Eine ältere Frau am Nebentisch bewegte tadelnd den Kopf. Sie sah aus, als wäre sie bis an die Platzgrenze mit Nudeln vollgestopft. Schwer ruhte ihr Kinn auf dem gewaltig vorspringenden, in schwarzweiß gestreifte Seide geschnürten Busen. Mit einiger Mühe gelang es ihr, den Nachschub, momentan eine Riesenportion Spaghetti Vongole, um dieses Massiv herum zum Mund zu befördern. Ihr ebenso prall gerundeter Begleiter warf grimmige Blicke in unsere Richtung, während er sich beim Kellner auch nicht eben dezent über den viel zu scharfen Belag seiner Pizza beschwerte.

Francesca lächelte den beiden entschuldigend zu und dämpfte sofort ihre Stimme. »Auf so etwas habe ich gewartet!« Einen Moment lang wisperte sie vor Schreck über ihren Ausbruch und berichtete dann in wieder normaler Lautstärke von ihrem Plan, den hiesigen Tourismus irgendwie *aufzupeppen*. Aufpeppen! Ein unglaubliches Wort im Zusammenhang mit der Stadt des hochverehrten Andrea Palladio, dachte ich, hielt aber den Mund und widmete mich meinem Kotelett milanese, gespannt, was sie wohl vorhaben mochte.

»Palladio, Palladio«, sagte Francesca, die Stirn unwillig gekraust, »natürlich kommen die meisten Leute seinetwegen nach Vicenza, sie spazieren durch die Stadt wie durch ein einziges Open-Air-Museum, nur fixiert auf Palladios grandiose Paläste und Villen. Aber jemand wie ich, der mit all dieser Pracht aufgewachsen ist und sie deshalb völlig normal findet, kann ganz gut die weniger Bildungsbeflissenen verstehen, die auch an anderem interessiert sind. Wenn ich Touristen herumführe, bemerke ich oft, dass manche zwar die alten Gemäuer gebührend anstaunen, doch richtig hingerissen sind sie erst, sobald sie irgendwo Kerzen aufstellen oder vor einem besonders innigen Heiligenbild beten können.«

»Und sich ordentlich mit Weihwasser besprengen«, ergänzte ich. »Vielleicht gibt ihnen das mehr, weil sie dabei selbst etwas tun können, nicht nur bewundernd herumstehen.«

Francesca nickte. »Das denke ich auch. Und ich scheine richtig zu liegen, denn seitdem unsere Agentur solche nichtpalladianischen Exkursionen anbietet, wächst die Zahl der Teilnehmer kontinuierlich. Hast du gewusst, wie viele Ziele für fromme Gemüter man in der Stadt finden kann? Wirklich anrührende Orte mit fast greifbarer spiritueller Aura wie die Märtyrer-Kapelle bei SS. Felice und Fortunato oder den Tempel S. Corona, wo bis heute ein Stachel aus der Dornenkrone aufbewahrt wird. Und weil der Marienkult hier so hoch im Kurs steht, haben wir natürlich auch heilige Stätten auf dem Programm, die der Madonnenverehrung gewidmet sind, den Monte Berico mit unserer Schutzpatronin selbstverständlich, außerdem einige besonders weihevolle Santuarien in der Umgebung, etwa das kleine, ländliche der Madonna di Scaldaferro, zu dem die Mühseligen und Beladenen schon seit Jahrhunderten pilgern.«

Francesca griff nach ihrem Wasserglas und trank es in einem Zug leer. »Interessant übrigens«, fuhr sie nach kurzem Luftholen fort, »dass manche der scheinbar Frommen die heiligen Stätten gar nicht besuchen, weil sie dort beten oder Hilfe erflehen wollen, sondern weil sie einen Platz mit besonderer Aufladung brauchen, als Folie für ihre Selbstdarstellung. – Doch! Du kannst mir glauben!«, sagte sie entschieden, als ich skeptisch die Brauen hochzog. »Erst letzte Woche wieder. Eine Gruppe aus Yorkshire nannte als Wunschort nur den Monte Berico, was mich zunächst kaum erstaunte, weil das Santuario da droben schließlich das berühmteste und meistbesuchte ganz Venetiens ist. Sehr zielorientierte Pilger, dachte ich und beschloss, zu Fuß mit ihnen hinaufzuwandern, wie richtige Wallfahrer das tun. Obwohl es heiß war an diesem Tag und der Weg nicht gerade bequem ist, hörte ich sie unterwegs summen und war fast gerührt von so viel Andachtsgeist. Oben angekommen, warfen sie jedoch kaum einen Blick in das Innere der Basilika, sondern posierten sofort in breiter Formation auf der Freitreppe vor dem Portal und fingen an zu singen. Gospellieder sangen sie, so laut und hingebungsvoll, als wollten sie nicht nur den weiten Platz zu Füßen der Kirche, sondern auch das gesamte Dächermeer von Vicenza beschallen, die geballte Energie des heiligen Ortes im Rücken. Da begriff ich auf einmal, warum sie alle Schwarz trugen: Ihr Markenzeichen als Chor!«

»Und kobaltblaue Rucksäcke?«, platzte ich dazwischen. »Das muss der Trupp gewesen sein, dem ich in der Stadt mehrmals begegnet bin. Ein seltsames Gemisch von Typen – schick, schlampig, jung, alt, wenige Männer zwischen etlichen Frauen – aber allesamt *very british* und ganz in Schwarz gehalten. Bis dahin habe ich nicht einmal geahnt, dass es so viele verschiedene Arten von Schwarz gibt!«

Francesca lachte kurz auf.

Beim Lachen finde ich sie am schönsten, wenn ihre wunderbar ebenmäßigen Zähne blitzen und die leicht zusammengezogenen Augen vor Lebensfreude funkeln. Obwohl man an ihrem Erscheinungsbild insgesamt vielleicht ein bisschen herummäkeln könnte – was sie selbst natürlich ständig tut –, sind Details, wie ihre schweren schwarzen Haare, der bewegliche Blumenhals oder die beinahe durchsichtig zarten Ohren so gut geraten, dass ein paar Gramm zu viel und ein paar Zentimeter zu wenig wirklich nicht ins Gewicht fallen.

Das Zitronenschnitzel auf ihrem Teller musste längst kalt sein, aber sie nahm keine Notiz davon, sondern schob sich einen großen Bissen in den Mund, danach noch einige Brokkoli-Röschen, kaute eifrig und trank einen Schluck Wasser. »Damit wir nicht allzu pietätslastig werden«, erzählte sie weiter, »wollen wir außerdem romantische Ausflüge offerieren, zu der zauberhaften Treppe den Monte Berico hinauf zum Beispiel. Da habe ich auch schon mit Renato im Dunkeln geschmust.« In Erinnerung daran flog ein Lächeln über ihr Gesicht. »Hast du eigentlich gewusst, dass die Story von Romeo und Julia ursprünglich gar nicht von Shakespeare stammt, sondern von Luigi da Porto? Er starb bei uns in der Contrà Porti. Natürlich wollen wir die Romantiker auch zu dem betreffenden Haus fahren, und für besonders Begierige wird es einen Abstecher nach Montecchio zu den Burgen der beiden Verliebten geben.«

Ich versuchte einzuwerfen, dass ich die nur rund fünfzehn Kilometer entfernt auf zwei Hügeln vis-à-vis gelegenen Schlösser selbstverständlich kannte und auch die um sie gesponnene Legende, hier habe sich die Geschichte von Romeo und Julia einst tatsächlich abgespielt. Aber Francesca ließ mir keine Chance. Irgendwie schaffte sie es, ihren Teller leer zu essen und nebenbei ungebremst ihrem Mitteilungsdrang zu frönen. Erzählte von Zielorten, an denen Sankt Valentin, der Schutzheilige der Verliebten, verehrt wurde. Von der Villa Valmarana am südlichen Stadtrand, deren Mauer eine Schar Zwerge besetzt hält, zu Stein geworden aus Mitgefühl für ihre missgebildete und unglücklich verliebte Herrin. Von Marostica, der nahen Kleinstadt, wo der Herr einer bis heute erhaltenen Burg im 15. Jahrhundert zwei Bewerber um die Hand seiner schönen Tochter Lionora zum lebenden Schachspiel hatte antreten lassen auf einem Platz, der immer noch wie ein Schachbrett gestaltet war …

Statt ihr mit der schnöden Bemerkung, das sei mir doch alles längst vertraut, in die Parade zu fahren, amüsierte ich mich über Francescas Begeisterung – und erst recht über ihr Erschrecken, als der Kellner das Geschirr abräumte, nach weiteren Wünschen fragte und ihr plötzlich bewusst wurde, wie viel und wie unentwegt sie geredet hatte.

Sie stoppte mitten im Satz, schnappte nach Luft und versuchte, sich mit einer Attacke gegen mich zu retten: »Wieso unterbrichst du mich nicht, wenn ich in Fahrt gerate?«, maulte sie. »Du kennst mich doch, und überhaupt ging's ja eigentlich um die Idee, so etwas wie deine Freundschaft mit einer Statue in mein Programm aufzunehmen, etwas Magisch-Mystisches, das man ausbauen kann. Und da lässt du mich einfach schnattern!«

»Geschnatter würde ich es nicht nennen.« Ich nippte an dem Limoncello, den der Kellner uns mit der Rechnung gebracht hatte. »Deine Pläne interessieren mich halt, ich höre dich gern erzählen.«

Meine Antwort musste bei ihr angekommen sein wie die Aufforderung zu einem erneuten Wortschwall. Ein paar Augenblicke lang legte sie die Stirn in Falten und rieb mit abwesendem Blick ihr rechtes Ohrläppchen zwischen Daumen und Zeigefinger. Man konnte ihr regelrecht beim Denken zusehen. Sie murmelte etwas, das nach Wunder, Zauber und Ähnlichem klang – dann warf sie plötzlich die Arme in die

Luft wie ein Fußballfan beim entscheidenden Tor. »Ja, das wird gehen! Hör zu!«

Und schon spulte sie, fast ohne Atem zu holen, herunter, was ihr an Kuriositäten zum Thema alles einfiel.

Da hockte ich nun also neben Nicoletta, die Füße auf die Bank gezogen und die Arme um meine angewinkelten Knie geschlungen. »Keine Sorge, ich bleibe dir treu«, versicherte ich ihr, die wie immer sanft auf mich herablächelte. Schließlich weiß man bei Wesen aus einer anderen Sphäre nie, ob sie etwas mitbekommen, das nicht für ihre Ohren bestimmt ist. Und Francesca hatte sich gleich begeistert auf die Idee gestürzt, ihren Klienten einen freundschaftlichen Kontakt mit einer der Marmor-Statuen neben dem Treppenaufstieg zum Berico-Hügel ans Herz zu legen. Keine Ahnung, ob sich so etwas forcieren lässt.

Ich jedenfalls hätte Nicoletta nicht einmal probehalber gegen eine aus dieser Schar eingetauscht. Viel zu sehr fühlte ich mich inzwischen mit ihr verbunden. Ohne irgendwelche Präliminarien konnte ich über meine merkwürdigen Regungen reden. »So ein absurder Einfall! Warum musste Livia nur davon anfangen! Jetzt bringe ich den Gedanken nicht mehr aus meinem Kopf – er und ich, völlig verrückt diese Vorstellung! Hörst du? Vollkommen abwegig!«

Dass ich bloß *er* sagen musste, ohne den Namen zu erwähnen, den ich sehr deutlich von meinen Gefühlen getrennt halten wollte, war allein schon eine Erleichterung. Nicoletta wusste genau, von wem ich sprach. Andererseits erschien mir ihre Reaktion reichlich zurückhaltend, sie hätte beim Hinweis auf die alberne Livia ruhig etwas weniger milde lächeln dürfen.

»Wie soll ich mich denn bloß verhalten?«, raunzte ich über die graue Leinenbespannung meiner Knie hinweg.

Einen Moment lang dachte ich, dass es jetzt vielleicht nützlich wäre, eines dieser Audiogeräte zu haben, durch die, wie kürzlich in der Zeitung gestanden hatte, die Götter und Heroen irgendeiner Antikensammlung zu ihren Besuchern sprächen. Als ob mir Nicoletta ihre Meinung nicht auch ohne technische Hilfsmittel klarmachen konnte!

»Ich soll ich mir also auf keinen Fall anmerken lassen, was Livia da angetickt hat, stimmt's? – Sicher hast du recht«, sagte ich und nickte meiner Freundin dankbar zu. »Man sieht das ja bei vielen Kreativen, wie unübertrefflich sie sich finden, die reinsten Narzissten. Garantiert ist er auch so einer und würde sich blendend amüsieren, wenn er wüsste, dass ich mir vorstelle … Ja, ja, ich höre schon auf, ich schlage mir das Ganze aus dem Sinn. Obwohl – Du musst zugeben, er ist wirklich ein attraktiver Mann, und sich auszumalen, dass so einer … Verflixt! Da haben wir's! Jetzt steckt der Stachel in meinem Hirn!«

Aus dem Augenwinkel nahm ich eine Bewegung wahr. Im Abendwind schwingende Äste? Nein – eine Frau, die auf einem mit Einkaufsbeuteln behängten Rad den Pfad entlangfuhr. Sie bremste ab und warf besorgte Blicke herüber. Schnell hielt ich meine rechte Hand ans Ohr und krähte, während ich ihr freundlich zulächelte, irgendetwas Banales in ein imaginäres *telefonino*. Die Frau lächelte zurück, nickte zufrieden und trat kräftig in die Pedalen. Ein Stück weiter den Weg hinauf ließ sich gerade ein Pärchen unter einem Baum nieder, zum Glück nicht in Hörweite, sodass ich mich wieder ungestört Nicoletta zuwenden konnte.

»Wenn mir die Idee nun schon mal durch den Kopf spukt«,

sagte ich, »könnte ich doch vielleicht rein zu Übungszwecken ein bisschen mit ihm flirten. Eine völlig unverfängliche Sache, weil ich auf diese Sorte Männer überhaupt nicht anspringe und er mich todsicher für ein unscheinbares Gänschen hält. Bloß ein Spiel, damit ich nicht ewig so spröde bleibe, verstehst du?«

Ich war mir nicht sicher, ob die tiefer werdenden Schatten Nicolettas Züge verdunkelten oder der Ärger über meinen kühnen Vorstoß. Jedenfalls konnte ich – zumal der Mond bislang nur als blasser Schein hinter den Bäumen jenseits der Wiese zu entdecken war – keine Spur des Lächelns mehr auf ihrem Gesicht erkennen. »Du bist dagegen? – Ganz entschieden? – Du meinst, ich würde mich hoffnungslos blamieren? – Also gut, versprochen. – Ich werde so neutral sein wie eine Telefonzelle!«

Während der nächsten fünf Tage vermied ich, um mir nicht komplett lachhaft vorzukommen, möglichst jeden Gedanken an mein abendliches Zwiegespräch mit Nicoletta. Wie peinlich, Strategien zu entwickeln, die sich als völlig überflüssig erwiesen! Paolo erschien in dieser Zeit nämlich überhaupt nicht im Büro, ließ mich auch nicht rufen oder machte sich sonstwie bemerkbar. Zwei-, dreimal tauchte Bianca auf, besprach etwas mit Carlo, brachte irgendwelche Unterlagen vorbei, aber das war alles. Niemand aus dem Team gab eine Erklärung ab, und ich traute mich nicht zu fragen, schon gar nicht in Livias Beisein, von der ich mich listig belauert fühlte, so als wollte sie ergründen, was in mir vorging.

Hätte ich ihr die Chance dazu gegeben, wäre sie auf eine wilde Mischung aus Ärger, Frust und Scham gestoßen. Gnadenlos ging ich mit mir selbst ins Gericht, machte mich nieder für die Annahme, Paolo könnte auch nur einen Moment lang mehr als rein professionelles Interesse an mir gehabt haben. Und die Vorstellung, ihn für Flirtübungen zu benutzen! Schlimmer konnte man sich nicht verrennen! Jetzt zeigte sich ja, wie schnell ich abgehakt war, wahrscheinlich ersetzt durch jemanden aus einem anderen Team – oder weggewischt von seinen *affigen* Gespielinnen.

Ich nehme an, dass meine betonte Gelassenheit Livia mehr verriet, als mir lieb sein konnte. Doch hielt sie sich zurück mit Kommentaren oder Anspielungen, wenn ich unwillkürlich den Kopf hob, sobald jemand unser Büro betrat. Das allerdings war sie mir auch schuldig nach dem, was sie ausgelöst hatte!

Am folgenden Montag hockte Paolo schon kurz nach Arbeitsbeginn auf Federicas Schreibtischkante, redete halblaut, malte mit weit ausholenden Gesten Skizzen in die Luft und wies, wie ich bei einem kurzen Hinüberschlinzen feststellte, mit dem Kopf in meine Richtung.

Telefonzelle! Denk dran!, funkte mein Hirn. Nicolettas *Telefonzellen-Rezept!*

Und tatsächlich brachte ich einen demonstrativ geschäftsmäßigen Gesichtsausdruck zustande, als er schließlich – unterbrochen von kleinen Stopps bei Carlo und Ada – an meinen Arbeitsplatz geschlendert kam und mich eher partnerschaftlich als *chefig* aufforderte, ihn zu einem erneuten Gespräch mit den *brillantinos* zu begleiten. Den Spitznamen hatten wir unseren pozenziellen Super-Luxus-Edel-Sonnenbrillenkunden nach einer ersten Präsentation und anschließendem reichlichem Weingenuss verpasst.

»Nicht jetzt, erst gegen Abend.« Er drückte mir eine Hand

als Bremse auf die Schulter, weil ich sofort dienstbereit nach meinen Utensilien greifen wollte. »Alfonso hat tagsüber in Mailand zu tun, will aber dringend noch heute ein paar Details klären und sich dann entscheiden.«

Alfonso Lanci, der Geschäftsführer. Ein Typ mit ähnlich alarmierendem Kunststofflächeln, wie wir es seit Jahren von Berlusconi kannten. Auf eine erneute Begegnung mit ihm hätte ich bestens verzichten können. »In Ordnung«, sagte ich lahm und entzog mich der für mein Empfinden allzu lang auf meiner Schulter lastenden Hand, indem ich die unterste Schublade meines Tisches aufriss und angelegentlich darin zu kramen begann.

»Wenn es dir nicht auskommt, musst du's sagen«, hörte ich Paolos Stimme von oben.

»Nein, nein, schon gut.« Betont langsam richtete ich mich wieder auf. »Und wann – gegen Abend?« Ich warf ihm einen kühlen Angestelltenblick zu.

»Kurz vor sechs unten. Okay?«

»Bene.« Die Antwort ebenso kühl wie der Blick.

Einen Moment blieb er noch stehen, als wartete er auf irgendetwas, dann machte er auf dem Absatz kehrt und ging hinaus – und wurde schon im nächsten Augenblick durch Livia ersetzt. Wie herübergebeamt stand sie neben mir, eine Farbtabelle in der Hand, die nicht den geringsten Bezug zu meiner Arbeit hatte, aber den Vorwand lieferte, mit mir zu reden. Leise natürlich, um mögliche Lauscher auszuschließen.

»Na? Gibt Madame jetzt die Pikierte?«, wisperte sie aus so kurzer Entfernung, dass ihr Atem mein linkes Ohr kitzelte.

»Was soll das denn bitte heißen?«, fuhr ich hoch. Nur mit Mühe konnte ich meine Stimme dämpfen, vor allem, als ich die schiere Spottlust in Livias Augen funkeln sah. Natürlich wieder in Konkurrenz mit ihrem Ohrgehänge, diesem ... diesem ... Anschreien sollte man sie, dachte ich, oder – noch besser – ihr einen sauberen Kinnhaken verpassen, wie meine Muster-Tante Emilia es angeblich einmal mit einer allzu aufdringlichen Cousine gehalten hatte. Dorina hatte die geheißen und sich bei Emilia erkundigt, ob die sagenhafte Potenz der Olivenbauern bloß eine Legende sei oder ob ... zack, soll es da gemacht haben. Wunderbar! Aber hier im Büro? Unmöglich!

»Federica!«, rief ich quer durch den Raum. »Federica, hast du kurz Zeit für mich? Ich möchte dir ...«

»Feigling! Heuchlerin!«, zischte mir Livia zu, schon im eiligen Rückzug begriffen, den ich mit strengen Blicken begleitete.

Federica war kein Problem für mich. Ihr Denken war so bunt wie ihr Outfit, sie liebte ungewöhnliche Wortkonstellationen und überraschende Assoziationen und lachte auch über total untaugliche Slogan-Entwürfe, weil sie die Ansicht vertrat, dass überall ein Gewürz zu finden sei, mit dem man diese oder eine ganz andere Suppe verfeinern könne. Ich zeigte ihr, was ich gerade ausgeklügelt hatte – und war Livia los.

Ganz anders lagen die Dinge an der Nicoletta-Front. Zwar konnte ich meine steinerne Freundin momentan nicht besuchen, aber selbst aus der Distanz nahm ich genau wahr, was sie von der Situation hielte, säße ich ihr zu Füßen.

»Nein!« Wenn Sonnenstrahlen über ihr Gesicht huschten, wirkte es manchmal so, als schüttelte sie den Kopf. »Nein!«, hörte ich sie sagen. »Das machst du jetzt nicht! Die Beleidigte zu spielen, ist einfach kindisch und lächerlich! Wieso solltest du auch beleidigt sein, wenn er sich ein paar Tage lang nicht meldet? Hast du etwa ein Anrecht? Ist er dir verpflichtet? Also bitte! Wir haben uns auf das Telefonzellen-Modell geeinigt, und dabei bleibst du! Und dass du heute Abend ja keine Dummheiten machst!«

Das abendliche Glockengebimmel hallte schon von den Dächern wider, und die Kirchturmuhren schlugen sechsmal, als ich mich langsam auf den Weg nach unten machte – selbstverständlich ohne Livia die Gelegenheit für einen Kommentar oder einen schrägen Blick zu geben. Ich ging sogar zu Fuß die Treppen hinab, was mir im Leben nie eingefallen wäre, wenn ich ihn nicht ein Weilchen hätte warten lassen wollen.

Sein üblicher Parkplatz vor der Tür war leer, kein Kugelblitz in Sichtweite. Klar, dachte ich, Geduld ist mit dem Selbstverständnis des großen Machers kaum kompatibel. Soll er die Brillantinos doch allein überzeugen, ohne meinen sicherlich hochgeschätzten Beistand als versierte Frau vom Fach.

Immerhin lehnte mein Fahrrad noch an den grauen Steinquadern neben dem Portal. Ich klemmte meine Tasche auf den Gepäckträger und zog den Saum meines engen grünen Kleides gut eine Handbreit nach oben, kam aber nicht mehr zum Aufsteigen, weil Paolo aus einem ungefähr zwanzig Meter entfernt parkenden Porsche sprang und mir mit beiden Armen zuwinkte. »Da bist du ja endlich!«, rief er, ohne eine Spur von Ärger in der Stimme. »Komm, lass uns losfahren!«

Der viel betuschelte Neunelfer, *für besondere Gelegenheiten*, wie Livia gesagt hatte. In Grau-Metallic, erfüllt von intensivem Ledergeruch und Paolos verrücktem Duft. Leicht benommen saß ich in dem tiefen Sitz, während wir wie abgeschossen durch die engen Straßen der Innenstadt brausten.

Vielleicht bildete ich mir das aber auch nur ein, weil ich mich von der gesamten Situation vollkommen verwirrt fühlte. Mit einem scharfen Pfiff durch die Zähne und einem anerkennenden Rauf-Runter-Blick hatte Paolo auf mein schmales grünes Kleid reagiert, hatte galant die Beifahrertür für mich aufgerissen und sich selbst in einem unerwarteten Outfit hinters Steuer gesetzt. Jeans und sandfarbenes Leinensakko statt des bei Kundenbesuchen üblichen klassischen Anzugs. Strumpflose Füße in lässigen Slippern. In dieser Aufmachung ausgerechnet zu den feinen Brillen-Fuzzis? Irgendetwas stimmt hier nicht, dachte ich und fand mich in meinem Verdacht entschieden bestärkt durch die Tatsache, dass wir die Stadt auf der Straße nach Schio verließen, während die Brillen-Firma in genau entgegengesetzter Richtung residierte.

»Aber ...«, begann ich zaghaft zu sprechen. Weiter kam ich nicht, weil Paolo mich sofort unterbrach, mit lauter Stimme, um das Radio zu übertönen, das er gerade eingeschaltet hatte. »Abers werden nicht akzeptiert!«, rief er gegen Gianna Nanninis *Maledetta Primavera* an. »Keine Wenns und keine Abers und auch sonst keine Einwände. Wir brauchen einen schönen Abend. Lanci hat sich längst entschieden, die Sache ist geritzt. Viel wichtiger: Du hast mir gefehlt!«

Was sagte er da? Leder und Parfum mussten mir den Kopf benebelt haben! Ich – ihm gefehlt! *Telefonzelle – Telefonzelle*, funkte mein Hirn.

»Ach, tatsächlich?« Ich setzte ein betont distanziertes Gesicht auf. »Wie man hört, hast du genügend Zuspruch.«

Die letzten Takte des Liedes gingen unter in seinem schallenden Gelächter. »Hat Bianca wieder zugeschlagen? Die Gute giert nach Aufmerksamkeit. Und Geschichten über den Chef sind da bestens geeignet.«

»Soll das heißen, sie denkt sich das alles aus?«, fragte ich unüberhörbar skeptisch.

»Was weiß ich, was sie denkt! Vielleicht ruft mal wer an, wer Weibliches, meine ich, und sie macht einen Riesen-Hype daraus.« Seine rechte Hand klopfte im Takt des nächsten Songs auf das Lenkrad. »Komm vergiss es, der Abend ist zu schön für krude Ideen.«

Wer Weibliches – krude Ideen. Ich versuchte, Ordnung in meine Gedanken zu bringen, während wir durch die bewaldeten Hügel hinter S.Tomio düsten, und starrte auf die von Blattschatten gesprenkelte Straße. Die Katze, die, von rechts aus dem Dickicht kommend, offenbar versuchen wollte, knapp vor uns auf die andere Seite zu wechseln, bemerkte ich erst, als sie im Moment des Zusammenpralls wie ein schwarzes Knäuel hochkatapultiert wurde, ehe sie unter unserer Kühlerhaube verschwand.

»Verflixt!« Paolo bremste scharf ab – zu spät für das arme Ding –, dann fuhr er langsamer weiter, und ich erspähte bei einem entsetzten Blick in den rechten Außenspiegel auf dem Asphalt, wenige Meter hinter uns, einen dunklen Fleck, über dem sich der Kopf der Katze in verzweifelter Abwehr drehte.

Die Musik aus dem Radio, irgendetwas mit *amore* und *cuore,* erschien mir plötzlich wie ein Hohngesang auf dieses elende Sterben. »Stell den Ton ab! Los, stell schon den Ton ab!« Ich streckte den Arm nach dem Armaturenbrett aus, aber Paolo kam mir zuvor.

»Mir tut's ja auch leid«, sagte er in das vom Röhren des Motors begleitete Schweigen und tätschelte kurz mein Knie, was ich als Geste des Trostes empfand und nicht als plumpe Annäherung. »So was passiert halt. Fang jetzt nur nicht an, über schwarze Katzen und mögliches Unglück nachzudenken! Ah – ich sehe, du bist schon bei den Gegenmaßnahmen. Tocca ferro!« Er grinste bereits wieder.

Tatsächlich hatte ich spontan, wie von klein auf gewohnt, nach meinem Schlüssel gegriffen, weil bekanntlich Eisen, ersatzweise auch ein Schlüssel, das Unglück abwendet. Mit dem spöttischen Ton in Paolos Stimme wurde ich leichter fertig als mit der eben erlebten Szene. Unmöglich, darin kein böses Omen zu sehen.

»Wenigstens ist heute nicht Freitag und auch nicht der Siebzehnte«, versuchte er zu scherzen – ohne Erfolg. Ich war gefangen von finsteren Visionen, aus denen ich mich erst beim Einbiegen in den Parkplatz einer hoch über Schio gelegenen Locanda befreien konnte.

Weiß gekalkt und von Wein berankt das zweistöckige Haus, drum herum Pinien und Feigenbäume, auf der Rückseite die Terrasse mit weitem Blick ins Tal und auf die jenseitigen, spärlich besiedelten Hügel. Unter einem Dach aus Weinlaub waren die meisten Tische besetzt. Gleich vorne saß eine Schar älterer Damen an einer vergrößerten Tafel, alle in vernünftigen, gedeckt gemusterten Kleidern ohne erkennbaren Schnitt, passend sowohl für die Kompakteren unter ihnen als auch für diejenigen, die schon dem Ende entgegenschrumpften. Alle sehr vergnügt und der Zahl der Schüsseln, Gläser, Flaschen und Teller nach bereits länger damit beschäftigt, sich neben dem Reden gut zu versorgen. Aber das Schnabulieren war natürlich die Hauptsache. Wie eine Moskitowolke über einem Sumpfloch lag der Chor ihrer Stimmen über der Runde – hoch, tief, heiser, sahnig, krächzend. Und dazwischen quietschendes Gelächter.

»Die treffen sich hier regelmäßig«, flüsterte mir Paolo ins Ohr, »alle aus der Gegend. Ländliche Emanzipation, bis neun, dann verschwinden sie nach Hause.« Er nickte einer der Frauen zu, die ihren Kopf hob und uns neugierig inspizierte. Ein schneller Schwenk ihrer Augen von ihm zu mir und zurück, ein kurzes Schulterzucken, als habe sie bereits genug gesehen und uns in ein altbekanntes Raster eingeordnet. Ob sie uns für ein Pärchen hielt wie das etwas klebrige an einem Tisch weiter rechts? Er glatzköpfig, leicht gebeugt und bejahrt genug, um der Vater seiner Begleiterin sein zu können. Sie krampfhaft darum bemüht, das gesmokte Oberteil ihres strammen, trägerlosen Kleides am Abrutschen zu hindern.

Und wenn schon! Was ging es die Kittelschürzen an? Demonstrativ wandte ich mich ab und folgte Paolo zu dem Platz, den ein junger Kellner mit gegeltem Borstenhaar uns anwies.

»Setz dich, ich bin gleich wieder da!« Paolo rückte mir einen Stuhl zurecht, hängte sein Sakko über die Stuhllehne links neben mir und verschwand mit großen Schritten im Innern des Lokals, einer dunklen Höhle, aus der eine Rigoletto-Arie nach draußen scholl. Ich sah ihn vor dem Hintergrund eines Barspiegels agieren, den Kopf hin und her wenden, die Arme zur Begrüßung ausstrecken, sein Lachen lauter als die Verdi-Klänge.

Heraus trat er schließlich an der Seite eines untersetzten Mannes um die fünfzig mit weißer Küchenschürze, jeder einen Arm um die Schultern des anderen geschlungen, was seinen kaum einen Meter sechzig messenden Begleiter nötigte, auf den Zehenspitzen zu gehen, und Paolo ein gutes Stück in die Knie zwang.

»Das ist sie«, sagte er, bei mir angekommen, mit kaum verhohlenem Stolz in der Stimme. *Sie* – ich beschloss, nicht darüber nachzudenken, ob damit die tüchtige Mitarbeiterin gemeint war oder eine Art Beutestück. Ohnehin hätte ich keine Gelegenheit gehabt, über irgendetwas nachzudenken, weil Giuseppe – als solcher stellte der Mann sich vor – sofort von Paolo abließ und mit fröhlichem Stakkato über mich herfiel: Diese Haare – diese Augen – welch eine Freude, mich bewirten zu dürfen – ob ich die sardische Küche möge, seine Spezialität? – auch Nudeln mit Safran? – und Lamm mit Minze? Bene, bene, wir sollten ihn nur machen lassen.

Er warf mir einen Luftkuss zu und eilte zurück zum Haus, vor dem er einen Moment lang stehen blieb, hoch aufgerichtet wie ein sicherndes Wiesel, um mit flinkem Blick zu prüfen, ob es seinen übrigen Gästen an nichts fehlte, ehe er nach drinnen verschwand.

Paolo plumpste seufzend auf seinen Stuhl, erschöpft von Giuseppes Tirade. Ein alter Freund, erklärte er mir beim ersten Glas Lugana, der Liebe wegen vor vielen Jahren aus Sardinien hierhergezogen. Mit kaum zwanzig hatte Giuseppe sein Heimatdorf in der herben Bergregion um Nuoro verlassen und in Olbia eine Kochlehre begonnen und – angeregt durch die vielen Fremden und den nach weiter Welt riechenden Hafen – wenig später als Küchenhilfe auf einem Kreuzfahrtschiff angeheuert. Während einer seiner Touren war ihm Antonella über den Weg gelaufen, die in Vertretung einer plötzlich erkrankten Cousine dem für die Luxus-Suiten verantwortlichen Steward unterstellt war. Dass sie einander trotz ihrer weit entfernten Arbeitsbereiche inmitten einer mehr als zweihundertköpfigen Crew auf dem Riesendampfer gefunden hatten, betrachteten beide als Fügung des Himmels, der deshalb auch kaum etwas gegen gelegentliche Schmusestündchen in einer der feudalen Kabinen würde einzuwenden haben, während die Gäste tanzten oder einen Landausflug unternahmen.

Nicht in den üppigen Betten natürlich, die knöcheltiefen Kuschelteppiche reichten vollkommen aus.

Als Antonella in Venedig von Bord ging, gab es für eine gemeinsame Zukunft schon klare Konturen: die Locanda ihrer Eltern im Hinterland von Vicenza weiterführen, zwei oder drei Kinder großziehen und sich bis in alle Ewigkeit lieben. Das mit den Kindern hatte nicht geklappt, die Locanda jedoch wurde rasch zu einem bekannten ländlichen Ausflugsziel, und die Liebe endete erst mit Antonellas Tod vor rund fünf Jahren. Eine Gemüsekiste auf den Armen, war Giuseppes Frau die Kellertreppe hinabgestürzt und reglos liegen geblieben. Zunächst hatte er aufgeben wollen, sich verkriechen in den schroffen Bergen seiner Heimatinsel, aber dann merkte er, dass er die Nähe zu Antonellas Grab und die in jeder Mauerritze steckenden Erinnerungen zum Weiterleben brauchte. Außerdem konnte er Michele nicht allein lassen, Antonellas halbwüchsigen Neffen, den sie zu sich ins Haus genommen hatten, um ihm das alles hier eines Tages zu vermachen. Nie im Leben würde sie so etwas gebilligt haben und bestimmt auch im Tod noch eine Möglichkeit finden, ihr Missfallen zum Ausdruck zu bringen. Daran zweifelte Giuseppe nicht eine Sekunde lang.

»Michele ist geboren für den Job, sieh ihn dir an«, sagte Paolo und beobachtete beifällig nickend, wie der borstige Junge am übernächsten Tisch rechts von uns einen Fisch tranchierte. Mit zielsicheren, eleganten Handgriffen und schmetterlingsleicht schwingenden Ellbogen. »Ein Glückstreffer für Giuseppe, dieser Neffe – und eine gewisse Donna Gabriella. Nein, nein, keine von denen«, versicherte er eilig, weil mein Blick unwillkürlich zu den Kittelschürzendamen flog, unter denen sich gerade die Unruhe des baldigen Aufbruchs breitmachte. »Ich habe sie hier nur einmal flüchtig gesehen und ein paarmal von fern in der Stadt an Giuseppes Seite. Klein, dunkel, um die vierzig, von rundlichem Charme, genau passend für ihn. Vielleicht weiß er selbst gar nicht, wie verschossen er ist, aber wenn er über sie spricht, merkt man's sofort. *Gabriella* – er singt ihren Namen beinahe. Mit deinem lässt sich das übrigens auch gut machen: *Camilla*!«

Er trank mir zu und lächelte durch das blitzende Glas, und irgendetwas war da in seinem Ton, in dieser Geste, das mir unter die Haut ging, ob ich wollte oder nicht. Umständlicher als nötig beschäftigte ich mich mit dem Risotto Sardo auf meinem Teller, dabei hob ich nur einmal kurz den Kopf für ein ironisch hingeworfenes »Ach, wirklich?«. Dummerweise rutschte mir in genau diesem Augenblick ein Klümpchen Reis von der Gabel. Statt in meinem Mund landete es mitten auf meiner Brust, knapp unterhalb des spitz zulaufenden Kleiderausschnitts – tomaten- und rotweingetränkt, ideal für einen bleibenden Fleck. Hastig griff ich nach dem Salzstreuer und leerte ihn fast bis zum Grund über der sich rasch ausbreitenden Sudelei, ohne mich daran zu stören, dass gut die Hälfte der Körner in meinen Ausschnitt fiel und kitzelnd die Rippen entlang auf meinen Bauch zu rieselte. Mit der Serviette nachreiben! Vielleicht könnten Wasser und Seife das schöne Grüne retten! Ich schob meinen Stuhl zurück. »Entschuldige mich einen Moment!«

Erst jetzt entdeckte ich Paolos amüsierten Beobachterblick, völlig ungeniert auf meine Brust und die dort stattfindenden hektischen Aktivitäten gerichtet, und merkte gleichzeitig, wie mir eine Röte in den Kopf stieg, neben der die Tönung auf meiner Vorderseite vermutlich kümmerlich wirkte.

Als ob er sich ertappt fühlte, sprang Paolo eilig auf die

Füße. »Komm, ich weiß, was da hilft«, sagte er. »Giuseppe hat ein Wundermittel gegen solche Schäden.« Eine Hand in meinem Kreuz, schob er mich vor sich her Richtung Haus.

»Giuseppe, he, Giuseppe, wo ist dein Fleckenzeug?«, rief er schon auf der Schwelle.

»Wie immer, oben, in Antonellas Bad!«, scholl es aus der Küche zurück.

Lichtblaue Wände, zarter Lavendelduft. Ich war zu sehr mit meinem ruinierten Lieblingskleid beschäftigt, um mir Giuseppes Frau in diesem Raum vorzustellen. Außerdem ging Paolo gleich ans Werk. Er schien sich hier bestens auszukennen. Aus dem Lackschränkchen links vom Fenster nahm er eine Flasche mit weißem Etikett, zog den Korken mit den Zähnen und goss einen ordentlichen Schuss scharf riechender Tinktur auf den Zipfel eines gestreiften Handtuchs, das neben dem Wachbecken hing.

»Darf ich?« Eine reine Pro-forma-Frage, denn statt meine Antwort abzuwarten, schob er ohne Umstände das trockene Ende des Handtuchs in meinen Ausschnitt direkt unter den Fleck und begann ihn von außen mit dem feuchten Teil zu bearbeiten.

Seine Finger an meiner Haut – ausgerechnet an dieser Stelle! –, jeder seiner Atemzüge streifte mich. Überrumpelt und verwirrt von so viel Elan und plötzlicher Nähe stand ich, im Rücken den Waschbeckenrand, mit hängenden Armen da und ließ die Prozedur über mich ergehen. Wenigstens mein Gesicht wollte ich wegdrehen, das fast an seines stieß, während er an mir herumschrubbte, die Brauen zusammengezogen und den Mund gerüscht wie ein emsiges Kind beim Malen. Aber irgendetwas in meinem Innern zwang mich stillzuhalten, ihm zuzusehen aus nur wenigen Zentimetern Distanz, meine Raubvogelnase kaum eine Papierstärke von seiner Wange entfernt. Deshalb bekam ich auch sofort mit, als sein Gesicht sich auf einmal entspannte. »Geschafft!« Zufrieden lächelnd ließ er das Handtuch zu Boden fallen.

Danke wollte ich sagen, wollte das Ergebnis der Putzaktion im Spiegel begutachten, blieb jedoch weiter stumm und reglos stehen, weil er, statt mich freizugeben, keinen Fußbreit zurücktrat, sondern den Blick von der Schadstelle hob und mir aus nächster Nähe direkt in die Augen sah. Ich fühlte mich von einem Sog erfasst, unfähig zum Widerstand. Hilflos ausgeliefert. Und dann noch die Arme, die sich plötzlich fest um meine Taille schlossen!

Später habe ich Nicoletta mehrmals vorgeworfen, dass sie nicht in genau diesem Moment per Fernsteuerung dazwischenfunkte. Dabei ist es höchst zweifelhaft, ob irgendwer oder irgendetwas mich davon hätte abhalten können, Paolos Kuss zu erwidern, als er nach kurzem zärtlichem Nasenreiben seine Lippen auf meine drückte. Im Rückwärtsgang, ohne seinen Mund von meinem zu lösen, die Hände besitzergreifend auf meinen Rücken gepresst, zog er mich in einen angrenzenden Raum, auf ein Bett, kühl und weich, das unter unserem Gewicht federnd einsackte. Mit dem Fuß stieß er die Tür hinter uns zu.

»Komm, lass uns hierbleiben«, flüsterte er in einer Atempause, während seine rechte Hand forschend über meinen Körper wanderte und die Finger der linken sich in meinem Haar einnisteten.

»Ist das Antonellas Zimmer?« Ich versuchte mich ein wenig aufzurichten, sah weiße, im Abendwind schwingende Vorhänge an den offenen Fenstern und über dem Kopfende des Eisenbettes einen Druck von Tizians *Venus von Urbino*, was mir in meiner derzeitigen Situation ziemlich pikant vorkam.

»Früher war's das mal, ist aber seit Jahren schon ein normales Gästezimmer. – Komm, amore, sag ja, damit ich nicht über dich herfallen muss.« Paolo zog meinen Kopf wieder näher zu sich und schaute mich mit einem ähnlichen Flehblick an, wie der hoffnungslos unmusikalische Typ, der in letzter Zeit nahe Francescas Hauseingang auf seiner Fiedel schrammte, ohne eine einzige Münze in seinem Hut.

»Aber das tust du doch gerade«, hätte ich gesagt, wenn mir genügend Luft dafür geblieben wäre.

Seine Frau? Mein – zugegebenermaßen noch nicht allzu oft getestetes – Prinzip, mich nicht ohne einen Anflug von Liebe oder zumindest ernsthaftes Interesse *rumkriegen* zu lassen? Wie verrückt musste man sein für eine Affäre mit dem Chef? Dazu noch einem wie diesem? Ich hätte reichlich Stoff zum Nachdenken gehabt, wäre mir danach zumute gewesen, aber das war es nicht. Im Gegenteil, urplötzlich, als hätte mir jemand ein Suchtelixier verpasst, wollte ich nur noch seinen Duft einatmen, seine Wärme fühlen, sein kratziges Kinn in meiner Halsgrube, den zielsicheren Griff seiner Hände.

Ich zog meine Beine, die bis dahin über die Bettkante gehangen hatten, auf die Decke, wandte mich ihm zu und begann, sein Hemd aufzuknöpfen. Ganz langsam.

Kapitel 2

Sollte Francesca – was ich für kaum denkbar halte – je nach verschwiegenen Nestern für heimlich Verliebte oder auf Seitenwegen Tändelnde (im Klartext: Ehebrecher) suchen, um ihrem Geschäft einen weiteren lukrativen Zweig aufzupfropfen, könnte ich ihr mittlerweile eine Menge Tipps geben. Paolo verfügte nämlich über einen Fundus von vielen und sehr unterschiedlichen Anlaufstellen, die ich im Laufe des beginnenden Sommers nach und nach kennenlernte. Neben der malerischen Locanda bei Schio gehörte dazu natürlich auch die Trattoria von Gioia und Alfredo, in deren als frisch renoviert angepriesenen Gästezimmern wir einige unserer umgewidmeten *Kundentermine* verbrachten, außerdem ein Albergo in den Weinbergen von Marostica, ein anderes in Lazise am Gardasee.

Fast überall wurde er wie ein alter Bekannter begrüßt, nicht selten mit einem vertraulichen Zwinkern, das ich, solange es eben ging, als unverfängliches Zeichen der Gastfreundschaft registrierte. Manchmal blieben wir über Nacht, manchmal ein ganzes Wochenende, und für die Fälle, in denen die Zeit knapp war, gab es ein erstaunlich dichtes Netzwerk von Freunden, die ihm offenbar problemlos ihre Haus- oder Wohnungsschlüssel für ein paar kurze Schmusestündchen überließen.

Sein Zuhause, seine Familie wurde nie erwähnt. In der Agentur hieß es, er wohne in einer der feinen Villen im Umkreis des Monte Berico, deshalb rutschte mir, als wir an einem Samstagabend auf der von Rosenbüschen und hohen Bäumen umstandenen Terrasse des *Leonardo da Vinci* saßen, eines am hinteren Hang des Vicentiner Hausbergs gelegenen 5-Sterne Hotels, unserer entschieden edelsten Absteige, spontan die Frage heraus, ob er nicht besorgt sei, von irgendjemandem hier mit mir gesehen zu werden, so nahe bei seinem Domizil.

Ein Tabubruch, für den ich mich im selben Augenblick am liebsten geohrfeigt hätte. Es gab nämlich zwischen uns die unausgesprochene Regel, den anderen nicht auszuhorchen, keine Schwüre oder Geständnisse zu erwarten, nicht einmal im Bett, wo wir den größten Teil unserer gemeinsamen Zeit verbrachten. Selbst da sagte Paolo niemals *ich liebe dich*, sondern bestenfalls *du wirst so geliebt*, was für mein Empfinden einen großen Unterschied ausmacht. Wir bewegten uns auf einem klar abgesteckten Spielfeld, auf dem nur wir beide vorkamen, nur im jeweils aktuellen Moment, ohne Vorher, ohne Nachher, mit ein paar ungeplanten Gedankenblitzen in Richtung unserer Arbeit als einzigem Außenbezug.

Und jetzt das! Genauso gut hätte ich mich direkt erkundigen können, was seine Frau von unserer Affäre hielt. Würde er mich nun zusammenstauchen? Den Chef herauskehren und fragen, ob mich das etwas anginge, ob ich mich etwa so wichtig fände? Erschrocken sah ich zu ihm hinüber. Eine Armlänge von mir entfernt saß er völlig entspannt in seinem Sessel, die langen Beine ausgestreckt, den Blick auf Olivenhaine und das tief im Tal zwischen sattgrünen Wiesen liegende Dorf gerichtet und zog nur kurz eine Braue hoch. Das konnte alles bedeuten, von *dummes Ding* bis *was soll schon passieren.*

Vorsichtshalber hakte ich nicht nach, sondern blieb still sitzen, kniff sogar die Augen zu, weil sich so vielleicht die Bilder einer wütend um die Ecke stürzenden Ehefrau und lästernder Freunde oder Nachbarn vertreiben ließen. Nur lauerten unter den dunklen Lidern andere Gestalten, um mir zuzusetzen. Weniger bösartige zwar, aber furchtbar aufdringlich mit ihrer Fragerei und ihren Andeutungen.

Natürlich war mir selbst auch nicht entgangen, dass ich mich in letzter Zeit verändert hatte. Es muss wenige Tage nach unserer dritten gemeinsam verbrachten Nacht gewesen sein – die vielen verturtelten Mittagspausen nicht mitgezählt –, als ich auf einmal etwas Ungewohntes in meinem Gesicht entdeckte. Ich hatte mir gerade die Brauen gezupft und betrachtete mich prüfend im Spiegel, und da sah ich es: Irgendetwas war neu, war fremd. Ein weicheres Lächeln? Ein selbstbewussterer Zug um den Mund? Ich legte den Kopf schief, nahm mich aus verschiedenen Perspektiven ins Visier, grimassierte eine Weile herum, konnte aber nicht ausmachen, was da so anders, so unvertraut wirkte.

Ich weiß noch, dass mir plötzlich ein altes Foto der Kennedy-Familie in den Sinn kam, vermutlich geknipst auf ihrem Feriensitz in Hyannisport. Mit seinem typischen breiten Lachen steht John hinter Jackie, die über einer Balkonbrüstung lehnt und in die Nachmittagssonne blinzelt. Kann sein, dass noch eines der Kinder durch das Geländer schaut, aber das spielt keine Rolle. Was mich an dem Bild fasziniert hatte, war allein Jackies Gesichtsausdruck: strahlend, vollkommen zufrieden, irgendwie satt, wie nach richtig gutem Sex. Etwas in der Richtung muss ich wohl an meinem Spiegelbild festgestellt haben – obwohl ich selbstverständlich entschieden weniger attraktiv als Jackie bin –, sonst wäre mir der Schnappschuss bestimmt nicht gerade in diesem Moment eingefallen. Und andere bemerkten offenbar Ähnliches.

Mein Vater ließ neuerdings ungewöhnlich häufig die Zeitung sinken, wenn ich mich in der Nähe aufhielt, und fixierte mich mit einem merkwürdigen Blick, einer Mixtur aus scharfer Beobachtung und verträumter Rückschau. So als fände er an mir etwas, das ihn an sein eigenes Früher erinnerte. Manchmal stieß er dabei einen kleinen Seufzer aus, kommentarlos.

Bei Mamma dauerte es ein Weilchen länger, bis ihr etwas auffiel, dann allerdings gab es kein Halten mehr. Der Zeitpunkt war nicht besonders günstig, weil Paolo unten wartete, den Schlüssel zu einem Landhaus von Freunden in der Tasche, in dem wir das Wochenende verbringen wollten. Ich hatte mit der Familie zu Abend gegessen, danach blitzartig meine Reisetasche gepackt und mich in ein Kleid geworfen, das Paolo besonders an mir mochte, veilchenfarben mit rasantem Rückenausschnitt, und trat noch einmal an den großen Esstisch, um ein paar Küsschen in die Runde zu streuen, als der Blick meiner Mutter nicht wie üblich nach kurzem Zwischenstopp von mir weg zu meinen Geschwistern oder irgendwelchen Utensilien schweifte, sondern bei mir hängenblieb. An meine häufige Aushäusigkeit waren hier alle längst gewöhnt, niemand wandte etwas dagegen ein oder bezweifelte, dass ich tatsächlich mit Kollegen ausging, eine Freundin traf oder bei Bekannten übernachtete, wenn ich dergleichen als Grund für meine Abwesenheit angab. Schließlich war ich erwachsen genug für eigene Unternehmungen. Woher also die plötzliche Skepsis im Gesicht meiner Mutter? Die unverhohlene Neugier, mit der sie nach meinem Arm griff und mich für eine eingehende Prüfung zu sich heranzog?

»Lass dich mal anschauen, Kind. Was ist los? Du siehst so anders aus.«

»Unsinn, Mamma, das bildest du dir bloß ein!« Ich beugte mich über sie, um ihr einen beschwichtigenden Kuss auf die Stirn zu drücken und sah dabei, wie sie, alarmiert durch sein gekünsteltes Hüsteln, zu meinem Vater hinüberblickte. Und auch sein warnendes Kopfschütteln, eine kaum sekundenlange Andeutung, entging mir nicht. Sollten sie denken, was sie wollten, wenn sie mich nur nicht aufhielten.

»Ciao, macht's gut!« Ich war zur Tür hinaus, ehe meine Mutter weitere Fragen stellen konnte.

Das holte sie umso gründlicher nach, als ich am Sonntagabend gegen zehn Uhr heimkam. Noch ganz benommen von dem Wochenende, das wir, bis auf ein paar improvisierte Mahlzeiten am Küchentisch, ausschließlich im Bett verbracht hatten, jede Pore noch prickelnd von Paolos Zärtlichkeiten, schloss ich die Wohnungstür auf und lief ihnen direkt in die Arme: meiner Mutter, meiner Tante Luisa und Fernanda, einer Freundin der beiden, unentbehrliche Beraterin in prekären Familiensituationen. Sie mussten mir aufgelauert haben.

Wie Hyänen, die ihr Opfer von seinen Artgenossen isolieren, um sich dann vereint darauf zu stürzen, versperrten die drei mir den Weg ins Wohnzimmer, wo Papa und Polpo vor dem Fernseher lachten, genauso wie die Fluchtroute in mein eigenes Zimmer, in das sie mich zweifelsohne verfolgt hätten, wäre ich an ihnen vorbeigekommen. Aber dafür gab es keine Chance. Schulter an Schulter bauten sie sich mir gegenüber auf und spähten, statt mich wie üblich zu begrüßen, völlig ungehemmt in mein Gesicht.

»Guten Abend, ihr Lieben! Schön, euch zu sehen«, versuchte ich zu spaßen. Ohne Erfolg. Meine Mutter, in der Mitte der Phalanx , stieß den beiden Mitstreiterinnen ihre Ellbogen in die Rippen und wies dabei mit dem Kinn auf mich. »Da, da, was habe ich euch gesagt! Sieht sie nicht verändert aus? Heute sogar noch mehr als Freitagabend.«

Fernanda, eine drahtige, immer braungebrannte Person, der ihr kühnes Profil unter uns Kindern den Namen *Sitting Bull* eingetragen hatte, trat zwei Schritte vor, packte meinen Kopf mit beiden Händen und zog ihn etwas nach unten, in ihr Sichtfeld. »Wer ist er?« Eine kurze Inspektion meiner Miene reichte offenbar für die eindeutige Schlussfolgerung: Nur ein ER konnte dahinterstecken.

»Lass mich! Was soll das?« Wütend ließ ich meine Tasche fallen. Ich schüttelte die Hände ab und schob Fernanda ein Stück zurück. »Was fällt euch ein, mich hier abzufangen? Hast du die beiden etwa zur Verstärkung gerufen?«, fauchte ich meine Mutter an.

»Aber doch nur aus Sorge, Liebes«, sagte sie mit ihrer butterweichen Mammastimme, wohl in der Hoffnung, mich damit wieder in die Kindchenrolle schieben zu können, während Luisa meine Tasche aus dem Weg räumte. Unter beruhigendem Gebrummel wurde ich an den Esszimmertisch bugsiert und auf einen Stuhl gedrückt. Unsere große Teekanne stand in Reichweite zwischen drei Tassen, aus denen es nach Fenchel roch.

»Möchtest du einen Teller Minestrone? Etwas zu trinken?«

Sie waren lieb zu mir und genauso unerbittlich. Umzingelt saß ich da, ohne Aussicht auf Entrinnen.

»Nun erzähl schon, Kind«, drängte meine Mutter. »Diese dauernden *Kollegengeschichten* glaubt dir allmählich kein Mensch mehr! Ich bin einfach beunruhigt!«

»Dass man sich verliebt, ist schließlich ganz normal«, tönte Luisa dazwischen. Sie hatte immer schon einen Hang zum Grundsätzlichen. »Wir wüssten nur gern, ob alles in Ordnung ist.«

Wir? – Ich wollte gerade fragen, was ihr das Recht zu einer derartigen Einmischung gäbe, obwohl ich mit ihren Versuchen, meine Geschwister und mich auf den rechten Kurs zu bringen, nachdem es ihr bei den eigenen Kindern gründlich misslungen war, reichlich Bekanntschaft gemacht hatte. Doch Fernanda kam mir zuvor.

»Was ist er denn – dein Geliebter oder dein Liebhaber?«

»Wie bitte?« Konsterniert starrte ich in ihr Indianergesicht und dann in die vor Erstaunen weit aufgerissenen Augen ihrer beiden Verbündeten.

»So eine absurde Frage«, fuhr Mamma sie an, plötzlich ganz das Muttertier, das sein Junges verteidigen muss. »Spielt das etwa eine Rolle? Ich …« Weiter kam sie nicht.

»Ja natürlich!« Fernanda unterbrach sie in triumphierendem Ton. »Begreift doch: Ein Geliebter ist der, den man liebt, ein Liebhaber dagegen ist einer, von dem man sich lieben lässt. Schon gut, schon gut, manchmal ist das deckungsgleich«, sagte sie eilig, als Mamma und Luisa versuchten, sie mit Einwürfen wie *Blödsinn* oder *Jetzt drehst du durch* auszubremsen, »aber oft eben auch nicht. Wenn du dich nicht länger sorgen willst, meine Beste« – damit wandte sie sich direkt an Mamma –, »müssen wir herausfinden, ob deine Tochter diesen Mann liebt oder ob es nur um eine Spielerei geht. Falls sie ihn liebt, stellt sich die Frage, wie ernst die Sache ist, ob es eine Perspektive für die Zukunft gibt. Falls die zwei bloß eine Affäre haben, können wir höchstens mit Ratschlägen helfen und aufpassen, dass das Kind keinen Schaden nimmt. Erfahrung haben wir schließlich genug«, sagte sie mit einem koketten Augenaufschlag.

Alle drei lachten leicht überdreht und selbstgefällig, in einer Art, die ich noch nie bei ihnen gehört hatte, allerdings war mir bis dahin auch noch nie etwas von ihren einschlägigen Erfahrungen zu Ohren gekommen. Oder ich hatte eventuelle Anspielungen nicht verstanden. Vermutlich stellt sich kaum jemand die eigene Mutter oder seine Familientanten im Zusammenhang mit irgendwelchen Affären vor.

Das Kind saß da und staunte.

»Hier geht's ja lustig zu!« Plötzlich stand mein Vater im Türrahmen, den Kopf gespannt vorgestreckt und offenbar willens, sich unserer Runde anzuschließen. »Darf man wissen …«

»Nein, darf man nicht!« Bei seinem Anblick stieß sich Luisa von der Tischkante ab, an der sie laut lachend gelehnt hatte. Mit ein paar Schritten war sie bei ihm, drehte ihn um und schob ihn sanft, aber bestimmt ins Nebenzimmer. »Schau du dir noch ein Fußballspiel an«, sagte sie, während sie die Tür zum Salotto schloss, »bei uns werden Frauensachen behandelt.«

»Ach, tatsächlich?« Meine Mutter klang ungewohnt süffisant. »Meinst du nicht, dass er mit dem Thema bestens vertraut ist?«

»Stimmt, man vergisst es nur immer, wenn er so zahm daherkommt. Wie lang liegt seine letzte Geschichte zurück?«

Mamma zog die Schultern hoch. »Genau weiß ich's natürlich nicht, aber ich schätze sieben, acht Jahre. Und er ist bestimmt nicht aus Tugend treu geworden, das kannst du mir glauben.«

Mein Vater war also ebenfalls fleißig unterwegs gewesen.

Obwohl ich meine Neugier kaum zügeln konnte, fand ich doch, dass man über die Umtriebe der Eltern besser nicht allzu viel wissen sollte. Den anderen fiel das offenbar auch gerade ein, denn wie auf ein Kommando hin, fassten sie mich plötzlich wieder ins Auge.

Als Erste preschte die energische Fernanda vor. »Wohin sind wir bloß geraten«, sagte sie und legte mir eine Hand auf die Schulter. »Das war alles nicht für deine Ohren bestimmt, Kindchen, aber nachdem es nun mal passiert ist, nehmen wir dich am besten in den Kreis der Erwachsenen auf, der nicht unbedingt heiligmäßigen Erwachsenen.« Ihr Gesicht verzog sich zu braunen Plisseefalten, als sie mich anlachte. »Du siehst, jede von uns hier hat irgendwelche wilden Geschichten erlebt, wir kennen uns damit aus.«

»Das müssen wir jetzt nicht unbedingt näher erläutern«, unterbrach Mamma sie eilig, »du sollst nur wissen, dass niemand dich zurechtweisen will, du kannst uns absolut vertrauen. Also: Warum diese Geheimniskrämerei? Bring ihn doch mal mit nach Hause, damit wir ihn kennenlernen.«

»Oder ist er nicht vorzeigbar?«, mischte sich Luisa ein. »Ein Penner vielleicht? Ein Krimineller? Oder kohlhässlich?«

»Luisa, werde nicht unverschämt! *Meine* Tochter würde sich niemals mit so jemandem einlassen.« Mammas Stimme verriet deutlich die Lust, Sabrina ins Gespräch zu bringen, Luisas Zweitälteste, von der es hieß, sie sei jahrelang als Gefährtin eines Hütchenspielers durch Süditalien gezogen.

Ehe die Sache eskalieren konnte, übernahm Fernanda wieder die Führung, in einer Weise, als wäre ich gar nicht anwesend, was mich amüsierte, obwohl mir allmählich klar wurde, dass ich nicht die geringste Chance hatte, diesem hartnäckigen Trio ohne ein Geständnis zu entkommen. Aber leicht würde ich es ihnen nicht machen!

Die Augen zu schmalen Schlitzen zusammengekniffen, spekulierte Fernanda laut vor sich hin. Sitting Bull auf Spurensuche: »An schräge Vögel muss man bei Camilla nicht denken, das steht schon mal fest. Wenn es sich um einen ordentlichen jungen Mann handelt, ist zu fragen, weshalb sie ihn nicht vorzeigt, nicht einmal erwähnt. So einer wird es also kaum sein, das wäre zu albern. Welche Typen könnten sonst noch infrage kommen? Eventuell ein Scheich, mit Harem?« Sie grinste mich herausfordernd an und schüttelte sofort den Kopf. »Nein, vergessen wir's. Der würde sie nicht zwischendurch nach Hause lassen.«

»Warum nicht eine lesbische Freundin?«, fragte Luisa mit Unschuldsmiene, was ihr einen beinahe tödlichen Blick meiner Mutter einbrachte, samt einer gezischelten Verwünschung.

»Nicht wirklich auf Abwegen, aber auch nicht im gängigen Trott«, sinnierte Fernanda weiter, ohne sich um das Intermezzo zu kümmern, »nur einen kleinen Schritt entfernt vom Pfad der Tugend. – Ich hab's, Leute, ich hab's! Der Bursche ist verheiratet!«

»Ecco, un triangolo!« Luisa schlug sich an die Stirn, dass es klatschte. »Typisch! Das Naheliegendste fällt uns zuletzt ein.«

Wahrscheinlich hatte ich wie eine Angeklagte dagehockt, während sie über mich verhandelten. Jedenfalls setzte sich meine Mutter jetzt ganz nah neben mich, legte mir zwei Finger unters Kinn, hob mein Gesicht an und schaute mir in die Augen. Erstaunlicherweise kein bisschen verärgert oder besorgt, sondern eher amüsiert.

»Stimmt das, Kind? Du steckst in einer Dreiecksgeschichte?«

Ihre Hand bewegte sich mit meinem Nicken auf und ab. »Nicht zu fassen! Das muss ja ein versierter Verführer sein, wenn er …« *so eine Spröde wie dich einfangen kann*. Bestimmt hatte sie etwas in dieser Art sagen wollen, hielt jedoch erschrocken inne und fragte eilig, um wen es denn ginge. Einen Kollegen? Jemanden aus unserem Bekanntenkreis? »Komm, Camilla, nun verrate es schon!«

Sie würden mir den Namen ohnehin in Kürze abpressen, also konnte ich ihn auch gleich nennen. »Es ist Paolo, Paolo Bertolini, mein Chef«, sagte ich und fühlte mich auf einmal sehr erleichtert, besonders, weil keine der drei auch nur eine Spur von Missfallen oder Skrupeln zeigte. Im Gegenteil.

»Völlig richtig«, krähte Fernanda, »je höher man ansetzt, desto besser.« Ich hatte den Eindruck, als richteten sich ihre kurzen, weißen Haare vor Begeisterung zu einem Strahlenkranz auf.

Mamma rannte los, die weichen Hüften schwingend, um eine Flasche Cognac zu holen, den besten, den Papa hinter einer Konservenpyramide im Küchenschrank sicher versteckt zu haben glaubte. »Das müssen wir begießen«, erklärte sie und reichte gut gefüllte Gläser in die Runde. »Auf dein Wohl, Kind, und denk daran: immer schön locker bleiben!«

Locker? Wie mochte das gemeint sein?

Als hätte sie mir die Frage von der Stirn abgelesen, begann die Grundsatz-Luisa sofort mit einer Belehrung, offenbar bestens informiert über die Bedingungen derartiger Verhältnisse: »Mach dir auf keinen Fall Hoffnungen, dass er sich scheiden ließe, um mit dir zu leben, das kommt so gut wie nie vor, erst recht nicht, wenn er Kinder hat. – Hat er doch, oder? – Na siehst du. – Und falls er sich mal zu Liebeserklärungen oder irgendwelchen Schwüren versteigen sollte, bleib ganz entspannt, das gehört in die übliche Trickkiste und bedeutet gar nichts. Besser du stellst dich darauf ein.«

Fernanda nickte heftig. »Genau. Genieße einfach den Augenblick, ohne mehr zu erwarten. Sonst könnte es dir gehen wie der armen Ludovica. Erinnert ihr euch?«, fragte sie Mamma und Luisa. »Das Mädchen aus unserer früheren Nachbarschaft? Sie übernahm das Hotel ihrer Großmutter in der Nähe von Triest und war putzmunter, bis sie sich in einen Feriengast aus Österreich verliebte. Der hatte aber nur einen Urlaubsflirt gesucht, zwei, drei leidenschaftliche Wochen und Schluss. Für ihn jedenfalls. Ludovica dagegen verbiss sich in die Sache und hielt ihm die Treue. Eisern blieb sie bei der Vorstellung, er käme zu ihr zurück, wenn nicht gleich, dann bestimmt nächstes Jahr oder übernächstes, weil er das doch versprochen hatte. Sie hat nie geheiratet und ist regelrecht verdorrt.«

»Wie eine Trockenbirne sah sie aus, als sie letzten Winter zur Beerdigung ihres Onkels hier war. Wer nimmt solche Affären schon ernst! So was kommt dann dabei heraus!« Meine Mutter schüttelte seufzend den Kopf. Plötzlich aber richtete sie sich auf und blickte mich an wie früher bei ihren Versuchen, mir etwas einzutrichtern. »Hör zu«, sagte sie mit Nachdruck, »selbst wenn wir finden, du solltest lieber glücklich als tugendhaft sein, gib wenigstens acht, dass du nicht schwanger wirst!«

»Ach, Ilaria!«, ächzte Fernanda, ehe ich gegen eine so übergriffige Warnung protestieren konnte. »Willst du sie jetzt etwa zurückpfeifen? Oder glaubst du allen Ernstes, Camilla wüsste nicht Bescheid?« Sie linste in meine Richtung, und mir kam es vor, als überlegte sie, ob ich mit meinen bekanntermaßen mageren Erfahrungen nicht vielleicht doch … Nein, falsch vermutet. Sie hatte nur nach einem Fluchtpunkt gesucht. »Und wenn schon«, rief sie auf einmal breit lachend in die Runde, »so eine Schwangerschaft kann sich sogar als Segen auswirken, vielleicht nicht direkt, aber immerhin. Ihr kennt doch alle Emilio di Montauti, den Feinkosthändler gleich hier um die Ecke. Käse, Schinken, erlesene Weine, ein Geschäft in dritter Generation. Sein Vater hinterließ nicht nur diese Goldgrube, sondern auch einige Mietshäuser in der Stadt, Obstplantagen und diverse Ländereien irgendwo außerhalb und einen ordentlichen Batzen Bares, angelegt in Fonds und Aktien. Bei der Beerdigung des Alten tauchte eine junge Frau auf, ungefähr in Emilios Alter, die niemand kannte, die aber tränenüberströmt am Grab stand. Statt sich wie die übrigen Trauernden über die merkwürdige Fremde zu wundern, studierte Emilios Mutter deren Gesicht und erkannte trotz der vom Weinen verzogenen Züge darin eine verblüffende Ähnlichkeit mit ihrem Verblichenen. Ich glaube, er hat Gustavo geheißen. Weil ihr Gustavos Neigung zu immer neuen Fischzügen im Meer weiblicher Schönheit – angeblich soll er von seiner Schwäche in diesen Worten gesprochen haben – bestens vertraut war, stellte sie die junge Frau zur Rede. Und siehe da, es zeigte sich, dass der Alte neben etlichen anderen amourösen Abenteuern eine veritable Parallelfamilie gehabt hatte, in einem abgelegenen Nest in den Bergen. Die Weinende war seine Tochter. *Eine* seiner Töchter, versteht sich, denn hier gab es bereits zwei. Und jetzt kommt es: Statt wütend und empört zu sein, den Alten in die Hölle zu wünschen und seine illegitime Brut gleich hinterher, beschloss Emilios Mutter etwas außerordentlich Großzügiges. Da sie fand, die uneheliche Tochter sei nun wirklich nicht schuld an ihrer Entstehungsgeschichte und gehöre so oder so zur Familie, überschrieb sie ihr ein Stück Land, fruchtbar, ein kleines Haus darauf, ausreichend für ein gutes Leben. Was sagt ihr dazu, meine Lieben? Vor allem du, Ilaria? Komm, wirf deine Sorgen in die Luft!«

Mamma fuhr sich mit allen zehn Fingern durch die Haare, als wollte sie ihren Kopf von Ballast befreien, eine verwegene Geste bei jemandem, der immer penibel auf seine Frisur achtet, und lächelte. »Du hast ja recht, Fernanda. Abwenden kann man eh nichts mehr. Also sehen wir zu, dass die Sache gut ausgeht.«

Ganz sicher wäre auch Francesca die Veränderung an mir aufgefallen, hätte sie nicht gerade um diese Zeit ihr Baby bekommen, einen kleinen Jungen, der zu seinem Glück nun doch Marco statt Camillo genannt wurde und die Aufmerksamkeit seiner Mutter komplett für sich beanspruchte. Mir passte das sehr gut, denn aus Sicht einer noch nicht lange verheirateten Frau, frischgebackenen Mamma und ergebenen Anhängerin ihres Mannes konnte sie meiner Liaison mit Paolo eigentlich nur kritisch gegenüberstehen. Und ich war viel zu sehr mit der Entdeckung meiner eigenen Sinnlichkeit, eines völlig neuen Körpergefühls beschäftigt, als dass ich mir den berauschten Kopf über eventuelle moralische Einwände hätte zerbrechen mögen, oder darüber, was ich wirklich für Paolo empfand.

Immer schön locker bleiben. Obwohl ich ihn nie von meiner Mutter erwartet hätte, erschien mir ihr Leitsatz überaus zweckdienlich.

Alicia sah das offenbar genauso, wenn sie es auch etwas anders ausdrückte. Alicia Rossi, meine männersammelnde zweite *allerbeste Freundin*. Sie kreuzte eines Mittags meinen Weg, als ich mich eben mit Livia zu einem inzwischen nicht mehr so häufigen gemeinsamen Lunch auf der großen Piazza niederlassen wollte. Bei der Suche nach einem freien Tisch wären wir fast zusammengestoßen, und ich hätte sie beinahe nicht erkannt. Zu sehr hatte sich meine altvertraute Alicia verändert. Anstelle knallenger Kleider in Leoparden- oder Pythonprints, die aussahen wie auf ihrem Leib gewachsen, anstelle signalfarbener Fümmelchen, kaum größer als ihre Ohrgehänge – ganz im Stil von Livias bevorzugtem Outfit –, trug sie einen schmalen mitternachtsblauen Rock mit einer grünblau schimmernden Tunika. Und ihre Füße steckten in dunkelblauen Ballerinas statt – wie früher – in erbarmungslosen 15-cm-Heels, auf denen sie allerdings, das hatte ich immer bewundert, ein olympiaverdächtiges Tempo vorlegen konnte. Nur das Gesicht war gleich geblieben, während Alicia in Bologna Sprachen studierte und anschließend monatelang in London und Lyon lebte. Ein schmales, klassisch geschnittenes Gesicht, an das ich mich immer erinnert fühlte, wenn im Werbe-Fernsehen eine *typische Italienerin* mit kastanienbrauner Mähne und Glutaugen Pralinen zwischen ihre makellosen Zähne schob oder in ein Stück Pizza biss.

Ich starrte sie verwundert an und merkte, dass sie mich ebenfalls Zoll für Zoll musterte, kaum verhohlen staunend. Aber ich war schneller mit dem Mundwerk.

Seit wann bist du wieder hier? Wie war deine Zeit? Hast du Pläne? Was macht die Liebe? Ich überschwemmte sie schon, ehe wir saßen, mit Fragen und erfuhr zwischen Stühlerücken und Bestellen, dass sie erst zwei Tage zuvor zurückgekommen war, sich noch nicht hatte melden können, weil sie sich um einen Job bemühte – der normale bürokratische Hürdenlauf – und am heutigen Morgen die ersehnte Zusage erhalten hatte. »Ich habe die Stelle!« Sie strahlte vor Stolz und prostete Livia und mir mit ihrem stillen Wasser zu, als handele es sich um Champagner.

»Was für ein Job ist es denn?« Früher hatte sie Modedesignerin werden wollen oder Journalistin bei einem der angesagten Hochglanztitel, dazu hätte sie allerdings nicht unbedingt nach Vicenza heimkehren müssen. Was konnte sonst infrage kommen? »Los, erzähl schon«, drängte ich und sah sie in Gedanken als Direktrice durch irgendwelche topgestylten Geschäftsräume stöckeln. Die Wahrheit überraschte mich so sehr, dass mir ein Stück meines üblichen Tramezzinos im Hals stecken blieb.

»Das hättest du nicht erwartet, wie?« Alicia beobachtete meinen Hustenanfall, die untadeligen Augenbrauen spöttisch hochgezogen. »Aber du hast richtig gehört. Lehrerin für Französisch am Liceo Lioy.«

Ausgerechnet die Schule an der Stirnseite der Piazza S. Lorenzo, zu der sich mein fauler Bruder täglich schleppte. Wenn Alicia je in die Verlegenheit käme, Polpo etwas ins Hirn stopfen zu sollen – du lieber Himmel! »Nein, das kann nicht sein«, krächzte ich. »Du willst mich wieder mal auf die Schippe nehmen!«

Das hatte sie nämlich früher ständig getan, Francesca und mir Geschichten aufgetischt über einen bevorstehenden Umzug ihrer Familie auf eine Bananenplantage in Südamerika, oder einen Onkel, der den Erziehungsminister dazu gebracht hatte, die großen Ferien auf acht Monate auszudehnen, weil Jugendliche dringend mehr Freiheit brauchten. Nächstes Jahr schon sollte es losgehen, wir würden ja sehen. So beharrlich blieb sie dabei, dass wir ihr schließlich glaubten, bis sie selbst losprustete und uns für unsere Dummheit verhöhnte. Damit war jetzt Schluss!

»Vergiss die alten Zeiten, Camilla. Es stimmt wirklich! Schau mich doch nur an, so … so seriös. Findest du etwa nicht? Ich würde mich doch wohl kaum verkleiden, um dir einen Bären aufzubinden.« Eine Handbewegung an ihrer tatsächlich ungewohnt *vernünftigen* Montur entlang sollte die Beteuerung anscheinend verstärken.

»Aha, nicht für mich, aber schon für den neuen Job! Sehe ich das richtig?« Meine Stimme war wieder stabil und klang schön satt ironisch.

»Komm, lass den Blödsinn!« Seufzend stocherte Alicia in ihrem Salat, pickte ein paar Bröckchen Thunfisch aus dem Grün, kaute gemächlich, leerte ihr Wasserglas, schenkte sich nach, seelenruhig, während ich auf der anderen Tischseite saß, ihr zuschaute und mich fragte, ob ich sie vielleicht verletzt haben könnte. Livia neben mir, die nach Azubi-Art stumm dagehockt und uns beobachtet hatte, schien ähnliche Gedanken zu haben. Ich fing einen Runzelblick von ihr auf und ein ratloses Schulterzucken.

Zu meiner Erleichterung lehnte sich Alicia plötzlich auf ihrem Stuhl zurück und sah mich an mit einem Ausdruck, in dem sich Ernst und Belustigung mischten, dazu noch ganz viel von der Innenwärme, die uns von klein auf miteinander verband.

»Ich habe mich nicht verkleidet«, erklärte sie, »sondern verändert. Und das dürfte doch gerade dir nicht fremd sein.«

»Wieso? Was soll das heißen?« Ich tat verblüfft, obwohl ich sofort wusste, auf was sie anspielte. Glücklicherweise lag meine Papierserviette noch da, die ich zu kleinen weißen

Kugeln kneten und den frechen Tauben hinterherschnipsen konnte.

»Ach, Schätzchen.« Früher hatte ich mich immer geärgert, wenn sie das sagte, weil es mir herablassend vorkam, überheblich, so als ob die weltläufige Alicia schon alles wüsste, womit ich mich noch abplagte. Aber jetzt rief es nur das Gefühl unserer alten Vertrautheit in mir wach. »Schätzchen«, wiederholte sie, »du schaust doch sicher gelegentlich in den Spiegel. Kritisch meine ich, nicht beim Wimperntuschen. Und da soll dir nichts aufgefallen sein? Es springt ja direkt ins Auge, wie du dich verwandelt hast. Das muss einfach jeder sehen, hab ich recht, Livia?«

Meine Kollegin fuhr erschrocken zusammen, als sie so unerwartet in das Geplänkel einbezogen wurde. Sie warf mir einen schnellen Seitenblick zu, hüstelte, verschränkte die Arme vor ihrer Brust, erkennbar nicht bereit für ein Bündnis gegen mich, obwohl sie bestimmt exakt derselben Meinung war. Zumindest schloss ich das aus ihrem Verhalten während der letzten Zeit. Sie ließ sich zwar nie zu einer offenen Bemerkung oder Frage hinreißen, verkniff sich auch – was ich ihr hoch anrechnete – spöttische Anspielungen, wenn ich wieder einmal in Paolos Gesellschaft Stunden bei einem *Kundenbesuch* verbrachte, eigentlich mied sie das Thema generell, und dennoch registrierte ich genau die Spannung, mit der sie verfolgte, was sich zwischen ihm und mir tat. Wie sollte ihr eine Veränderung an mir nicht aufgefallen sein? Nur wollte sie offenbar nicht darüber reden.

Alicia hakte noch einmal nach, mit dem Ergebnis, dass Livia erst sie, dann mich verschmitzt angrinste, auf ihre Uhr schaute und eilig ihre Sachen zusammenraffte. »Dio mio! Wir sind längst über der Zeit! – Zahlst du für mich mit?«, rief sie schon im Weglaufen. »Ich sage Federica, du bist in der Bibliothek!« Blitzartig verschwand sie um die Ecke.

»Ein Lehrstück in Sachen Wie-ziehe-ich-mich-aus-der-Affäre!«, schmunzelte Alicia. »Aber gut, vielleicht können wir unter vier Augen offener reden. Was hältst du von einem Caffè? Oder musst du auch gleich los?«

Ich schüttelte den Kopf. »Nein, auf Livias Ausreden ist Verlass, ein Stündchen darf ich ruhig anhängen. Und ja: gerne noch einen Caffè. Dabei«, sagte ich und nutzte den Moment, während Alicia dem Kellner ein Zeichen machte, um das Gespräch wieder auf sie zu lenken, »dabei möchte ich unbedingt erfahren, wie du dich so ändern konntest. Die grelle Libelle plötzlich ganz ehrbar, richtig elegant.«

»*Grelle Libelle*!« Alicia lachte laut auf. »Typisch Camilla mit der frechen Zunge. Erzähl du lieber, womit man dich behandelt hat, dass du dermaßen umgemodelt aussiehst. Ein spezieller Weichspüler vielleicht? Oder ein hochprozentiger Zaubertrank?«

»Stopp, stopp! Schön der Reihe nach! Ich war zuerst dran, also bitte, ich höre …« Aus alter Gewohnheit rührte ich ungefragt zwei Löffelchen Zucker in ihren wie in meinen Caffè, trank und wartete.

Alicia leerte genüsslich ihre Tasse, bevor sie antwortete, auf einmal eher nachdenklich. »Offenbar haben wir uns beide geändert, wenn auch in unterschiedliche Richtungen. Ich bin – wie du es ausdrückst – vielleicht wirklich *ehrbar* geworden, ein gruseliges Wort, für das, was ich als erwachsen empfinde. Irgendwann hatte ich einfach die Nase voll von den schrillen Klamotten, es kam mir bloß noch albern vor, immer und überall auffallen zu wollen, den Hintern zu schwenken und mich von ständig neuen Beautytrends wie am Nasenring mitschleifen zu lassen. Komischerweise studierte ich ja daneben ganz normale Fächer, schön konservativ auf die Schule ausgerichtet. Ob sie da einer so durchgeknallten Tussi je eine Chance geben würden, muss man sich gar nicht erst fragen. Und überhaupt, wenn man auf die dreißig zugeht …« Sie seufzte wie vom nahenden Alter niedergedrückt.

»Aha.« Meine Stimme triefte förmlich von Mitgefühl. »Dann hattest du also gerade noch rechtzeitig ein Erweckungserlebnis?«

»Was für ein Unsinn! Ich doch nicht! Bei mir war's der übliche Reifungsprozess, der mich gezähmt hat. Aber du! Die … die …«

»Sag ruhig *spröde*«, platzte ich dazwischen, »ich bin dran gewöhnt!«

»Ob spröde oder sonst was, die alte Camilla wirkt jedenfalls wie ausgetauscht. So weich und weiblich und – ja, erotisch angehaucht habe ich dich noch nie gesehen. Demnach gab es ein Erweckungserlebnis wohl eher bei dir. Stimmt's?«

Zu meinem Ärger merkte ich, dass mir unter Alicias neugierigen Blicken die Röte ins Gesicht schoss. Verflixt, in der Tat hätte kein Wort besser treffen können, was mir mit Paolo passierte.

»Na bitte«, fuhr sie ungerührt fort. »Ich habe also recht. Endlich hat es dich mal richtig erwischt. Bravissimo! Jetzt musst du mir nur noch sagen, wer der Auserwählte ist. Was für ein Typ ist er?«

Welcher Typ? »Roberto Cavalli, bloß gut zwanzig Jahre jünger.« Der Name rutschte mir so spontan heraus, dass ich selbst überrascht war. Einen Moment lang nur, bis mir der Artikel einfiel, den ich ein paar Tage zuvor in der *Amica* gelesen hatte, garniert mit vielen Bildern, auf denen sich der berühmte Modemacher in allen möglichen Posen bewundern ließ. Blaue Sonnenbrille, sinnliche Lippen, Goldkettchen im Brustpelz. Lässig – sexy – selbstbewusst. Genauso wie Paolo sich präsentierte. Unbewusst musste ich die Ähnlichkeit gespeichert haben.

Alicia nickte anerkennend. »Das klingt schon mal nicht schlecht. Und wie heißt er, dein Lover? Kenne ich ihn?«

Seit den Erfahrungen mit Mamma und ihren Co-Hyänen hatte ich keine Scheu mehr, über ihn zu reden, zumal Alicia zum gleichen Kaliber gehörte und den Namen allemal aus mir herausquetschen würde, falls ich ihn ihr als meiner alten Freundin nicht freiwillig verriete. »Paolo«, sagte ich, »er heißt Paolo Bertolini.«

»Was? Dein Chef?« Augenscheinlich war er ihr ein Begriff, ein sehr genauer sogar, denn sie konnte sich nach einem herausgeprusteten »Dieser Schwerenöter!« mit einem Blick auf mich nur knapp abbremsen. Klar, dass Alicia, die Männersammelnde, diesem Prachtexemplar irgendwo auf der Pirsch begegnet sein musste. Und sie passte sicher hundertmal besser in sein Beuteschema als ich. Lieber nicht näher hindenken.

Alicia stützte die Arme auf das Tischchen zwischen uns und beugte sich zu mir herüber. »Du weißt, dass er verheiratet ist, oder? – Bene. – Das ist ideal für jemanden wie dich, ohne viel Übung, meine ich. – Guck nicht so erstaunt! Begreif doch, der will dich auf keinen Fall festnageln. Es bleibt ein Spiel, bei dem du allerdings eine Menge lernen kannst, was dir in Zukunft hilft, wenn du mal den Richtigen triffst, den Einen, du weißt schon. Sei wendig, schön geschmeidig, dann kommst du am ehesten heil durch.«

Ich dachte an Mamma und ihren Rat, locker zu bleiben,

aber Alicias Ausdruck gefiel mir besser – *geschmeidig*. Wie einen Weidenzweig sah ich mich im Wind schaukeln, ganz leicht und biegsam, vielleicht könnte ich Paolo sogar an der Nase kitzeln.

»Noch etwas«, fuhr Alicia nach kurzem Überlegen fort. »Für alle Fälle: Sollte dir jemand moralinsauer kommen von wegen Ehebruch und dergleichen, frag ihn, ob es etwa ein Verbrechen ist, wenn einer seine Frau betrügt. Natürlich wird er verneinen, weil sonst die allermeisten hier Verbrecher wären. Und dann sagst du, dass gleiches Recht für alle gilt. Warum solltest du dich schuldig fühlen? Freu dich einfach an deinem Casanova!«

Wer moralinsauer reagierte, war allein Nicoletta, die steinerne. Vielleicht hatte ich mich deshalb längere Zeit um einen Besuch bei ihr gedrückt, weil ich es schon ahnte. Erst sagte sie eine Weile lang gar nichts, als ich an einem trüben Juliabend neben ihr vom Rad sprang und mich ins Gras zu ihren Füßen setzte. Ich riss ein paar Halme aus, kaute auf ihnen herum, beobachtete eine Spinne, die mit endlosen, haarfeinen Beinen an Nicolettas Sockel entlangzitterte und vor meinen Versuchen, sie aus der Bahn zu pusten, um die nächste Kante floh, während meine Freundin anhaltend schwieg. Unter dem wolkenschweren Himmel sah sie sehr unfroh aus. Am liebsten hätte ich mich sofort wieder davongemacht, aber da ich nun einmal hier war, stellte ich sie zur Rede.

»Könntest du eventuell eine nicht ganz so missbilligende Miene aufsetzen, wenn ich dich schon besuche?«, sagte ich zu ihr hochblickend. – »Was? Du meinst, ich sollte keine armen Spinnen ärgern? Komm, mach mir nichts vor! Man sieht dir doch an, dass du ernsthaft sauer bist. – Aus gutem Grund, behauptest du? – Okay, okay, zugegeben, ich habe gegen unsere Abmachung vom letzten Mal verstoßen und mich nicht telefonzellenmäßig neutral verhalten, da hast du recht. Vielleicht hättest du mir einen kleinen Flirt mit ihm nicht dermaßen streng untersagen sollen. Dadurch wird der Anreiz nur umso größer, das weiß doch jedes Kind! – Nein, das siehst du falsch! Ich will dir bestimmt nicht die Schuld zuschieben, aber könntest du dich mal für einen Augenblick in meine Lage versetzen? Auch wenn's dir schwerfällt, hier auf deinem sicheren Posten? So ein attraktiver Mann, der hinter dir her ist wie der Teufel… oder wie …wie ein Hund hinter einer Schweinswurst… ach was, vergiss es. Der dich jedenfalls mit Komplimenten überhäuft, seinen Blick in deine Augen schüttet und dir ständig sagt, wie hinreißend und bezaubernd du bist? Da soll man kalt bleiben? – Komm, Nicoletta, das ist jetzt wirklich nicht nett! So unansehnlich bin ich nun auch wieder nicht, dass jedes Kompliment nur als Witz gemeint sein könnte.«

Um Haaresbreite hätte ich sie *Betonkopf* genannt, obwohl das natürlich unfair gewesen wäre – zumindest ihrer Substanz gegenüber. Aber sie war ja tatsächlich knallhart! Und hörte nicht auf. Wartete bloß ab, bis ein Kindermädchen mit einem brüllenden Knirps im Schlepptau sich nicht mehr nach uns umdrehte.

»Was redest du da?«, zischte ich sie an. »Ein *Flittchen* nennst du mich, weil ich mit ihm *durch die Gegend ziehe* und mal hier, mal da *herummache*? Hast du vielleicht eine Idee, wie es anders gehen sollte, wenn wir zusammen sein wollen? – Na bitte, spar dir die Vorwürfe.«

Allmählich reichte es. Ich erhob mich vom Boden, klopfte Gras und Staub aus meinen Kleidern und ging auf mein Fahrrad zu, kehrte aber nach zwei Schritten wieder um.

»Schon gut, schon gut, ich laufe nicht weg.« Ich hockte mich auf die ihr zugewandte Schmalseite der Bank und schaute ungeduldig zu ihr hoch, die Arme abwehrend vor der Brust gekreuzt. Konnte sie mich nicht einfach in Frieden lassen? »Du meinst, wir sind noch nicht fertig? Also was gibt's? – Nein, natürlich denke ich nicht an seine Frau! Warum denn auch? Schließlich nehme ich ihn ihr ja nicht weg, sondern leihe ihn nur hin und wieder mal aus. – Das findest du nicht in Ordnung? Aber Nicoletta! Damit stehst du ziemlich allein da. Alle anderen … – Okay, du hast ja recht, *alle* sollten kein Maßstab sein. Trotzdem … – Ob ich mir überlegt habe, was ich da tue? Das ist nicht dein Ernst. Was für eine alberne Frage. Wer *überlegt* denn schon groß in so einer Situation!«

Jetzt hatte ich definitiv keine Lust mehr und machte Anstalten aufzustehen, doch wieder hielt sie mich zurück. »Konsequenzen ? Sag mal, musst du auch noch von den Konsequenzen anfangen? Woher nimmst du überhaupt die Gewissheit, dass er mich über kurz oder lang abhängt? *Wie die zahllosen anderen Schnepfen auf seiner Abschussliste*. Schön hast du das formuliert. – Ach, eher kurz, meinst du? Und du siehst mich schon mit geknickten Flügeln am Boden liegen, wirklich hervorragend, deine Weitsicht. – Mein Gott, Nicoletta, ich weiß nicht, ob es das wert ist. Ich kann dir nur sagen, dass ich total benommen bin, wenn wir zusammen sind, wie im Rausch. Ein himmlisches Prickeln! – Natürlich, klar, *die* Frage *musste* kommen! *Liebe!* Keine Ahnung, ob es Liebe ist. Francesca behauptet ja, man merkt es spontan, ohne sich den Kopf darüber zu zerbrechen. Von ihrer Tsunami-Theorie habe ich dir erzählt, oder? Gut. Also, ich fühle mich manchmal überrollt … sogar ziemlich oft, aber weggeschwemmt? Nein, eigentlich nie. Mehr wirst du heute nicht aus mir herausbekommen, Herzchen. Lass mich doch einfach den Augenblick genießen, egal, was später kommt.«

Eine große Amsel, die schon seit einer Weile auf Nicolettas Kopf hockte, schlug mit den Flügeln, als ich aufstand, und unter ihren Schwingen glaubte ich, wieder das gewohnte Lächeln meiner Freundin zu entdecken. Ich warf eine Kusshand hinüber und fuhr mit meinem zufrieden schnurrenden Rad durch den inzwischen dämmerigen Park davon.

* * *

Eigentlich hätte ich damit rechnen müssen, weil es zum Programm fast jeder italienischen Familie mit Kindern gehört, die heißen Sommermonate irgendwo am Wasser oder in den Bergen zu verbringen. Merkwürdigerweise war ich dennoch überrascht, als Paolo mir am letzten Julisonntag von seinen Ferienplänen erzählte, während wir wieder einmal bei Gioia und Alfredo auf der Terrasse zu Abend aßen. Zwischen Panna Cotta und Caffè.

Vier Wochen lang, den ganzen August hindurch, eventuell sogar noch etwas länger, würde er in Sardinien sein, in einer Hotelanlage im Nordwesten der Insel, zusammen mit Familie und Freunden. Ab Dienstag sollte Carlo in der Agentur – im *Laden,* wie er sagte – die Stellung halten, alles nach eingespieltem Muster, wie jedes Jahr. Nur ich läge ihm dieses Mal auf der Seele. Ich werde ihm fehlen, behauptete er, fehlte ihm schon im Augenblick, beim bloßen Gedanken daran. Wer weiß, ob ich nicht derweil jemand anderem verfiele.

Von dem schmelzenden Lächeln, mit dem er vor sich hin sinnierte, bekam allerdings auch die äußerst attraktive Begleiterin des Grimmbarts am Nachbartisch eine ordentliche Prise.

Ab übermorgen also. Und das eröffnete er mir erst jetzt – nach einem Wochenende, von dessen Sommerleuchten nur ein paar schmale Streifen durch die Spalten der angelehnten Fensterläden auf unsere Laken gefallen waren.

Wieso hatte ich plötzlich das Gefühl, es stäche mich etwas, wie ein giftiger Dorn im Fuß, nur mehr in der Magen- vielleicht auch Herzgegend? Weshalb kam ich mir ausgeschlossen vor – nach dem Motto: Wir müssen draußen bleiben? Ich kannte doch die Rituale und war außerdem selbst verplant für die in meiner Sippe übliche Augustreise zu unserem Ferienhaus bei Gardone. Vierzehn Tage wollte ich dort mit der Familie verbringen und die anschließende clanfreie Zeit zuhause genießen, ohne elterliche Kontrolle, ohne Polpos Genörgel und das affektierte Gehabe meiner Schwester. In den letzten Jahren hatte sich das bei uns so eingebürgert. Warum empfand ich auf einmal keine Spur der gewohnten Vorfreude, sondern sah mich eher als herrenloses Hündchen durch die Gegend ziehen?

Herrenloses Hündchen? – Ich? Schlagartig überfiel mich der Verdacht, dass Nicoletta hinter dieser absurden Vision stecken müsste, dass sie mich mit telepathischer Rechthaberei verfolgte. Glaubte sie etwa, bereits erste Zeichen der angedrohten Konsequenzen entdeckt zu haben? Pah! Ich würde es ihr zeigen! Und *ihm* hier erst recht! Entschlossen drückte ich den Rücken durch, biss mir auf die Wangen, damit das verflixte Brennen in meinen Augen nachließe, und erklärte betont heiter, wie traumhaft schön ich gerade Sardiniens Nordwesten fände und wie viel ich mir für den August vorgenommen hätte. Lauter Dinge, zu denen ich in letzter Zeit nicht gekommen wäre. Ganz wunderbar!

In Wirklichkeit war ich froh, als Alfredo uns einen doppelten Amaretto mit ordentlich Eis und Zitrone brachte und ich meinen Frust hinunterspülen konnte.

Den Stadt-Sommer habe ich schon immer gemocht, diese seltsam dickflüssige Atmosphäre, wenn Motorengebrumm, Kindergeschrei und das Getrappel hektischer Füße wie unter einer Glocke drückender Hitze eingedampft erscheinen und das wollüstige Schnurren der Katzen als einziges Geräusch aus den schattigen Nischen der Häuser dringt. Selbst die Trupps aufgedreht durch die Straßen ziehender Touristen ändern nichts an diesem Eindruck. Ich mochte die Kreuz-und-quer-Fahrten durch die nahezu ausgestorbene Stadt, auf der Suche nach einem Bäcker oder Obsthändler, der kein Schild *Chiuso per ferie* an seiner Ladentür hängen hatte, und ganz besonders die Magie der schläfrig-weichen Mittagsstunden.

Dass der August keineswegs so trist wurde, wie ich befürchtet hatte, lag jedoch nicht allein an meiner Schwäche für sein eigentümliches Flair, sondern auch an meinen beiden besten Freundinnen, die erstaunlicherweise ebenfalls in der Stadt waren.

Alicia rief schon zwei Tage nach meiner Rückkehr vom Gardasee morgens an, und weil Francesca sich kurz darauf ebenfalls meldete, verabredeten wir uns zu dritt für den späteren Nachmittag, wenn die Sonne nicht mehr ganz so heiß schiene. Treffpunkt, schlug Francesca vor, sollte eine Gelateria nahe der Ponte San Michele sein, zu der wir alle drei keinen weiten Anmarsch hatten.

Ein reichlich aseptisches Ambiente, fand ich, als ich Alicia um kurz nach fünf drinnen zwischen blitzendem Chrom und Granit in einem Sesselchen entdeckte. *Meine Alicia*! Bis an die Grundfesten schien ihre Veränderung doch nicht gedrungen zu sein. Obwohl im Verhältnis zu früher fast dezent gewandet, wirkte sie hier mit pinkfarbenen Jeans, scharlachrotem Top und bestickten Keilsandaletten noch immer wie ein verirrter Paradiesvogel. Durch ihre Sonnenbrille, eines dieser bunten Gestelle, die sich gerade jeder hippe Typ in Venedig besorgte, schaute sie mir ziemlich bärbeißig entgegen. Natürlich. Warten war noch nie ihr Ding gewesen, dafür war sie zu voll von Plänen, zu sehr erpicht auf Abwechslung.

»Komm«, sagte ich schnell, warf ihr nur eine Kusshand zu und lief zur Theke, »lass uns nach draußen gehen, Francesca findet uns auch auf der Brücke. Welche Sorten willst du?«

Beim Bezahlen sah ich, wie Alicia einen kurzen Blick auf die Spiegelwand hinter der adretten Eisverkäuferin warf und mit der freien Hand Schwung in ihr Haar brachte. Nach alter Manier, dachte ich und sprang vor die Tür, um mein nur mühsam gebremstes Lachen zu verbergen. Immer schon, wenigstens solange ich zurückdenken konnte, hatte Alicia in jedem Schaufenster ihr Bild überprüft und ging an so gut wie keinem Fahrzeug mit Außenspielgel vorbei, ohne ihre Frisur zurechtzuschieben. Auch in diesem Punkt war sie sich also gleich geblieben. Ich liebte ihre Triller.

Mit hochgefüllten Bechern lehnten wir nebeneinander an der Brüstung, schauten schleckend ins trübe Wasser. Das Eis tropfte aus unseren Töpfchen auf den rauen Stein, rosarot bei Alicia, braun und weiß bei mir. Unten balgten sich die Enten flügelschlagend um hinabgeworfene Bröckchen unserer Waffeln.

»Erzähl mal, was macht dein Casanova?«, fragte Alicia plötzlich in die genießerische Stille. »Hörst du von ihm, oder ist er komplett abgetaucht?«

»Wieso abgetaucht? Was soll das heißen?« Ich ärgerte

mich, dass sie mir dieses Mal mit der Fragerei zuvorkam. Und überhaupt hatte ich keine Lust auf das Thema, weil ich selbst nicht wusste, was von der Situation zu halten war.

Seit dem Wochenende bei Gioia und Alfredo, dem letzten vor seinem Urlaub, hatte ich außer einer SMS – einer einzigen! – keine Nachricht von Paolo erhalten, keinen Anruf, keinen Brief, nicht einmal eine nichtssagende Postkarte. Wobei es allerdings höchst unwahrscheinlich war, dass er zur Spezies der Brief- oder Kartenschreiber gehörte. Selbst über die Agentur hätte ich kein Lebenszeichen von ihm bekommen können, da sowohl Carlo, sein Statthalter für Notfälle, als auch Bianca, die sporadisch zur Durchsicht der Post und der Mails im Büro erscheinen sollte, vom zehnten August bis fast ans Monatsende komplett von der Bildfläche verschwunden waren. Wie der Großteil der arbeitenden Bevölkerung.

Die SMS, die er mir nach annähernd drei Wochen geschickt hatte, machte mir reichlich zu schaffen. Fassungslos hatte ich auf das Display meines iPhones gestarrt, während ich in der Schlange vor dem *Odeon* am Corso Palladio wartete, einem der wenigen Kinos, die nicht geschlossen waren. *Bleib schön für mich!*, stand da. Der Text senkte meine Lust auf den angekündigten Film, eine Komödie von Francesco Bruni, schlagartig unter null. Bleib schön für mich! Wie das klang! Als wäre ich ein Ricottatörtchen, das ihm, dem großen Gourmand zuliebe appetitlich frisch verwahrt werden müsste. Bis er Zeit fände, es zu vernaschen.

Eine Unverschämtheit! Wofür hielt er sich? Und war mir bei dem Ganzen tatsächlich nur die Rolle eines Leckerbissens zugedacht?

In meiner Wut merkte ich nicht, wie die Schlange mich

weiterschob, und schreckte hoch, weil die Kassiererin plötzlich unmittelbar vor mir ihren Kopf aus dem Glasgehäuse reckte und mit überlauter Stimme fragte, wie viele Karten zu welchem Preis ich haben wolle. Ich zahlte wie im Tran, sackte in einen der weichen Sessel, ließ das Werbe-Geflimmer und irgendwelche Trailer achtlos über mich ergehen und schnappte von dem Film nur auf, dass er in Rom spielte, wo der berühmte Fabrizio Bentivoglio sich mit einem jungen wilden Typ herumschlagen musste. Der Film hieß *Scialla!*, im römischen Jugendslang meint das in etwa *Entspann dich!* – ausgerechnet.

Die Ironie wurde mir erst bewusst, als ich zwischen anderen Nachtschwärmern durch die dunklen Straßen heimwärts schlenderte und mich dabei immer noch mit der Frage abplagte, ob man Paolos SMS vielleicht doch als Kompliment verstehen könnte. Auf meiner Insel mitten im Kinogelächter war mir die Idee blitzartig durch den Kopf geschossen. Weshalb eigentlich nicht? Beteuerte er nicht ständig, wie attraktiv er mich fand, und verhielt sich auch entsprechend? – Ach was, kam prompt die Antwort aus einem anderen Winkel meines Hirns, selbst wenn es nett oder lieb oder wie immer gemeint ist, ein wirkliches Kompliment klingt nicht so egoman. – Dann bleibt's also beim Leckerbissen? …

Pingpong unter meiner Schädeldecke.

Warum sollte ich Alicia von der Flaute zwischen Paolo und mir erzählen, während wir unser Eis löffelten? Von der unseligen SMS und der Verwirrung, die sie bei mir ausgelöst hatte? War das nicht alles nur peinlich? Ich konnte mich einfach nicht dazu überwinden. Lieber erfand ich ständige Telefongespräche, intime, oft spätabends, wenn seine Familie schon schlief und er allein auf dicken Steinen am Strand saß. Wie die meisten der nur in Maßen versierten Lügner redete ich viel zu viel und zu schnell und spickte meine Geschichte mit lauter unnötigen Details in der Annahme, so klänge sie glaubwürdiger. Dabei hielt ich den Blick vorsichtshalber auf die Wasservögel unterhalb der Brücke gerichtet – bis Alicia mir ihren Ellbogen in die Rippen stieß und mich zwang, sie anzusehen.

»Hör auf mit dem Theater«, sagte sie ruhig, »du denkst doch nicht etwa, dass ich dir diese Story abkaufe! Dafür kenne ich dich viel zu gut, Schätzchen.«

»Und du hör auf, mich Schätzchen zu nennen«, fauchte ich – weil ich einfach irgendwen anfauchen musste. Ich gefiel mir überhaupt nicht in der Rolle, in die ich hier geraten war. Auch die leeren Eistöpfchen mussten büßen. Ich knallte eins ins andere und schob sie im Doppelpack auf dem Geländer hin und her. Ein grässlich kratzendes Geräusch.

»Schon gut, schon gut, reg dich nicht auf!« Mein Ausfall störte Alicia offenbar wenig. Sie drehte sich um und lehnte den Rücken an die Brüstung. »Glaub mir, ich weiß genau, wie dir zumute ist. Die meisten Affären laufen nach dem gleichen Schema ab, und Ferragosto ist da immer eine brenzlige Strecke.« Mit einem schnellen Seitenblick prüfte sie, ob ich zuhörte. Anscheinend aufmerksam genug. In unserem altvertrauten Freundschaftston fuhr sie fort. »Oft hängt der Clan die ganze Zeit über so eng zusammen, dass keine Lücke für Abwege bleibt, nicht einmal für unbelauschte Telefonate, du kennst das ja. Oder dein Galan widmet sich intensiv seiner Angetrauten, damit er anschließend umso ungestörter wieder losziehen kann. Dann macht man im September weiter wie gehabt. Es gibt allerdings auch Spezialisten, die sogar aus dem Familiennest heraus ihre Netze auswerfen und schon am Hotelpool eine neue Geschichte starten. Die Sorte sollte man schleunigst abschreiben.«

»Und Paolo? Wie würdest du Paolo einordnen in deinem System? Du scheinst ihn ja recht gut zu kennen – oder zumindest seinen Ruf.« Ich gab mir Mühe, ironisch zu klingen.

»Wen? Von wem redet ihr?«

Zwei Fotografen am gegenüberliegenden Brückengeländer debattierten gerade lautstark über den besten Blickwinkel auf die Wasserspiegelungen, deshalb hatten wir Francesca nicht kommen hören. Plötzlich stand sie neben uns, den Kinderwagen schuckelnd, in dem ihr Baby, die nackten Ärmchen und Beinchen entspannt von sich gestreckt, mit seligem Buddhalächeln schlief.

»He, ihr zwei, um wen geht's?«, hakte sie nach und drückte dabei jeder von uns einen Kuss auf die Wange.

Alicias Antwort kam zu schnell, als dass ich sie hätte abwenden können: »Um Camillas Lover.«

»Ach, der«, nickte Francesca. »Und? Gibt's was Neues?« Mit hochgezogenen Brauen schaute sie mich an.

O nein, nicht noch eine, die Einblick in mein Innenleben wollte! Und dazu ausgerechnet Francesca! Ich hatte ihr mittlerweile natürlich von Paolo erzählt, wenn auch – mit Rücksicht auf ihr gesittetes Familienleben – in einer etwas entschärften Version, ohne allzu viele Worte über seine Ehe oder seine Umtriebigkeit zu verlieren. Und ich wusste, sie würde mir auf jeden Fall anraten, ihn kurzerhand in den Wind zu schießen, wenn er sich wochenlang nicht rührte. Doch so weit – das stand mir plötzlich ganz klar vor Augen – war ich nicht. Wütend war ich, enttäuscht, gekränkt, aber …

Zum Glück schien Alicia mein Widerstreben zu spüren

und kam mir zu Hilfe. »Erzähl du mal lieber, warum du hier bist und nicht wie sonst um diese Zeit in Giglio?«, forderte sie Francesca auf. »Ist es für den Kleinen nicht viel zu heiß in der Stadt?«

Ein geschicktes Manöver, denn Francesca beugte sich sofort über den Wagen, streichelte Marcos blau-weiß gestreiften Bauch, strich ein paar dunkel verschwitzte Strähnchen aus seiner Stirn und schlug vor, im Schatten der Häuser spazieren zu gehen, weil er dabei besonders gut schliefe. »Los, kommt«, sagte sie und setzte sich unverzüglich in Bewegung, »unterwegs verrat ich's euch.«

»Moment noch!« Ich rannte zurück zur Gelateria. Zitrone und Amarena Francesca mochte am liebsten Fruchteis.

Ein Hauch von Wind durchwehte die schmale, sonnenlose Gasse, in der ich die drei kaum zwei Minuten später einholte und das Eis gegen Francescas Kinderwagen tauschte. Sanft schuckelnd schob ich ihn vor mir her, während sie sich, unterbrochen von leisen Schlürfgeräuschen, weiter über den derzeitigen Trend der Jeunesse dorée lustig machte, exquisite Kosmetika in der alten Florentiner Apotheke Santa Maria Novella zu erstehen. Ein unbedingtes *must have.* »Beautypflege als Glaubensbekenntnis«, lachte sie und angelte nach einem Taschentuch, um ihren Mund abzuwischen. »Wie wär's mit einer Pilgerfahrt, Alicia?«

»Immer schön vorsichtig!«, platzte ich dazwischen. »Auch Baby-Popos kann man zur Religion erheben. Gerade erst schwirrte durch die Medien die fabelhafte Idee, Kinder vollkommen windelfrei aufzuziehen, mit ihrem Mienenspiel als verlässlichem Melder für kleine und große Geschäfte. Habt ihr etwa nicht davon gehört? Einfach phantastisch! Keine Kosten für Pampers, keine Mullwäschen – nur ständiges Beobachten: Mundwinkel rauf? Mundwinkel runter? Stirn in Falten? Aufsteigende Backenröte? Und brav dran glauben, dass man die Zeichen richtig deutet. Na, Francesca, was hältst du davon?«

»Hervorragend! Beginnen wir ein neues Leben!« Mit einem gezielten Hüftschwung schubste sie mich weg vom Kinderwagenlenker, nahm Tempo auf, bis ein paar Meter zwischen uns lagen, und blieb dann plötzlich stehen, hinter sich, wie eine Kulisse, die mit Scherengittern verrammelte Front eines kleinen Schmuckladens.

»Apropos neues Leben«, sagte sie und blickte uns entgegen, das Kinn unternehmungslustig hochgereckt. »Ihr wolltet doch wissen, warum wir in der Stadt geblieben sind. Also: Wie so oft gibt es eine gute und eine schlechte Nachricht. Zuerst die unerfreuliche: Renatos Firma steckt in Absatzschwierigkeiten, momentan wahrlich keine Seltenheit, aber deshalb nicht weniger hart. Statt sich am Strand zu aalen, muss er internationale Kontakte ankurbeln, ohne Rücksicht auf Ferragosto. Natürlich lasse ich ihn in so einer Situation nicht allein, was mir – und damit kommen wir zum positiven Teil – die Gelegenheit gibt, schon jetzt, zur allerbesten Touristenzeit, wieder mit meinem Spezial-Programm loszulegen und nicht erst im September. Nur ein paar Stunden pro Woche brauche ich, Renatos Mamma passt so lange auf den Kleinen auf.«

»Halt! Stopp! Wovon redest du eigentlich? Ich verstehe kein Wort!« Alicia schaute mich irritiert an. »Weißt du, was sie meint?«

Ich nickte. »Es geht um besondere Angebote ihrer Agenzia. Irgendwann Ende Juni, kurz vor Marcos Geburt, hat sie mir davon erzählt. Nicht-palladianische Exkursionen sollen das sein, stimmt's, Francesca?«

»Genau! Extras neben den üblichen kunsthistorischen Führungen. Religiöse Touren für die Frommen, Romantische Touren für Verliebte oder Magische Touren für Leute mit Hang zu Wundern, dunklen Legenden, zu Hexen, Ungeheuern, ruhelosen Geistern. Hier in der Gegend gibt es jede Menge Mysterien und verwunschene Orte, so gruselig, dass sich einem die Kopfhaut kräuselt.«

Alicia zog schaudernd die Schultern hoch. »Herrlich, dieser Kitzel! Meine Nonna hat immer von den *Aguanen* erzählt, zauberhaft schönen Wasserfeen, die rund um unsere Stadt auftauchen und harmlose Wanderer in den Höllenschlund ziehen.«

»Ich liebe solche Geschichten.« Francesca schob den Kinderwagen weiter, weil Klein-Marco unruhig zu werden begann. »Und ich liebe es, andere mit phantastischen Vorstellungen zu infizieren.«

»Aber wie machst du das?«, fragte Alicia. »Wie stellst du es an, dass der Funke überspringt?«

»Ich dramatisiere natürlich ein bisschen, damit sich meine Story nach was anhört.« Mit betont ernsthafter Miene drehte sich Francesca zu uns um. »Lügen tue ich nicht, nur etwas übertreiben oder drastisch ausmalen. Erst letzte Woche wieder bei Domenicas Säule …«

»Domenicas Säule? Was soll das denn wieder sein?«, fragte Alicia dazwischen.

»Der Pfeiler auf dem Kirchplatz von San Felice e Fortunato, an dem Vicenzas letzte Hexe verbrannt wurde«, begann ich zu erklären, aber das hier war Francescas Revier, und sie fiel mir ins Wort: »Ja, am 9. Januar 1423. Eine Mutter von mehreren Kindern, das jüngste erst drei Jahre alt, angeklagt wegen Häresie. Vielleicht hat sie bloß das Huhn der Nachbarin verzaubert. Genaueres weiß man nicht, aber bekannt ist, dass Domenica von den Füßen bis zum Hals am Pfeiler festgebunden wurde, nur eine Hand blieb frei, damit sie das Kruzifix halten und küssen konnte. Und dass fromme Frauen eifrig Laub und Gestrüpp für ein anständiges Feuer herbeischlepppten. Eigentlich hat sich die Geschichte ja auf der Piazza del Castello abgespielt, und die Säule wurde erst später an ihren jetzigen Standort versetzt, aber dafür interessiert sich kaum jemand, schon gar nicht, wenn ich das Szenario ausschmücke, bis die Leute lodernde Flammen vor sich sehen. Vergangenen Donnerstag habe ich ihnen so eingeheizt, dass einigen der Schweiß von der Stirn tropfte.« Sie grinste uns an und zuckte mit den Schultern. »Zugegeben, es war ein besonders warmer Nachmittag.«

»Ganz schön erbarmungslos«, staunte Alicia. »Tut die Frau dir nicht leid?«

Wieder zuckte Francesca mit den Schultern. »Komm, nach mehr als sechshundert Jahren! Mitleid kann ihr kaum noch helfen, aber mit meinem Theater bewahre ich sie davor, vergessen zu werden. Die Säule allein gibt nämlich nicht viel her. Ehrlich gesagt, sieht sie ziemlich mickrig aus. Erst durch meine Behauptung, die schwarze Verfärbung am oberen Ende stamme noch von damals, eine reale Spur des Hexendramas also, wirkt sie zum Erschauern lebensecht.«

Alicia staunte weiter. »Machst du so was öfters?«

»Aber klar doch! Wer unsere *Magischen Touren* bucht, will keine nüchternen Abhandlungen hören, sondern wie am Nasenring durch eine faszinierende Sphäre zwischen Angst, Traum und möglicher Wirklichkeit gezogen werden. Bei den Touren für die Frommen funktioniert es übrigens ganz ähnlich.«

Während des Redens war Francesca in die Toreinfahrt irgendeines öffentlichen Gebäudes gebogen und setzte sich auf eine linker Hand an die Wand gemauerte Steinbank, um ihrem inzwischen gar nicht mehr selig lächelnden kleinen Buddha sein Fläschchen zu geben. Von meinem Sitzplatz, einem zwei Schrittlängen entfernten Poller aus, beobachtete ich amüsiert, wie Alicia nahe neben sie rückte, ergeben abwartete, dass das blau-weiß gestreifte Möpschen aus dem Wagen gehoben, in den Arm gebettet, mit einem Spucktuch abgedeckt und schließlich – nach gründlichem Schütteln des Fläschchens – gefüttert wurde, bis die Neugier mit ihr durchging.

»Los«, drängte sie. »Wie bringst du die Frommen in Fahrt?«

Francesca zögerte. »Na ja«, sagte sie schließlich, »ein bisschen pietätlos geht es schon zu dabei, aber ihr seid ja beide keine Fundamentalisten. Okay. Nehmen wir als Beispiel den Tempio di Santa Corona, eine unserer schönsten Kirchen, wo sich in einer rückwärtigen Kapelle seit dem 13. Jahrhundert ein Dorn aus der Krone des Schmerzensmannes befinden soll. *Bis heute. Soll. Angeblich.* Mit derart vagen Vermutungen kann man kaum eines Menschen Herz bewegen, also bausche ich die Sache wieder mal etwas auf. Erwähne nebenbei verschiedene Heiligenfiguren, die blutige Tränen weinen, und lege die Hoffnung nahe, dass beim Anblick des heiligen Dorns, der leider ausschließlich am Karfreitag möglich ist, die Stacheln aus der eigenen Seele gezogen werden. Eine Anleitung zur Läuterung also!«

Ich fand sie zum Küssen, die beiden, wie sie da nebeneinander saßen. Die Kesse auf einmal schiere Verblüffung über die fröhliche Unverfrorenheit der vermeintlich Braven, an deren Schulter mittlerweile der Babyrücken geklopft wurde, bis endlich das obligatorische Bäuerchen erscholl.

Ein Blick auf die Uhr. Francesca sprang von der Bank und packte Marco samt Zubehör hastig in den Wagen. »Dio mio! Höchste Zeit zum Kochen! Renato kommt um halb acht! Ciao, bis bald!« So überraschend wie sie bei uns aufgetaucht war, verschwand sie auch wieder. Das eilige Trappeln ihrer Füße verklang, als sie um die nächste Ecke bog.

Alicia schaute mich verdutzt an, und ich schlug vor, noch einen Aperitif zusammen zu trinken. Wir bummelten weiter die Straße entlang, ließen uns auf dem Platz vor einer kleinen Bar nieder, wo jetzt, in der beginnenden Abendkühle, schon eine Reihe anderer Daheimgebliebener an den Tischen saß, bestellten unseren favorisierten Sprizz, aßen Oliven und Nüsschen und andere *spuntini* dazu und redeten über dies und das.

Möglicherweise hätte mir Alicia, zumindest an diesem Abend, vom Grund ihres Zuhausebleibens gar nichts erzählt – die Frage danach war mir neben Francescas Bericht vollkommen entfallen –, hätte der Grund nicht plötzlich neben uns gestanden. Leibhaftig.

Ich bemerkte ihn erst, als Alicia einen freudigen Laut ausstieß und den Arm zur Begrüßung hob. Ich sah einen Schwall Röte in ihr Gesicht schießen und dann den Mann, der das alles verursachte. Er zog ihre Hand an seine Lippen, aber nicht nach Art abgenutzter Galanterie, sondern begleitet von einem so zärtlichen Lächeln, dass mein Hirn auf der Stelle Alarm schlug. Das war mehr als ein Flirt, ein vorübergehendes Techtelmechtel! Noch nie hatte ich ein solches Strahlen im Gesicht meiner Freundin gesehen.

Und ich kannte den Mann. Allerdings nur als Momentaufnahme aus dem Getümmel der Straßen.

Vicenza gehört zu den vielen mittelgroßen Städten, in denen man sich wiederholt zufällig über den Weg laufen kann, aber nicht unvermeidlich aufeinandertreffen muss. Zufall? Schicksal? Die alten Fragen ... Keine Ahnung, wer dabei die Weichen stellt.

Raffaele Fortunato jedenfalls, als solchen stellte Alicia ihn vor, war mir öfters aufgefallen. Vielleicht lag es am Grau seiner dichten Locken, das in verblüffender Weise mit seinem frischen Gesicht und der jugendlichen Erscheinung kontrastierte. Vielleicht auch an den bemerkenswert hellen Augen, oder an seiner Art, sich beim Gehen immer – zumindest kam es mir so vor – nahe an die Häuserwände zu halten, wie jemand, der Schutz sucht oder Sicherheit oder den Geruch der alten Mauern liebt.

Sie waren sich in Bologna begegnet, vor fast zwei Jahren, erzählte Alicia, nachdem er einen freien Stuhl herangezogen hatte und neben ihr saß, dicht genug, um sie scheinbar zufällig fortwährend zu berühren – ihren Arm, ihr Knie, ihre Schulter. Auf die Idee, sich um eine Stelle am Liceo Lioy zu bewerben, wäre sie wahrscheinlich nie im Leben verfallen, erklärte Alicia mit etwas verschämtem Grinsen, hätte Raffaele nicht einen Job ausgerechnet in einer Vicentiner Anwaltskanzlei angetreten. Vor vier Monaten schon. Momentan saß er an einem schwierigen Fall, der im September verhandelt werden sollte.

»Aha! Aus der Ecke weht also der Wind!« Ich zwinkerte ihr auf wenig diskrete Art zu. »Deshalb bist du nicht bei deiner Familie in Lignano! Und ich dachte schon, du wolltest dich auf dein Dasein als Lehrerin vorbereiten. Ganz solide. Aber so passt ja alles wieder wunderbar zusammen. Alicia und die Liebe!«

»Hör auf mit dem Spott!« Sie versuchte, mir unter dem Tisch ans Schienbein zu stupsen, doch ich hatte vorsorglich auf genügend Abstand geachtet und kicherte triumphierend.

»Was soll das Hickhack?«, fragte der Grauschopf. Irritiert schaute er zwischen uns hin und her und wandte sich dann Alicia zu. »Hast du ihr etwa nichts erzählt?«

»Wie? Was?« Jetzt war ich dran, den Blick gespannt vom einen zum anderen wandern zu lassen. »Gibt's Geheimnisse, die ich kennen sollte?«

Leicht genervt zog Alicia die Brauen hoch. »Von *sollen* kann ja wohl keine Rede sein, und überhaupt«, das war jetzt an Raffaele gerichtet, »wir haben über so viel anderes palavert. Erst ging es um Camillas Lover, dann, als Francesca zu uns stieß, um deren verrückte Touren, dann päpte das Baby. Und dann … ich … ach, ich habe einfach den richtigen Zeitpunkt verpasst.«

»Wofür denn?«, drängte ich. »Willst du es nicht wenigstens jetzt erzählen?«

Raffaele legte einen Arm um ihre Schultern, zog sie etwas näher zu sich heran und drückte einen Kuss auf ihre Schläfe. »Ich übernehme das gern für dich, mein Schatz – nein, für uns beide. Also hör gut zu, Camilla: Alicia und ich werden heiraten, und zwar schon bald, damit wir's im Winter schön kuschelig haben. Seit vorgestern ist es beschlossene Sache.« Seine Augen leuchteten wie zwei blaue Scheinwerfer, erst auf seine Liebste gerichtet und einen Moment später auf den Kellner, den er herbeiwinkte und bat, uns weitere Aperitifs – »Womit wollt ihr feiern? Prosecco? Apérol? Campari?« –, dazu Salat, gemischte Oliven und Pizza zu bringen.

»Und so was verschweigst du mir? Den ganzen Nachmittag lang?« Die Sensation hatte mich vom Stuhl gejagt. »Nicht zu fassen! Du hast dich tatsächlich einfangen lassen!« Ich hing an ihrem Hals, wisperte in ihr Ohr, küsste sie ab, während Raffaele die Bestellung aufgab. »Alicia, die …«

»Ja, ja, die männermordende, die skalpjagende, der Wanderpokal«, zischelte sie mir nach Luft schnappend zu. »Genau solchen Kommentaren wollte ich ausweichen, den reizenden Attributen, die mir angehängt werden!« Sie schob mich zurück auf meinen Stuhl, und ich registrierte amüsiert, wie sie sich um einen bitteren Gesichtsausdruck bemühte, das Lachen – ein glückliches! – jedoch kaum unterdrücken konnte.

Mit Grauschopfs hellwachem Gehör hatten wir nicht gerechnet. Unverhofft mischte er sich in unser Geplänkel: »Hört auf zu tuscheln. Ich kenne das Gerede über meinen Schatz und finde es wundervoll, dass der *Wanderpokal* bei mir hängen bleibt, dass ich das letzte Mordopfer und der definitive End-Skalp bin. Wie sagte doch Ephrisiatos von Alcatraz: *Willst du lieben, musst du üben.*«

»Was ist denn mit dir?«, fragte ich ihn in einem Anfall plötzlicher Provokationslust. »Hast du auch irgendwelche Macken, von denen du verfolgt wirst?«

»Ich?« In Denkerpose, den Kopf gebeugt, durchpflügte Raffaele seine Locken.

Doch ehe er zu einer Exkulpation ansetzen konnte, verpatzte ihm Alicia laut auflachend die Vorstellung: »Raffaele ist ein Goldstück, intelligent, freundlich, verständnisvoll, sprich: absolut sozial kompatibel – solange er nicht Auto fährt.«

Über sein geächztes *Muss-das-sein* ging Alicia großzügig hinweg. »Erblicher Wahnsinn«, erklärte sie munter, »zurückzuführen auf den Großvater mütterlicherseits, einen gewissen Raimondo Sanpietro. Der lebte seinerzeit, als die Züge noch mit Dampf betrieben wurden, in der Poebene neben einer Straße, die parallel zur nahen Bahnstrecke verlief. Ein völlig durchgeknallter Autofan.«

»Und ein fantastischer Nonno«, funkte Raffaele dazwischen. »Wenn wir schon über ihn reden, lass mich das lieber machen. Damit ihr ihn leibhaftig vor euch seht: kurz und knubbelig, das Gesicht aus gegerbtem Leder, mit Schaufelhänden und einem gestutzten Schnauzbart, der wunderbar rauschte, sobald seine Zunge darüber strich, also eigentlich ständig. Alles an ihm war nämlich unentwegt in Bewegung. Wie ein emsiger dunkler Käfer wuselte er pausenlos auf seinem Hof herum, einem bescheidenen Bauernhof, eingeklemmt zwischen Bahndamm und Landstraße. Als ich klein war, kam es mir vor, als wäre er überall gleichzeitig, auf den Feldern bei der Mais- oder Weizenernte, in den Kronen der Apfelbäume, zwischen den fünf Kühen im Stall und gar nicht so selten auch in der Küche, wo Nonna Assunta von morgens bis abends kochte. Assunta – der absolute Gegenpol seiner Betriebsamkeit: weiß, rund, behäbig, ein freundlicher Hefekloß in blauer Kittelschürze. Nur für ihn kochte sie, wie mir schien. Wir übrigen bekamen zwar auch was ab, aber dass er die größten Portionen ihrer Pasta, ihrer Polenta und geschmorten Zicklein verschlang, fand ich vollkommen einleuchtend. Woher sonst hätte er die Energie nehmen sollen, von der ich am allermeisten hingerissen war, wenn er mich auf seinen Schultern reiten ließ. Ich fühlte mich wie auf einem starken Wildpferd. Über die Einfassung des Gemüsegartens setzte er mit mir, durch Schneisen im hohen Mais, aus dem manchmal Hasen oder Rebhühner aufschreckten, und immer, garantiert jedes Mal, umrundete er zum Schluss den Misthaufen hinterm Haus. In scharfem Tempo, selbstredend, und so in die Kurve gelegt, dass ich sicher war, gleich in die stinkige Hinterlassenschaft von Berta und Olga – oder wie immer die Kühe hießen – zu segeln.«

Raffaele schmunzelte beim Zurückdenken und trank einen Schluck.

»He, Schatz, vergiss das Auto nicht!« Sanft tätschelte Alicia seinen Arm.

»Wie? Was? – Du lieber Himmel! Darum ging's ja eigentlich. Entschuldigung! Soll ich noch? – Also gut: Für ein dickes Auto, so ein richtig schnelles, schnittiges hat es bei Raimondo nie gereicht, er fuhr einen uralten Fiat oder Renault, so was in der Art. Aber das störte ihn nicht, weil seine Schleuder immer noch schnell genug war, um es mit dem Zug aufzunehmen, der mehrmals täglich an seinem Hof vorbeidampfte. Angeblich wurde sein Jagdfieber durch einen der Lokführer ausgelöst, der ihm jedes Mal im wahrsten Sinne des Wortes von oben herab zuwinkte und einen ohrenbetäubenden Signalpfiff losließ, wenn er meinen Großvater auf dem Feld neben der Strecke rackern sah. Irgendwas an dem breit grinsenden schwarzen Kerl im Führerstand muss Raimondos Ehrgeiz angestachelt haben. Jedenfalls sprang er eines Nachmittags, als er den 4-Uhr-Zug kommen hörte, in seine Karre und raste mit Vollgas neben ihm her die Straße entlang, Richtung Süden, denn dort gab es nach etwa drei Kilometern einen Bahnübergang. Unbeschrankt natürlich. Den musste er passieren, ehe sein Widersacher ihn erreichte. Über Wochen, wenn nicht Monate lieferten sich die zwei beinahe täglich so ein Wettrennen. Offenbar um jeden Preis, denn eines Nachmittags, als ich wieder mal mit von der Partie war, stotterte der

Motor, wir fielen zurück, die Lage schien hoffnungslos, aber Aufgeben kam nicht infrage. Raimondo trat das Gaspedal durch bis fast zum Asphalt, er rüttelte am Lenkrad und schrie das Auto an wie einen störrischen Esel. Mit Erfolg. Begleitet von gellendem Dauerpfeifen und höllischem Donnern schossen wir Millimeter vor der Lok über die Geleise. So knapp, dass ich die Frontlampen wie die Augen eines gierigen Raubtieres neben mir aufblitzen sah. Raimondo stoppte kurz hinter dem Übergang und zwinkerte mir zu. *Jage nicht, was du nicht töten kannst*, sagte er mit pathetischer Stimme, dabei standen ihm die Schweißperlen auf der Stirn. Ein toller Kerl, mein Nonno.«

»Da wird einem doch schon beim Zuhören schlecht«, erklärte Alicia. »Aber Raffaele hält so was für männlich und mutig und natürlich absolut ungefährlich.«

Er nickte und grinste uns äußerst selbstsicher an. »Ja klar, man muss es nur können. Ein guter Fahrer beherrscht jede Situation.«

»Hast du mal überlegt, ihn umzutauschen?«, fragte ich Alicia mit betont ernster Miene.

Sie kniff die Augen zusammen, als müsste sie nachdenken. »Doch, doch, gelegentlich schon, aber wer weiß, was man sich stattdessen einhandelt, und außerdem …«

»… ist es dafür längst zu spät!«, fiel Raffaele ihr ins Wort. »Du wirst mich nicht los, da halte ich lieber ab und zu an einer Ampel!«

»Großartig!« Wie auf Kommando offerierten Alicia und ich ihm unisono unsere uneingeschränkte Bewunderung.

Wir gehörten zu den Letzten, die sich auf den Heimweg machten.

Als ich den beiden, nachdem wir uns getrennt hatten, hinterherschaute, sah ich sie eng umschlungen davongehen, nahe an den Häuserwänden entlang.

Vermisste ich Paolo? In Momenten wie diesen sogar sehr heftig, wenn ich allein nach Hause lief, einem leeren Bett entgegen. Oder in den samtenen Mittagsstunden, für uns so oft *il tempo delle coccole*. Jetzt lag ich während der gewohnten Schmusezeit einsam auf geordneten Laken, meine Beine sahen verlassen aus, weil sie die Zebrastreifen des hereinfallenden Lichts nicht mit seinen teilten. Mir fehlte die Glut, die nicht durch Mauern und Fenster hereindrang, sondern mich unter seinen Berührungen zerfließen ließ. Ich sehnte mich danach, wild, verlangend. Ich war regelrecht süchtig nach Sex. Ich! Wer hätte das gedacht. Der große Verführer hatte es geschafft!

Sobald ich unterwegs war, entbehrte ich allerdings gar nichts. Wie jeden Sommer genoss ich es, ziellos durch die Straßen zu streifen, mal hier, mal da mit alten Bekannten zu reden, die in ihren Läden oder Restaurants die Stellung hielten, gegen Abend am östlichen Stadtrand die ehemaligen Geleise unserer längst eingemotteten Nahverkehrsbahn *Vaca Mora* entlangzuradeln oder es mir mit Buch und Wasserflasche irgendwo im Baumschatten des Parco Querini gemütlich zu machen. Außerhalb von Nicolettas Sichtweite. Ich hatte momentan überhaupt keine Lust auf unsere Dispute.

Vielleicht wäre mir, wenn ich sie nicht gemieden hätte, schon damals klar geworden, was ich so erst rückblickend erkannte. Sie würde mich unerbittlich mit der Nase darauf gestoßen haben, dass zwar mein Körper vollkommen von ihm besetzt war, dass alle meine Sinne in seinem Beisein unter Strom standen und mein Herz, wie mir schien, schon bei seinem Anblick für jedermann hörbar trommelte, dass aber ganz tief in meinem Innern eine Insel blieb, an die er nicht heranrührte. Eine Leerstelle des Gefühls.

In der zweiten Septemberwoche lief das Alltagsleben wieder seinen gewohnten Gang. Die Ferien waren beendet, die Leute zurück bei der Arbeit, Straßen und Plätze voll mit quirligem Getriebe.

Ich saß im Büro, umgeben von lauter ausgeruhten Gesichtern, und bemühte mich seit Tagen, meinem Hirn brauchbare Ideen für die Frühjahrskampagne eines Schuhherstellers abzuquetschen. Es ging um Wanderstiefel, gute, sogar schmucke Dinger, zu denen mir aber leider überhaupt nichts Rasantes einfiel. Natürlich hätte ich den Grund dafür schon bald beim Namen nennen können, doch verschanzte ich mich erst einmal hinter Ausreden wie *eingetrocknet*, *entwöhnt*, *abgeschlafft*, bis ich mir schließlich eingestehen musste, dass es an Paolo lag. Seinetwegen konnte ich mich nicht konzentrieren. Wie im Juni, als er ein paar Tage lang – zumindest für mich – *verschollen* war, schielte ich dauernd zur Tür, versuchte an seiner gelegentlich hereinkommenden Assistentin irgendwelche Hinweise auszumachen, spitzte die Ohren, sobald jemand aus dem Team telefonierte, womöglich mit ihm …

Wie damals bemerkte ich wieder Livias mühsam beherrschte Neugier, nur hatte ich jetzt das Gefühl, dass die anderen Kollegen mich ebenfalls interessiert beluchsten. Wer konnte denn ernsthaft annehmen, sie alle hätten nichts mitbekommen von unserer Liaison? Wenn nicht beobachtet, dann doch zumindest gewittert? Was mochte in ihren Köpfen vor sich gehen, während ich die wild Beschäftigte spielte und dabei intensiv hoffte, er möge auch dieses Mal wieder plötzlich auftauchen und so tun, als sei alles beim Alten?

Dass er zurück war aus Sardinien, stand fest. Ein paarmal hatte ich seinen Flitzer vor der Tür gesehen und seinen Duft im Lift erschnuppert. Warum meldete er sich nicht? Ließ mich im Ungewissen hängen? Mein Fahrrad rappelte empört, wenn ich mittags, wie zu Vor-Paolo-Zeiten, zum Essen nach Hause fuhr.

Es war meine erste Affäre, ich hielt einfach nicht für möglich, dass sie nach genau dem Schema ablaufen könnte, dem die meisten vergleichbaren Geschichten folgten, sofern man Mammas Trupp und auch Alicia Glauben schenkte. Von einem bloßen Spiel hatten sie geredet, das man nicht ernst nehmen sollte, von Tricks, mit denen man eingefangen würde. *Bleib entspannt! Sei geschmeidig! Erwarte nichts!* Ihre Regieanweisungen hingen mir in den Ohren, aber noch meinte ich, auf sie pfeifen zu können, weil es bestimmt eine plausible Erklärung gäbe.

Dass ich mich täuschte, hätte mir sofort klar sein müssen, als er schließlich auf der Bildfläche erschien. Am Freitagnachmittag – bis auf Giulio, einen neuen Praktikanten, und mich waren bereits alle gegangen – schlenderte er herein, lässig, die Hände in den Hosentaschen, ein selbstgefälliges Lächeln im tiefbraunen Gesicht. Geradezu unverschämt gesund und erholt sah er aus. Möglicherweise hatte ich unbewusst darauf spekuliert, ihm vor dem Wochenende noch irgendwo im Haus zu begegnen, und deshalb meine Arbeitszeit so weit überdehnt. Doch bei diesem Auftritt, den er hier hinlegte, wünschte ich mich blitzartig ans hinterste Ende der Milchstraße. Für Giulio, schon unterwegs zur Tür hinaus, gab es ein knappes Winken und für mich zwei Wangenküsschen, so innig wie durch einen Mundschutz verabreicht, dazu ein kumpelhaftes Schulterklopfen. »Ciao, amore, alles in Ordnung?«

Die Stichflamme, die mich eben noch bei seinem Anblick innerlich versengt hatte, sackte jäh in sich zusammen. Ob er den Wechsel meines Gesichtsausdrucks von freudigem Strahlen zu hilflosem Grimassenlächeln überhaupt wahrnahm? Wohl eher nicht, er hielt mich nämlich, nachdem ich zur Begrüßung aufgestanden war, mit ausgestrecktem Arm auf Distanz und taxierte mich fachmännisch von den Schultern bis zu den Füßen. »Tolles Kleid, schicke Schuhe«, sagte er und schnalzte anerkennend. Ich trug irgendwas Gestreiftes und Hochhackiges, die Details habe ich vergessen, gelöscht von dem Ärger darüber, wie eine Schaufensterpuppe behandelt zu werden.

Trotzdem ging ich natürlich mit, als er mich zum Aperitif in eine kleine Bar um zwei Ecken einlud. Keine von denen, die zur Anmache taugen, die eine angepeilte Beute beeindrucken könnten. Was wir tranken, weiß ich nicht mehr, umso besser erinnere ich mich, dass Paolo alle paar Minuten auf die Uhr schaute und mit seinen schönen Fingern, die ich so gut kannte, unentwegt auf der Granitplatte des Tischchens herumtrommelte. Gelangweilt – frustriert – genervt? Keine Ahnung. Und es fiel mir auf, wie ungeniert er plötzlich andere Frauen ins Visier nahm. Nicht mehr heimlich wie bislang, in vermeintlich unbeobachteten Momenten. Seine interessierten Rundblicke blieben mal hier, mal da hängen, immer einen Tick zu lange, um als harmlos durchzugehen, er hob sogar auffordernd das Kinn, wenn eine zurückschaute. Einer Blondmähnigen, die locker seine Tochter hätte sein können, zwinkerte er zu, bis sie sich abwandte, offenbar peinlich berührt, so wie ich. Ach ja, er trug auch plötzlich Schal, im Modesog junger, smarter Typen – der alte Gockel.

Nach knapp einer Stunde brachen wir schon wieder auf,

weil Paolo, das betonte er gleich mehrfach, zuhause zum Essen erwartet wurde. »Ein Familiengeburtstag, du verstehst schon.« Erstaunlich. Bislang hatte seine Familie nie eine Rolle gespielt. Überhaupt, erklärte er, während wir nebeneinander zurück zur Contrà Riale gingen, wo mein Fahrrad wenige Schritte von seinem Auto entfernt an der Mauer lehnte, überhaupt werde er in nächster Zeit kaum verfügbar sein. Jede Menge Arbeit, eine Messe in Mailand, eine Geschäftsreise nach Frankfurt, ein neuer Großkunde aus Padua – zu dem ich ihn offensichtlich nicht begleiten sollte … Es tue ihm leid, vielleicht nächstes oder übernächstes Wochenende …

So lief das also. Zwar hatte Alicia und vor Kurzem auch Mammas Schwester Luisa wie eine Warnung erwähnt, es könne mit Affären dieser Art ein abruptes Ende nehmen, aber dass es dermaßen schnell und emotionslos gehen würde, war mir als undenkbar erschienen. Erst recht wenn es um mich ging!

Ich wollte sauer sein, wollte ihm an den Kopf knallen, dass ich kein Wort von seinem Gerede glaubte und keine Lust hatte, so mir nichts dir nichts abgehalftert zu werden. Entsorgt wie ein zerkratztes Spielzeug oder ein angenagter Apfel.

Ich wollte – und schaffte es nicht. Das Feuer, das er in mir angeheizt hatte, ließ sich nicht auf einen Schlag ersticken. Obwohl mein Verstand die Lage ganz eindeutig analysierte, irrlichterte unter Wut und Enttäuschung die Sehnsucht nach seinen Berührungen, schwelte die Leidenschaft weiter. Gegen alle Wahrscheinlichkeit muss ich gehofft haben, es handele sich nur um eine vorübergehende Missstimmung, Frust nach Ferienende oder die noch nicht ganz verrauschte Erinnerung an einen Strandflirt. Jedenfalls schrie ich ihn nicht an, spielte die Gutgläubige bei seinen windigen Ausflüchten, hakte nicht nach, verkniff mir naheliegende Hinweise auf unsere früheren Freiheiten und nahm sogar seine flüchtige Abschiedsumarmung – natürlich wieder mit Hinweis auf den *Familiengeburtstag* – hin, als empfände ich sie nicht wie ein Bad im Packeis.

Dabei spürte ich genau, es war zu Ende.

Zweimal versuchten wir eine Reanimation. Zumindest mir kam es so vor, während Paolo, wenn ich mich zurückversetze, wirkte wie ein Autokäufer, der noch ein paar Probefahrten braucht, ehe er sagt: Ich entscheide mich gegen den Ferrari.

Beim ersten Testlauf saßen wir im Freien zwischen alten Palazzi und hohen Bürgerhäusern auf der Rückseite des Doms, das runde Backsteingemäuer mit den weißen Säulen angestrahlt von den Lampen des Restaurants, darüber die Kuppel. Der Wind fühlte sich noch nach Sommer an, irgendwo schnulzte eine Violine herzerweichende Melodien, das Essen – ich glaube, wir hatten Wolfsbarsch mit Salbei – war genauso herzerweichend delikat, dennoch herrschte zwischen uns eine beinahe kühle Atmosphäre.

Keine Spur mehr von den kleinen, scheinbar zufälligen Berührungen, den zärtlichen Blicken, die früher – so nannte ich die Zeit vor dem Sommerurlaub inzwischen bei mir – unsere Mahlzeiten begleitet hatten, nichts mehr von dem unterschwelligen Vibrieren in seiner tiefen Stimme, das mir ein *Pass auf, gleich fresse ich dich* signalisierte.

Wenn er sich nicht mit dem Fisch auf seinem Teller beschäftigte, eher lustlos als genießerisch, ließ Paolo wieder seinen Taxierblick umherschweifen. Ein paar Anläufe zur Konversation versandeten schnell, weil mir zu seinen Bemerkungen, belanglos und weit weg von uns, schlicht nichts einfiel. Als sein Telefon klingelte, schien er geradezu erleichtert. Von mir abgewandt, redete er in gedämpftem Ton, lachte, schlug sich aufs Knie, eine gefühlte Ewigkeit lang, während ich dumm daneben saß und mich, um ihm nicht an die Gurgel zu gehen oder wegzulaufen, was mir beides lächerlich dramatisch vorgekommen wäre, auf die Beobachtung eines anderen Telefonierers verlegte. Schon seit einer Weile umrundete er das Restaurantareal. Mit steifen Schritten, wie auf den 5-Zentimeter-Sohlen vieler kleiner Männer, eine Hand am Ohr, die andere in theatralischen Gesten schwingend, stolzierte er wieder und wieder an der Oleanderbarriere entlang und tönte laut genug, dass jeder, der sich nicht die Ohren verstopfte, zumindest in Ansätzen mitbekommen musste, es ging um Liebe, große Geschäfte, Kontakte nach ganz oben …

Welche Mühe es sich machte, dieses wichtigtuerische Kerlchen auf Stelzen, als toller Hecht wahrgenommen zu werden! Plötzlich musste ich so lachen, dass mir meine eigene peinliche Situation für den Moment egal war. Ob ich hörbar gekichert oder irgendein Quieksgeräusch von mir gegeben habe, weiß ich nicht, aber Paolo hatte offenbar etwas mitbekommen, jedenfalls drehte er sich um und nickte mir beifällig zu, in der Art: *Amüsier dich nur, Kleines, gleich bin ich wieder für dich da.*

»Entschuldige«, sagte er nach Beendigung des Gesprächs und tätschelte meine Hand, »das war jetzt wirklich wichtig.«

Wichtig, wichtig. Klar, auch einer von der Sorte.

»Glaubst du, du kannst das nächste Wochenende für mich frei halten? Wieder mal eine Tour zu Gioia und Alfredo, was meinst du?«

Offenbar war er sich meiner Zustimmung so sicher, dass er, statt mich anzuschauen, während der Frage den Hals nach dem Kellner reckte und ihm ein Zeichen gab, die Rechnung zu bringen.

»Heute Abend muss ich noch was Dringendes erledigen«, erklärte er mit einem wenig überzeugenden Bedauern in der Stimme. »Tut mir leid, aber du weißt ja …«

Was sollte ich wissen? Dass er ein wahnsinnig beschäftigter Mann war? Dass außer mir noch andere auf seine Zuwendung bauten und wir deshalb nicht wie *früher* üblich für eine abendliche Schmuserunde in einem Hotel oder sonst wo verschwinden konnten?

Natürlich willigte ich trotzdem ein. Obwohl *willigen* eigentlich nicht der richtige Ausdruck ist. Denn mein Wille, der mich drängte, ihn mit seinem selbstsicheren Machogehabe abblitzen zu lassen, unterlag schon wieder der irrwitzigen Wunschvorstellung, ein gemeinsames Wochenende könnte, müsste, würde den alten Zauber neu aufleben lassen. Ich sah seinen Händen beim Bezahlen zu, diesen kräftigen und doch weichen Händen, die sich wie eine Hülle um alles legten, was sie ergriffen, und hörte mich sagen: »Wunderbar. Also Freitagabend, wie immer.«

Nichts war wie immer. Der zweite Reanimationsversuch ging genauso gründlich schief wie der erste.

Schon am Freitagnachmittag fing es an mit einer SMS: *Kann erst morgen gegen Abend los. Bacio.* Merkwürdigerweise kam mir sein Duft, als ich am nächsten Abend um kurz nach sieben zu ihm ins Auto kletterte, plötzlich gar nicht mehr so erregend vor wie sonst. Eher leicht penetrant, fast unangenehm … Unterschwellig muss sich da etwas angepirscht haben, an das ich mich zum Glück erst nach diesem Wochenende klar erinnerte: Die Essenz, die dem Paolo-Duft seine besondere Note gab, dieses Vetiveröl, wird, das hatte ich bei meinen ehemaligen Duft-Recherchen erfahren, im Orient auch zur Insektenabwehr verwendet. Paolo als wandelnde Mottenkugel! Das hätte ihm überhaupt nicht gefallen!

Auf dem Beifahrersitz lag eine zartgraue Schachtel, die er aufhob und mir entgegenhielt, während ich einstieg.

»Für mich?« Er hatte also an mich gedacht, mir etwas gekauft. Sicher zum Trost für die mangelnde Aufmerksamkeit der letzten Zeit. Wie lieb von ihm! Heiß vor Glück wollte ich ihm gleich um den Hals fallen, aber er gab schon Gas, so rasant, dass ich in meinen Sitz gepresst wurde und mit dem Öffnen der Schachtel warten musste, bis wir die kurvige Strecke durch die Stadt hinter uns hatten und auf der Landstraße dahinrauschten. Aus pfirsichfarbenem Seidenpapier schälte ich zwei Murano-Gläser, genau die Art, wie sie gerade unter jungen Frauen besonders beliebt waren. In der Form von Wassergläsern, ganz hellweiß getönt, verziert mit kleinen Ornamenten. Ein Traum! Abwechselnd hielt ich sie ins Licht, freute mich an dem zarten Schimmer, an jedem Detail, und packte sie behutsam wieder ein, vorsichtshalber, falls irgendein Hindernis Paolos forschem Tempo in die Quere kommen sollte. Bloß nicht noch einmal eine Katze! Ich drehte mich um, weil ich das Geschenk auf der Rückbank sicher deponieren wollte, und entdeckte eine zweite, identische Schachtel, nur nachlässig verborgen unter seinem Jackett.

In einem abstürzenden Fesselballon kann man sich kaum anders fühlen. Aus himmelhoher unbändiger Freude knallte ich hart auf den Boden der Tatsachen: Egal, wer damit beglückt werden sollte, seine Frau oder eine weitere Gespielin, ich war nur eins seiner Pferdchen. Vielleicht gab es für besonders umtriebige Lover sogar Mengenrabatt.

»Ist was?« Paolo warf mir einen schnellen Prüfblick zu, als mein begeistertes Staunen urplötzlich abbrach.

Sei geschmeidig! Es ist ein Spiel! Hätte ich nicht Alicias Stimme unverhofft wieder im Ohr gehabt, wäre ich höchstwahrscheinlich ausgeflippt. Vorwürfe! Anklagen! Erklärungen bitte! Aber hatte er mir jemals Versprechungen gemacht? Oder behauptet, sich meinetwegen scheiden zu lassen und keine andere Geliebte neben mir zu haben?

Also hielt ich den Mund, schüttelte den Kopf und tat, als wäre ich erschöpft vor lauter Entzücken über sein Geschenk. Vielleicht, versuchte ich mir einzureden, vielleicht war es ja ein Präsent für irgendwen, der ihm gar nicht nahestand. Eine Schwägerin etwa oder die Frau eines Freundes. Aber das machte die Sache auch nicht leichter, weil ich mir dabei noch nebensächlicher vorkam. Und ich wollte doch, wollte unbedingt – ja, was denn?

Seitdem habe ich oft darüber nachgedacht, warum ich diesen ganzen Zirkus überhaupt mitmachte. Klar, ich war verrückt nach Paolo, besser: nach dem wilden, heißen Sex mit ihm, und fieberte einer Neuauflage unserer früheren explosiven Wochenenden entgegen. Aber mindestens ebenso dringlich, das ist mir erst allmählich klar geworden, wollte ich verhindern, in die Rolle der Verliererin zu geraten. Abgehängt werden, weil eventuell die Gattin Unrat witterte oder eine seiner üblichen unterernährten Schönen Schlange stand? Das kam gar nicht infrage! Nicht mit mir! Überhaupt würde ich ihn schnell wieder an der Leine haben, wenn wir erst mal diese Nacht miteinander verbracht hätten. Und dann – falls es irgendwann an der Zeit wäre – würde *ich* es sein, die die Sache beendete. Ciao, mach's gut, mein Lieber, könnte ich sagen, war schön mit dir, aber jetzt reicht's. Dieses Püppchen spielt nicht mehr mit.

Eine großartige Vorstellung, nur leider im Moment völlig unrealistisch.

Bei unserer Ankunft war die Terrasse voll besetzt mit Gästen, zwischen denen Gioia geschäftig herumwuselte. Sie winkte, schwang sich im Slalomstil auf uns zu und wies uns den Tisch neben der Eingangstür an, der für besondere Überraschungsgäste freigehalten wurde. Zu meiner Enttäuschung nahm Paolo tatsächlich daran Platz.

Früher wäre das undenkbar gewesen. Natürlich gehörte ein opulentes Essen als fester Punkt zu unserem Ritual, aber er kam erst an die Reihe, wenn wir uns vom Hauptteil ermattet und hungrig fühlten. Nur ein paar Wimpernschläge lang hatte es jedes Mal gedauert, bis wir aus unseren Kleidern waren und übereinander herfielen, nachdem wir unter den verständnisvollen Blicken der Wirtsleute mit mühsam gezügelten Schritten das Lokal durchquert und unser Zimmer erreicht hatten. Genau das wollte ich wieder, darauf hatte ich Lust, tausendmal mehr als auf Alfredos Küchen-Kreationen.

Kann man auf Steinpilzrisotto eifersüchtig sein? Oder auf Wildschweinbraten in süß-saurer Sauce? Ich zumindest war knapp davor, so hingebungsvoll, wie Paolo sich mit seinem Teller abgab und dann auch noch nachgenießend sitzen blieb. Dessert. Caffè. Das ganze Programm. Völlig gelassen, während ich allmählich kirre wurde.

Mittlerweile hatte sich das Lokal geleert, Gioia und Alfredo hockten bei uns am Tisch, plauderten, lachten, erörterten sogar ihre Pläne, die Terrasse nach Westen zu erweitern. Und Paolo machte mit, als wären wir zu genau diesem Zweck hierhergekommen. Wer zum Teufel sollte das aushalten?

Vielleicht habe ich irgendwann ungeduldig mit den Füßen gescharrt oder hörbar durchgeatmet, jedenfalls tätschelte Paolo plötzlich meinen Arm. »Geh schon mal voraus, Schatz«, sagte er. »Ein Grappa noch, dann komme ich auch.« Dazu ein kurzes Aufblitzen in seinen Augen, der bewährte Paolo-Verführungsblick.

»In Ordnung, bis gleich also.« Ich warf mir meine Tasche über die Schulter und stieg die Treppe hinauf, ganz langsam, damit auf jeder Stufe Zeit blieb für ein leise gemurmeltes Mantra: *Es wird gut – es wird gut – es wird fantastisch.*

Im Halbdunkel zog ich mich aus, ohne Eile dieses Mal, nahm sogar noch eine Dusche, weil die drei da unten ihr Palaver sicher nicht so schnell beenden würden. Dann lag ich zwischen den Laken, spürte, wie ich vor Erwartung allmählich zu glühen begann, so sehr, dass ich das Leintuch abwerfen und die Läden zurückschlagen musste in der Hoffnung auf einen erfrischenden Windhauch. Wieder aufs Bett gestreckt, beobachtete ich durch das offene Fenster am dunkler werdenden Himmel eine Reihe Federwolken, die sich zu einem flauschigen Bären formierten, aus dem nach und nach der Kopf einer Hexe entstand, deren Höckernase gemächlich in eine Schlange überging.

Ich glühte noch immer, wenn auch etwas weniger intensiv, und es ließ sich auch kaum mehr unterscheiden, ob aus Verlangen nach Paolo oder weil mich mittlerweile die Wut über sein Verhalten gepackt hatte. Mit einem Lakenzipfel fächelte ich mir Kühlung zu. Dummerweise fiel mir ausgerechnet in diesem Moment eine TV-Sendung über Nacktmulche ein, auf die ich kürzlich beim Herumzappen gestoßen war. Absurd hässliche, fleischfarbene, tief im Boden agierende Kriechviecher, die sich, wie es hieß, bei der Partnersuche ausschließlich von ihrer Nase leiten ließen. Was bitte unterschied mich von ihnen? Ich sah zwar nicht ganz so gruselig aus und krabbelte *auf* der Erde herum, war aber genauso dumpf und blindlings meinem Geruchssinn gefolgt – in Paolos Fänge. Camilla, der Nacktmulch! Etwas Passenderes hätte niemand erfinden können.

Noch fünf Minuten gestand ich ihm zu. Dann – ja, was dann? Ich war ihm doch komplett ausgeliefert. Wie sollte ich ohne ihn und sein Auto aus dieser gottverlassenen Gegend nach Hause kommen? Ein Taxi würde Ewigkeiten brauchen, und bis es da wäre, hinge ich hier herum wie ein vergessener Regenschirm. Vielleicht könnte ich mich durch eine Hintertür, die ich zufällig unten neben den Toiletten entdeckt hatte, davonschleichen und ins nächste Dorf laufen. Man sah es von unserem Fenster aus zwischen Weinbergen und Obstbäumen in der Talsohle liegen, die ersten Lichter flackerten bereits. Die schmale, zypressengesäumte Straße, auf der wir hergekommen waren, führte dort hinunter. Ich überlegte gerade, wie ich unbemerkt unter den Küchenfenstern durch- und an der Terrasse vorbeipirschen könnte, als ich Paolos Schritte hörte – langsam, schwer, wie üblich, wenn man nach opulenter Mahlzeit eine Treppe hochsteigt. Auf keinen Fall mit dem Schwung eines zielstrebigen Liebhabers.

Trotzdem: Bei seinem Anblick durchzuckte mich wieder diese verzehrende Flamme, als wüsste ich nicht genau, dass es nichts mehr zu retten gab.

Paolo lächelte mir zu, ein bisschen tröstend, vielleicht auch ein bisschen amüsiert über meine Erwartungspose: nackt, vom dünnen Laken kaum verhüllt.

Warum bloß war ich nicht weggerannt?

Und wieder ließ er sich Zeit. Statt gleich zu mir zu kommen oder mich anzuschauen, trat er erst einmal ans Fenster und blickte hinaus in die nächtliche Landschaft, lange genug, um mir das Gefühl zu geben, dass man auch auf Aussichten eifersüchtig sein kann.

Noch am Fenster stehend, löste er seinen Gürtel, warf die Hose über den nächsten Stuhl und schloss die Läden, ehe er sich ganz entkleidete – vielleicht, damit ich nicht sähe, wie wenig Lust er auf mich hatte. Was ich jedoch sofort spürte, als er zu mir ins Bett kam. Wie eine Maschine ging er ans Werk, bearbeitete mich von oben bis unten, systematisch, gekonnt – aber ohne Gefühl, von Leidenschaft ganz zu schweigen. Ich musste sogar nachhelfen, damit die Sache nicht in völligem Desaster endete.

Es war einfach nur fürchterlich. Es war die Feuerpatsche, die den hartnäckigen Schwelbrand in mir endgültig niederschlug.

»Ich weiß selbst nicht, was mit mir los ist«, seufzte Paolo, nachdem wir endlich fertig waren. Er lag neben mir auf dem Rücken, kraulte sein schon grau durchwachsenes Brusthaar und starrte zur Decke hoch, als wäre von da oben Hilfe zu erwarten. »Vielleicht sollten wir eine Pause einlegen.«

Oder allmählich zu Viagra greifen, dachte ich und freute mich an dem boshaften Einfall, während ich, auf meinen linken Ellbogen gestützt, beobachtete, wie sein Super-Ego mit der Blamage rang.

»Es war alles ein bisschen viel in letzter Zeit.« Wieder ein abgrundtiefer Seufzer, dazu aus sorgenvoll zusammengekniffenen Augen ein prüfender Seitenblick, ob ich ihm den Erklärungsversuch abnähme.

Klischeehafter ging es nicht! Einen Moment lang war ich drauf und dran, ihm meine Sicht der Dinge darzulegen:

Hör zu, du bist einfach nicht mehr der wilde Hengst, für den du dich hältst. Mach dir nichts vor und mir schon überhaupt nicht! Liebend gern hätte ich ihm das gesagt, aber auf einer Parallelschiene ging mir durch den Kopf, welchen Wutanfall ich damit womöglich ausgelöst hätte oder – schlimmer noch – einen Versuch, mir das Gegenteil zu beweisen. Deshalb verzog ich mich mit einem gemurmelten »Verstehe!« ins Bad und wusch alle seine Spuren gründlich von mir ab, ganz besonders diesen vertrackten Duft, den ich mit zunehmendem Widerwillen überall auf meiner Haut erschnupperte. Das hatte ich bisher noch nie getan.

Als ich zurückkam, schnarchte er mit offenem Mund und weit ausgebreiteten Armen, bar jeden Zaubers. Ich schob seinen rechten Arm beiseite, zog mir das Laken bis zum Hals hinauf und drehte ihm den Rücken zu. Wir schliefen wie ein erloschenes altes Ehepaar, ohne uns zu berühren, möglichst weit voneinander abgerückt.

Direkt nach dem Frühstück – Caffè und Cornetto im Stehen an der Bar – machten wir uns auf den Heimweg. Bis auf einen knappen Morgengruß noch immer fast wortlos. Paolo hatte zwar, mit einem um die Hüften drapierten Handtuch unter der Badezimmertür posierend, angesetzt, seine Erklärungen der letzten Nacht zu vertiefen, aber schnell aufgehört, als ich nicht reagierte.

Auch Gioia und Alfredo gegenüber gab er den schwer Beschäftigten. Ein wichtiger Termin sei ihm plötzlich eingefallen. Außerdem habe er fürchterliche Kopfschmerzen, ganz überraschend. Die aufschäumende Anteilnahme der beiden war zu perfekt gespielt, als dass ich sie hätte ernst nehmen können. Natürlich wussten sie genau, was hier ablief, hatten ähnliche Szenen sicher schon mehrfach miterlebt. Sie waren seine Verbündeten, gewiefte Mitwisser seiner Eskapaden. Eigentlich hatte ich es die ganze Zeit gespürt, aber nie wahrhaben wollen. Ihr Abschiedstheater, Umarmung, Küsschen rechts, Küsschen links, ließ ich mit eingefrorenem Lächeln über mich ergehen und war erleichtert, endlich wegzukommen. Eine stumme Fahrt zurück, an deren Ende ich beim Aussteigen mein Geschenk absichtlich auf der Rückbank liegen ließ. Sollte er ruhig sehen, dass ich ihn durchschaute.

Wenig später habe ich das übrigens bereut – wenn mir schon der Lover abhanden gekommen war, hätte ich doch immerhin zwei ausnehmend hübsche Gläser gehabt.

Ein bisschen vogelfrei kam ich mir vor während der nächsten Zeit. Offenbar fühlten sich viele – zumindest in meiner näheren Umgebung – berufen, mir ungebeten mit ihrer Meinung oder irgendwelchen Ratschlägen zuzusetzen.

»Mein Gott, Kind, wer lässt sich so was an die Nieren gehen! Das war doch schon immer so!« O-Ton Mamma, nachdem sie meine Lage mit müttereigenem Späherblick erfasst hatte. Luisa und Sitting Bull stimmten ihr fast wortgleich zu:

»Das übliche Muster, nimm's auf die leichte Schulter!« – »Hak es ab! Hauptsache, es hat Spaß gemacht!« Jede, garantiert jede Bemerkung unterfütterten die drei mit aufgewärmten Geschichten aus ihrer großen Zeit.

Natürlich übertrieben sie. So süß, saftig und total entspannt wie in ihren Erinnerungen war es damals sicher nicht immer zugegangen. Trotzdem setzte sich bei mir der Eindruck fest, irgendetwas an mir müsste anders gepolt sein. Okay, ich war spröde, aber vielleicht auch zu ernsthaft, zu geerdet für die althergebrachten *Spielchen*, von denen sie gar nicht genug schwärmen konnten. Hin und wieder ließen sie tatsächlich etwas in dieser Richtung durchblicken. Hieß das etwa, ich könnte nie wieder eine scharfe Affäre haben, ohne mich anschließend so miserabel zu fühlen wie jetzt?

»Zieh nicht so ein miesepetriges Gesicht«, riet mir Sitting Bull, »sonst beißt keiner mehr an!« Na, bitte.

Falls ich mich nicht täusche, hielt ich meine Empfindungen damals für Liebeskummer. Ein Irrtum, der mir allmählich aufging, wenn auch die Sache deshalb kaum weniger schmerzhaft wurde.

Am Mittwoch nach dem fatalen Wochenendausflug traf ich mich mit Alicia zu einem Abendspaziergang. Eigentlich wollte sie von ihrer für Mitte Oktober geplanten Hochzeit berichten, als wir uns aber gegen sechs Uhr am Eingang des Giardino Salvi trafen, reichte ihr ein Blick auf meine offenbar nicht unbedingt strahlende Erscheinung, um augenblicklich umzuschwenken. Dabei war ich doch wild entschlossen gewesen, den Rücken gerade zu halten und mir nichts anmerken zu lassen.

»Ach, du lieber Himmel, dir hat's wohl heftig reingeregnet!« Sie hielt mich einen Moment lang fest umarmt und hakte sich dann unter.

»Paolo?«, fragte sie, während wir unseren Rundgang über die von Zedern und Pinien gesäumten Wege des kleinen Parks antraten.

Ich nickte.

»Hat er Schluss gemacht?«

Ich zuckte mit den Schultern. »Wie man's nimmt. Er redet von Pause einlegen, aber …«

»Eine klare Ansage, er will nicht mehr. Aber du«, sie drückte meinen Arm, »was willst du? Wie geht es dir dabei?«

»Ich will auch nicht mehr! Ich habe die Nase voll – und

trotzdem geht's mir beschissen!« Es tat wahnsinnig gut, endlich rauslassen zu können, was ich bis jetzt mühsam verkorkt gehalten hatte. »Ich bin kein Spielzeug, keins von den albernen Püppchen, die er sammelt! Erst hängt er sich rein, schleimt und charmiert und tut, als wäre dein Po sein Fixstern und auf einmal – zack – zieh ab, Baby, ich hab keine Lust mehr auf dich. Wie kindisch kann man sein, sich auf so was einzulassen?«

»Ach, Camilla«, Alicia blieb stehen und ruckelte an meinen Schultern, »du bist verletzt, heftig verletzt, das ist normal nach so einer Erfahrung, aber es ist auch normal, auf die Avancen eines Testosteronbolzens wie Paolo hereinzufallen. Glaub mir, so einem widersteht kaum eine. An deiner Stelle würde ich versuchen, mir selbst zu verzeihen. Ich habe es probiert, auf einmal sieht man das Ganze aus einem völlig anderen Blickwinkel. Immerhin, kannst du dir sagen, hing dieser tolle Mann eine nette Weile lang an meiner Leine. Und du erfährst, wenn du genau hinschaust, dazu noch eine Menge über dich selbst: zu welchen verrückten Hoffnungen du fähig bist, wie dehnbar deine Geduld ist und wie belastbar dein Gefühl. Apropos Gefühl, könntest du dir vorstellen, den Rest deines Lebens mit Paolo zu verbringen, Schätzchen? Ganz theoretisch. Ist er der Mann deiner Träume?«

Wir waren inzwischen weitergegangen, jetzt hielt ich an, völlig konsterniert.

»Was für eine Frage! Natürlich nicht! So ein Dauerflirter und Aufschneider – wer will den denn zuhause haben! Außerdem ist er zu alt.«

»Großartig! Damit wäre die wichtigste Frage schon mal beantwortet: Du liebst ihn nicht. Du bist – oder warst – bloß verschossen. Deinem Ego hat es natürlich geschmeichelt, wie er hinter dir hergehechelt ist. Und dann unverhofft dieser Schlag. Eine satte narzisstische Kränkung! Das tut mächtig weh, ich weiß.«

Sie drückte verständnisvoll meinen Arm, während ich mich bemühte, mit ihrer Analyse klarzukommen. *Verschossen – gekränkt* –, das klang übel, aber längst nicht so schlimm, wie es sich momentan anfühlte.

»Und jetzt? Wie gehe ich damit um? Ich meine, er kann mir doch täglich im Büro begegnen.« Auf einmal erschien mir Alicias Versiertheit in Männergeschichten als die kostbarste ihrer Eigenschaften.

»Ich würde versuchen, ihm nicht über den Weg zu laufen. Du kennst doch sicher seine Zeiten und die Strecken, die er bevorzugt. Die umgehst du konsequent, und falls ihr doch einmal zusammentreffen solltet, setzt du dein sachlichstes Angestelltengesicht auf. Das kann man übrigens am Spiegel üben. Sieht ungefähr so aus –« Sie baute sich vor mir auf mit einer Miene wie ein pikierter Hydrant. Und obwohl ich bei dem Anblick fürchterlich lachen musste, speicherte ich auch ihre weiteren Tipps und hielt mich in den folgenden Wochen daran:

Zu Fuß treppauf und treppab, statt den Lift zu nehmen – in dem womöglich wieder sein Duft herumwabert, sofern Paolo nicht selbst darin steht.

Am Morgen, trotz Widerwillens gegen frühes Aufstehen, lange vor seinem normalen Eintreffen ins Büro kommen und am Abend erst gehen, sobald sein Donnerzwerg nicht mehr unten parkt.

Sich niemals umdrehen, wenn seine Stimme im Gespräch mit Carlo, Federica oder sonstwem zu hören ist. Auch nicht zu Livia hinüberschauen, in deren Blick sich spiegeln könnte, was im Umfeld geschieht.

Den unvermeidlichen Büroklatsch aushebeln durch die Vorstellung, man stecke in einem Lackmantel, an dessen Schutzschicht alles Gift abperlt.

Wichtiger und entschieden schwieriger war allerdings die *Aufräumarbeit* in Kopf und Herz, vielleicht auch Bauch oder sonstwo. Dieser Rat stammte ebenfalls von Alicia. »Reiß ihn dir raus«, hatte sie gesagt, »gründlich, damit keine dumme kleine Hoffnung nachsprießt. Die Sache ist vorbei, gelaufen. Finde dich damit ab.«

Also schnitt ich ihn – mehr oder weniger erfolgreich – aus meinen Erinnerungen an die vergangenen Monate, was so ähnlich wirkte wie die Fotos, aus denen ungeliebte Personen herausgeschnipselt wurden. Hilf- und trostlos, ein Versuch eben.

Den folgenden Herbst blende ich am liebsten aus. Zumindest den Alltag.

Ein Glanzpunkt allerdings war Alicias Hochzeit. Am zweiten Oktoberwochenende wurde sie gefeiert, opulent, mit fast zweihundert Gästen, im Restaurant des verfallenen Castello Superiore, auf dem Felsen hoch über Marostica gelegen. Weiß gedeckte Tische zwischen den Ruinen vergangener Pracht, ein angenehm kühler Wind, endlos weit der Blick ins Tal, am Abend ringsum Kerzenschein als Antwort auf den nahen Sternenhimmel.

Um mir den Solo-Auftritt zu erleichtern, hatten sie mir einen Tischherrn verordnet und ihn offenbar so gründlich gebrieft, dass er ununterbrochen um meine Unterhaltung bemüht war. Besser: mich zu bespaßen versuchte. Ein alter Schulfreund Raffaeles glaube ich, er hieß Guglielmo, vielleicht auch Benedetto und hatte etwas ausgesprochen Roberto-Benigni-Haftes an sich. Er hibbelte herum, begleitete jedes Wort mit weit ausladenden Gesten, lachte pausenlos und legte dabei seine beeindruckend langen Schneidezähne frei oder zog wahlweise die Mundwinkel bis fast an die Ohren. Perfekt ausgewählt, um jemanden, der augenblicklich kein Interesse an ernsthaften Männerbekanntschaften hatte, vor einem Absturz in Melancholie zu bewahren. Eine Zeitlang funktionierte es auch wie geplant, ich amüsierte mich, ging auf seine Witzeleien ein und feuerte ihn zusammen mit anderen belustigten Tischnachbarn zu immer neuen Albernheiten an. Bei genügend Ermunterung hätte er vermutlich sogar einen Kopfstand zwischen Gläsern und Tellern gemacht oder wäre über die brüchigen Reste der hohen Schlossmauer balanciert.

Irgendwann reichte mir das Theater, ich stahl mich davon, was in der ausgelassenen Runde niemand bemerkte, und machte mich auf die Suche nach Francesca. Ich wusste, dass sie Marco dabeihaben würde, zu winzig noch, um ihn einem Babysitter anzuvertrauen, zu winzig auch, um sich mitten im Trubel wohlzufühlen. Also schaute ich etwas abseits der großen, lauten Pulks und fand sie kinderwagenschuckelnd in einem stillen Winkel an einem kerzenbeschienenen Tischchen, neben sich einen mir fremden jungen Mann. Ich wollte weitergehen, aber sie hatte mich schon entdeckt.

»Komm, Camilla, setz dich her! Aus der Distanz ist der Krach gut auszuhalten.«

Sie machte uns miteinander bekannt. Gianni Marchetti, sagte sie, sei ein Freund von Raffaele und Alicia aus deren Zeit in Bologna und fast zeitgleich mit Raffaele nach Vicenza gezogen.

»Meine Familie stammt von hier.« Mit einer um Nachsicht

bittenden Geste breitete er seine Hände aus. »Du weißt ja, ohne Verbindungen läuft gar nichts.«

»Seine Firma in Bologna hat dichtgemacht«, erklärte Francesca, »also auf zu neuen Ufern.« Es klang ein bisschen forciert, aber Gianni schien sich nicht daran zu stören.

Ich sah, wie er kurz mit den Schultern zuckte und nickte. Ich sah einen Mann, etwa Mitte dreißig, mit fast schwarzen, glatten, etwas zu langen Haaren, der sich in dem obligatorischen dunklen Anzug bewegte, als trüge er Jeans und T-Shirt. Ich sah sein freundliches, vollkommen uneitles Lächeln und den aufmerksamen Blick, den er zwischen Francesca und mir hin und her wandern ließ. Ein guter Typ, aber er ging mich nichts an.

»Wo wart ihr gerade? Ich habe euch bestimmt unterbrochen. Lasst euch nicht aus dem Text bringen«, sagte ich und goss mir aus einer halbvollen Karaffe ein Glas Wasser ein. Ich mag es nicht, in die Gespräche anderer Leute zu platzen.

»Ach was«, wehrte Francesca ab, »ist alles nicht so wichtig. Gianni möchte die alten Freunde seiner Freunde kennenlernen, er hat mich gefragt, was ich so mache, außer Marco aufzupäppeln, und ich, na ja ...«

»Sie fing gerade an, von den dicken Ladies zu erzählen«, fiel Gianni ihr ins Wort.

»Dicke Ladies?« Ich schaute Francesca verdutzt an. »Die hast du bislang noch nie erwähnt. Ist das eine neue Tour?«

»Nein«, sie schüttelte den Kopf. »Eher eine Extratour. Eine ganz spezielle. Ich glaube kaum, dass sie sich jemals wiederholen wird.«

Gianni schien mit der Geschäftsidee meiner Freundin bereits vertraut zu sein und spitzte jetzt mit mir um die Wette auf ihren Dicken-Bericht.

Francesca zufolge hatte eine deutsch-holländische Gruppe, zehn Personen stark, vor etwa sechs Wochen bei ihrer Agenzia eine Tour gebucht, die zwar zu den Palladio-Highlights von Vicenza führen sollte, als Schwerpunkt aber eine Wallfahrt zur wundertätigen Madonna di Monte Berico vorsah. Deshalb hatte man ihr als Spezialistin fürs Mystisch-Magische den Auftrag erteilt. Vergangenen Mittwoch war die Reisegruppe gegen fünf Uhr nachmittags eingetroffen. Francesca stand am Eingang des Hotels, als der Bus vorfuhr, und wunderte sich mehr und mehr über die Fracht, die ihm entstieg: lauter Frauen gewaltigen Kalibers. »Im Klartext echte Specksäcke«, kicherte Francesca.

Beim Begrüßungsdrink hatte ihr Dorothea Pohlbrüggen, Wortführerin der Gruppe, die so gut Italienisch sprach, dass man nicht ausmachen konnte, ob sie deutscher oder holländischer Herkunft war, erklärt, was den Trupp zusammenhielt: Sie wären sich, alle mit dem gleichen Problem beladen, bei verschiedenen Kuren und Abhilfeverfahren immer wieder über den Weg gelaufen und eines Tages zu dem Entschluss gekommen, die Sache gemeinsam anzugehen. Getreu dem Motto der Musketiere: Eine für alle, alle für eine.

Trotz ihrer enormen Konturen waren die Ladies keineswegs in dunkle Beutel gekleidet, sondern trugen – allen voran Dorothea Pohlbrüggen, die ausschließlich in Maigrün auftrat – samt und sonders erstaunlich schicke, farbige Gewänder. Sie tauschten nämlich, wie Dorothea augenzwinkernd verriet, neben Diätrezepten auch die Adressen von *Elefanten-Couturiers* untereinander aus.

Überhaupt schien ihre Lebensfreude nicht allzu sehr durch die jahrelangen und leider immer vergeblichen Kämpfe gegen ihre Pfunde eingeschränkt zu sein, obwohl sie laut ihrer Anführerin schon eine Menge harte Schlachten hinter sich hatten. Von Ayurveda-Kuren und Yoga-Sessions, über Hypnose und eine Baumwolldiät.

»Wie bitte?«, rief ich dazwischen. »Was soll das denn sein?« Auch Gianni riss entgeistert die Augen auf, im Kerzenlicht hatten sie die Farbe von Honig mit dunklen Einschlüssen.

Dabei äße man Wattebäuschchen, mit Kaffee oder Saft rutschfähig gemacht, die im Bauch ein Sättigungsgefühl auslösten, erklärte Francesca. Aber es sei noch entschieden rigoroser weitergegangen: in Pillenform verschluckte Bandwürmer, angeblich unter Models die beliebteste Abspeckmethode; Schlangengiftinjektionen – wozu allerdings nur drei der Damen den Mut gefunden hätten – und sogar eine Fastenwanderung durch Nepal. Ein vermeintlich todsicheres Unternehmen, weil es dort ohnehin nichts zu futtern gab. Alles für die Katz, wie sich gezeigt hatte. Doch Aufgeben kam nicht infrage, dazu steckte zu viel Energie in den Ladies.

Jetzt setzten sie auf eine frisch aus Amerika importierte Idee: die Gottes-Diät.

»Du lieber Himmel!«, entfuhr es Gianni.

»Eben«, sagte Francesca trocken. »Der soll es richten. Er lässt die Polster wegschmelzen, vorausgesetzt, man glaubt fest und betet genug.«

»Klar, mit gefalteten Händen kann man sich schließlich nichts reinfüllen.« Gianni grinste uns an, und plötzlich lachten wir alle drei so laut los, dass Marco in seinem Kinderwagen zu maunzen begann. Erst nachdem sie eine kleine Runde mit ihm gedreht und ihm eine Weile lang etwas Duzi-Duzimäßiges zugeflüstert hatte, setzte sich Francesca wieder zu uns und erzählte mit gedämpfter Stimme von der zu gleichen Teilen aufgesplitteten Begeisterung der Damen für Palladios

Villen, Palazzi, Plätze oder das unvergleichliche *Teatro Olimpico* und für die örtliche Kulinarik.

»Vielleicht«, sagte sie schulterzuckend, »genießen solche Leute ja die ästhetische Qualität, die Eleganz und Harmonie der Bauwerke genauso wie ein exquisites *fritto misto*, bloß setzt das nicht an. Wenn ich allerdings an ihre Wallfahrt zu unserer Madonna denke, kommt es mir eher so vor, als ließe sich gegen eingefleischte Schmeckleckerei selbst mit einer Weihwasserkur nichts ausrichten. Die schmausen halt gern und finden überall entsprechende Anregungen und auch irgendetwas Kaubares. Wie es scheint, selbst in Nepal.«

»Aber der Monte Berico liegt nicht in Nepal«, drängte ich, »was ist denn da vorgefallen?«

»Vermutlich das, was ihnen immer wieder passiert, wenn sie einen neuen Abspeckversuch unternehmen«, sagte Francesca nach kurzem Zögern und unterdrückte einen erneuten Kicheranfall. Die hundertzweiundneunzig Stufen den steilen Berg hinauf zu Fuß zu gehen sei für die Schwergewichtler schon mal absolut nicht infrage gekommen, obwohl keine von ihnen älter als Mitte fünfzig zu sein schien. Lieber hatten sich die Ladies in ihrem Bus nach oben chauffieren lassen und waren dann als ausufernder Farbfleck über die Freitreppe durch das Hauptportal ins Innere der Kirche vorgedrungen. Für Francescas pflichtbewusste Ansätze, ihnen die baulichen Besonderheiten und kunsthistorischen Schätze der Basilika nahezubringen, zeigten nur zwei der Damen zeitweiliges Interesse, und auch das war vermutlich reine Höflichkeitsheuchelei, denn die beiden hielten ständig Ausschau nach ihren Reisegefährtinnen und verdrückten sich bald unter irgendeinem Vorwand, um sich den anderen anzuschließen. Die wiederum standen im rechten Seitenschiff still zusammengerottet wie eine bunte Herde.

»Es dauerte einen Moment«, sagte Francesca, »bis mir klar wurde, was meine Schäfchen oder besser *Riesenschafe* da machten. Sie schauten anderen Pilgern zu, beobachteten konzentriert, wohin man sich wandte, was man tat, wie man sich verhielt, damit man Erhörung für seine dringenden Bitten fände. Dass so etwas hier möglich war, hatten sie gehört und gelesen und wurden restlos davon überzeugt, als sic schließlich den ortskundigen Frommen hinter den Hochaltar folgten und tausende Votivgaben deckenhoch an den Wänden entdeckten. – Ihr kennt doch das silberne Gnadenbild, das dort hängt, oder?«

Ich nickte, Gianni ebenfalls. Jeder hier kannte die Szene, die darauf abgebildet war: Zur Zeit der großen Pest im 15. Jahrhundert erscheint die Jungfrau Maria einer Bäuerin und verspricht das Ende des Leidens, wenn genau am jetzigen Standort eine ihr geweihte Kirche erbaut würde. Der Handel funktionierte und wirkt sich bis heute aus.

»Warum soll sie nicht den Speck auf wunderbare Weise verschwinden lassen, wenn sie sogar einen Schlusspunkt unter die Pest setzen kann?, haben sich meine Dicken offenbar gefragt. Die Mutter Gottes als erprobte Fürsprecherin. Der Deal, nach amerikanischem Rezept: Wir beten ganz, ganz innig, und du, lieber Gott, erlöst uns von überflüssigen Kilos.«

Erst seien sie noch etwas nordeuropäisch gehemmt gewesen, erzählte Francesca, hätten zum Teil sogar angewidert die Nasen gekraust, weil jeder, der an ihm vorbeidefilierte, seine Hand auf das Relief legte, es küsste oder mit der Stirn berührte. »Ich sah, wie sie die Luft anhielten, als eine schmuddelige alte Frau erst darüberstrich, dann einen Fingerspitzenkuss daraufdrückte, es wieder streichelte und auch noch eine halb volle, zerknitterte Plastiktüte dagegenpresste.

Wahrscheinlich gefüllt mit Habseligkeiten einer Person, für die sie Hilfe erhoffte. Bestimmt sind das Momente, in denen man sich fragt, ob Heiligkeit die Gesetze der Hygiene aufheben kann.«

»Und?«, fragte Gianni. »Haben sie die Flucht ergriffen?« Er saß vornübergebeugt, die Ellbogen auf die Knie gestützt. Ein aufmerksamer Zuhörer.

Francesca grinste und schüttelte den Kopf. »Das wäre vielleicht passiert, wenn nicht in genau diesem Augenblick eine der Runden unter den Mengen von Votivgaben plötzlich etwas ganz Besonderes erblickt hätte. Ich höre sie noch rufen, so laut, dass alle ihr die Köpfe zuwandten, während die Alte erschrocken weiterschlurfte: ›Hey, seht mal, ein Bauch! Leute, hier sind wir richtig!‹ Mit hochgerecktem Arm zeigte sie auf die siebte Reihe von unten, wo rechts zwischen anderen in Silber getriebenen Körperteilen, Armen, Beinen, Ohren und sonst noch was, tatsächlich ein glänzender Bauch hing. Ein tadellos geformtes Exemplar, wie nach einer gelungenen Diät. Damit war die Sache klar: Zumindest einem Bittsteller musste mit dem Beistand der Madonna sein Speck-weg-Wunsch erfüllt worden sein! Auf einmal gab es kein Halten mehr: Wo immer sie eine Lücke in der Pilgerschlange erspähten, drängten sich meine Ladies dazwischen, legten ihre Hände auf das Bild, manche schmiegten ihre Wangen daran und küssten es, plötzlich ganz ohne Scheu vor anderer Leute Schmutz und Schnodder. Ich sah sie so hingebungsvoll beten«, gestand uns Francesca mit leicht schiefem Lächeln, »dass ich selbst schon drauf und dran war, an ein mögliches Wunder zu glauben.«

»Dann hat es also nicht geklappt?« Gianni sprach aus, was ich dachte.

»Leider nein«, sie schüttelte wieder den Kopf. »Aber das

lässt sich wohl kaum dem lieben Gott oder der Madonna in die Schuhe schieben. Ich denke, man muss dem Wunder eine Chance geben, sonst kann es nicht glücken.«

»Wie meinst du das?«, fragten Gianni und ich unisono.

»Na ja, meine Klientinnen haben es schlicht konterkariert. Nachdem sie genügend gefleht hatten, gingen wir nämlich weiter ins Refektorium des an die Kirche angrenzenden Klosters. Ich wollte ihnen dort noch Paolo Veroneses berühmtes Gemälde aus dem 16. Jahrhundert, die *Cena di San Gregorio*, zeigen. Ihr kennt das Bild natürlich, Papst Gregor der Große präsentiert sich darauf beim Abendmahl als Gastgeber Christi an einer reich gedeckten Tafel. Und das war's dann: Reflexartig muss der Anblick von gefüllten Schüsseln und gebratenem Geflügel einen derartigen Heißhunger bei den Damen ausgelöst haben, dass sie wie ferngesteuert allesamt auf dem Absatz kehrtmachten, flugs aus den ehrwürdigen Gemäuern stürzten, quer über die Straße in die *Bar dei Pellegrini*, wo man sich, wie sie anscheinend schon bei der Anfahrt ausgemacht hatten, mit Kuchen, Kaffee und Eis stärken konnte. – Was habe ich gesagt?« Francesca warf uns gespielt dramatische Blicke zu. »Keine Chance für ein Wunder.«

Schon seit einer Weile hörte man Stimmen, die sich unserer Ecke näherten, mal verharrten, dann wieder lauter wurden. Wir lachten noch über den missratenen Diät-Versuch, als Renato im Kerzenkreis neben Francesca auftauchte, begleitet von ein paar Leuten, anscheinend neuen Festbekanntschaften, denen er seine Frau, Gianni und natürlich auch mich vorstellte. Geschäfte, Politik, Fußball …

Ich verzog mich in die Dunkelheit. Bernardo, ein langweiliger Cousin, hatte versprochen, mich auf dem Heimweg mitzunehmen.

Zehn Tage später radelte ich spätabends im Dunkeln noch zur Buchhandlung Galla an der Piazza del Castello, die bis Mitternacht geöffnet hat. Ich hatte keine Lust auf Gespräche mit der Familie, schon gar nicht auf das übliche Fernsehgesülze, und wollte mir fesselnden Lesestoff kaufen, damit ich nicht wieder die halbe Nacht lang wachläge, in Gedanken immer erneut durchforstend, was in den vergangenen Monaten anders, besser oder überhaupt nicht hätte laufen sollen.

Unschlüssig, ob ich etwas zur Ablenkung oder zum *Klüger-werden* nehmen sollte, durchstöberte ich die Regale und bückte mich gerade nach einem Buch von Alessandro Barbero, als mich jemand von hinten anstieß, so kräftig, dass meine Stirn gegen das nächste Brett knallte. Eine Hand auf die sprießende Beule gepresst, drehte ich mich leicht ungehalten nach meinem Kontrahenten um – und stand Gianni gegenüber. Gianni Marchetti, wie mir wieder einfiel, der Typ, den ich bei Alicias Hochzeit an Francescas Seite kennengelernt hatte.

»Mir ist ein Kunstwälzer von ganz oben aus den Händen gerutscht, ich wollte verhindern, dass er jemanden trifft – und jetzt bist es ausgerechnet du«, stammelte er erschrocken. Dabei zog er seinen Schlüsselbund aus der Jackentasche – »noch ganz kalt von draußen« – und drückte ihn auf die angeschlagene Stelle.

»Macht nichts, ist alles in Ordnung.« Obwohl mir der Schädel brummte, wehrte ich seine Besorgnis ab und wandte mich wieder den Büchern zu. Sollte ich den Barbero nehmen oder vielleicht doch den neuesten Stephen King?

»Hast du noch Zeit für einen Drink?« Plötzlich war Giannis Stimme nahe an meinem Ohr. »Ich meine, als Wiedergutmachung – und überhaupt.«

Wiedergutmachung? Falls das denn möglich sein sollte, interessierte es mich nicht. Das *Überhaupt* allerdings war eine andere Sache.

Wir gingen erst in eine Bar, dann in eine zweite, und als auch die schloss, streiften wir durch die ausgestorbenen Straßen, bis sich das erste gebrochene Morgenlicht eines trüben Oktobertages am Horizont zeigte.

Kapitel 3

Wie scheinheilig manche Tage anbrechen. So unschuldig strahlend, dass nur ausgemachte Defätisten argwöhnen würden, in ihrem reinen Blau und Gold lauere vielleicht ein Hinterhalt, ein Fallstrick, über den man aus seiner gewohnten Bahn stolpern könnte.

Ich jedenfalls ahnte nichts von der Schlinge, die dieser Septembertag für mich bereithielt, als ich gegen sieben Uhr früh vom Lachen und Brabbeln meiner Kinder geweckt wurde und durch die Ritzen der Jalousien den leuchtenden Morgen entdeckte. Von Gianni waren nur ein paar dunkle Haarsträhnen zu sehen; er zieht immer die Decke bis zu den Ohren hoch. Seine Atemzüge verrieten, dass er fest schlief. Wie jedes Mal, wenn ich morgens neben ihm aufwachte, durchfuhr mich wieder dieses intensive Glücksgefühl, ein Gefühl der Geborgenheit und selbstverständlichen Zusammengehörigkeit. Es hatte sich schon damals angekündigt, bei unserem ersten nächtlichen Streifzug durch die schlafende Stadt, unterschwellig, während wir streckenweise redeten wie zwei aufgedrehte Wasserhähne, oft sogar gleichzeitig, und dann wieder in einvernehmlichem Schweigen weiterliefen, ohne Absprache Straßenseiten wechselten und Brücken überquerten, als folgten wir einer gemeinsam festgelegten Route.

Der Versuch, einen Menschen durch seinen Gegensatz zu einem anderen Menschen zu definieren, ist bestimmt nicht fair und sicher auch selten zutreffend. Trotzdem konnte ich anfangs nichts dagegen tun: Ob ich wollte oder nicht, erschien mir Gianni umso liebenswerter, je mehr er sich von Paolo unterschied. Zwar sah auch Gianni gut aus, ein Typ, wie ich bald bemerkte, dem viele Blicke folgten, aber offenkundig scherte er sich nicht im Geringsten um seine Außenwirkung. Er war einfach eins mit sich selbst, ohne jede Spur von Gockelhaftigkeit. Er lief gern zu Fuß, nicht nur durch die Stadt, sondern auch längere Strecken durch die hügelige Landschaft rundherum. Wandern? Bei Paolo eine geradezu lachhafte Vorstellung! Bald schon war mir aufgefallen, dass sich die Funktion seines Umfeldes für Gianni keineswegs darauf beschränkte, Spiegel seiner Potenz und Unvergleichlichkeit zu sein. Er meinte mich, tatsächlich mich, wenn er sich mit mir abgab, keine *Nummer* auf einer Abschussliste, kein Schnuckelchen, dessen Gefühle oder Gedanken eher unwichtig waren.

Und genauso ernsthaft interessierte er sich für die Anliegen seiner Klienten, über die er während unserer Spaziergänge ausführlich berichtete. Mit Aufträgen der Kommune, diverser Hotels und Firmen – Beziehungen! Beziehungen! – hatte sich sein neu gegründetes Büro für Interior Design innerhalb kurzer Zeit zu einem der gefragtesten der Stadt gemausert. Parallel dazu hatte ich mich ebenfalls gemausert: Von der Junior-Texterin in der Agentur meines Ex-Lovers, wo ich natürlich nicht länger bleiben wollte, mutierte ich dank einiger gezielter Telefonate meines Vaters zur Mitarbeiterin im Organisationsteam der Goldmesse VicenzaOro, ein Job, der mir neben den drei jährlichen *Sturmphasen* genügend Zeit für die Kinder ließ. Matteo wurde fast genau ein Jahr nach unserer Hochzeit geboren, Sophia achtzehn Monate später.

Ich staune immer noch, wenn ich überlege, wie schnell,

wie einfach sich unsere Leben miteinander verflochten, so als sei unsere Verbindung die natürlichste Sache von der Welt. Keine Ahnung, welchen Zauber Gianni anwandte, um meine anfängliche Skepsis, die tiefsitzende Furcht vor neuen Verletzungen zu zerstreuen und mir stattdessen so viel Vertrauen einzuflößen, dass ich ihn schon eineinhalb Jahre nach unserer ersten Begegnung heiratete. Die Trauung fand in der romantischen Chiesa di Santa Chiara statt, einem kleinen, achteckigen Bau aus dem 15. Jahrhundert, in dem nach meinen Eltern auch die berüchtigte Tante Emilia geheiratet hatte. Ich bewegte mich also auf gut eingefahrener Familienschiene.

Als ich während der Zeremonie zu Gianni hinüberschielte, musste ich plötzlich an Emilias Olivenbauern denken und wünschte mir inbrünstig, mein Mann stünde gegen alle eventuellen Anfechtungen unseres gemeinsamen Lebens so unerschütterlich zu mir wie dieser Umberto Angelasanto zu seiner Angetrauten. Ich erinnerte mich an eins der Fotos, die hin und wieder zusammen mit der Olivenölkiste aus den Abruzzen bei uns ankamen, darauf lachte er, völlig unangefochten von der offenen Feindseligkeit der Vicentiner Verwandtschaft, in die Kamera, eine seiner breiten Pranken schützend um Emilias Schulter gelegt und den Wildwuchs seines Lockenkopfes verschmolzen mit ihrer Wuschelfrisur. Ein Bild herzlichster Übereinstimmung.

Obwohl Gianni und mir ein bescheidenerer Rahmen lieber gewesen wäre, bestand mein Vater darauf, die Hochzeit seiner ältesten Tochter gebührend prunkvoll in der Palladio-Villa Pisani im dreißig Kilometer entfernten Dorf Bagnolo zu feiern. Mit rund hundert Gästen, von denen ich jedoch kaum jemanden bewusst wahrnahm. Auch dem Essen, einem bestimmt erlesenen Menü, über dessen Komposition Mamma,

Luisa und Sitting Bull Wochen, wenn nicht Monate hindurch beinahe täglich debattiert hatten, schenkten wir beide geradezu sträflich wenig Beachtung. Umarmungen, tränenfeuchte Küsse, Reden, Trinksprüche – wie in Trance nahmen wir alles hin, lächelten, nickten, hoben marionettenartig die Gläser, einfach zu aufgeregt, zu sehr mit uns selbst beschäftigt, um auf unsere Umgebung eingehen zu können.

Annähernd fünf Jahre lag das mittlerweile zurück, unbeschwerte, heitere Jahre, deren Grundstimmung vom Glück des Anfangs eingefärbt blieb. Ohne Nicoletta, denke ich manchmal, hätte ich den Kern dieses Glücks vielleicht nie ausgemacht.

Als ich sie eine Woche nach dem großen Ereignis besuchte, eine getrocknete Rose aus meinem Brautstrauß in der Hand und mit nachtschwarzem Gewissen, weil ich ihr seit dem Paolo-Desaster ferngeblieben war, überfiel mich, kaum dass ich bei ihr eintraf, der Drang, auf der Stelle kehrtzumachen. Wie früher so oft. Sie fing nämlich augenblicklich wieder an mit ihrer penetranten Fragerei.

»Ob ich meine alte Freundin nicht mehr kenne? – So ein Unsinn! Hätte ich dir dann etwa eine Hochzeitsblume mitgebracht? Es ist einfach eine Menge passiert.« Ich drapierte die Rose in ihre Armbeuge und meinte, den Anflug eines Lächelns auf ihrem Gesicht zu entdecken. Oder war es eher Spott? »Okay, okay, ich gebe zu, dass du recht hattest mit deinen Warnungen. Meine Flügel wurden ordentlich geknickt, genau wie du es prophezeit hast. – Du glaubst, das wäre mir erspart geblieben, wenn ich auf dich gehört hätte? Gut möglich, Nicoletta, bloß wären mir dann auch ein paar Erfahrungen erspart geblieben, die absolut nützlich sind. – Ja, genau, ich meine tatsächlich nützlich, echt brauchbar. Obwohl es ein Weilchen gedauert hat, bis mir das aufgegangen ist. – Die Kränkung war ganz schön schmerzhaft, da stimme ich dir zu, aber immerhin weiß ich jetzt, dass ich dadurch nicht gebrochen werde. Das ist doch was, oder? – Ach so, du interessierst dich mehr für die anderen Gefühle. – Ob es einen Unterschied gibt zwischen dem Paolo-Rausch und dem, was ich für Gianni empfinde, willst du wissen? Dio mio, das lässt sich nicht gerade leicht auf den Punkt bringen. Verknallt-Sein und Lieben ist schließlich streckenweise deckungsgleich. – Das himmlische Prickeln? Ja, doch, das überfällt mich auch bei Gianni, und ich fühle mich auch beim Zusammensein mit ihm wie im Rausch. Aber – weißt du – das ist nicht alles, längst nicht. Es ist mehr, viel mehr. Das Gefühl für ihn füllt mich vollkommen aus. Vielleicht sag ich's so: Die Leerstelle tief in meinem Innern ist endlich besetzt. – Francescas Tsunami-Theorie? An die erinnerst du dich? Nein, Nicoletta, die greift nicht in meinem Fall. Vergiss sie. Ich fühle mich nicht weggeschwemmt, im Gegenteil: Ich bin angekommen. Ich weiß einfach: Es ist Liebe.«

Die Welt kann dir beim Kaffeetrinken zusammenbrechen, habe ich irgendwann in einem Roman von Fruttero und Lucentini gelesen.

Meine Welt bekam ihre ersten Risse an jenem Dienstag Anfang September, nachmittags gegen halb vier auf dem Weg zum Zahnarzt. Aus heiterstem Himmel. Die Kinder hatte ich bei meiner Mutter geparkt und lief des wunderbaren Wetters wegen vor mich hin träumend zu Fuß durch die noch siestastillen Straßen, bis ich, aufgescheucht vom Protesthupen eines zugeparkten Getränkelasters, den Kopf hob. Und da entdeckte ich ihn. Paolo. Kaum zwanzig Meter entfernt, in gewohnt lässigem Outfit. Die rechte Hand besitzergreifend auf ihrem enzianblau verpackten Po platziert, schob er eine dünne Langbeinige vor sich her in eine Bar.

Merkwürdig. Obwohl er bei mir mittlerweile sogar als Vergleichsobjekt längst ausgedient hatte und in meinen Gedanken überhaupt keine Rolle mehr spielte, glaubte ich plötzlich wieder seinen Geruch in der Nase zu haben – den, der mir gefühlte Lichtjahre zuvor mal als betörend erschienen war. Ich hatte erneut seine umherschwirrenden Blicke vor Augen, das herausfordernde Recken des Kinns, sobald irgendwo in seinem Umfeld eine Schöne aufkreuzte, hörte das lockende Gurren seiner Stimme... Paolo, der Macho, der Verführer war wieder da. Nicht als Person, sondern als Prototyp, als Musterbild der zahllosen Ehemänner auf Nebenwegen.

Die Szene hätte mir egal sein können, sie tangierte mich auch gefühlsmäßig nicht, glaubte ich jedenfalls in diesem Moment. Ich wollte nichts mehr von Paolo, würde ihn um keinen Preis zurückgenommen haben – und dennoch: Der Anblick entfesselte etwas in mir, etwas, das ich nie für möglich gehalten hätte. Es war, als legte der Teufel einen Schalter um. Urplötzlich tauchten in meinem Hirn Visionen auf, hakten sich fest, klebten als Vexierbilder an harmlosen Erscheinungen des Alltags. Nicht geplant. Es passierte einfach.

Immer wieder fragte ich mich danach mit Anwandlungen von Entsetzen, bin das ich, wirklich ich, die in Vorstellungen von Seitensprüngen ihres Mannes versinkt? Umsonst. Es wurde eine Sucht. Es war, als trüge ich eine fremde Brille auf der Nase, eine, durch die ich die Welt mit den Augen eines gierigen Machos zu betrachten gezwungen war.

Wie auf Knopfdruck ging es los, während die Zahnarzthelferin sich über mich beugte und mir ein Papierlätzchen um den Hals legte. Keine besonders aufregende Person übrigens. Jung war sie, adrett in weißem Anzug und nach *Cool Water* duftend – das reichte vollkommen, um mir vorzustellen, wie entzückt mein Gianni von der Berührung ihrer Finger, der Nähe ihrer strammen Brüste und dem warmen Hauch ihres Atems wäre.

Ich weiß noch, dass ich mich bei dieser ersten Vision ziemlich albern fand, aber es nützte nichts und kam auch in der Folge immer seltener vor. Dafür entdeckte ich ständig neue Reizobjekte, denen Gianni meiner schnell wachsenden Gewissheit nach auf keinen Fall würde widerstehen können. Ein wippender Rock, ein wogendes Hinterteil, die flatternde Mähne einer Radlerin, Angelina-Jolie-mäßige Wurstlippen, im Sonnenlicht blitzende Augen – egal, wie und wo, in jeder Situation schloss ich vom Aussehen oder Gebaren einer Frau auf die Verlockung, die sie für ihn darstellen musste. Und unweigerlich malte ich mir in allen Einzelheiten aus, was daraus entstehen könnte – und bei passender Gelegenheit sicher auch würde.

Als ich abends die Geranien auf unseren knapp fußbreiten, von Eisengittern eingefassten Balkons goss, putzte die junge Frau in der gegenüberliegenden Wohnung gerade die Fenster. Dabei pfiff sie zu im Hintergrund tönender Popmusik und reckte sich, ein Bein auf die Brüstung gestemmt, aus ihrem ärmellosen Kittel nach den hohen Rahmen. Sie hieß Marta, arbeitete als Sekretärin bei Vicenza è. Ich traf sie gelegentlich beim Einkaufen und musste mich jedes Mal zusammenreißen, um nicht auf ihre Oberlippe zu starren, die ständig über der vorstehenden oberen Zahnreihe kleben blieb und sich irgendwann mit leisem Schmatzgeräusch löste. An der Käsetheke hatte ich es verschiedentlich gehört. Und ich fand, dass die hochgezogenen Brauen über ihren runden, wasserblauen Augen so wirkten, als wäre sie selbst davon irritiert. Eigentlich hatte ich sie immer für ziemlich unattraktiv gehalten, aber durch meine neue Macho-Brille betrachtet, erschien sie mir mit ihren molligen, nackten Armen, den kräftigen Waden und den Gucklöchern zwischen den Kittelknöpfen als Inbegriff der Sinnlichkeit. Ich war dermaßen fasziniert von dem Anblick und den Bildern, die er in meinem Kopf auslöste, dass ich die Blumen achtlos goss und goss, bis jemand sich von unten über das herabpladdernde Wasser beschwerte. Und dass Gianni neben mich trat, nahm ich nur wahr, weil er mir einen Kuss auf den Nacken drückte und sagte, aus der Küche röche es nach angebranntem Reis. Wie lange mochte er schon hier gestanden und Marta angestarrt haben? Ich warf ihm einen prüfenden Blick über die Schulter zu. War da nicht dieses Raubtierglitzern in seinen Augen, das ich von Paolo so gut kannte? Noch schnaubte ich nur verächtlich, während ich an den Herd stürzte – noch.

Am Samstag waren wir zum Abendessen eingeladen, bei alten Freunden, keine besonders aufregende Sache, wäre da nicht meine veränderte Perspektive gewesen. Ich hockte noch mit ein paar Leuten am Tisch, als mein Blick zufällig auf Gianni traf, der neben der Gastgeberin an der Terrassenbrüstung lehnte. Schulter an Schulter, wie mir schien. Durch die Säulen der Balustrade sah man das silbern schimmernde Wasser des Fiume Bacchiglione, in dem sich die von kleinen Wölkchen gerahmte Mondsichel spiegelte. Eine geradezu widerlich romantische Szene. Gut, Lucia arbeitete bei der Stadtverwaltung, beruflich hatten die beiden oft miteinander zu tun. Aber mussten sie deshalb so vertraut und dermaßen dicht zusammen unterm Sternenhimmel stehen? Ich knallte mein Amarettoglas auf die Tischplatte und war mit drei langen Schritten bei ihnen.

»Gianni!« Ohne Rücksicht auf ihr Gespräch drängte ich mich dazwischen. »Gianni, ich denke, wir sollten gehen.« Ich hörte selbst den grellen Unterton meiner Stimme, aber das ließ sich nun mal nicht ändern.

Zu verdattert, vielleicht auch zu höflich, um nach dem Grund dieses Auftritts zu fragen, ließ er sich fast widerstandslos von mir wegschleppen. Ein Achselzucken und eine gemurmelte Entschuldigung in Richtung der verdutzten Freunde war alles, was er dazu äußerte, bis wir unten auf der Straße standen. Dort allerdings baute er sich wütend vor mir auf.

»Willst du mir eventuell verraten, was das sollte?« So harsch hatte er noch nie mit mir gesprochen. »Lucia erklärte mir gerade den Plan für ein neues Jugendzentrum, an dem ich mitarbeiten könnte. Eine spannende und lukrative Aufgabe – und du unterbrichst uns mit einem – einem echten Zickenanfall. Was fällt dir ein, so mit mir umzugehen? Was ist denn los?«

Ich griff wieder nach dem Ärmel, an dem ich ihn hinter mir hergezogen hatte, aber dieses Mal mit einem besänftigenden Streicheln. Plötzlich kam ich mir selbst dumm und hysterisch vor. »Entschuldige, du hast ja recht, wenn du sauer auf mich bist. Aber wie ihr da zusammen im Mondlicht standet, dachte ich … meinte ich …«

»Doch nicht etwa, dass ich was mit Lucia hätte? Bist du übergeschnappt? Spinnst du? Ich kenne sie seit Jahren, wieso sollte ich jetzt auf einmal was mit ihr anfangen? Wir sind Freunde und arbeiten zusammen, das ist alles!«

»Aber … aber …« Vergeblich suchte ich nach einer Erklärung für den Sturm, der eben durch mein Hirn getobt war. Ich verstand es jetzt selbst nicht mehr.

»Nichts da aber! Wie kannst du nur! Das war zum Tot-Umfallen peinlich. Los, gehen wir nach Hause.«

Er marschierte mit so langen Schritten, dass ich beinahe traben musste, um nicht abgehängt zu werden, mit knallenden Absätzen hämmerte er seine Wut auf die Straße. Sonst hatten wir den knapp viertelstündigen Heimweg meistens eingehakt, wenn nicht engumschlungen zurückgelegt, an diesem Abend jedoch liefen wir durch eine gute Armlänge getrennt nebeneinander her. Das Einzige, was uns verband, war das Geräusch unseres Atems: bei Gianni ein empörtes Schnaufen, bei mir ein vom scharfen Tempo erzwungenes Hecheln.

An der vorletzten Ecke, ehe wir unsere Contrà San Rocco erreichten, nahm ich im Bemühen, Schritt zu halten, die Kurve zu eng und stieß mit ihm zusammen. Wahrscheinlich war es zunächst nur eine reflexartige Hilfestellung, um mich vor einem Sturz zu bewahren, dass er nach meiner Hand griff, doch dann ließ er sie nicht mehr los. Unsere Gangart wurde wieder einvernehmlich, der Atem ruhig.

Die Arme über Kreuz um unsere Hüften gelegt, stiegen wir Seite an Seite die Treppe zu unserer Wohnung hinauf und begannen schon auf dem Weg zum Schlafzimmer, uns gegenseitig aus unseren Kleidern zu schälen.

Versöhnungssex kann wundervoll sein. Wie die erste genüssliche Mahlzeit nach einem verdorbenen Magen. Wir liebten uns so zärtlich und hingebungsvoll, als würden wir uns gerade erst entdecken. Durch die Spalten der Jalousie erblickte ich die Mondsichel, jetzt ohne Wölkchen-Entourage, und bat insgeheim um Verzeihung für meine alberne Schuldzuweisung.

»Mach so was nie wieder«, murmelte Gianni schon halb im Schlaf, »das hast du nicht nötig.«

Das klang nicht nach Tadel, sondern eher wie eine Bitte. Und ich nahm mir fest vor, die verstörenden Phantasien, die sogar in diesem Moment noch unterschwellig an mir nagten, gut in Schach zu halten.

Es ging nicht anders: Meinen guten Vorsätzen zum Trotz fing ich bereits am nächsten Tag an, ihm nachzuspüren. Wie unter Zwang streifte ich mit ungeahnter investigativer Zielstrebigkeit durch die Stadt, fand mich plötzlich, statt wie früher auf der Piazza dei Signori an einem Tischchen vor der Cafeteria *Alle Colonne* zu sitzen, oben auf dem schmalen, umlaufenden Balkon wieder, von wo aus man das Treiben unten bestens verfolgen konnte, ohne selbst sofort gesehen zu werden. Ich durchkämmte die Buchläden in der sicheren Annahme, dass der Vielleser Gianni einer ebenso bibliophilen Seele verfallen war, mit der er sich im Schummerlicht zwischen den Regalen herumdrücken konnte. An Markttagen lauerte ich mal hinter den Säulen im Erdgeschoss von Palladios Basilica, mal ließ ich wie ein Jäger auf dem Hochsitz vom ersten Stock herab meinen Späherblick durch das Gewusel zwischen den Ständen wandern.

Einmal glaubte ich, ihn tatsächlich entdeckt zu haben, zwar nur von hinten, aber der Haarschnitt, das blau-weiß gestreifte Hemd, die leicht gebeugten Schultern – das musste er sein, das war er! Vor einem Obststand rieb er gerade einen Apfel an seiner Hose blank und ließ seine Begleiterin, ein braunhaariges, ziemlich ordinäres Geschöpf, wie mir schien, abbeißen, ehe er selbst davon aß. Wie konnte er! Eine Unverfrorenheit sondergleichen!

Ich schnellte aus dem Schatten der Loggia, zwängte mich durch das Gedränge taschen- und tütenbeladener Leute und war nur noch zwei Schritte von ihm entfernt, als er sich umdrehte. Ein apfelkauendes, fremdes Gesicht, dessen Augen mich nicht einmal eine Sekunde lang wahrnahmen. Natürlich nicht. Der Typ hatte schließlich nichts mit mir zu schaffen. Von Nahem konnte ich keine Spur Ähnlichkeit mehr ausmachen und nur froh sein, dass ich ihm nicht wie ein Höllenhund ins Kreuz gesprungen war.

Vielleicht lernt man aus seinen Irrtümern, aber es geht nicht unbedingt schnell. Mich zumindest hielt diese Fehleinschätzung keineswegs davon ab, Gianni weiter in jeder freien Minute nachzuspionieren. Meine Mutter hatte ich mit einem dichten Gespinst vorgeschobener Gründe – Meetings, Kundenbesuche, Überstunden, lauter ganz, ganz wichtige Termine – dazu gebracht, dass sie viel öfter als bislang gewohnt meine Kinder übernahm, sie vom Kindergarten abholte und zum nahe unserer Wohnung gelegenen Spielpark begleitete, während ich von finsteren Vermutungen durch die Straßen getrieben wurde.

Möglicherweise haben mich die *verlorenen Seelen*, oder wie man die Randfiguren der Stadt sonst nennen könnte, damals ihrem Kreis zugerechnet. Der Querflötist jedenfalls, der täglich vor einem der eleganten Läden am Corso Palladio saß und Stücke von Bach, Vivaldi oder anderen Klassikern im Wechsel mit Popmusik zum Besten gab, spielte neuerdings immer den Beatle-Song *Let It Be*, sobald ich in seinem Sichtfeld auftauchte, als wüsste er über meinen Zustand Bescheid. Die an der Piazza di San Lorenzo mit Bierflaschen und Riesenhunden herumlungernden Gestalten, schräge Vögel voller Piercings und Tattoos, winkten mir wie einer Komplizin zu, und der *Künstlertyp* blieb sogar einmal stehen und machte Anstalten, mich anzusprechen, ließ es dann zum Glück aber doch bleiben. Ich hatte dem jungen Mann diesen Namen wegen seines Auftretens mit halblangem Haar und lässig vergammelter Kleidung verpasst. Regelmäßig klapperte er gegen Abend in wehendem Mantel und flotten Schrittes die Bars der Innenstadt ab, schnorrte um etwas Essbares und zog zufrieden kauend weiter zur nächsten Futterstelle. Er wirkte nicht verkommen, nein, einfach anders. Ich mochte ihn, aber bitte nur von fern.

Obwohl ich meinen vermeintlich abtrünnigen Mann niemals ertappte, kein einziges Mal auch nur ansatzweise, konnte ich mir doch auf meinen Spionagegängen zumindest ausmalen, was wäre wenn. Und zwar in allen Einzelheiten. Ich führte ein Leben im Konjunktiv: Was täte er, wenn er das blonde Gift da drüben überreden könnte, mit ihm in einem Hotelzimmer zu verschwinden? Würde sie ihre scharlachroten Highheels im Bett anbehalten, weil er das sexy fände? Ich sah ihn den Reißverschluss ihres hautengen Kleides öffnen und dabei ihren Nacken küssen … – Könnte er mich auf einer meiner Kontrollrunden vielleicht entdeckt haben und in sicherer Deckung mit seiner Geliebten über mich spotten? *Schau sie dir an, die Ärmste, weiß nicht, wie sie mich langweilt.*

Unverhofft musste ich jetzt manchmal an Paolos Frau denken, an Lorenza, die mir damals so vollkommen egal gewesen war. Ob sie, so wie ich jetzt, auch hin und wieder mit dem Gedanken gespielt hatte, sich auf ein x-beliebiges schnelles Abenteuer einzulassen, um die eigene Attraktivität zu testen? Dummerweise gefiel mir schon die Vorstellung nicht.

Drei Wochen lang ging das mittlerweile so. Unser häusliches Klima hatte sich bereits entschieden verändert. Matteo, der so gerne sang und ständig vor sich hin trällerte, während er Legokräne baute oder malte, hockte neuerdings stumm und tatenlos herum, in Abwehrhaltung, mit grimmigem Gesicht, wie ein brodelnder Vulkan jederzeit bereit für einen Wutausbruch. Und Sofia wollte, sobald sie mich sah, augenblicklich auf den Arm, hing mir daumenlutschend am Hals. Ihr Stolz, endlich allein aufs Klo gehen zu können, Triumph einer Zweijährigen, hatte sich restlos verflüchtigt.

Meine Mutter streikte zwar noch nicht, war aber offensichtlich knapp davor.

»Ist das denn alles wirklich so wichtig?«, fragte sie eines Abends ziemlich unterkühlt, als ich gegen sechs Uhr mit vollen Einkaufstüten angehetzt kam und sofort in die Küche rannte, um das Essen herzurichten. »Die Leute müssen doch begreifen, dass du Kinder hast und nicht unentwegt verfügbar sein kannst! Schau sie dir an, die Kleinen! Die Nonna ist sicher nützlich, aber dringender brauchen sie die Mamma! Außerdem will ich auch noch mein eigenes Leben führen!«

Ihre verflixten Röntgenaugen! Immer schon hatte sie mich damit durchschaut. Sogar von hinten gelang es ihr, wie sich an diesem Abend wieder zeigte. Vielleicht zog sie ihre Schlüsse aus meiner Hektik oder aus meinen angespannten Schultern, derweil ich Zwiebeln und Tomaten anschmorte und Nudelwasser aufsetzte. Jedenfalls machte sie, schon abmarschbereit unter der Tür stehend, plötzlich kehrt, ließ sich auf einen Küchenstuhl fallen und klatschte mit flacher Hand auf den großen Tisch, ein altes Stück, das aus der Familie ihres Vaters stammte und bestimmt schon viele ähnliche Szenen miterlebt hatte.

»Irgendwas stimmt hier nicht«, hörte ich sie sagen. »So gereizt, wie du momentan daherkommst, ist man nicht ohne Grund. Also was gibt's? Hast du gesundheitliche Probleme? Du läufst in letzter Zeit auffallend oft zum Arzt.«

Stumm schüttelte ich den Kopf.

»Ärger im Job?«

Kopfschütteln.

»Habt ihr finanzielle Probleme? Ach was, das hätte ich gemerkt. – Jetzt dreh dich doch endlich mal um, Camilla, und sieh mich an! – Oh, Tränen!«

»Nur von den Zwiebeln!«

»Unsinn! Ich kann Zwiebeltränen sehr gut von echten unterscheiden. Lass mich raten. Geht es um Gianni?«

Ärgerlicherweise missriet mir das Kopfschütteln zu einem vagen Schlenkern.

»Aha. Aber was tut er denn? Du vermutest doch nicht etwa, dass er auch einer von diesen Nektarsammlern ist? – Doch? – Ach, komm schon, Kindchen, das glaube ich im Leben nicht. Er ist nicht der Typ dafür, nein. – Und selbst wenn: Nimm es hin, das legt sich wieder. Du lieber Himmel, wer wird sich über so was aufregen!«

Plötzlich stand mir erneut die frühere Szene vor Augen, als Mamma samt Luisa und Sitting Bull mich fröhlich zu meiner Paolo-Affäre ermuntert hatten. Wie anders sich die Sache auf einmal anfühlte.

Gianni. Zuhause war ihm nichts anzumerken von dem, was er meiner Überzeugung nach sonst so trieb. Oder bildete ich es mir vielleicht doch nur ein?

Liebevoll und freundlich gab er sich, spielte Löwe und Tigerbabys mit den Kindern, räumte Bausteine und Puppenkram weg, las Geschichten vor, half beim Tischauf-, Tischabdecken. Ganz normal, wären da bloß nicht diese Szenarien in meinem Kopf gewesen, die mir einhämmerten, das alles sei nur vorgegaukelt. Selbst wenn wir miteinander schliefen, und das taten wir, wie immer schon, mindestens jeden dritten Abend, wurde ich die Vorstellung nicht los, er träume sich dabei in die Arme einer anderen.

Nachdem ich auf freier Wildbahn nichts hatte spitzkriegen können, gedachte ich, Gianni direkt unter die Lupe zu nehmen. Inzwischen bliesen die ersten kühlen Oktoberwinde welkes Laub durch die Straßen und machten es immer unerfreulicher, hinter Säulen, vor Kneipentüren oder Hauseingängen auf etwas zu lauern, das dann doch nicht eintrat. Warum ihn nicht einfach aushorchen, natürlich getarnt als intensive Anteilnahme? Ich musste es nur geschickt genug anstellen, dann würde er sich garantiert irgendwann verraten. Egal, was meine Mutter davon hielt.

Äußerlich kam unser Familienleben nach und nach wieder ins Lot, seitdem ich nicht mehr ständig unterwegs war. Gianni wirkte entspannt, die Kinder hörten auf zu quengeln und zu knatschen, Mamma widmete sich ihren persönlichen Interessen, statt sich in meine Angelegenheiten einzumischen. Perfekte Ausgangsbedingungen für mein Vorhaben.

Was nun folgte, glich einem Lehrstück zum Thema: Wie vergrätze ich meinen Ehemann oder wahlweise: Wie erschaffe ich mir einen Hausfeind. Und ich spielte meine Rolle darin mit zunehmendem Erfolg.

Sobald ich das Klappern von Giannis Schlüssel an der Wohnungstür hörte, ließ ich alles stehen und liegen, sprang ihm entgegen, befreite ihn von Jacke, Schal, Tasche oder anderen inhäusig nicht benötigten Zutaten und umzingelte ihn dabei sofort mit Fragen. In freundlichstem Ton natürlich.

»Wolltest du nicht schon um sieben zuhause sein? Ist dir was dazwischengekommen?« – »Hast du deinen neuen Auftraggeber an der Piazza Gualdi besucht? Den mit dem Restaurantumbau? War seine Geschäftsführerin auch da? Diese Hübsche mit dem großen Busen, die wir neulich im Park getroffen haben? Heißt sie nicht Diana?«

Dass Gianni behauptete, er finde die Dame nicht besonders attraktiv, außerdem sei sie nur auf einen Sprung vorbeigekommen, weckte mein Misstrauen erst recht. Ha, wenn er glaubte, mir etwas vormachen zu können, hatte er sich geschnitten!

Unentwegt löcherte ich ihn. Wo er mit wem, weshalb und zu welchem Zweck wann gewesen war, wollte ich wissen. Und zwar in allen Details. Tag für Tag setzte ich ihm zu, quetschte ihn unerbittlich aus und stellte mit den so gewonnenen Informationen insgeheim finstere Vermutungen an.

Mein inquisitorisches Gehabe, egal, wie süßlich verbrämt, ging ihm spürbar auf die Nerven.

»Was soll denn die Fragerei? Es kann dir doch gleich sein, mit wem ich im Job zu tun habe. Jetzt bin ich bei dir, also hör auf damit.« Wenn er sich dann noch hinter dem *Giornale di Vicenza* verschanzte und auf keinen meiner Vorstöße mehr reagierte, war ich vollends überzeugt, dass ich mit meinen Annahmen richtiglag.

Auf handfeste Beweise stieß ich jedoch auch mit dieser Methode nicht, deshalb musste ich einen Schritt weitergehen. Ich fing an, hinter ihm her zu telefonieren. War er wirklich im Büro, wenn er gesagt hatte, dort den ganzen Tag lang beschäftigt zu sein? Und im Rathaus, wo angeblich mittags eine kommunale Sitzung stattfand? Oder bei der Firma Anello auf halbem Weg nach Bassano del Grappa, deren Eingangshalle er umgestalten sollte? Ich ließ mich mit ihm verbinden und dachte mir, sobald ich ihn an der Strippe hatte, vorgeblich wichtige Motive für meine Anrufe aus. Am Klang seiner Stimme, meinte ich, würde ich schon erkennen, ob er tatsächlich arbeitete oder sich bei einem Flirt überrascht fühlte.

Dieser Klang wurde allerdings zunehmend kälter. »Hat das nicht Zeit bis heute Abend?« – »Lass uns später reden, bitte!« – »Ich kann jetzt nicht, Camilla!«

Immer öfter teilte man mir mit, er sei in einem Meeting und habe Anweisung gegeben, ihn keinesfalls zu stören – was in meinem Hirn augenblicklich Visionen wilder Knutschereien mit irgendwelchen Büroflittchen auslöste.

Abends gerieten wir mittlerweile häufig in Streit: Ich warf ihm vor, sich verleugnen zu lassen, nicht einmal ans Handy zu gehen. Gianni konterte mit der Behauptung, ich belästige ihn mit läppischen Dingen, die durchaus Aufschub vertrügen. Er sagte tatsächlich *belästigen* – abwertender ging's ja wohl kaum!

Zwar schliefen wir auch jetzt noch miteinander, aber seltener, eigentlich nur gewohnheitsmäßig, wie zwei gut funktionierende Sex-Puppen, mechanisch, ohne Herz. Ich zumindest empfand es so, konnte aber nichts dagegen tun.

Da die Telefon-Kontrollen ergebnislos blieben und zudem von Giannis Widerstand ausgebremst wurden, rückte ich ihm mit meinen Inspektionen noch näher, teilweise sogar unmittelbar auf den Leib.

Dass ich seinen Laptop und sein iPhone bei jeder Gelegenheit auf verräterische Mails oder SMS hin überprüfte, verstand sich inzwischen von selbst. Er brauchte nur kurz den Raum zu verlassen, und schon machte ich mich mit kakerlakenartiger Geschwindigkeit darüber her, und natürlich hing ich immer mit einem Ohr im Raum, sobald er telefonierte. Weil ich, wie in jedem Herbst, gerade ziemlich viele Haare verlor, kam mir der Einfall, Giannis Kleider nach Haaren anderer Frauen abzusuchen, dabei konnte ich auch gleich checken, ob er Briefchen, Fotos oder mir unbekannte Talismane in den Taschen seiner Jacken und Hosen aufbewahrte. Und an jedem Teil, das mir in die Hände geriet, schnüffelte ich ausgiebig nach Spuren eines fremden Parfums.

Schließlich, es muss Ende Oktober gewesen sein, brachte mich eine Fernsehsendung über Somniloquie, das Reden im Schlaf, auf die Idee, ihn auch nachts zu observieren. Eine der Ursachen für dieses gar nicht so seltene Phänomen, hatte es in dem Beitrag geheißen, sei emotionaler Stress. Führt die Beziehung zu einer, vielleicht sogar mehreren Schönen, während man an Frau und Kinder gefesselt ist, etwa *nicht* zu emotionalem Stress? Na bitte! Sollte er sich in wachem Zustand ruhig bedeckt halten, wenn die Angebetete durch seine Träume strich, würde er sich bestimmt enttarnen.

Gianni schlief gewöhnlich vor mir ein, schon oft hatte ich ihn bald darauf grunzen oder brummen gehört, ganze Wörter waren mir wahrscheinlich entgangen, weil ich nicht allzu lange nach ihm ebenfalls wegdämmerte. Jetzt hielt ich mich wach, wartete ab, bis er tief und regelmäßig atmete und beugte mich dann über ihn, ganz nah, damit mir auch ein leise gewispertes *Aurora* oder *Carlotta* nicht entginge.

An drei Abenden bespitzelte ich ihn auf diese Weise und wusste, wenn ich nach angestrengtem Lauschen endlich selbst in den Schlaf sackte, nicht, ob ich über das Ergebnis froh oder enttäuscht sein sollte. Er gab nämlich überhaupt keinen Laut von sich, nicht einmal ein Fiepen.

Der vierte Abend, hatte ich mir vorgenommen, würde der letzte in der Testreihe sein, damit ich nicht weiterhin völlig abgeschlafft durch die Tage taumelte. Gianni, der Ahnungslose, las noch ein paar Seiten in einem Krimi, drückte mir einen unspektakulären Alte-Eheleute-Kuss auf den Mund, knipste seine Lampe aus, drehte sich zur Seite und schlief sofort ein.

Anschließend lief alles nach bereits eingeschliffenem Schema ab. Dumm nur, dass ich nachmittags mit Matteo und Sofia bei einem Kindergeburtstag gewesen war, der wegen des Regenwetters drinnen gefeiert werden musste und sich zu einem stürmischen, mütterstrapazierenden Tumult ausgewachsen hatte. Entsprechend mürbe lehnte ich nun über Gianni gebeugt in den Kissen, meine Augen tränten vor Müdigkeit, die Kiefer knackten vom Gähnen. Aber aufgeben galt nicht! Dieser Schnaufer eben, klang der nicht nach *Silvana*? Ich spitzte die Ohren, hielt die Luft an, horchte konzentriert mit geschlossenen Lidern – und schreckte hoch, weil meine Stirn einen Stoß bekam und eine Stimme mich aus nächster Nähe anbrüllte. Blinzelnd erkannte ich direkt vor mir Giannis aufgerissene Augen, in denen so etwas wie Mordlust zu glimmen schien. Mein Kopf klemmte fest im Zangengriff seiner Finger.

»Bist du vollkommen übergeschnappt?«, schrie er empört. »Schnüffelst du mir etwa auch nachts noch nach? Oder wozu sonst bohrst du deine Nase in meine Backe? Los, sag schon! Was soll das?« Mein Kopf wurde gerüttelt, dass er sich anfühlte wie ein Cocktailshaker in den Händen eines eifrigen Barmannes.

Reden war dabei schwer möglich, es fiel mir auch nichts Vernünftiges ein, also zuckte ich nur matt mit den Schultern. Vielleicht akzeptierte er das als eine Art Abbitte, wenn ich auch noch einen kleinen Jammerlaut ausstieß?

So überraschend, wie er mich gepackt hatte, gab Gianni mich auch wieder frei. Seine Decke flog zu Boden. Hochaufgerichtet saß er im grün-rot karierten Pyjama mit wirrem Haar auf der Matratze, eigentlich ein lächerliches Bild, aber der Blick, den er mir über die Schulter zuwarf, versetzte mich in Froststarre.

»Mir reicht's«, erklärte er eisig, schwang die Beine über die Bettkante und hängte sich die Decke um die Schultern. »Wenn ich schon unter Generalverdacht stehe, kann ich eigentlich auch tun, was du vermutest. Ist ja eh wurscht. Und du wirst endlich fündig! Gratuliere!«

Zwei lange Schritte. Er riss die Schlafzimmertür auf und warf sie krachend hinter sich ins Schloss.

Geschockt und mit stacheliger Gänsehaut überzogen blieb ich zurück.

Klar, ich hätte ihm nachlaufen und um Verzeihung bitten können, doch das ließ mein Misstrauen nicht zu. Wieso hatte er meine Spionageaktionen überhaupt bemerkt – die, bei denen ich ihm nicht versehentlich ins Gesicht fiel? War ich denn nicht mit äußerster Vorsicht und Raffinesse vorgegangen? Daraus musste man doch glasklar schließen, dass er sich vor Entdeckung fürchtete. Dass es tatsächlich etwas zu verbergen gab. Und konnte man seine Tirade von eben nicht als eine Art Geständnis interpretieren? Jetzt würde er halt offen praktizieren, was er bislang verheimlicht hatte.

Es waren sicher nur die vorangegangenen Turbulenzen des Kinderfestes, die mich nach stundenlangem Grübeln und

Zagen gegen Morgen doch noch in einen kurzen Schlaf fallen ließen.

Vielleicht wäre die ganze Geschichte weniger schmerzhaft verlaufen, wenn wir uns öfter saftig gestritten hätten. Wenn ich, statt ihn permanent zu belauern, Gianni meine Anschuldigungen an den Kopf geknallt und ihm dadurch die Chance zur Verteidigung gegeben hätte. Ein richtig herzhafter Krach, das weiß fast jeder, wirkt in vielen Beziehungen wie ein purgierendes Gewitter. Womöglich wäre auch unser festgefahrener Karren auf diese Weise wieder flott geworden.

Aber ich war anscheinend zu verstockt dafür, zu verbohrt in die Vision seines heimlichen Doppellebens. Und Gianni? Ich glaube, er konnte einfach nicht fassen, dass ich mich von einem Tag auf den anderen aus einer fröhlichen, unbeschwerten Frau in ein zänkisches, argwöhnisches Wesen verwandelte. Eine Fremde, der er nicht den Spiegel vorhalten wollte.

Nur einmal gerieten wir lautstark aneinander.

Er hatte Alicia angerufen. Und sie meldete sich bei mir in unverfänglicher Wollte-nur-mal-hören-Manier. Beruf, Haushalt, Kinder – bei Alicia ein mittlerweile vierjähriges Zwillingspärchen – verhinderten, dass wir uns so häufig wie früher sahen, deshalb freute ich mich besonders, sie am nächsten Vormittag gegen halb elf im Café an der Piazza San Lorenzo zu treffen, gegenüber dem Gymnasium, an dem sie immer noch unterrichtete. Sie hatte eine Freistunde, und ich konnte mich unter einem Vorwand aus dem Büro entfernen.

Es nieselte aus tiefhängenden Wolken, deshalb erwartete ich Alicia drinnen hinter einer trüben Fensterscheibe, wo ich glücklicherweise auch den Blicken und kumpelhaften Zurufen der bei jedem Wetter auf dem Platz herumhängenden

Penner, meiner Bekannten aus der Streunerphase, entzogen war.

Alicias Gesicht kam mir ungewohnt ernst vor, nicht wegen der feinen Linien um Augen und Mundwinkel, die uns mittlerweile alle zierten. Nein, da war etwas in ihrem Blick, das mir sofort auffiel, als sie, schick wie immer, hereinkam und sich nach den üblichen Wangen-Küsschen zu mir setzte.

Während wir auf unseren Caffè warteten, wurden zunächst die Kinder abgehandelt. Ihre Zwillinge, erzählte Alicia, hätten in letzter Zeit einen speziellen Fimmel entwickelt. Jacopo und Lilia wollten partout gleich aussehen, einen Unterschied zwischen Mädchen und Jungen wollten sie einfach nicht wahrhaben, obwohl es sich doch zumindest in der Badewanne kaum übersehen ließ. Gleicher Stoppelhaarschnitt, gleiche Klamotten, identische Lieblingsspiele. Beide stünden ausschließlich auf Meloneneis und hätten eine einzige, von beiden gleichermaßen geliebte Freundin, bei der ebenfalls nicht richtig auszumachen wäre, zu welcher Sorte Mensch sie sich eigentlich zählte. Jacopo in pinkfarbenem Outfit, Lilia als schwerbewaffneter Bankräuber – wir amüsierten uns erst über Alicias spleenige Sprösslinge und dann über meine Sofia, die neuerdings vor dem Spiegel ausdauernd Schielen übte, weil sie es langweilig fand, immer geradeaus zu schauen. Irgendwann, behauptete sie, würde sie um die Ecke sehen können.

Alicia verschluckte sich beinah vor Lachen, wurde aber nach einem schnellen Blick auf die Uhr schlagartig ernst, so befremdlich ernst, wie ich sie bei ihrer Ankunft wahrgenommen hatte.

»Ich habe nicht viel Zeit«, sagte sie in plötzlich angespanntem Ton, »und ich muss mit dir reden.«

»Das tust du doch längst!«

»Ja sicher, aber diese Art reden meine ich nicht. Es geht um … um … Ach, was soll's, Gianni hat mich angerufen.«

»Gianni? Dich?« Ein Gefühl wie ein Schlag in den Magen. Obwohl ich wusste, dass die beiden sich schon aus Bologna kannten und jahrelang Gelegenheit gehabt hätten, etwas miteinander anzufangen, blitzte in meinem Hirn sofort ein greller Verdacht auf. »Wieso? Was will er denn von dir?«

Alicia verdrehte die Augen. »Jetzt guck doch nicht so misstrauisch! Um mich geht's dabei gar nicht, sondern um dich.«

»Okay! Und deshalb ruft er dich an! Wirklich überzeugend.« Der ätzende Klang meiner Stimme war mir selbst zuwider, dennoch konnte ich ihn nicht verhindern. Warum auch? Bestimmt würde sie mir gleich erklären, wie sehr sie beide sich nacheinander verzehrten. »Also raus damit, was ist zwischen euch?«

Lange sah sie mich schweigend an, so lange, dass ich meine gesamte Skepsis zusammenballen musste, um ihrem Blick standzuhalten. »Ich glaube, Gianni hat recht«, sagte sie endlich und strich sich über die Stirn, als müsste sie ein hässliches Bild verscheuchen.

Ich wartete. Was immer sie gestehen würde, träfe mich, wie ich meinte, nicht unvorbereitet. Umso überraschter war ich von ihren weiteren, zögernd geäußerten Worten.

»Wie bitte?« Über den Tisch gelehnt, hakte ich nach. Bestimmt hatte ich mich verhört, kein Wunder, wenn sie so leise sprach. Aber nein.

»Gianni denkt, deine Gefühle laufen Amok«, wiederholte sie laut und deutlich, unbekümmert um ein Pärchen am Nebentisch, das jedoch, wie ich mit einem schnellen Seitenblick feststellte, keine Notiz von uns nahm.

»Sag mal, spinnt ihr?«, wisperte ich aufgebracht. »Was soll

das denn heißen? Er macht herum, und mir hängt man so was an? Amok!«

»Wir können es auch anders nennen, falls das Wort dich stört. Er meint, deine Gefühle laufen aus dem Ruder, und das trifft doch bei deinen Spitzelaktionen und Unterstellungen wohl zu, oder?«

Musste sie so süffisant daherreden?

Ich schnaubte empört. »Unterstellungen? Als ob ich nicht genau wüsste, auf was Gianni scharf ist – und auf wen!«

Alicia wartete ab, bis ich wieder ruhig atmete, und schlug einen sachlichen Ton an. »Hast du ihn eigentlich mal erwischt? Ein einziges Mal? Gibt es Beweise?«

»Nicht nötig, mir ist auch so klar, was er treibt.« Ich machte der Kellnerin ein Zeichen, uns noch einen weiteren Caffè zu bringen, weniger weil ich Durst hatte, als um Alicias prüfendem Blick nicht tatenlos ausgesetzt zu sein.

»Ausgerechnet Gianni!« Sie schüttelte den Kopf und lachte leise. »Wie bist du überhaupt auf die Idee verfallen, er könnte dich betrügen?«

Ich fand gerade gar nichts komisch. »Was heißt schon *ausgerechnet Gianni*? Sind denn nicht alle Männer gleich? Immer auf der Pirsch? Das habt ihr mir schließlich selbst eingetrichtert, du, Mamma, Luisa, der ganze Verein. Und Paolo passte als Paradebeispiel perfekt dazu.« Hastig kniff ich den Mund zusammen. Wie konnte mir völlig ungeplant dieser Name entschlüpfen!

Ein weißes Schaumkrönchen saß auf Alicias Oberlippe und gab ihr einen spöttischen Anstrich. »Aus *der* Richtung weht also der Wind. Paolo, unser Obermacho! Bist du ihm wieder begegnet?«

»Nur von Weitem, schon vor Wochen. Keine Ahnung,

warum er mir jetzt auf einmal durch den Kopf spukt«, sagte ich obenhin, rührte angelegentlich in meiner halb leeren Tasse und knabberte an den daneben liegenden Amarettini. Wäre mir doch bloß der Name nicht herausgerutscht! Für mich stand – Paolo hin oder her – längst fest, dass Gianni auf Abwegen unterwegs war. Wozu darüber diskutieren?

»Sicher zog er mit frischer Beute herum, stimmt's?« Alicia ließ einfach nicht locker.

Ich nickte vage. »Zumindest sah es so aus.«

»Na bitte – der Zündfunke für deine Hirngespinste!. – Nicht aufregen!« Sie fasste beruhigend nach meinem Arm, weil ich augenblicklich hochfuhr. »Camilla, zieh die Notbremse! Du musst aufhören, Gianni verrücktes Zeug anzudichten! Er ist am Ende, er hält es nicht mehr aus!«

»Er – er! Und was ist mit mir? Ob ich es aushalte, spielt wohl keine Rolle, wie?« Meine Stimme erinnerte stark an das Zischen einer Giftschlange. Ich befreite mich von Alicias Griff, stütze mein Kinn auf die hochgestemmten Fäuste und schaute ihr in die Augen, wütend, trotzig. Um keinen Preis sollte sie entdecken, dass sie mit ihrem Gerede ein Warnsignal aktiviert hatte, irgendwo tief in meinem Innern und bislang ziemlich schwach. Ich würde es konsequent außer Acht lassen müssen.

Seufzend lehnte Alicia sich zurück. »Versuch endlich mal, klar zu denken, Schätzchen, das ist doch sonst deine Stärke. Und Augen im Kopf hast du auch. Gianni ist einfach nicht der Typ für Affären oder unverbindliche Quickies, das sieht jeder! Egal wie raffiniert und skrupellos andere das traditionelle Spiel betreiben, er gehört garantiert nicht dazu. Und du bist genauso wenig dafür geschaffen. Du nimmst das alles viel zu ernst. Wegen solcher Geschichten leidet man nicht und überzieht erst recht keinen, der einen liebt, mit absurden Vorwürfen. – Doch«, sie hob abwehrend die Hand, als ich zum Protest ansetzte, »doch, er liebt dich, ob du es glaubst oder nicht. Er hat's mir gerade erst am Telefon wieder gesagt. Allerdings kann man die größte Liebe zerbröseln, wenn man sich ordentlich Mühe gibt. Lies mal ein bisschen herum, in der Literatur findest du jede Menge Belege.«

Nach einem erneuten Blick auf die Uhr erhob sie sich eilig, bestand darauf, die Rechnung für uns beide zu übernehmen, warf mir einen Luftkuss zu und lief zur Tür. Zwei Schritte davor stoppte sie unvermittelt und kam noch einmal zurück. Mit breitem Grinsen beugte sie sich zu mir herunter, ihre Lippen kitzelten beim Flüstern mein Ohr.

»Falls du wissen willst, was Raffaele von eurer Beziehung denkt: Für Gianni, sagt er, geht mit Camillas Arsch die Sonne auf!«

»Na? Wie findest du das?«, rief sie, schon wieder unterwegs zum Ausgang, über die Schulter. »Pass nur auf, dass keine Sonnenfinsternis draus wird!«

Ein Luftzug, und sie war weg. Leicht benommen beobachtete ich durch die beschlagene Scheibe, wie sie über die Piazza zur Schule rannte, in ihren Mantel gewickelt und mit windzerzauster Mähne.

Nachmittags gab es im Büro ziemlich viel zu tun: Termine, Anfragen, Sonderaktionen, das übliche Programm kurz vor der Herbst-Messe. Trotzdem hätte ich zumindest in Minutenlänge hin und wieder an das Gespräch mit Alicia denken können, an ihre Vorhaltungen, vielleicht sogar an die Reaktionen, die ich unverhofft bei mir selbst entdeckt und dann rigoros unterdrückt hatte. Aber ich hütete mich davor, vielleicht hatte ich auch tatsächlich zu wenig Zeit, um alles zu sortieren, was sich seitdem zu einem wirren Knäuel zusammengeballt hatte.

Jedenfalls war ich, als Gianni abends zur absolut üblichen Stunde nach Hause kam, nicht weniger fixiert auf meine Verdächtigungen als in den zurückliegenden Wochen. Aus der Küche sah ich, wie er seinen Mantel aufhängte – den ich gleich nach verräterischen Haaren und Parfumspuren absuchen würde. Nicht zu vergessen mögliche Zettel in den Taschen! Und diese Frisur! So verstrubbelt wurde man nicht allein von Wind und Regen! Das sah eindeutig nach leidenschaftlichen Szenen aus, jäh abgebrochen, weil man annähernd pünktlich nach Hause musste, um keine Entlarvung zu riskieren.

Als wenn ich die Spielchen nicht kennte!

»Wo warst du?« Wie ferngelenkt schoss ich in den Flur. »Kannst du nicht mal einen Abend …« Weiter kam ich nicht.

Urplötzlich richtete Gianni sich auf wie ein angriffslustiger Kampfelefant. Die Augen, deren Lächeln ich so besonders geliebt hatte, glichen zwei harten Kohlebrocken. Und der Stimme lag ganz eindeutig nichts mehr an Austausch, Verständigung oder dergleichen, sondern nur mehr daran, mich niederzumachen, am Boden zu zerquetschen.

»Schluss jetzt! Lass mich endlich in Ruhe!« Er brüllte nicht, donnerte nicht nach Art von Männern, die sich um jeden Preis durchsetzen wollen. Es klang viel schlimmer. So als ob ein gewaltiger Berg mit den Zähnen knirschte. Gruselig, gänsehaut produzierend. Trotzdem hielt ich, nach kurzem Durchatmen, entschlossen dagegen. Und er zahlte zurück, genauso entschlossen.

Was fällt dir ein – Soll das etwa heißen – Du hast doch immer schon – Wer denkt sich so was aus –

Der Auftritt war laut, explosiv, filmreif, amüsierte nur leider kein Publikum und endete auch nicht in einer Versöhnungsszene, sondern nur in dem elenden Geschrei zweier erschrockener Kinder und den kalten Einzelbetten ihrer Eltern.

Am folgenden Tag, einem Donnerstag, rief Alicia mittags an und *beorderte* mich zu einem Wochenendtrip nach Bassano, mit Kindern. Eine ihrer Freundinnen sei dort gerade in ein Haus mit großem Garten gezogen und wünsche sich zum Geburtstag ihres Sohnes, der Kleine hieß Simon und wurde fünf, ordentlich Trubel in der neuen Umgebung.

»Ich habe schon zugesagt. Samstag gegen neun Uhr früh hole ich euch ab«, verkündete Alicia, ohne mir eine Chance zum Widerspruch zu geben. »Du brauchst Abstand. Das Wetter soll schön werden, danach siehst du alles mit anderen Augen.«

Wie recht sie damit hatte! Bloß nicht in der erhofften Art.

Beim Gedanken an das Wochenende verschwimmen meine Erinnerungen. Ich weiß nur noch, dass das *Soll*-Wetter tatsächlich mild war und wir sogar noch im Garten sitzen konnten, wo der Lärm von gefühlt hundertzwanzig Kindern dank zwar verblühter, aber dennoch schalldämpfender Oleander- und Rosenbüsche nicht ungebrochen auf uns prallte. Ab und zu kam Sofia angetapst, heulend, weil sie beim Bankräuberspiel keine gefesselte Geisel sein mochte, oder ein stockwütender Matteo beschwerte sich über den Führungsanspruch des Minihausherrn.

Ich tröstete ein bisschen, trank ein bisschen zu viel von allem, was herumstand, beteiligte mich ein bisschen an den üblichen Gesprächen über Mode, Kochrezepte, Diäten, vielleicht sogar die Eurokrise, war aber eigentlich mehr mit mir selbst beschäftigt. Mit dem dumpfen Nachhall unseres gigantischen Krachs und dem vagen Empfinden, mich vielleicht doch verrannt zu haben.

»Stell dir jetzt bloß nicht wieder deinen Gianni beim Fremdflirten oder Ähnlichem vor«, stichelte Alicia. »Versuch einfach mal loszulassen!«

Leicht gesagt …

In der Wohnung oben brannte kein Licht, als wir am Sonntagabend vor unserem Haus aus Alicias Auto kletterten. Beladen mit Taschen, Jacken, Schals und Schmusekissen stieg ich hinter meinen Kindern die Treppe zum ersten Stock hoch und spürte bei jedem Schritt, wie der inzwischen schon vertraute Argwohn wieder in mir anschwoll. Wieso war Gianni nicht zuhause? Er musste doch wissen, dass wir um diese Zeit heimkommen würden. Konnte er nach dem familienfreien Wochenende nicht wenigstens jetzt für uns da sein?

Ich schloss die Tür auf und merkte sofort, dass irgendetwas nicht stimmte. Etwas war anders als sonst. Ich schnupperte in die Dunkelheit, knipste das Licht an und schaute mich prüfend um, konnte aber auf den ersten Blick nichts Ungewohntes entdecken. Also kümmerte ich mich zunächst einmal um die übermüdet quengelnden Kleinen. Widerwilliges Zähneputzen. – Den Schlafanzug mag ich nicht! – Suche nach Carlito, dem Schlummerhasen. – Noch ein Glas Milch. – Die Geschichte vom Mondmännchen!

Erst als die beiden schließlich schliefen und ich daranging, unsere Reiseutensilien wegzuräumen, dämmerte mir mit wachsendem Entsetzen, was los war: Im Bad fehlte Giannis Zahnbürste in dem Glas, wo sie gewöhnlich zusammen mit meiner stand. Wie hatte ich das eben beim Kinderwaschen übersehen können? Keine Spur von seinem Rasierzeug und seiner Bürste unterm Spiegel. Sein Schränkchen! Ich schlug die Tür zurück – Deo, Aftershave, Shampoo, Hautcreme, alles weg. Nur kahle, weiße Leere. Ich rannte in den Flur, zur Garderobe. Mäntel, Jacken, der Regenhut, der karierte Stockschirm, sämtliche Schals, seine darunter aufgereihten Schuhe, die Gummistiefel – verschwunden. Von Panik getrieben stürzte ich weiter ins Schlafzimmer, zerrte an den Schubladen seiner Wäschekommode, riss seinen Kleiderschrank auf – überall gähnendes Nichts. Ein Hauch von Sagrotan stieg mir in die Nase, so als habe er sich bis auf den letzten Keim tilgen wollen. Kein Bücherturm mehr auf seinem Nachttisch, fort die Schale mit Manschettenknöpfen, Uhren und alten Krawattennadeln. Weg der Pyjama unter seinem Kopfkissen, genauso die zum Im-Bett-Lesen dringend gebrauchte Nackenrolle. Im Wohnzimmer das gleiche Bild: Restlos alles, was ihm gehörte, war ausgeräumt, selbst die Halden ungelesener Zeitschriften, von denen er sich seit Jahren hatte trennen wollen.

Mein Kopf verwandelte sich in eine Bombe kurz vorm Explodieren. Ich merkte, dass ich mich, die Hände an die Schläfen gepresst, um mich selbst drehte, wahrscheinlich schon eine ganze Weile lang, und ein ungewolltes Mantra herunterleierte: *Das kann nicht sein, das kann nicht sein, das kann nicht sein …*

Stopp! Das Arbeitszimmer! Dort hatte ich noch nicht nachgeschaut, vielleicht würden sich in Giannis ureigenstem Bereich noch Spuren von ihm finden lassen oder zumindest eine Erklärung. Hastig stieß ich die nur angelehnte Tür auf, machte Licht und erfasste das Desaster mit einem Blick: Mappen, Pläne, Rollen mit Entwürfen, Zeichengeräte, Computer und Drucker – samt und sonders verschwunden. Das Regal grinste mich mit breiten Zahnlücken an, seine Bücher fehlten. Der Schreibtisch komplett leer. Und nirgends ein Papier, das einem Brief oder bloß einer Notiz für mich glich.

Erst in diesem Moment traf mich die Tatsache mit voller Wucht: Er war weg, gegangen, hatte alle Drähte gekappt.

Benommen stand ich im Türrahmen, wie hypnotisiert vom Widerschein der Lampe auf der kahl glänzenden Schreibtischplatte, und erinnerte mich plötzlich an Giannis eigenartige Reaktion, als ich ihm unseren Kurztrip nach Bassano angekündigt hatte. Keine Fragen, kein Kommentar. Er nahm den Plan gelassen zur Kenntnis, alarmierend gelassen, wie mir nun, im Nachhinein schien. War da nicht ein irritierendes Blitzen in seinen Augen gewesen, das mich hätte warnen können, wenn – wenn?

Zum Teufel mit allen Wenns der Welt. Wie kann er nur! Lässt mich sitzen, allein mit den Kindern! Nicht mal ein Bekennerschreiben, wie sonst üblich unter Terroristen! Feigling! Will sich endlich ohne Familienballast amüsieren! Der Mistkerl!

In groben Zügen – wie passend! – weiß ich noch, welcher Wirbel mich packte, und höre meinen Kopf wieder gegen den Türpfosten schlagen, bei dem Versuch, das Getöse der Gedanken zu beenden, bis stechender Schmerz und eine elende Mattigkeit mich zum Aufgeben zwangen. Meine Beine schafften es gerade noch zur Wohnzimmercouch, wo ich mich einrollte und der Welt den Rücken zuwandte.

»Mamma! – Mamma, wo bist du? – Mamma! «

Ängstliche Rufe der Kinder rissen mich aus dem unruhigen Dämmerschlaf, in den ich nach endlosem Grübeln und Hadern gegen Morgen offenbar doch noch gefallen war.

»Warum liegst du denn auf dem Sofa? Und wo ist Papa?«

Verdutzt standen sie vor mir, rührend anzusehen in ihren zerknitterten Hemdchen, mit nackten Füßen, die Kuscheltiere unterm Arm. Was sollte ich ihnen sagen? *Unsere Welt ist gerade aus der Umlaufbahn geflogen, wir rasen haltlos durchs All?* Oder etwas in der Art?

Ich rappelte mich hoch vom knochenmarternden Lager und suchte Rettung in forcierter Fröhlichkeit. »Der Papa? Ach, der ist für ein paar Tage verreist nach – nach Padova. Bestimmt bringt er euch was Schönes mit! Und ich muss hier gestern vor lauter Müdigkeit einfach eingeschlafen sein. Los, ihr Süßen, schnell ins Bad mit euch!« Glücklicherweise waren die beiden noch nicht alt genug, um die geradezu grell falschen Töne in meiner Stimme wahrzunehmen.

Im Büro frotzelten Bariello und Ferri, zwei jüngere Kollegen, die jede Nacht um die Häuser schwirrten, über meine Augenringe. Trotz Aufbietung aller Schminkkünste und Abdeckstifte hatten sich die aschfarbenen Schatten ärgerlicherweise nicht wegtünchen lassen. Wo ich mich denn herumtriebe, anstatt meine Kinder zu hüten, fragten diese albernen Windhunde auf dem Weg in die Kaffeepause. Sie wären dankbar für heiße Adressen.

Ich präsentierte ihnen das Kunstlächeln, das ich mir morgens bei Dienstantritt ins Gesicht geklebt hatte, zog gelangweilt die Brauen hoch und gab ihnen mit dem Kinn ein Zeichen weiterzuziehen. Für irgendwelche Geplänkel hatte ich keine Zeit und schon überhaupt keine Lust. Ich blätterte in Papieren, tippte auf der Tastatur meines Computers herum, scheinbar in Arbeit vertieft, während mein Hirn wie eine Suchmaschine fieberhaft alle Varianten möglichen Verhaltens abfragte, die in dieser Situation nützlich sein könnten.

Gegen Mittag entschloss ich mich, den direkten Weg zu nehmen und Gianni anzurufen. Vielleicht war das Ganze ja nur ein Warnschuss, ein theatralischer Coup, mit dem er Eindruck bei mir schinden wollte. Und er würde, nachdem ihm das zweifelsfrei gelungen war, als Held der Szene zurückkehren.

Sein *telefonino* klingelte, klingelte, klingelte – niemand ging dran, keine Mailbox. Dann wurde es abgeschaltet. In seinem Office meldete sich ein neuer Mitarbeiter, dessen Namen ich nicht kannte, und erklärte, Gianni sei außer Haus. Keine Ahnung wohin, keine Angaben wann zurück. Dasselbe Muster wie zur Zeit meiner Telefonkontrollen. Aber zumindest hatte ich es probiert.

Schreiben kam nicht infrage. Das war entschieden verbindlicher als ein Telefongespräch, ich müsste dabei viel mehr von mir selbst herzeigen. Schwarz auf weiß ist immer gefährlich, dachte ich. Womöglich sähe Gianni darin einen Bettelbrief, in unserem Fall ein völlig falscher Aspekt, denn ich wollte ja keinen Gnadenerweis von ihm, sondern nur erfahren, was sein unglaubliches Gebaren sollte, nach allem anderen, das er sich bereits geleistet hatte. Außerdem könnte ein Brief, wenn ich ihn an die Büroadresse schickte, leicht in falsche Hände fallen und würde mich eventuell outen als kaltgestellte Ehefrau.

Die Rolle einer *Eis-Mumie* schreckte mich so sehr ab, dass ich zunächst darauf verzichtete, Rat oder Trost, vielleicht sogar beides, bei der krisenerfahrenen Alicia oder meiner Mutter zu suchen, wie ich mir spontan vorgenommen hatte. Gianni könnte doch inzwischen zur Einsicht gekommen sein. Vielleicht war er genauso überstürzt wie aus- auch wieder eingezogen. Weshalb anderen vorschnell von der grässlichen Situation erzählen und sich unnötig blamieren?

Obwohl ich ahnte, dass es nicht geschehen würde, lauerte ich am Abend zur gewohnten Zeit auf Giannis Schritte im Treppenhaus und das Geräusch seines Schlüssels beim Aufschließen der Wohnungstür. Die Minestrone, die ich den Kindern zum Abendessen kochte, schmeckte reichlich anders als normalerweise. Anscheinend hatte ich aus Versehen ein falsches Gewürz erwischt, Kümmel vielleicht oder Safran, ich ging dem Fehler nicht nach. Egal, sie schmeckte fürchterlich, und die Kleinen hörten erst auf zu protestieren, als ich Käse-Schinken-Toast nachlieferte und eine dicke Portion Schokoladeneis.

»Hat Papa angerufen? Kriegen wir einen *bacio* von ihm?«

»Natürlich, und er nimmt euch in die Arme!«

Das Mondmännchen blieb mir beim Vorlesen fast im Hals stecken. Die Wohnung war so leer, so kalt ohne Giannis Herumgerenne, seine irgendwohin geworfenen Sachen, die verrückten Einfälle, mit denen er Sofia und Matteo zum Lachen brachte.

Auch in dieser Nacht schlief ich auf dem von Kinderbeinen jahrelang als Trampolin missbrauchten Sofa, weil ich meinte, mich im Schlafzimmer neben Giannis verwaistem Bett wie in einem Sarglager zu fühlen. Drei weitere Exilnächte folgten, dann zwang mich mein Rücken, den ich inzwischen nur noch zollstockmäßig Stück für Stück aufrichten konnte, zurück ins Ehebett. Mit vier Decken als Schutzschild gegen Kälte und Verlorenheit.

Am Dienstagmorgen entdeckte ich unser Familienauto, einen dunkelblauen Honda SUV, zwei Häuser weiter unschuldig eingereiht zwischen anderen parkenden Wagen. Vorne links fehlte die Radkappe, die Felge war verschrammt, als sei jemand in Zorn und Eile auf ein Hindernis getroffen. Die Türen waren verschlossen, was nichts machte, weil ich einen Zweitschlüssel hatte. Drinnen fand ich zwar unsere rot-weiß gestreifte Reisedecke, reinlich zusammengefaltet auf dem Rücksitz, daneben Sofias alten, längst abgehalfterten Stoffhasen, aber nichts mehr, gar nichts, das an Gianni erinnerte. Selbst die beiden Lockenkringel unserer Kinder, einer etwas dunkler als der andere, die er in einem Plastiktütchen verpackt als seinen persönlichen Talisman mit einer weinroten Kordel am Rückspiegel aufgehängt hatte, waren verschwunden.

Wäre mein Blick bei dieser Entdeckung bloß nie in den Spiegel gefallen! Die Frau, die mir im noch fahlen Licht des Morgens daraus entgegenblickte, sah aus wie eine, vor der ich auch davongerannt wäre: grünlich, mit verkniffenem Mund und harten Augen. Und der Gesichtsausdruck änderte sich garantiert nicht, während ich mich wie üblich mit dem Fahrrad auf den Weg ins Büro machte. Wieso hatte er das Auto nach vollbrachter Tat da abgestellt? Sollte das ein Zeichen der Zuwendung, der familiären Fürsorge sein oder ein weiterer Schritt zum endgültigen Aus?

Den Rest der Woche über tat sich nichts. Kein Anruf, kein Brief, keine Botschaft. Ich schlingerte durch die Tage, nur von unumgänglichen Alltagsverrichtungen notdürftig auf Kurs gehalten. Versorgte die Kinder, erledigte meine Pflichten im Job, kaufte Zeug ein, das sich im Nachhinein oft als völlig überflüssig herausstellte. Noch mehr Reis? Ein zweites

Hühnchen? Die wievielte Stange Lauch? Der blanke Unsinn, aber es fiel mir zunehmend schwer, mich auf irgendetwas zu konzentrieren. Ich schaffte es kaum, einen Zeitungsartikel zu Ende zu lesen, und Fernsehsendungen, die abends für Ablenkung hätten sorgen können, bekam ich nur in Bruchstücken mit. Zu lang, zu anders, zu weit weg von dem, was mich beschäftigte. Eine ständige Unruhe hatte mich befallen wie Schimmelpilz eine Nasszelle. Unentwegt schwirrten meine Gedanken herum, und meine Gefühle schwankten hin und her zwischen schmerzlichem *ich will ihn zurück* und wildem *zur Hölle mit ihm.*

Ich ging auf Tauchstation. Wer mir nahestand und von meinen Spionageaktivitäten wusste, würde mir selbst die Schuld geben für meine Lage. Alicia beispielsweise, die mich ausdrücklich gewarnt hatte, und Mamma mit ihrer nonchalanten Art – wie bodenlos peinlich, so geschlagen vor ihnen auftreten zu müssen. Ich genierte mich und spürte gleichzeitig, dass ich mir keine Eingeständnisse abringen könnte, falls jemand das erwartete. Hatte Gianni mich durch sein Verhalten etwa nicht provoziert? Und meinen Verdacht immer neu geschürt? Na bitte.

Anfangs war ich zum Telefon gestürzt, sobald es läutete. Inzwischen nahm ich gerade oft genug ab, dass keiner auf die Idee kam, eine Vermisstenanzeige aufzugeben, und spielte die total Gestresste. Auf Klingeln an der Haustür reagierte ich nicht, meldete mich von mir aus bei niemandem und krächzte, als meine Mutter mich ein- oder zweimal überraschend erreichte, ins Telefon, die Kinder und ich seien alle drei schrecklich erkältet. Ein Virus, hochinfektiös.

Die folgende Woche begann nach dem gleichen Muster. Ereignislose, verschwommene Tage. Ohne Zeichen von Gianni.

Absolute Funkstille. Ein paarmal war ich kurz davor, an seinem Büro vorbeizufahren, um vielleicht seine Silhouette hinter einem Fenster des etwas zurückversetzten Hauses an der Strada delle Cattane zu erspähen. Aber ich verwarf den Plan genauso wie eine spätabendliche Tour zu unserer Kennenlern-Buchhandlung, weil er mir, falls ich ihn tatsächlich dort anträfe, erneute Schnüffelei vorwerfen würde, obwohl ich doch in Wahrheit nur feststellen wollte, ob es ihn überhaupt noch gab.

Am Samstag konnte ich mich der Meute nicht mehr entziehen. Die auf dasselbe Datum, den 12. November, fallenden und immer groß gefeierten Geburtstage meines Vaters und meiner Schwester Valentina zu ignorieren wäre einem Kapitalverbrechen gleichgekommen, und wenn ich auch im Augenblick zudringliche Fragen kaum ertrug, wollte ich doch keineswegs einen Bruch mit meinem Clan riskieren. Immerhin lag dort meine einzige Zuflucht, falls Gianni… Lieber schnell wegdenken! Zudem hatte Valentina, da sie mich anders nicht kontaktieren konnte, ein traumhaft kitschiges Einladungskärtchen geschickt, in Pink und Birkengrün und einem Hauch Gold. Valentinas Blick auf die Welt in Farbe gegossen, noch immer. Ich liebte sie.

Gegen Mittag warfen wir drei uns in Schale, Sofia und ich mit Strickkleidern, deren Rot sich zumindest nicht biss, Matteo mit einem blau-grünen Streifenpulli, in dem seine Schultern, wie er selbst vor unserem Dielenspiegel feststellte, richtig männliche Breite zeigten.

»Na, seid ihr wieder gesund?« Schon an der Wohnungstür überfiel uns Mamma, von Küchendüften eingehüllt, mit zielsicheren Fragen.

»Wieso denn, wieso denn?«, krähte Sofia in mein durch

nachdrückliches Hüsteln unterbrochenes »Ja, danke, so allmählich.«

Mammas Blicke hätte man rahmen und auf Ratgeber für Rätselfreunde drucken können. Ich wich ihnen lieber aus, toppte mit meinem Mantel den bereits an der Garderobe hängenden Pulk, fiel im Salotto zunächst meinem Vater und der strahlenden Valentina samt ihrem derzeitigen Begleiter, einem heftig gegelten Bankertyp, um den Hals, dann Luisa, Sitting Bull, meinem *kleinen,* eigens aus Milano angereisten Bruder Lorenzo, Valentinas Kinderfreundinnen Sara und Julietta, die bei mir von früher her unter der Rubrik *gackernde Küken* abgespeichert waren, sauste weiter zu diversen anderen Gästen, hektisch, während ich alle Götter anflehte, mir die Frage zu ersparen, die Lorenzo nichtsahnend plötzlich herausposaunte: »Wo bleibt denn eigentlich Gianni? Kommt er nicht mit?«

Höchstwahrscheinlich täuschte ich mich, aber es kam mir vor, als hielten alle in der überfüllten Wohnung auf einen Schlag den Mund und schauten mich an.

»Er ... er ...«, ich wollte eine banale Begründung abgeben, doch mein Sohn kam mir zuvor. Zigmal gebusselt und getätschelt, hatte Matteo sich zur unten im Bücherregal stehenden Spielzeugkiste durchgekämpft und war eben dabei, einen gelben Legokranwagen zu bauen. Jetzt hob er kurz den Kopf und wandte den Erwachsenen ein strenges, kleines Gesicht zu. »Der ist weg, verreist«, erklärte er mit kindlich grausamer Ehrlichkeit. »Ganz lange schon. Und ruft nicht mal an.«

Ich versuchte, unbefangen zu lächeln, was mir offenbar nicht überzeugend gelang, denn aus dem Augenwinkel sah ich, wie Mamma und ihre Komplizinnen vielsagende Blicke wechselten.

»So ein Unsinn«, sagte ich betont lässig. »Gianni hat in Padova zu tun, eine große Sache. Er meldet sich immer abends, wenn die Kinder schon schlafen.« Ich hätte mir selbst nicht geglaubt, so falsch wie das klang.

Alle Bemühungen, dem Zugriff meiner Mutter zu entkommen, waren zwecklos. Zwar ging ich während der ausgedehnten Mahlzeit erfolgreich bei Papas Bruder Alfonso und den Männern von Luisa und Fernanda in Deckung, einem eingeschworenen Trio, das wie gewohnt am Ende der langen Esszimmertafel zusammensaß und über Fußball, Arthrose und Aktienkurse palaverte und mir mit meinem gespielten Interesse für solche Themen bereitwillig Platz machte. Doch Mamma passte mich schließlich an der Toilette ab, auf die ich nach dem Caffè vor ihren näherkommenden Prüfblicken geflohen war. Vergebens die Hoffnung, sie könnte sich unterwegs bei irgendwem festgeredet haben. Kaum öffnete ich die Tür einen Lauerspalt breit, schon schnappte sie nach mir, schlang ihren rechten Arm scheinbar herzlich, in Wahrheit aber mit der Unerbittlichkeit eines Polizeidieners um meine Taille und schleppte mich, heuchlerisch nach allen Seiten lächelnd, in ihr Schlafzimmer. Tür zu.

»Setz dich!«

Armesünderähnlich wurde ich auf die Bettkante platziert, während sie sich stramm vor mir in Stellung brachte. »Hab ich's doch geahnt! Stress, Erkältung, *hochinfektiös*«, spöttisch imitierte sie meinen dramatischen Tonfall. »Reine Schaumschlägerei, damit niemand merkt, was bei euch gespielt wird. Mir machst du nichts vor, Kind, und ein paar anderen Leuten auch nicht. Wir kennen dich viel zu gut. – Stimmt es, dass Gianni *verreist* ist?«

Schon wieder dieser anzügliche Ton. Ich stöhnte genervt.

Wann war man eigentlich erwachsen oder reif oder alt oder was auch immer genug, um von solchen Inquisitionsszenarien verschont zu bleiben?

»Mamma, bitte, das geht wirklich zu weit!« Fruchtlos mein Versuch, auf der Bettkante eine beeindruckende Pose einzunehmen. »Du musst nicht alles über uns wissen und dich in alles einmischen!«

Mit einer Handbewegung brachte sie mich zum Schweigen. »Ach, sieh mal einer an. Du willst mir also nach Belieben Einblick gewähren, aber ich soll auf Zuruf springen, wenn du eine Kinderfrau brauchst. Glaubst du ernsthaft, ich hätte nicht gespürt, dass was ganz anderes im Gange war, als du angeblich unentwegt Termine, Meetings oder sonst was hattest? Ich habe mich rausgehalten, weil ich hoffte, dir damit zu helfen. Aber jetzt ist Schluss. Ich kann nicht tatenlos zusehen, wie ihr euch ins Unglück manövriert. Sag schon, ist Gianni wirklich verreist oder – oder hat er dich verlassen?«

Mamma bemerkte offenbar, dass ich bei dem Wort zusammenzuckte. Ich hatte es bislang aus meinen Gedanken verbannt, weil es zu schmerzhaft, zu endgültig klang. Jedenfalls gab sie ihre Abstrafhaltung auf und setzte sich neben mich, so nah, dass ich ihre Wärme spürte, ihre Hand auf meinem Knie. Am liebsten hätte ich meinen Kopf an ihre Schulter gelegt und losgeheult wie ein kleines Kind, das auf die Nase gefallen ist. Mit knapper Not widerstand ich der Versuchung, aber eine plausible Ausflucht brachte ich nicht mehr zustande. Ein Schniefen, ein Achselzucken, das Gesicht verborgen hinter aufgestützten Händen – das war alles, an das ich mich im Nachhinein erinnere.

Mammas Hand strich beruhigend über meinen Rücken. »Seit wann geht das schon so?« Ihre Stimme klang sanft wie früher bei Fieberträumen. »Ungefähr vierzehn Tage, sagst du? Und er ist tatsächlich in Padova? – Aha, eine Notlüge also. – Hat er sich denn wirklich gemeldet, oder war das auch nur erfunden? – Und du, hast du versucht, ihn zu erreichen? – Nur am Anfang mal? Das ist gut. Lass ihn in Ruhe, Kind, gib ihm Zeit!« Sie seufzte und nahm mich urplötzlich fest in die Arme, ein Gefühl, als würde ich von einem Schutzwall umgeben.

»Manchmal ist es das Beste, einfach stillzuhalten«, sagte sie direkt in mein Ohr. »Warte ab, unternimm bloß nichts Unüberlegtes! Wie ich ihn einschätze, kommt er bald zur Besinnung.«

»Und wenn nicht?«, fragte ich mit flatternden Mundwinkeln.

»Ach was! Das wird schon wieder. Bleiben wir optimistisch!«

Energisch hievte sie uns beide von der Bettkante hoch und schob mich vor sich her zur Tür hinaus. Draußen übertönte Lorenzos Stimme die der anderen, anscheinend erzählte er gerade von seinem Studium, Ökonomie in Milano. Bei unserem Auftauchen zogen sich seine Brauen für den Bruchteil einer Sekunde zusammen, ein schneller forschender Blick, und dann, ehe jemand zu einer Frage oder Bemerkung ansetzen konnte, legte er los: »Hat einer von euch schon mal ein Reiseexamen gemacht?«, rief er prustend in die Runde. »Nein? Aber ich! Letzte Woche erst, in Wirtschaftsrecht. Pellecchia, der Professor, musste dringend weg, genau zu meinem Prüfungstermin. *Fahren Sie mit,* hat er mir gesagt, *wir erledigen das im Zug von Milano nach Verona. Ich zahl's Ihnen. Sie trinken da einen Caffè und fahren zurück.* Ihr müsst wissen, der Typ sieht aus wie ein Werwolf, man kann sich gut vorstellen, dass er nachts um zwölf Zähne und Krallen ausfährt. So einem gehorcht man besser. Und natürlich hab ich glänzend bestanden!« Triumphierend schaute er in die lachenden Gesichter und fuhr sich selbstzufrieden mit beiden Händen durch die Haare. Ich fing ein kurzes Zwinkern auf. Ein Bruder zum Vergolden!

»Finanziell lässt er dich doch hoffentlich nicht hängen, oder?«, wisperte mir Mamma an der Wohnungstür zu, während wir früher als die übrigen Gäste aufbrachen, weil die Kinder müde vom Gewimmel und Geschnatter waren und nur noch gähnend mal bei diesem, mal bei jenem auf dem Schoß hockten.

»Du meinst, mit der Miete und so? Nein, da läuft alles ganz normal.«

Nachdem sie mir Luisa und Sitting Bull, denen die Neugier aus allen Poren stach, auf wundersame Weise vom Leib gehalten hatte, verzieh ich ihr die indiskrete Frage. Bloß wurde ich selbst auf der Heimfahrt davon geplagt. Und nicht nur davon, sondern generell von der Ungewissheit, was werden sollte, wenn … Und was wäre in Zukunft normal?

Zwei Tage später, am Montagabend, klingelte es an unserer Haustür so ausdauernd, dass ich mich schließlich, wenn auch widerwillig, an der Gegensprechanlage meldete. Vielleicht war etwas passiert, im Haus, auf der Straße, mit unserem Auto.

Doch statt einer fremden Stimme hörte ich die vertraute von Alicia, ziemlich streng: »Lass mich rein, Camilla, es ist wichtig.«

Ob Mamma sie auf mich angesetzt hatte? Oder wollte sie sich von meinen windigen Ausflüchten nicht länger täuschen lassen?

Ihre Schritte im Treppenhaus klangen anders als sonst. Kein bisschen schnell und beschwingt. Da schleppte jemand einen schweren Sack nach oben.

Gut zwei Meter von mir entfernt blieb sie stehen und atmete tief durch, kam dann wortlos näher und umarmte mich so fest, dass meine Rippen hätten brechen können.

Ich hielt ihr die Tür auf, half ihr aus dem Mantel, schaute – ebenfalls wortlos – zu, wie sie auf Zehenspitzen ins Kinderzimmer ging, über die Betten gebeugt dem friedlichen Atem der Kleinen lauschte und sich dann im Wohnzimmer in unseren schwarzen Lesesessel fallen ließ, Giannis Lieblingssessel, eine gefühlte Ewigkeit lang verwaist.

Noch immer kein Wort.

Ich stellte ein Glas Cognac auf den Glastisch in ihrer Reichweite und setzte mich mit einem Amaretto auf die Couch gegenüber. Das Licht der Stehlampe spiegelte sich im dunklen Fensterglas, flankiert von zwei ernsten Gesichtern.

»Und? Was ist so dringend?« Meine Stimme sollte sachlich klingen, verrutschte jedoch in bebende Unsicherheit.

»Gianni schickt mich.«

Vor ein paar Wochen wäre sie mir nach so einem Satz unweigerlich als Erzfeindin erschienen, eine, deren Schokoladenaugen und seidigen Locken Gianni nicht hatte widerstehen können. Jetzt spürte ich zu meiner eigenen Verwunderung zwar tief im Innern noch ein Bohren oder Ziehen, aber es glich eher der Erinnerung an einen vergangenen Schmerz und war überlagert von etwas, das sich anfühlte wie leises Bedauern. Vielleicht sogar Reue?

Zu irritiert, um vernünftig zu denken, schoss ich eine Frage heraus, die ich am liebsten auf der Stelle wieder eingefangen hätte: »Will er zurückkommen?«

Was für ein Unsinn! Eine komplett verrückte Idee! Wenn er das wollte, würde er wohl kaum einen Mittler einschalten, schließlich ging das Ganze nur ihn und mich etwas an. Es war allein unser Problem.

»Natürlich nicht«, antwortete ich mir selbst kopfschüttelnd. »Also, was will er? Warum schickt er dich?«

Alicia zögerte, nippte an ihrem Glas, strich sich die Haare hinter die Ohren, nickte ihrem Spiegelbild in der Fensterscheibe ermutigend zu.

»Es geht um die Kinder«, sagte sie schließlich und schaute mich dabei besorgt an. »Er möchte sie sehen …«

»Ach, und mich demnach nicht«, unterbrach ich sie, schärfer als beabsichtigt. »Wie bitte stellt er sich das vor?«

»Reg dich nicht gleich auf, Camilla, lass uns in Ruhe reden.«

Die beschwichtigende, oberlehrerinnenhafte Handbewegung, mit der sie ihre Worte begleitete, ging mir gewaltig auf die Nerven, aber ich unterdrückte den Impuls, mich dagegen zu wehren. Und eigentlich hatte sie ja recht. Wem nutzte es, wenn wir zwei hier herumstritten?

»Wo ist er überhaupt?«, fragte ich nach einem tiefen Atemzug. »Hat er eine eigene Wohnung oder …«

»Falls du denkst, er sei mit jemandem, deiner Vorstellung nach sicher einer Frau, zusammengezogen, kann ich dich beruhigen. Er hat eine Wohnung, allein. Wo, darf ich allerdings nicht sagen. Ich musste es versprechen, tut mir leid.« Sie grinste etwas schief, und es war ihr anzusehen, dass sie sich um diese Rolle nicht gerissen hatte.

»Denkst du – glaubst du, es ist auf Dauer? Ich meine, braucht er nur eine Pause, oder will er definitiv weg von mir?«

Alicia zuckte mit den Achseln. »Keine Ahnung, darüber

hat er nicht gesprochen. Ich weiß nur, dass er sich Kontakt mit Matteo und Sofia wünscht, er möchte die beiden regelmäßig treffen. Hör zu«, sagte sie schnell, als ich zu einem Einwand ansetzte. »Er hat ein Recht darauf, und die Kleinen brauchen ihren Vater, das muss ich dir nicht erklären. Damit es für alle möglichst schmerzarm abläuft, könnte ich als Zwischenstation fungieren, wenn du einverstanden bist.«

Ein Kloß saß mir plötzlich im Hals, ich musste ein paarmal schlucken, ehe ich eine Antwort zustande brachte. »Offenbar habt ihr alles schon durchdacht. Okay, wie ist der Plan?«

»Gianni nimmt die Kinder an jedem zweiten Wochenende. Ich hole sie Freitagabends bei dir ab, fahre sie zu ihm und bringe sie am Sonntagabend wieder her.«

»Wieso willst du das tun?« Skeptisch äugte ich zu ihr hinüber. »Das ist doch ein ziemlicher Zeitaufwand – weswegen nimmst du das auf dich?«

Sie lächelte mich in einer Weise an, die jeden Widerstand sofort dahinschmelzen ließ. »Deinetwegen, Schätzchen, und natürlich auch wegen deiner Familie. Bei einer Begegnung würdet ihr euch vielleicht in die Haare geraten, so wie die Dinge derzeit liegen, und streitende Eltern sind das Letzte, was die Kleinen gerade brauchen. Glaub mir, eine neutrale Übergabe ist die bessere Lösung.«

Das stimmte wahrscheinlich. Wie verunsichert die Kinder ohnehin schon waren, bekam ich mittlerweile jede Nacht zu spüren, wenn sie irgendwann halb wach durchs Dunkel tapsten, unter meine Decke krochen und sich einer links, einer rechts möglichst nah an mich kuschelten. Tagsüber sorgte ich mich besonders um Sofias Babygehabe, seit einer Woche wollte sie sogar wieder gefüttert werden, am liebsten mit Aprikosenbrei.

Ich nickte – nicht unbedingt leichten Herzens. »Also gut, akzeptiert. Du hast momentan sicher den besseren Durchblick. Mein Kopf ist manchmal wie verstopft, ich kann kaum einen klaren Gedanken fassen, und was ich von mir selbst halten soll, weiß ich schon lange nicht mehr.«

»Dafür halte ich noch immer eine ganze Menge von dir, auch wenn du an dem wunderbaren Chaos hier zumindest nicht ganz unschuldig bist – euphemistisch gesagt. Keine Widerrede bitte!« Alicia sprang aus ihrem Sessel, setzte sich neben mich und legte mir einen Arm um die Schultern. »Komm, lass die Leidensmiene, sie steht dir nicht und macht Falten, und es gibt auch keinen Grund. Immerhin hat Gianni einen ersten Schritt auf euch zu getan, jetzt bist du dran. Das wird schon wieder, wart's nur ab.«

Das wird schon wieder. Hatte Mamma sich nicht genauso ausgedrückt? Woher nahmen die zwei bloß ihre Zuversicht?

Ich legte mich, nachdem Alicia gegangen war, bald ins Bett, wollte, die Decke über den Kopf gezogen, das finstere Universum ausblenden und ein bisschen ungestörten Schlaf sammeln, ehe meine Trabanten wieder auf dem Plan erschienen. Im Wegdämmern spürte ich nur noch den dringenden Wunsch, zum Anfang des Sommers zurückkehren und alles anders machen zu können.

Ein Anruf am Mittwoch zurrte die Sache fest.

»Übermorgen Nachmittag fangen wir an«, hörte ich Alicia sagen. »Um fünf warte ich vor der Haustür. Braucht Sofia noch Windeln? Vielleicht für alle Fälle? Und vergiss ja die Schmusetiere nicht! Okay? Also bis dann, *tesoro.*«

Ich stand gerade am Herd und briet Kalbsschnitzelchen. Zitronensauce sollte es dazu geben, Reis und Brokkoli. Das

Telefon hielt ich zwischen Schulter und Kinn geklemmt, ein schmerzhafter Fettspritzer aus der Pfanne traf meine Hand, der Reis fing gerade an zu brodeln.

»Moment mal!«, rief ich in den Apparat. Zu spät. Sie hatte bereits aufgelegt. Keine Chance für Einwände, Aufschübe oder was auch immer. Wahrscheinlich war es besser so. Ich hatte den Plan akzeptiert und musste jetzt mit den Folgen klarkommen.

»Am Wochenende dürft ihr einen Ausflug machen«, sagte ich beim Essen, als der größte Hunger gestillt war und die Kinder genüsslich ein Schokoladeneis in sich hineinlöffelten. Meine gekünstelte Fröhlichkeit fiel ihnen zum Glück nicht auf.

»Wohin denn? – Wohin denn?« Sie krähten durcheinander und zappelten vor Ungeduld.

»Hört zu«, nach einem tiefen Atemzug lehnte mich auf meinem Stuhl zurück. »Alicia holt euch ab, und dann fahrt ihr zu Papa.«

»Zu Papa? – Nach Padova?« Mit schokoladenverschmierten Mündern, die Augen weit aufgerissen, starrten sie mich an.

»Nein, nicht nach Padova, er ist wieder in Vicenza. Ihr ...«

»Aber warum kommt er dann nicht her?«, unterbrach mich Matteo, während Sofia wortlos vor sich hin staunte. »Wo ist er denn? Hast du ihn gesehen?«

Jetzt kam also der harte Teil, dem ich bislang beharrlich ausgewichen war.

Ich schüttelte den Kopf. »Nein, ich habe ihn nicht gesehen, und ich fahre auch nicht mit. Alicia bringt euch hin.«

Matteo schaute mich von schräg unten an, schniefend. »Warum denn, Mamma? Willst du ihn nicht sehen?«

Schnell eine möglichst harmlose Erklärung finden!

»Natürlich, *ciccio*«, sagte ich mit Heiteitei-Stimme und räumte dabei das Geschirr in die Spülmaschine, »natürlich möchte ich ihn sehen, aber dieses Mal ist es eine Überraschung nur für euch. Ich habe am Wochenende auch gar keine Zeit, ich muss nämlich ...«

»Bitte, bitte, komm doch mit!« Weil Matteo mir bettelnd ins Wort fiel, brauchte ich mir zumindest keine plausible Lügengeschichte auszudenken.

»Es geht einfach nicht!« Der entschiedene Ton, mit dem ich eigentlich einen Schlusspunkt unter die Debatte setzen wollte, schien meinen Sohn eher misstrauisch zu machen. Selbst ein kleiner zärtlicher Stupser auf seine Nasenspitze nutzte nichts.

»Duuu?« Ich spürte, wie er jede meiner Bewegungen beobachtete. »Mammaaa? – Habt ihr euch gestritten?«

Dio mio! Was hatte er mitbekommen von unseren Krächen, den giftigen Auseinandersetzungen? Obwohl sich meine Nackenhaare vor Schreck sträubten, räumte ich weiter, als wäre alles in bester Ordnung.

»Gestritten?«, sagte ich und lächelte ihm über die Schulter zu. »Ach was, wir haben uns bloß ein bisschen gezankt. So was passiert auch den Großen manchmal und geht vorbei.«

»Dann komm doch mit, und ihr vertragt euch wieder! Papa ist doch so lieb.« Dazu ein erwartungsvoller Augenaufschlag.

»Ganz lieb sogar. Deshalb freut er sich auch so auf euch. Vielleicht malt ihr ihm ein Bild, ihr zwei, als Geschenk.«

Wie rührend einfach sie sich ablenken ließen! Als ich sie ins Bett brachte, lagen auf dem Kinderzimmertisch ein paar wundervolle Gemälde: Papa, erkennbar an Zinkennase und dunkler Moppfrisur, als Vogel im Anflug auf unser Haus –

Matteos Werk. Sofia interpretierte ihn als gelb-grünen Kringel, mit vier abstehenden Forken in Dunkelblau.

Ich hätte mir eine Menge Ängste sparen können.

Vor lauter Aufregung blieb nämlich gar keine Zeit für Trennungsschmerz oder Fragenstellen, als Alicia die beiden am Freitag mit ungewohnter Pünktlichkeit vor unserem Haus einsammelte. So ähnlich wie beim Auszug aus Ägypten mussten Berge von überlebenswichtigen Dingen herbeigeschleppt und ins Auto verfrachtet werden, und Sofia schien erst im Augenblick der Abfahrt zu begreifen, dass sie ohne mich auf große Tour ging. Das Letzte, was ich von ihr sah, war ein verwunderter Blick aus dem hinteren Seitenfenster.

Lesen, ins Kino gehen, vielleicht mal wieder Nicoletta besuchen oder Francesca treffen – aus den Plänen, die ich für das kinderlose Wochenende gemacht hatte, wurde so gut wie nichts, weil meine Gedanken immer wieder abschweiften: Gianni in seiner neuen Wohnung. Wie? Wo? Gianni, der Ungeübte, beim Kochen für die Kleinen. Steak oder Nudeln? Aioli? Wie viel Pfeffer? Weiß er noch, dass sie keinen Salat mögen? Und beim Abendliedsingen. Ob die Melodie in seinem falschen Gebrumm überhaupt erkennbar wäre? Würde Sofia auch dort ihr übliches Protesttheater aufführen, sobald es ans Gesichtwaschen und Zähneputzen ging? Vielleicht sogar noch um einige Nuancen dramatischer?

Kann sein, dass ich ganz, ganz heimlich ein paar Schwierigkeiten, nicht allzu massive natürlich, herbeiwünschte, damit sie merkten, wie unersetzlich ich war. Ein kleiner, etwas gemeiner Traum, der allerdings nicht wahr wurde.

Satt, sauber und zufrieden krabbelten die beiden am Sonntagabend aus Alicias Auto, schnatterten gegeneinander an, erzählten pausenlos, während wir die Treppe hochstiegen und weiter beim Räumen, Ausziehen, unter die Deckeschlüpfen. Ohne ein Verhör anzustellen, was ich mir streng verboten hatte, erfuhr ich dabei nebenher manches Interessante aus Giannis neuem Leben. Sein Bett war so schmal, dass Matteo einmal, nachdem sie beide mit hineingekrochen waren, im Schlaf abstürzte und sich ein blaues Knie holte. *Aha, keine lustfördernde Spielwiese also.* Sein Auto: ein Alfa Mito, in Matteos Augen ziemlich klein und überhaupt nicht toll. *Okay, demnach kein Aufreißermodell.* Am Samstag waren sie mittags Pizza essen gegangen, nur sie drei, und abends hatte Papa vorgelesen, die Geschichte vom Drachen und der Prinzessin, weil er zu viel Fernsehen nicht so gut für Kinder fand. *Prima, offenbar steht er weiter zu seiner Vaterrolle.*

Zu gern hätte ich gewusst, ob er sich mal nach mir erkundigt hatte, aber ich unterdrückte die Frage und kaschierte auch meine Enttäuschung darüber, dass ich kein noch so winziges Zeichen von ihm zwischen den Sachen der Kinder fand. Besser nicht den Stimmungswechsel gefährden, der sich seit diesem Wochenende bei uns abzuzeichnen begann. Die Kleinen quengelten nicht mehr so häufig, sie wirkten ausgeglichener. Nach dem zweiten Papa-Besuch hörte man Matteo beim Spielen ab und zu wieder sein Lieblingslied *Ci vuole un fiore* singen, und Sofia beschloss am Donnerstag darauf plötzlich, wieder allein aufs Klo zu gehen.

Alle drei übten wir uns in der Kunst *di arrangiarsi*, einer Spezialität unseres Landes, die in vertrackten Situationen wirklich sehr hilfreich sein kann. Wir wurschtelten uns durch. Die Kinder redeten inzwischen völlig unbefangen von ihrem Vater, als wäre es das Selbstverständlichste auf Erden, dass er nicht bei uns wohnte. Ich glaube, sie fanden die getrennten Bereiche manchmal sogar spannend. »Papa hat die gelbe Kanne da in Rot«, hieß es dann etwa, oder »Bei dir mag ich den Tomatensugo lieber, Papa macht besseren Risotto.« Auch sein größerer Fernseher imponierte den beiden, obwohl sie ihn nur ausnahmsweise in Aktion sehen durften. Zwei Lebenswelten zur Auswahl, an die sie sich umso mehr gewöhnten, je öfter sie hin- und herpendelten.

Und ich? Bewusst bremste ich weder ihre Lust am Vergleichen noch die Vorfreude auf das nächste Papa-Wochenende. Ich gab mich fröhlich neutral, soweit mir das gelang. Zwar hatte ich manchmal das Gefühl, mein Misstrauenspegel sei zumindest minimal gesunken, seit Gianni mir nicht mehr vor Augen kam, doch dann stieg er plötzlich wieder sprunghaft an, weil ich irgendwo unterwegs ein stelzenbeiniges Reizobjekt erblickt hatte oder mir in abendlichen Visionen zwischen Tag und Traum ausmalte, mit wem er womöglich sein bescheidenes Lager teilte. Egal wie schmal, aufeinander ging immer. Den Kindern spielte ich als Erklärung für meine Stimmungseinbrüche heftige Kopf- oder Zahnschmerzen vor.

Unterdessen war mir die Lust auf Stadtbummel komplett vergangen, notwendige Besorgungen erledigte ich gezielt und so schnell wie möglich. Auch um Restaurants und Bars machte ich einen großen Bogen. Bloß kein Risiko eingehen! Wenn ich mir vorstellte, irgendwo überraschend auf Gianni zu treffen, was in dieser nicht allzu großen Stadt gut denkbar gewesen wäre, möglicherweise sogar mit einer Schönen an seiner Seite, vielleicht ohne ein Wort, nicht einmal einen Blick für mich, wurde mir schwarz vor Augen.

Die irritierenden Nachwirkungen meiner Fern-Begegnung mit Paolo saßen mir in den Knochen und verfolgten mich noch immer. Hatte ich nicht geglaubt, ohne Beklemmung an ihn denken zu können – wenn überhaupt? Und dann das!

Lieber verschanzte ich mich in den eigenen vier Wänden und hielt den Alltag einfach durch. Die Zeit fühlte sich zäh an, wie Kaugummi unter der Schuhsohle.

»Camilla! – He, Camilla!«

An einem Samstagvormittag ungefähr zwei Wochen vor Weihnachten hörte ich im Kaufhaus Coin an der Piazza del Castello eine irgendwie vertraute und doch fremde Stimme hinter mir. Sofia und Matteo hatte ich zu meinen Eltern gebracht und wollte in Ruhe nach Geschenken suchen.

Als ich mich umdrehte, erkannte ich Daniela Giraldi, eine Freundin aus Kindertagen, die schon zur Grundschulzeit weggezogen war, wohin wusste ich nicht mehr, aber sie glich noch immer dem süßen Pummelchen von damals. Nur etwas vergrößert. Wie appetitlich verziertes Marzipankonfekt hatte sie früher auf mich gewirkt, mit Perlchen drauf und pudrigen Farben, manchmal war mir bei ihrem Anblick sogar das Wasser im Mund zusammengelaufen. Das passierte jetzt nicht, und ich hätte es weiß Gott vorgezogen, ihr überhaupt nicht zu begegnen, um meine Weihnachtsbesorgungen erledigen zu können. An Tratschrunden hatte ich sowieso schon lange keinen Spaß mehr, weil das Gespräch unweigerlich immer auf meine verzwickte Ehegeschichte zusteuerte, zu der jeder eine Prise Weisheit beitragen musste. Und aufgewärmte paläontologische Vorkommnisse interessierten mich erst recht nicht.

Aber Daniela konnte das natürlich nicht ahnen, es hätte sie auch wohl kaum gestört, denn sie überschwemmte mich bereits mit einer Flut von Ich-Ich-Ich-Geschichten, während sie sich noch durch das Gewusel anderer Kunden um voll bepackte Verkaufstische herum zu mir vor drängelte.

Ich find's phantastisch, dich zu sehen! Ich kann's nicht fassen! – Küsschen rechts, Küsschen links. – *Wie lange bin ich nicht in Vicenza gewesen und treffe jetzt dich!* – Ein Arm hakte sich bei mir unter. – *Ich muss dringend was trinken, diese trockene Ladenluft. Komm, ich freu mich so!* – Ohne Chance auf Gegenwehr wurde ich auf die Straße und in ein nahes Café geschleppt. – *Einen Sprizz? Caffè? Auch gut.*

Mit einem zufriedenen Seufzer ließ sie sich auf den Stuhl mir gegenüber fallen und strahlte mich durch eine strassbesetzte pinkfarbene Brille an, ein Kindermodell, so kam es mir vor, das hervorragend zu ihrer Stupsnase und den braunen Lockenkringeln auf ihrem Kopf passte. Wie bei einer Theateraufführung schaute ich ihr amüsiert zu, froh, dass sie mich nicht ausfragte.

Im Blitztempo, nur unterbrochen von kleinen Caffè-Schlucken, nahm sie mich mit durch ihr Leben: Aufgewachsen in Mestre, Deutschstudium in Perugia, nach drei Jahren als Lehrerin keine Lust mehr auf Schule, beinahe verheiratet, aber kurz vor der Hochzeit abgesprungen. Letztes Jahr im September sei das gewesen, gerade noch rechtzeitig, sagte sie lachend, mit einem Grübchen in jedem Mundwinkel, seitdem lebe sie in München, habe einen Superjob bei der Allianz Versicherung. »Eine tolle Stadt«, versicherte sie mir, »die Leute da lieben uns, es wimmelt nur so von Italienern. Klar, viele sind auf Arbeitssuche, weil sie hier nichts finden, aber du kannst dich auch fast wie zuhause fühlen. Und ein bisschen Distanz hat noch keinem geschadet. Ich finde …«

Sie stoppte mitten im Redeschwall, schlug sich beim Blick

auf die Uhr erschrocken an die Stirn und sprang vom Stuhl. »Ich muss los! Sandra wartet am Theater auf mich!«

Sandra – auch das erfuhr ich im Expresstempo – war eine Münchner Freundin und WG-Mitbewohnerin, der sie Vicenza zeigen wollte, nur für eine Stunde hatten sie sich getrennt. »Schon wieder zu spät! Typisch italienisches Chaos!« Sie schrieb noch schnell ihre Adresse auf eine der rot geränderten Papierservietten, verlangte von mir das Gleiche und winkte der Kellnerin. Aber ich scheuchte sie davon. »Lauf du nur, ich mach das schon!«

»Ciao, tesoro! Ich liebe dich!« Im Türrahmen noch ein Luftkuss, und sie war verschwunden.

Obwohl mir der Schädel brummte, fühlte ich mich vom Daniela-Feuerwerk komischerweise erfrischt. Wunderbar, nicht eine einzige Frage nach meinem eigenen Befinden hatte ich beantworten und auf kein wie immer geartetes Zeichen der Anteilnahme reagieren müssen. Mit Erstaunen merkte ich, dass der Wirbel durch ein fremdes, so anderes und mir im Grunde auch ziemlich gleichgültiges Leben sogar Spuren hinterließ. Zunächst nahm ich nur einen plötzlichen Anflug von Widerwillen gegen meine inzwischen schon eingebackene Lethargie wahr, und erst einige Zeit später ging mir auf, dass ich Danielas Äußerung über Distanz unbewusst gespeichert hatte. Sie kreiste seitdem hin und wieder durch meinen Kopf, manchmal kombiniert mit einer vagen Vorstellung von München, Danielas Zufluchtsort.

Weihnachten sah ich mit einem gehörigen Bammel entgegen. Von Gianni kam weiterhin nicht das geringste Signal, und wenn ich auch eine Weile lang heimlich hoffte, er würde zumindest den Kindern zuliebe aus der Versenkung auftauchen und mit der Familie feiern, musste ich mir wenige Tage vor dem Fest definitiv eingestehen, dass meine Zuversicht ins Leere ging. Vor allem, nachdem mich Alicia von seiner Absicht unterrichtet hatte, die Kleinen an Santo Stefano, dem zweiten Feiertag, zu übernehmen. *Absicht* wohlgemerkt, nicht etwa Wunsch oder Bitte. Ziemlich hart, wie ich fand. Sicher würde er dann auch *seine* Geschenke für sie unter *seinem* Weihnachtsbaum ausbreiten. Besser nicht zu genau hindenken!

Zum Glück gab es eine Menge Rituale, an denen ich mich festhalten konnte.

Äußerlich lief Weihnachten ab wie jedes Jahr, vor allem mit ganz viel Essen.

Am 24., der Vigilia di Natale, ging es abends kurz nach Arbeitsende los: gekochter Aal, begleitet von der immer gleichen himmlischen Sauce aus Tomaten, Rotwein, Sardellen, Kapern und anderen Ingredienzien, durch die sie ihr unverwechselbares Aroma bekam. Selbst die Kinder schleckten sich die Münder nach Nonnas Spezialrezept. Später durften sie mit in die Kirche zur Mitternachtsmesse, wo Sofia auf Valentinas Schoß sämtliche Weihnachtslieder verschlief, obwohl Papas leider nie entdeckter, opernreifer Tenor kaum einen Meter von ihr entfernt das Geschmetter aller anderen Stimmen weithin übertönte. Die Nacht verbrachten wir zu dritt unter einer Decke in meinem ehemaligen, noch immer funktionsbereiten Zimmer, weil man ja morgens, schon vor dem Frühstück, die alte, handgeschnitzte Familienkrippe bewundern und – mindestens ebenso wichtig – die Geschenke auspacken musste. Einen bunt glitzernden Berg, wie jedes Jahr.

Während mein Vater mit seinen Enkeln um Cent-Beträge würfelte, ein lautstarkes, offenbar nicht ganz schummelfreies

Unterfangen, bereiteten Mamma, Valentina und ich – auch das wie jedes Jahr – das Mittagessen vor. Kredenzt in seit Urzeiten festgelegter, unumstößlicher Abfolge. Vorspeise: Insalata russa, bei uns in einer leichten Version mit viel Gemüse, kleinen Stückchen Hühnerfleisch und nicht allzu reichlich Mayonnaise. Erster Gang: unbedingt selbstgemachte Tortellini in brodo. Die Tortellini, gefüllt mit einem würzigen Mix aus Schweine-, Kalb- und Putenfleisch, hatten wir schon vierzehn Tage zuvor gemeinsam fabriziert und eingefroren. Zweiter Gang: Cappone arrosto mit Bratkartoffeln und verschiedenen Gemüsen. Dessert: Torrone und ein fluffiger, puderüberzuckerter Pandoro, herrlich zum Caffè. Vermutlich, nein, höchstwahrscheinlich gab es in unzähligen italienischen Familien haargenau das gleiche Menü, aber das nahm ihm keinen Funken von seinem Glanz. Es musste einfach sein, und zwar genau so.

Alles war wie immer – und doch ganz anders, zumindest für mich.

Vielleicht nahmen sie Rücksicht auf meinen angeschlagenen Zustand, oder sie vermissten mich tatsächlich nicht, jedenfalls stürzte sich der Rest des Clans am großen Esszimmertisch schon bald auf die traditionellen Karten- und Glücksspiele, bei denen eigentlich niemand fehlen durfte. Aber keiner rief nach mir. Etwas abseits vom Trubel hatte ich mich in Papas Fernsehsessel zusammengerollt, zog meinen Schal enger um die Schultern, weil es in der großen, alten Wohnung nie richtig warm wurde, und versuchte herauszufinden, wie ich mich fühlen sollte. Einerseits war da dieses Empfinden von Zuneigung und Geborgenheit, andererseits kam es mir, sobald ich nur einen Moment lang nicht herumwuselte, vor, als hinge ich an der äußersten Kante eines

Riffs über einem bodenlosen Abgrund. Kein Ton von Gianni, keine Ahnung, wo und mit wem er gerade zusammen war. Seine Familie kam nicht infrage, die Eltern lebten schon lange nicht mehr, und der Kontakt zu seinem einzigen in Brescia wohnenden Bruder lag nach dessen Heirat mit einer, wie es hieß, *schwierigen* Frau auf Eis. O Gott, war ich etwa *nicht* schwierig? Bestimmt hatte er längst Ersatz gefunden und verschwendete keinen Gedanken auf mich.

Die Männer meiner Sippe sind nicht ganz ohne, selbst wenn sie neben den quirligen Frauen manchmal etwas abzufallen scheinen. Man lässt sich leicht täuschen durch ihr willig schmiegsames Gehabe. Inzwischen bin ich geneigt, meinen Vater als Musterexemplar dieser Spezies zu betrachten, wofür er, während ich im Abseits vor mich hin brütete, nebenan wieder mal eine Bestätigung lieferte. Schallendes Gelächter riss mich aus dem quälenden Gedankenkreisel, Mamma kreischte am lautesten.

»Luigi, du alter Casanova!«, hörte ich sie japsen. »Sich solche Geschichten auszudenken! So was könnte dir wohl auch gefallen, wie?«

Das Geschrei machte mich neugierig. Ich ging zu ihnen hinüber, stellte mich hinter Mammas Stuhl und legte meine Hände auf ihre vor Lachen bebenden Schultern. »Was hat er sich ausgedacht?«

Breit grinsend saß mein Vater an der Stirnseite des Tisches, die Arme vor der Brust verschränkt, ein Bild satter Zufriedenheit. »Von wegen ausgedacht! Alfonso schwört, dass es wirklich passiert ist. Die Witwe, diese Elvira Nardini, soll eine Cousine von Lina sein.« Klar, Papas Bruder und seine Frau mussten immer herhalten, wenn er ernstzunehmende Zeugen brauchte.

»Aber was denn? Was ist denn passiert?«, fragte ich in die Runde.

Eine Sekunde lang kam es mir vor, als wechselten die anderen schnelle Blicke, alle bis auf meinen Vater, der mich anschaute wie früher, wenn er mir auf seine verschmitzte Art etwas beibringen wollte. Garantiert hatte er genau auf dieses Ziel zugesteuert.

»Gut«, sagte er, »erzähle ich's halt noch mal. Also: Elviras Mann war zeitlebens äußerst erfolgreich bei Frauen …«

»Ach was, ein Schürzenjäger wird er gewesen sein!«, rief Mamma dazwischen.

»Egal wie man's nennt«, fuhr Papa unbeirrt fort, »Elvira fand es jedenfalls nicht passend. Als er starb, entschied sie deshalb, ihn völlig nackt zu begraben. *Nackt hast du dich ja immer am liebsten gezeigt*, soll sie ihm erklärt haben, *dann bleiben wir doch dabei*. Nach ein paar Tagen packte sie allerdings das schlechte Gewissen. Sie beschloss, ihn trotz allem in ein ordentliches Sterbehemd zu kleiden und ließ den Sarg wieder ausbuddeln. Als man den Deckel abhob, lag da jedoch kein toter Ehemann, sondern nur ein Zettel, auf dem stand: *Bin bei Signora Belcanti drei Gräber avanti.*«

Mein Vater zwinkerte mir zu. Vor Vergnügen über das erneute Gelächter der Familie schlug er sich klatschend auf die Schenkel, und Mammas Kommentar, dass mancher es eben auch nach dem Tod nicht lassen könne, quittierte er nur mit einem lässigen, machohaften Schulterzucken.

Wie leger sie damit umgingen. Ich kam mir vor wie im Anschauungsunterricht zum ständig wieder aufgewärmten Thema: Nimm das Ganze nicht so ernst. Rückblickend denke ich, dass er der Situation die Schärfe entziehen und mir durch seine alberne Geschichte möglicherweise vermitteln wollte, dass er nicht wirklich an das Ende meiner Ehe glaubte. Für den Moment funktionierte es sogar, ich merkte, wie das Lachen meinen Kopf erleichterte – nur hielt der Effekt leider nicht an.

Weihnachten, das klassische Fest der Liebe und Familie, eigentlich ein idealer Zeitpunkt zur Wiederannäherung, vielleicht sogar Aussöhnung, war also ungenutzt verstrichen. Gianni blieb verschollen und rührte sich nicht. Und den kurz aufflackernden Impuls, meinerseits aktiv zu werden, hatte ich augenblicklich abgewürgt. Wer, bitte, hatte hier wen verlassen? Hätte es nicht nach einem Eingeständnis von Schuld ausgesehen, den Kindern ein Briefchen oder ein Geschenk für ihn mitzugeben? So, als kröche ich zu Kreuze? Und bettelte um Gnade? Das kam überhaupt nicht infrage!

Es stach, es bohrte in mir, es biss, es schmerzte und machte mich stockwütend, aber noch hielt ich durch. Mal sehen, wer von uns den längeren Atem besaß. Irgendwann würde er sich schon ausgetobt haben mit seinen kleinen Ludern, dieser *Schlurch*. Ich sah ihn vor mir, wie er reuig angerobbt kam. Ob ich ihm dann eine Chance gäbe, musste ich nicht jetzt entscheiden.

Jetzt stand erst mal Silvester an, die nächste sich geradezu aufdrängende Gelegenheit zum Friedensschluss. Früher, in unseren guten Zeiten, hatten Gianni und ich abends vor dem Zubettgehen regelmäßig jeden Anflug von Groll beigelegt, fast immer waren wir danach engumschlungen eingeschlafen. Schwer vorstellbar, dass nun ein Jahr enden und ein neues beginnen sollte ohne den allermindesten Versuch, die Geröllhalde zwischen uns wenigstens ein bisschen abzutragen.

Wie immer an Capodanno versammelte sich wieder die

ganze Familie bei meinen Eltern, nur saßen dieses Mal auch Luisa und Sitting Bull, deren Nachkommen auf die Malediven oder sonst wohin verreist waren, samt ihren Ehemännern an der großen Tafel und ließen sich Mammas Spaghetti mit Meeresfrüchten und den gegrillten Schwertfisch schmecken. Vier sehr unterhaltsame Tischgenossen, nichts wäre gegen sie einzuwenden gewesen, hätte ich nicht das Gefühl gehabt, bei allem, was ich sagte und tat, noch genauer observiert zu werden als ohnehin schon. In Scheinheiligkeit verpackt natürlich.

Auf Umwegen über ein kürzlich eröffnetes Dessous-Geschäft in der Fußgängerzone lenkte Luisa das Gespräch zum traditionellen Muss jeder Silvesternacht: der roten Unterwäsche. Nach allgemeiner Ansicht garantiert sie ihrem Träger Liebesglück für die kommenden zwölf Monate, idealerweise soll sie neu sein und ein Geschenk vom Herzallerliebsten.

»Hast du diesen Tanga im Schaufenster gesehen, Valentina? Ein Hauch aus knallroter Spitze – die reine Verführung!«

Obwohl ihre Worte an meine Schwester gerichtet waren, luchste Luisa aus den Augenwinkeln zu mir herüber. Stellte sie sich vielleicht vor, ich könnte meinen fahnenflüchtigen Mann mit einer scharfen Unterhose zurückerobern, wenn ich nur wollte? Sitting Bulls Einbildung schien in die gleiche Richtung zu wandern, denn auch sie beobachtete mich, ein kleines Kennerlächeln um die Lippen. Oder spielten die beiden etwa mit dem Gedanken an einen neuen Lover, von dem ich aus meiner einsamen, vergeblichen Warteschleife erlöst würde? Zuzutrauen war es ihnen!

Ehe Valentina Zeit fand zu reagieren und ich wirklich ärgerlich wurde, warf sich mein Vater an die Front.

»Die reine Verführung?« Er hob sein Weinglas und spülte den letzten Bissen Fisch mit einem ordentlichen Schluck hinunter. »Dazu gehört als Allererstes ein richtig knackiger Hintern, eine nicht allzu häufige Gottesgabe, was, meine Lieben? Der Rest ist besser in roten Feinripp-Beuteln aufgehoben.«

Herausfordernd grinste er in die Runde, während Valentina losprustete, Mamma mit einem schrillen »Aber Luigi! Was fällt dir ein!« dazwischenfuhr und ich mich fragte, ob mein Pech in der Liebe vielleicht ausgeblieben wäre, wenn ich die rote Unterwäsche vom letzten Jahreswechsel den Spielregeln entsprechend komplett entsorgt hätte. Auch das knallige Strumpfband, das ich an diesem Abend wieder unter meinem Etuikleid trug, für alle Fälle, weil mir sonst niemand eine Liebeshoffnung schenkte. Plötzlich fühlte es sich an wie ein Brandmal.

Die Mitternachts-Linsensuppe, auch so ein angeblicher Glücksbringer – allerdings mit finanzieller Zielrichtung – musste ich ausfallen lassen, weil meine Kinder schon zwei Stunden zuvor schlapp machten. Todmüde waren sie, kaum ins Bett zu befördern, und sollten am nächsten Morgen gegen zehn wieder zu ihrem Vater transportiert werden. Zu Gianni, wo, wie und mit wem auch immer er das neue Jahr begonnen hatte.

Kapitel 4

Aus dem Küchenfenster im vierten Stock des Rückgebäudes schaute ich in einen kargen Hinterhof. Ein paar halbhohe Bäume standen da unten um einen Kinderspielplatz. Während des Sommers und dichtbelaubt sicher wunderbare Schattenspender. Jetzt, im Schein einer bleichen Februarsonne, zeichneten ihre zu Spinnenarmen erstarrten, kahlen Zweige graphische Muster auf den Sandkasten samt Rutsche und Wippe. Vom Schnee der vergangenen Wochen waren nur vereinzelte aschfarbene Placken geblieben und zwei schief aufeinandergetürmte Kugeln, Reste eines missratenen Schneemanns.

Weiter vorne kurvte die Tram quietschend von der Fraunhofer- in die Müllerstraße, ich konnte die blaue Bahn durch die Schneise zwischen zwei Mietshäusern halten und nach einer Weile ruckelnd wieder anfahren sehen. Mehr als der Lärm des im Ampeltakt an der Ecke bremsenden und losdonnernden Autoverkehrs und der häufig mit gellenden Martinshörnern vorbeirasenden Feuerwehrwagen gab mir ihr Geräusch ein echtes Großstadtfeeling.

Seit fast zwei Wochen wohnte ich bereits hier, zusammen mit Daniela und Steffi, einer Kölnerin, ungefähr so alt wie ich, Eventmanagerin bei einer Münchner Agentur. Allein hätte sich keine von ihnen die geräumige Wohnung im begehrten Gärtnerplatz-Viertel leisten können, doch im Team war es zu stemmen. Sandra, Danielas Begleiterin beim kürzlich erfolgten Vicenza-Trip, die ursprünglich auch dazugehörte, hatte sich Anfang des Jahres entschlossen, ihrem Freund nach Berlin zu folgen, was mich zur *Erbin* eines großen, brauchbar eingerichteten Zimmers machte.

Vielleicht hätte ich den Absprung ohne Danielas Zutun nie geschafft.

Ihre Postkarte, so eine extra breite, gespickt mit vielen kleinen Detailaufnahmen, erreichte mich vier Tage nach Neujahr, als meine Stimmung gerade ziemlich durchhing. Vicenza wirkte halb gelähmt während dieser Zeit, beinahe alle Leute nutzten den *ponte* zwischen Weihnachten und dem Dreikönigstag am 6. Januar für Reisen oder irgendwelche Extratouren, und obwohl ich das Haus nur zu Besorgungen oder zum Luftschnappen mit den Kindern verließ, blieb ich davon nicht unbeeinflusst. Antriebslos vertrödelte ich die Stunden, las ein bisschen, räumte ein bisschen, spielte ein bisschen Memory oder Kaufmannsladen mit den Kleinen und saß zwischendurch einfach nur da und starrte vor mich hin. Außer Mamma, der ich unbeschwert klingende Schwindelgeschichten auftischte, rief niemand an. Die meisten waren mit sich selbst beschäftigt, und ich meldete mich auch seit einer Weile bei keinem mehr.

Mitten in diese Apathie flatterte Danielas Karte. *Impressionen aus München* stand vorne zwischen der Ansammlung bunter Bildchen: Kirchtürme, grüne Oasen, Straßenszenen, Biertrinker unter Kastanienbäumen, ein Paradebayer mit Lederhose und Rauschebart … *Damit Du siehst, wo ich geblieben bin und wie gut man hier leben kann,* hatte sie auf die Rückseite geschrieben. *Das Bild mit der Trambahn zeigt die Kurve, an der ich wohne.* Ihre Adresse und Telefonnummer fand ich unten links in die Ecke gequetscht.

Fast mehr noch als die Tatsache, dass Daniela mir überhaupt schrieb, erstaunte mich die Art und Weise, *wie* sie es tat. Meiner selbst gebastelten, von Experten nicht widerlegten These nach passt jede Schrift nämlich exakt zu ihrem Urheber, und zwar eigentlich ausnahmslos. Diese Kinderfreundin, das süße Marzipanfigürchen, von dem ich winzige Schnörkel erwartet hätte, schrieb jedoch in klaren, ausgeprägten Zügen. Erwachsen, selbstbewusst. Eine Frau mit Charakter.

Vielleicht war das der Grund, weshalb ich immer wieder nach der Karte griff und mir Daniela in der fremden Umgebung vorstellte. Ich nahm sie plötzlich ernst, was mir allerdings erst aufging, als ich, ganz vage zunächst, von einer Veränderung meines eigenen Lebens zu träumen begann und mir Alternativen ausmalte zu einem Alltag, in den – ich muss es gestehen – nur die immer noch wiederkehrenden wilden Verdachtsanfälle gegenüber Gianni sporadisch Aufregung brachten.

Anfangs waren es tatsächlich bloß Tagträume. Schließlich hatte ich die Kinder, ich konnte nicht einfach zusammenpacken und abziehen.

Und dann schneite an einem Spätnachmittag Mitte Januar Francesca bei mir herein. Ich hatte gerade die Kleinen abgeholt, Sofia vom *Asilo Nido*, wo sie noch bis zum Sommer bei den Jüngsten bleiben würde, Matteo vom Kindergarten. Auf dem Heimweg waren wir im Supermarkt gewesen und eben damit beschäftigt, unsere Einkäufe zu verstauen, als es klingelte. Beinahe hätte ich es überhört, weil meine zwei Trabanten unter Höllengeschrei darum stritten, wer die wundervoll knisternden Nudeltüten in die Vorratslade stopfen und das Orangennetz mit einer richtigen Schere aufschneiden durfte. Francesca drückte jedoch lange genug den Daumen auf die

Klingel. Zur Begrüßung grinste sie mich verständnisinnig an – von Mutter zu Mutter.

»Offenbar sind sie gesund und kräftig, deine Süßen«, sagte sie und pellte sich dabei aus Mantel und Schal. »Wie beruhigend, wenn man das schon unten an der Haustür hört.« Gnädig gewährten die Süßen ihr einen *bacio* und eine Umarmung und trollten sich samt Stoffbärchen und kleinem Polizeiauto, Francescas Mitbringseln, ins Kinderzimmer.

»Bestechung hilft immer.« Francesca plumpste auf einen Stuhl am Küchentisch. »Gibt's Caffè, oder musst du schon kochen?«

»Natürlich gibt's Caffè, und kochen kann ich nebenher – nur Tagliatelle mit Sahnekaröttchen, ein Blitzessen.«

Während ich hantierte, den Caffè zubereitete, Zucker hinstellte und schon mal Wasser für die Nudeln aufsetzte, spürte ich Francescas forschenden Blick. Unsere Beziehung hatte sich in letzter Zeit etwas abgekühlt, was zum Teil an Marco lag. Er war inzwischen fast sieben und fand es komplett unter seiner Würde, mit Kindern zu spielen, die noch nicht zur Schule gingen. Für Wesen dieser Art kannte er nur eine einzige, abfällige Bezeichnung: *Babys*. Also ließen wir, um Dramen zu vermeiden, gemeinsame Nachmittage im Park oder Sonntagstouren vorläufig ausfallen. Den Rest der Schuld schob ich Francesca in die Schuhe. So ohne weiteres würde ich ihr nicht verzeihen, wie sie sich über mich lustig gemacht hatte, als ich von Giannis Eskapaden erzählte und von meinen Versuchen, ihm seine Verlogenheit nachzuweisen. Ihr Lachen verfolgte mich wochenlang bis in meine finstersten Stunden.

»Absurder geht es nicht! Gianni! Ausgerechnet Gianni soll dich betrügen? Der kriegt doch schon Entzugserscheinungen, wenn du nur im Bad verschwindest!« Immer wieder hörte ich ihre überschnappende Stimme. Von einer guten Freundin durfte man etwas mehr Anteilnahme erwarten, fand ich, selbst wenn sie in ihrer langweiligen Ehe mit dem faden Renato unempfindlich für tiefe Gefühle geworden sein sollte.

»Geh doch zur Madonna«, hatte Francesca weiter gespottet, »die legt ihn bestimmt für dich an die Kette!«

Der Gipfel der Unverfrorenheit, zumal ich an einem windigen Oktobernachmittag tatsächlich schon auf den Monte Berico gepilgert war und um Hilfe in meiner Not gebetet hatte. Was fiel ihr ein, darüber zu hämen!

Und jetzt saß sie völlig unerwartet hier in meiner Küche, hübsch anzusehen im moosgrünen Rollkragenpulli, dicke Creolen an den Ohren, entspannt und offensichtlich entschlossen, unsere alte Freundschaft vor dem Untergang zu retten.

»So richtig rund läuft es wohl gerade nicht bei dir, stimmt's?«, fragte sie mit einem vorsichtigen Blick über den Tassenrand, nachdem ich mich zu ihr an den Tisch gesetzt hatte.

Ich nippte an meinem Caffè, noch unentschieden, was ich von dem Besuch halten sollte, und zuckte scheinbar gelassen mit den Schultern. »Na ja, die Zeiten sind nicht unbedingt rosig, aber man wurschtelt sich so durch. Hat Alicia dich auf den neuesten Stand gebracht?«

Francesca nickte. »Ich hätte nie gedacht, dass ihr mal ernsthafte Schwierigkeiten kriegen könntet. Du und Gianni – so ein ideales Paar. Ich konnte es mir einfach nicht vorstellen, darum meine albernen Späße neulich. Tut mir leid, wenn ich dich verletzt habe.« Sie sah aufrichtig zerknirscht aus.

»Schon gut.« Ich merkte, dass sie drauf und dran war, mir

um den Hals zu fallen, deshalb stand ich schnell auf, füllte Karotten in eine Schüssel, nahm mein Schälmesser aus der Lade neben dem Herd und setzte mich, so ausgerüstet, wieder hin. Bei der Arbeit würde sie mich kaum umarmen. Allzu leicht wollte ich es ihr nicht machen.

Natürlich durchschaute sie mein Manöver. Aufs Schälen konzentriert, hörte ich sie seufzen. Bei der Suche nach einem neuen Versöhnungsansatz oder auch nur Gesprächsstoff muss ihr Danielas Postkarte ins Auge gefallen sein, die in Reichweite an der Pinnwand über dem Küchentisch hing.

»München? Kennst du jemanden in München?«, erkundigte sie sich plötzlich.

Als ich kurz hochblickte, sah ich, wie sie die Karte von der Wand pflückte, aufmerksam betrachtete und auch noch die Rückseite las.

»Ich weiß, ich weiß, man liest nicht die Post fremder Leute«, sagte sie fröhlich, ohne einen Hauch von Scham, ehe ich protestieren konnte, »aber erstens bist du für mich keine Fremde, und zweitens *muss* man neugierig sein. *Wer nicht neugierig ist, erfährt nichts*, das ist doch einer deiner Standardsprüche, stimmt's? Na bitte. Schöne Karte übrigens. Diese Daniela schreibt so, als wolle sie dich nach München locken. Spielst du etwa mit dem Gedanken wegzugehen?«

Der Satz traf mich wie ein Schlag auf den Hinterkopf. Nicht einer von der Art, die einem den Verstand trüben, sondern im Gegenteil verstopfte Leitungen wieder freilegen. So etwas kommt manchmal vor. Mir jedenfalls wurde plötzlich klar, dass sich meine zunächst verschwommenen Träumereien mittlerweile in ziemlich klar konturierte Bilder eines möglichen neuen Lebens verwandelt hatten. Als ungefähr Achtzehnjährige war ich irgendwann mit meinen Eltern in

München gewesen, was es mir umso leichter machte, in den Postkartenbildern spazieren zu gehen. Inzwischen würde sich vieles verändert haben, aber dennoch sah ich mich durch das riesige Grün des Englischen Gartens wandern, über die Leopoldstraße flanieren, meine Füße ins Wasser der Isar tauchen … Ja, es war durchaus vorstellbar.

»Treffer«, bemerkte Francesca trocken – sie kannte mich eben gut genug, um meinen Gesichtsausdruck punktgenau interpretieren zu können – und kam wieder meiner Reaktion zuvor. »Hast du bereits Pläne, wann es losgehen soll und so?«, fragte sie, während ich völlig konsterniert dasaß, wie erstarrt, in der einen Hand eine halb geschälte Karotte, in der anderen das Messer. Wer kann schon gleichzeitig Gemüse putzen und die Weichen für seine Zukunft stellen? Schließlich war die Idee gerade erst in mein Bewusstsein gerutscht. Ich brachte nur einen Stammelsatz zustande, etwas wie: »Drüber nachdenken kann man ja mal – raus aus dem Trott hier –, dem ganzen Schlamassel den Rücken kehren …«

Für Francesca reichte das offenbar als Bestätigung. Sie hatte die Karte vor sich auf den Tisch gelegt, mit der rechten Hand strich sie darüber, wieder und wieder, als bezöge sie so die nötige Energie, um mich anzutreiben.

»Ein hervorragender Einfall«, sagte sie und hielt dabei wie eine Hypnotiseurin meinen Blick fest. »Ich glaube zwar noch immer nicht an das endgültige Ende eurer Ehe, aber die Entfernung nimmt auf jeden Fall Druck aus der Geschichte und verändert die Perspektive. Los, Camilla, mach es, du musst es versuchen. Du hängst doch schon eine halbe Ewigkeit in der Warteschleife, ohne dass sich was tut.«

Nachdem sie längst gegangen war und die Kleinen, gut gefüllt mit einer ihrer Leibspeisen und von neuen Mondmännchen-Abenteuern eingelullt, endlich schliefen, hallten mir Francescas Worte immer noch in den Ohren. *Mach es, versuch es, du musst…* Wenn ich mich recht erinnere, träumte ich während dieser Nacht, ich stiege in eine Art Wolkenkiste, ein waberndes Dunstgebilde, das sich mit mir und meinen Kindern – Matteo und Sofia winkten als Püppchen links und rechts aus meinen Jackentaschen – sofort über einem stickig vernebelten Vicenza in die Luft erhob, höher und höher, bis ich auf einmal frei atmen konnte.

Die Buschtrommeln funktionierten tadellos. Zwei Tage nach Francescas Überraschungsbesuch rief Alicia abends gegen sieben Uhr an: »Bist du da? Ich muss dich sprechen!«, und stand bereits knapp zehn Minuten später vor meiner Tür. Leicht zerzaust, wie sie normalerweise nie das Haus verließ, so als sei sie mitten aus dem Familientrubel davongestürzt.

»Sag bloß, du ziehst wirklich nach München«, überfiel sie mich schon auf der Schwelle. »Francesca hat es mir eben am Telefon erzählt. Ich weiß überhaupt nicht, was ich davon halten soll!«

»Kein Wunder. Ich denke ja selbst noch daran herum.« Eilig schob ich sie in den Salotto, damit die Kinder nicht von unserem Gewisper geweckt würden, und schloss die Tür hinter uns. Zu trinken wollte sie nichts, sowieso nicht lange bleiben, weil ihre Zwillinge Fieber hatten und eine unruhige Nacht bevorstand. Sie setzte sich auf die äußerste Kante des Sofas und fixierte mich, die Hände zwischen die Knie gepresst, mit einer Mischung aus Spannung und Sorge. »Wie stellst du dir das denn vor?«

Ich saß zusammengerollt im Sessel ihr gegenüber und hörte mich zu meinem eigenen Erstaunen von Plänen sprechen, als seien sie das Ergebnis gewissenhafter Überlegung und keine spontane Eingebung. Anscheinend hatte mein Unterbewusstsein gründlich gearbeitet.

»Wahrscheinlich werde ich erst mal bei einer alten Freundin unterschlüpfen«, sagte ich. »Deren WG soll sehr geräumig sein. Und von dort aus schaue ich mich um nach einer Wohnung und einem Job. Ich will ganz neu durchstarten.«

»Aber warum so weit weg? Warum gerade München? Wenn du Abstand brauchst, würde doch auch Bologna reichen oder Mailand.« Alicias Stimme klang fast flehend.

»Nein!« Ich widersprach schärfer als beabsichtigt – möglicherweise, weil mich doch eine Prise Angst vor meiner Courage einholte. »Ich will endlich den Kopf frei kriegen, und dafür ist eine totale Veränderung bestimmt besser. Irgendwas muss einfach passieren, etwas das mich fordert und ablenkt.«

»Und die Kinder? Wie passen Sofia und Matteo in dieses tolle Konzept? Soll Gianni sie übernehmen? Bei aller Liebe, ich glaube nicht, dass er das packt.«

»Die Kinder?« Ich musste schlucken und schlug einen betont nonchalanten Ton an, um ja mein plötzliches Herzbeben nicht zu verraten. »Oh, die werde ich wohl bei meinen Eltern lassen, nur für kurze Zeit natürlich, bis ich etabliert bin und sie zu mir hole.«

Alicia blitzte mich empört an. »Fabelhaft! Wirklich fabelhaft! Einfach abhauen, wenn nicht alles nach Wunsch verläuft. Herr im Himmel – jetzt brauche ich doch einen Cognac!«

Ich brachte ihr Glas und Flasche, sah zu, wie sie sich einschenkte und mit spitzen Lippen trank.

»Kannst du nicht noch etwas durchhalten?«, fragte sie nach einer Weile. »Lass uns vorläufig weitermachen mit unserem

Shuttle-System. Warum soll Gianni nicht irgendwann zurückkommen, wenn genügend Gras über die Sache gewachsen ist? Jedenfalls hat er keine Freundin, soweit ich weiß, und hängt sehr an den Kindern. Übrigens könntest du ja auch den ersten Schritt tun und …«

»… um Verzeihung bitten?«, platzte ich dazwischen, plötzlich wieder von einer Welle des früheren Grolls überschwemmt. »Für etwas, das auf *sein* Konto geht, nicht auf meins? Nein, Alicia, das schmink dir besser ab.«

Sie ließ den Cognac in ihrem Glas kreisen, trank noch einen Schluck und betrachtete mich nachdenklich. »Vielleicht hat Francesca tatsächlich recht.«

»Wieso? Womit?«

»Na ja, sie meint genau wie du, dass dir eine Luftveränderung gut bekäme.«

Luftveränderung! Alicias zynischer Ausdruck verdarb mir zwar den restlichen Abend, aber fairerweise muss ich zugeben, dass ich mich nach unserem Disput ziemlich gut auf das anstehende Gespräch mit meinen Eltern vorbereitet fühlte. Alle wichtigen Argumente hatte ich schon einmal durchgespielt.

Und dann brauchte ich sie gar nicht.

Als ich mich nämlich am folgenden Samstagabend, während mein Vater und die Kinder eine Tiergeschichte im Fernsehen verfolgten, mit dem Thema vorsichtig an meine Mutter heranpirschte, rannte ich offene Türen ein. Wir standen zusammen in der Küche, eine rührend, die andere schnibbelnd umhüllt von Lorbeer-Kräuter-Knoblauch-Düften.

»Was sagst du? Du willst nach München? Für länger, nicht nur übers Wochenende? Aber ciccia, das ist phantastisch!«

Die Augen vor lauter Verblüffung weit aufgerissen, hielt Mamma den Kochlöffel aus vollem Schwung hoch über dem Topf an. Ein paar Tropfen Sugo klatschten auf die Herdplatte und verbreiteten einen scharf-bitteren Geruch. »Moment, ich muss mich setzen!«

Eilig schob ich ihr einen Stuhl unter den Po und lehnte mich abwartend gegen den Tisch. Der Stoff meiner blau-grün gestreiften Schürze hob und senkte sich im Rhythmus meines Herzschlags. Jetzt würde es lautstarken Protest geben.

Falsch vermutet!

»Von so was habe ich früher selbst geträumt. Einfach für eine Weile raus!« Zu meiner Überraschung schlug sie sich begeistert auf die Knie. »Ich war schon ernsthaft besorgt, weil du dich immer mehr zurückziehst. Weißt du, aus der Ferne werden dir deine Probleme weniger vertrackt erscheinen. Zumindest hoffe ich das. Die Kinder kannst du erst mal uns überlassen, sie fühlen sich hier sowieso fast zu Hause, und falls es dir in München gefällt, sehen wir weiter. Aber wenn du mich fragst«, von schräg unten zwinkerte sie mir zu, »also wenn du wissen willst, was ich denke – ich glaube, du bist bald wieder hier. Du wirst deine Stadt vermissen und uns und – na, lassen wir das.« Sie zog mich am Arm zu sich herunter, bis sie mir einen Kuss auf die Wange geben konnte. Einen dicken Schmatzer.

Nachdem der Entschluss einmal gefasst war, fackelte ich nicht lange, womöglich hätte ich mich sonst wieder umentschieden. Schon am Sonntag rief ich bei Daniela an, es war fast zwölf, aber sie klang so verschlafen, als käme sie gerade aus dem Bett.

»Habe ich dich geweckt?«, fragte ich überflüssigerweise.

»Macht nichts, nur ein bisschen«, krächzte sie und gähnte herzhaft ins Telefon. »Du hast sicher einen wichtigen Grund, dermaßen früh anzurufen. – Was sagst du? Ob du bei mir unterkommen kannst? Aber ja doch! Ein Zimmer ist gerade frei geworden, wir haben uns schon nach einer neuen Mitbewohnerin umgesehen. – Ab Februar? Das passt perfekt! Du kannst bleiben, so lange du willst, zahlst ein Drittel der Miete. Nur erzähl mir jetzt nicht deine ganze Geschichte, ich bin einfach zu müde! Lass mich hören, wann du dich auf den Weg machst. Ich freu mich!«

Also hängte ich mich am frühen Abend, zu zivilisierter Stunde, noch einmal ans Telefon, berichtete in Kurzform von meinem Ehedesaster und der Idee, einen Neustart zu probieren. Und Daniela versprach im Gegenzug, nach einem Job für mich Ausschau zu halten, damit ich gleich nach meiner Ankunft loslegen könnte.

Für den organisatorischen Teil des Vorhabens ließ mein Vater in bewährter Manier seine Verbindungen spielen: Die Kündigung, der Transport meiner zwei dicken Koffer als Beiladung einer zwischen Norditalien und Süddeutschland pendelnden Spedition, die Suche nach einem Mieter, von dem für zunächst begrenzte Zeit meine Wohnung übernommen würde – das Rennen gewann eine Hamburger Mode-Studentin, die ein Praktikum bei Marzotto machen wollte – unter seiner Regie ging alles reibungslos über die Bühne.

Die Kinder allerdings hätten mich um ein Haar dazu gebracht, das ganze Unternehmen wieder abzublasen. Nicht etwa weil sie weinten und jammerten, als ich ihnen von unserer bevorstehenden – vorübergehenden – Trennung erzählte. Nein, sie fanden es sogar spannend, bei den Großeltern zu wohnen, die ihnen immer viel mehr erlaubten, und mit mir auf dem Bildschirm zu sprechen. *Mamma im Fernsehen*, krähten sie, ohne Ahnung von Skype und natürlich ohne Ahnung davon, wie sich die Distanz zwischen uns anfühlen würde. So rührend waren sie, so naiv, so vertrauensvoll, ich hielt es kaum aus. Aber die Weichen waren gestellt. Der Kopf hielt den Bauch – nein, das Herz! – vorerst in Schach.

Ich räumte die Tasse, mit der ich am Fenster gestanden hatte, in die Spülmaschine. Mehr als einen schnellen Caffè gab es nicht bei mir, ehe ich morgens das Haus verließ. An das deutsche Frühstück mit Käse, Schinken und dunklem Brot, wie Steffi es sich täglich zeitunglesend in aller Ruhe schmecken ließ und an dem sogar Daniela manchmal teilnahm, würde ich mich vermutlich nie gewöhnen. Stattdessen kaufte ich auf dem Weg zur Arbeit in der Bäckerei, wenige Meter die Straße hinunter, ein Croissant – immer nur dort, weil ich fasziniert war von Yossip, dem Verkäufer, einem dunklen, orientalisch wirkenden Typ. Sein Name stand auf einem Schildchen, das oben rechts an seiner gelben, mit einer Brezn verzierten Firmenschürze steckte.

Als ich ihm das erste Mal gegenüberstand, hatte ich den Eindruck, er spräche nicht mit mir, sondern mit jemandem hinter meinem Rücken oder vor der Ladentür, seine Augen – tiefbraun – schauten nämlich, eins links, eins rechts, scharf an mir vorbei. »Bitte, was darf ich Ihnen geben?« Ich wartete, drehte mich um, weil keine Antwort kam. Außer mir war da niemand, also musste er wohl mich meinen. Leicht ungehalten fragte er ein zweites Mal: »Hallo, was wünschen Sie?«, reichte mir dann mein eilig erbetenes Croissant, gab Wechselgeld heraus und lächelte zum Abschied – links und rechts an mir vorbei.

Mit diesem Lächeln begrüßte er mich inzwischen jeden

Morgen, während er ungefragt das Gebäck in eine Tüte schob. Und nie vergaß er, mir einen schönen Tag zu wünschen. Yossip wurde Teil meines Morgenrituals, ich freute mich auf ihn und überlegte täglich gespannt, ob seine irritierenden Blickrichtungen – vielleicht – endlich – heute – zusammenfänden und das Gegenüber doch noch vereint träfen.

Oft aß ich unterwegs. Durch die Kinder war ich an zeitiges Aufstehen gewöhnt und brach meistens früher als nötig auf, um gemütlich die Straßen entlangbummeln zu können. Im Vergleich zu Vicenza kamen sie mir breiter vor, überhaupt wirkte vieles weiter, chaotischer, einfach großstädtischer. Umso mehr trug der immer gleiche Weg ins Geschäft in der Sendlinger Straße dazu bei, dass ich allmählich zumindest ansatzweise ein Gefühl der Zugehörigkeit empfand. Der Laden mit Stempeln und Schildern – vor allem Verbote –, das Schuhcenter für erstaunliche Über- und Untergrößen, daneben ein Wax-Studio, eine Kinder-Boutique und der angeblich begehrteste Party-Metzger der Stadt – lauter Fixpunkte meiner neuen Welt. Damit ich den Kontakt zu der alten nicht verlor, kaufte ich regelmäßig den *Corriere della Sera* an einem Zeitungskiosk etwa dreißig Meter von Lisa Kreuzpointners Geschäft entfernt, in dem ich halbtags arbeitete, mit dem Etikett *italienische Fachkraft.* Lisa verkaufte nämlich Mode aus Italien und hatte sich, als Daniela ihr auf irgendeinem Fest der italienischen Community ich weiß nicht was über mich erzählte, sofort bereiterklärt, mir einen Job zu geben.

»Deine Stimme klingt so weich und sahnig, richtig authentisch«, sagte sie bei unserem ersten Zusammentreffen kurz nach meiner Ankunft, »das kriegt selbst der glühendste Italo-Fan hier nicht hin.« Wir saßen gemeinsam mit Daniela in einem kleinen apulischen Restaurant in der Fraunhoferstraße und aßen Pizza.

»Aber mein Deutsch ist miserabel«, wandte ich ein. »Ich kann nicht mal sagen, wo ich angestellt bin, wenn mich jemand fragt. Bei K-Krrrr …«

»Kreuzpointner? Ja, ein echter Zungenbrecher, das kenne ich. Komm, versuch's noch mal, K-r-e-u-z …«

»Warum sagst du nicht einfach *crocepunto?*«, funkte Daniela dazwischen. »Das läuft doch so ziemlich aufs Gleiche raus.«

Lisa lachte laut los. »He, die Idee ist gar nicht übel! Crocepunto – hört sich klasse an, könnte vielleicht sogar geschäftsfördernd sein, was meint ihr?«

Mir fiel nichts dazu ein, dieses *Kreuzpointner* steckte wie ein Stück Stacheldraht in meinem Hals.

Möglicherweise hat Lisa sich und ihren Laden tatsächlich irgendwann umgetauft, jedenfalls spielte sie auffallend oft mit der italienischen Version ihres Namens. Aber das müsste nach meiner Zeit geschehen sein. Solange ich in München war, blieb es beim unaussprechlichen Stacheldraht.

Meine dritte Woche in der Ferne hätte ich um Haaresbreite nicht überlebt.

Als ich am Mittwochnachmittag gegen halb vier das Haus für einen meiner beinahe täglichen Erkundungszüge durch die Stadt verließ und gerade einen Schritt vor die Tür getreten war, zischte plötzlich ein schwerer Gegenstand knapp an meiner rechten Schulter vorbei von oben herab und krachte scheppernd neben mir auf den Boden. Gefolgt von etwas silbern Blitzendem und grünlichem Schleim. Ich fuhr zurück, spähte argwöhnisch die Fensterfront hoch, ob vielleicht noch eine Zugabe käme, sah zur Erde und erblickte einen zweiflammigen Elektroherd, ein massives Ding, braun verkrustet, jetzt außerdem ziemlich zerdätscht, und daneben einen Stahltopf, dessen Inhalt – kochend heißer Rahmspinat, wie mir schien – gerade dabei war, die Eisplatte auf unserer Haustürpfütze zum Schmelzen zu bringen.

»Jemand verletzt?« Im dritten Stock hing ein Gesicht aus dem Fenster, schreckverzerrt und von wuscheligem Haar verschattet. »Moment, ich komme runter!«

Zu erschrocken, um einfach wegzugehen, stand ich immer noch da, als die zu der Stimme gehörende Person zur Tür hinausstürzte. Eine Frau, vielleicht Mitte dreißig, in einem tibetanisch anmutenden, unförmigen Wollgewand, barfuß trotz des eisigen Bodens und vor Sorge ganz außer sich.

»Hast du was abgekriegt? – Bestimmt nicht? – Es tut mir so leid, aber bis jetzt ist es immer gut gegangen! – Komm, du musst was trinken zur Beruhigung.« Ohne meine Reaktion abzuwarten und ohne sich um ihre verstreuten Kochutensilien zu kümmern, packte sie mich beim Arm und zog mich mit sich die Treppe hinauf.

Bislang kannte ich keinen unserer Nachbarn. Aus Neugier und bestimmt auch, weil mir der Schreck ordentlich in die Glieder gefahren war, ließ ich mich widerstandslos mitschleppen.

»Ich heiße übrigens Renée«, sagte die Frau auf halber Strecke, »und du? Wer bist du?«

»Camilla«, murmelte ich. »Camilla Costa. Ich wohne in der WG im vierten Stock.«

»Ah, bei den netten Frauen direkt über mir. Schön, dich kennenzulernen. Du kommst aus Italien, was?«

Ich brauchte nicht zu antworten, weil Renée unentwegt

weiterredete, während sie mich in ihre Wohnung bugsierte und am Ende eines dunklen, leicht mufflig riechenden Flurs in ein vollgestopftes Zimmer schob.

»Da sind wir, such dir irgendwo ein Plätzchen zum Sitzen. Die Bücher kannst du ruhig auf den Boden schmeißen. Was willst du trinken? Johanniskrauttee? Oder lieber einen mit Ingwer?«

Der Geschicklichkeit nach, mit der Renée sich zwischen Kleiderhaufen, Stapeln von Papier und Büchern und verschiedenen überquellenden Kisten hindurch zum noch immer offen stehenden Fenster schlängelte, musste das Chaos zu ihrem gewöhnlichen Alltag gehören.

»Zum Glück ist der Wasserkocher heil geblieben«, sagte sie und füllte das Gerät auf einem Tischchen neben dem Fenster aus einer Mineralwasserflasche. »So was wie vorhin ist mir noch nie passiert.«

»Wie konnte der Herd denn eigentlich nach draußen fallen?«, fragte ich und schaute mich dabei ergebnislos nach einer Sitzmöglichkeit um. Gut ein Drittel des Raumes wurde von einem ausladenden Bett in Anspruch genommen, einem altmodischen Mahagoni-Stück mit hohem, von Schnitzwerk gekröntem Kopf- und Fußteil und ebenfalls hohen Seitenwangen, hinter denen sich Kissen und Decken in grün-weiß gestreiften Bezügen mit Zeitungen, Socken, einer halb geleerten Müslischüssel, einem Laptop und anderem Kram mischten. Ein veritables Wohnbett, so kam es mir vor, in dem Renée den Großteil ihres Lebens zu verbringen schien. Und tatsächlich stieg sie, nachdem sie zwei Tassen mit Ingwertee gefüllt hatte, ganz selbstverständlich über den Rand, ließ sich mitten in dem Durcheinander nieder und streckte mir meine Tasse entgegen.

»Was stehst du denn noch so rum? Hier drin wird's wahrscheinlich etwas eng für zwei, aber wenn du den Rilke da drüben vom Hocker räumst, kannst du bequem sitzen.«

Der Rilke waren mehrere übereinanderliegende Gedichtbände, mit denen ich einen kniehoch aufragenden Bücherturm weiterbaute, ehe ich mich hinsetzte und den Ingwertee probierte. Er schmeckte gut, mit Honig gesüßt. Zwischen zwei Schlucken hakte ich noch einmal nach und wiederholte meine Frage, wie der Herd überhaupt aus dem Fenster hatte fliegen können. Schließlich wäre ich von dem Ding beinahe erschlagen oder zumindest verletzt worden.

Renée blinzelte mich über den Tassenrand an und zuckte mit den Schultern. »*Aus* dem Fenster konnte er gar nicht stürzen, weil er ja außen auf der Fensterbank stand, und da ist so was natürlich nicht ausgeschlossen, obwohl ich immer sehr vorsichtig bin.«

»Sag bloß, du kochst draußen auf der Fensterbank! Warum denn das?« Ich mag zwar Leute mit Spleen, aber diese Marotte kam mir doch reichlich überzogen vor.

»Ganz einfach, weil ich Essensgerüche im Raum nicht ausstehen kann. Stundenlang mieft es nach Spiegeleiern oder Broccoli, und das ist noch harmlos gegen Fisch oder Schnitzel. Ekelhaft. Also habe ich mir eine Outdoor-Küche eingerichtet, klappt ausgezeichnet – bis auf heute. Tut mir leid, dass es gerade dich getroffen hat – wenigstens fast. Ich werde wohl einen Draht davorspannen müssen.«

»Erst mal solltest du den Kocher inspizieren«, gab ich zu bedenken. »Er sieht nicht so aus, als ob er's noch täte.«

»Ach, das hat Zeit. Erholen wir uns lieber von dem Schock, dann sehen wir weiter.« Sie ruckelte sich zwischen dem Krempel im Bett zurecht, zog ein schwarzes Wolltuch über ihre nackten Füße und schlürfte genießerisch ihren Tee, so als ob damit alles ins Lot zu bringen wäre.

Derweil schaute ich mich möglichst unauffällig um. In dem hohen, nahezu quadratischen Zimmer schien Renée alles angesammelt zu haben, was sie zum Dasein brauchte: Kleider, Vorräte, eine Musikanlage umgeben von CD-Stapeln, Geschirr, Pfannen und Töpfe, in einer Ecke standen Skier, daneben hingen Fahrradreifen an der Wand, ein Berg von Schuhen, wild gemischt, und überall Bücher, Zeitschriften, Manuskriptseiten …

»Darfst du nur diesen einen Raum in der Wohnung benutzen?«, fragte ich vorsichtig.

Sie schüttelte den Kopf. »Mit *dürfen* hat das nichts zu tun, ich *will* es so. Ich benutze keinen der übrigen Räume – außer dem Bad natürlich. Die Wohnung gehört meinem Bruder, er arbeitet für eine Baufirma in Afrika und kommt nur ab und zu mal für ein paar Tage nach München. Er hat mir angeboten, hier so gut wie umsonst zu wohnen, weil mein Einkommen – vorsichtig ausgedrückt – nicht gerade üppig ist. Aber seiner Frau gefällt das überhaupt nicht. Sie würde die Wohnung gern für viel Geld vermieten. Also mache ich mich so klein wie möglich. Die anderen Zimmer stehen leer. Ich bin sowieso ein Höhlenmensch, es gefällt mir, alles nah um mich herum zu haben.« Sie klopfte auf den Rand ihres Wohnbettes und grinste mich fröhlich an.

»Was machst du denn beruflich?«, fragte ich. »Wie es aussieht, was mit Büchern, stimmt's?«

»Auf der Antwort hättest du beinahe gesessen«, sagte sie und reckte stolz den Hals. »Ich bin Rilke-Rezitatorin. Rainer Maria Rilke, vielleicht ist er dir ein Begriff? Ich trete in Lyrik-Zirkeln und bei Kulturveranstaltungen auf, rezitiere seine Gedichte und halte auf Wunsch auch erläuternde Vorträge. Eine wundervolle Sache, nur leider wenig einträglich.«

»Nannte Rilke sich nicht auch Renée?« Ich meinte irgendwann so etwas gehört zu haben. »Hast du den Namen von ihm übernommen?«

Sie nickte. »Allerdings. Eigentlich heiße ich Renate, Renate Achterböck, was ich scheußlich finde. Renée klingt viel weicher, melodischer und lässt mich vollkommen in meiner Rolle aufgehen. Wenn auch der Nachname das Ganze wieder ziemlich runterzieht, aber man kann ihn ja einfach weglassen.«

Ich versuchte, mir meine Nachbarin bei ihren Auftritten vorzustellen, wusste jedoch nicht genug über Rilke und den Ton seiner Gedichte, um meine Phantasien mit Leben zu füllen. Später begleitete ich Renée sogar einmal zu einem ihrer Vortragsabende, in eine Stadtbibliothek am nördlichen Stadtrand. Auf dem Programm standen die *Duineser Elegien*. Das Publikum, etwa fünfzig Leute, bestand fast ausschließlich aus Grauköpfen, die meisten davon weiblich und allesamt in einer Weise kulturbeflissen, beinahe andächtig, wie ich es so aus Italien nicht kannte. Aber das konnte natürlich auch am Sujet liegen, an Rilke und seiner Innigkeit, von der ich zumindest etwas ahnte, wenn ich auch nicht alles verstand. Noch auf dem Heimweg, in der Tram Linie 27, kamen manche aus dem Auditorium zu Renée und ließen sich ihre oft reichlich zerlesenen Gedichtbände signieren.

Zu meinen ersten Bekannten in München gehörte außer Renée noch Jakob, Betreiber eines Second-Hand-Ladens für Männer bei mir um die Ecke in der Fraunhoferstraße. Er war mir schon öfter aufgefallen, weil er, wenn das Geschäft leer war und niemand seine Dienste benötigte, in der offenen Tür stand, die Arme vor der Brust verschränkt, und mit leicht überheblicher Miene das Treiben auf der Straße verfolgte. Ein schmales, knochiges Gesicht, im gelgeplätteten Haar ein strammer Seitenscheitel – ich fand, er sah aus wie ein gut gekämmtes Pferd.

Ich lernte Jakob kennen, als ich eines Spätnachmittags auf dem Heimweg von einem Isarspaziergang wenige Meter vor seinem Laden in einen jähen Regenguss geriet, in einen Schwall eiskalten Wassers, so heftig, als wäre eine dicke Wolke direkt über der Innenstadt geplatzt. Obwohl ich mir meine Jacke über den Kopf zog und augenblicklich in Laufschritt verfiel, wäre ich bis zu meiner Wohnung pitschnass und total verfroren gewesen, hätte mich nicht plötzlich jemand bei den Schultern gepackt und ins Trockene gezogen. Unter dem Rand meiner Jacke hervor erblickte ich Jakobs schon vertrautes Pferdegesicht, jetzt durch die Besorgnis noch etwas in die Länge gezogen.

»Komm, setz dich!« Er drückte mich auf einen Stuhl, nahm meine Jacke und schüttelte sie aus, unbekümmert um die Wasserflecken auf seinem glänzend polierten Steinboden, brachte ein Handtuch und einen Augenblick später auch noch einen Kaffee, den er rasch aus der Bäckerei nebenan holte. »Du wohnst hier in der Gegend, oder?«, erkundigte er sich an die Theke gelehnt, während ich vor mich hin trocknete. »Ich hab dich doch schon häufig gesehen. Unter Nachbarn muss man sich helfen, wer soll es sonst tun? Wie ich immer sage – äh, äh …«

Ich erwartete eine tiefschürfende Lebensweisheit – vergeblich. Jakob starrte mich einen Moment lang wortlos mit leeren Augen an und wandte sich dann eilig einer Kundin zu, die wie zu seiner Rettung in genau diesem Moment den Laden betrat. Sie wollte das schwarze, mit weißen Gingko-Blättern gemusterte Kleid aus dem Schaufenster anprobieren.

»Genau Ihre Größe«, hörte ich meinen neuen Bekannten sagen, »aus Viscose, wunderbar fließende Qualität. Wie ich immer sage – äh, äh …« Und wieder keine Offenbarung.

Urplötzlich fiel mir Giancarlo ein, ein Typ aus der Nachbarschaft meiner Eltern, der nie einen Satz ohne ein meist sinnloses *assolutamente* über die Lippen bringt. Gegen Eigenheiten solcher Art ist kein Kraut gewachsen.

Manchmal sah ich Jakob von Ferne, wie er mit sehr aufrechtem Rücken, akkurat frisiertem Haar und wichtigem Gesicht einen Kaffee in seinen Laden trug, wahrscheinlich wieder um eine Erkenntnis ringend. Egal was in seinem Kopf vorgehen mochte, für mich war er ein Stützpfeiler meines neuen Universums.

Viele Leute lernte ich nicht gerade kennen in diesen ersten Wochen. Wie auch? Wie sollte man Kontakt zu Menschen bekommen, die bei fahlem Licht, von rauem Wind und nassklebrigem Schnee getrieben, mit hochgezogenen Schultern durch die Straßen hasteten – bloß schnell weg aus der Kälte?

Die Anonymität löste widersprüchliche Empfindungen in mir aus: Einerseits fühlte ich mich wunderbar frei, weil ich auf niemanden traf, der etwas von mir wusste. Unbefangen und neugierig sah ich mir alle an, denen ich irgendwo begegnete. Trambahnfahrten waren dazu bestens geeignet. Ich genoss es, mit der Bahn kreuz und quer durch die Stadt zu zuckeln, die Namen der Haltestellen zu entziffern, oft wahre Zungenbrecher wie Trappentreustraße, Stiglmaierplatz oder Schlüsselbergstraße, und durchs Fenster die Umgebung zu begutachten, mit der Frage im Hinterkopf, ob man sich hier in der Nähe vielleicht niederlassen sollte.

Noch besser, unterwegs die Mitfahrer zu studieren, ihnen bei ihren kleinen Gewohnheiten zuzuschauen: Einem älteren Mann, der alle paar Minuten einen Kamm aus seiner Jackentasche zog und das spärliche graue Haar sorgfältig quer über seinen kahlen Hinterkopf drapierte. Nicht ohne mit der linken Hand sicherzustellen, dass alles hielt. Oder der verwitterten Frau, deren kreisrunder Mümmelmund keinen Moment Ruhe gab und mich gemeinerweise an einen Hühnerpopo erinnerte. Als ich gerade zu sinnieren anfing, ob man irgendwann auch so aussähe, wenn man allein bliebe und einsam alterte, bremste die Tram plötzlich scharf ab, ein Koffer kippte um, ein Junge mit Rucksack schoss an mir vorbei und konnte sich gerade noch an einer Stange festhalten.

»Diese unverschämten Radfahrer«, schimpfte jemand vorne im Wagen, »die können keine Sekunde warten!«

»Das Handwerk sollte man ihnen legen! Ich hasse Islamisten und Radfahrer!«, empörte sich eine Frau in der Reihe hinter mir.

Dann ein Kinderstimmchen: »Oma, sag, was sind Islamisten?«

»Das erfährst du noch früh genug, Xaverl, pass lieber auf, dass dir dein Saft nicht auf die Hose tropft! – Lautensackstraße, komm, hier müssen wir aussteigen.«

Ich sah den beiden nach, wie sie aus der Bahn kletterten, die Großmutter beladen mit ausgebeulten Einkaufstaschen, der Kleine an ihren Ärmel gekrallt und verpackt wie ein Mondfahrer.

Lautensackstraße, Xaverl – Zwar gab ich mir täglich Mühe, meine rudimentären, aus einem Jahre zurückliegenden Ferienkurs stammenden Deutschkenntnisse aufzustocken, fragte mich aber, ob ich solche Wörter je problemlos über die Lippen bringen würde? Während ich noch darüber nachdachte, setzten sich zwei neu zugestiegene Frauen hinter mich, um die vierzig Jahre alt, wie ich mit einem schnellen Blick über die Schulter feststellte. Die eine blond-grau meliert, die andere tiefschwarz eingefärbt. Fendi oder Dolce & Gabbana? Der Duft, der sie umwehte, kam mir vertraut vor, ich hatte ihn früher einmal selbst verwendet. Natürlich – in der ersten Zeit mit Gianni, meine Nase erinnerte sich. Und dann sprach die eine der beiden auch noch mit schwerem italienischem Akzent. »Unglaublich, so eine Frechheit!«, das dramatisch gerollte R brachte ihren Grimm förmlich zum Blühen. »Questo bandito! Lässt mich sein ganzes Lokal gestalten, Wände, Spiegel, die Toilettenräume, exquisit, sage ich dir, alles exquisit, und will dann nicht zahlen! Droht mit Gewalt, sogar mit der Polizei! Der schiere Kapitalismus, sage ich dir. Total bigott, total bigott!« Sie schnaufte erbost und schlug mit der flachen Hand auf ihre Tasche, dass es klatschte.

»Meinst du vielleicht bizarr?«, wandte ihre Begleiterin vorsichtig ein.

»Sag ich doch! Bigott, einfach total bigott! Aber machen kannst du niiiichts.« Das I wie einen Abpfiff in die Länge gezogen.

Vorsichtshalber gab ich mich nicht als ihre Landsmännin zu erkennen, weil ihr dann zu erwartender Zornausbruch auf Italienisch womöglich die Tram aus den Schienen gehoben hätte.

Ein paarmal fuhren auch Japaner mit, meistens ein ganzer Pulk, die statt zu schauen unentwegt durchs Fenster fotografierten, als ob sie planten, die fremde Welt nach ihrer Heimkehr aus tausend Einzelteilen zusammenzusetzen. Ich kannte das aus Vicenza. Japan müsste eigentlich überfließen von gigantischen Reisepuzzlen.

Die andere Seite der Anonymität empfand ich als weniger angenehm. Ich konnte mich zwar, wenn mir danach war, meinen Mitbewohnerinnen anschließen, wir kochten manchmal zusammen, gingen gemeinsam ins Kino oder in eine der vielen Kneipen in der Nähe, aber dennoch fühlte ich mich häufig einsam. Natürlich führte jede der beiden ihr Eigenleben. Daniela, die sich übrigens als wahre Verwandlungskünstlerin entpuppte und schon allein dank strenger dunkler Kastenbrille oder rundem Eulenmodell anstelle der Glitzerfassung plötzlich wie eine Vorstandsvorsitzende oder Intellektuelle wirkte, verbrachte viel Zeit mit ihrem Freund Gregor, einem schlaksigen Siemensmenschen. Und Steffi war berufsbedingt immer wieder unterwegs, oft mehrere Tage lang. Organisierte Anästhesisten-Kongresse am Bodensee, Sekretärinnen-Schulungen in Darmstadt, Firmenjubiläen oder andere Events irgendwo in der Republik. Daniela fand, dass wir uns ähnlich sähen, weil Steffi genau wie ich die Haare auf dem Kopf zu einem Dutt zusammengedreht trug, nur waren ihre von einem goldenen Blond, um das ich sie beneidete. Und wenn sie sich ärgerte, kam sie mit einem schweren Bergbauernschritt daher, wie ihn sich angeblich meine Tante Emilia in den Abruzzen angewöhnt hatte. Ich hätte mich gern mit ihr befreundet, von ihr auch dieses lustige Deutsch mit dem kölschen Einschlag gelernt, aber dazu war sie zu selten da.

Am einsamsten fühlte ich mich, wenn ich den Kindern unten im Hof beim Herumtollen zusah oder im Park oder an der Isar Familien beim Ballspielen oder Entenfüttern beobachtete – lachend, unbeschwert. Dann packte mich die Sehnsucht nach meinen Kleinen und der verlorenen heilen Welt mit einer Wucht, dass ich die Tränen oft kaum zurückhalten konnte. Besonders beim Skypen – ich durfte dazu Danielas Computer benutzen – fiel es mir schwer, nicht die Fassung zu verlieren, wenn die beiden so greifbar nah und gleichzeitig so fern waren, wenn sie mir ihre neuesten Kunststücke vorführten – Sofia konnte jetzt auf einem Bein stehen und Matteo einen halbwegs gelungenen Purzelbaum machen –, und erst recht, wenn sie unglücklich waren und fragten, wann ich wieder bei ihnen wäre.

Wo ist die Grenze zwischen Einsamkeit, Depression und Selbstmitleid? Das Heimweh sollte ich auch nicht vergessen. Und natürlich die Trauer. Irgendwann muss sich, ohne dass ich es bemerkte, Trauer unter die letzten Reste von Empörung und Wut auf Gianni gemischt und ganz allmählich die Oberhand gewonnen haben. Immer öfter konnte ich inzwischen ohne Groll an ihn denken, ohne Feindseligkeit, eher mit Bedauern, dass alles so gekommen war. Vielleicht hatte es dazu tatsächlich die Distanz gebraucht, die Mamma und meine Freundinnen für heilsam hielten.

Obwohl mich mein Herz manchmal drückte wie ein Sack Kieselsteine – Aufgeben kam nicht infrage. Zum ersten Mal in meinem Leben war ich ganz allein auf mich gestellt, ich hatte es nicht anders gewollt und musste es zu einem vernünftigen Ende bringen, nicht einfach kneifen, weil ich mich zeitweilig elend fühlte. Schon mein Stolz ließ das nicht zu, nachdem ich so kühn losgezogen war, um einen neuen Anfang zu machen. Es war eine selbst auferlegte Herausforderung, ich musste sie bestehen. Auf keinen Fall würde ich wie ein geprügelter Hund nach Hause schleichen!

Ich weiß nicht mehr, wann die Stadt anfing, die Regie in meinem Leben zu übernehmen. Als ich später versuchte, mich an den Ablauf zu erinnern, meinte ich, es könnte Mitte März gewesen sein.

Nach wie vor streifte ich während meiner arbeitsfreien Stunden am liebsten durch die Straßen, aufmerksam, erwartungsvoll und ständig wieder überrascht. Natürlich kannte ich das Klischee von München als der nördlichsten Stadt Italiens, aber so zahlreiche heimatliche Anklänge zu finden, hätte ich nicht erwartet. In dieser neuen, fremden Umgebung überall auf Vertrautes zu stoßen, gab mir Halt und Sicherheit. Nicht nur die vielen italienischen Lokale – Daniela behauptet, es seien mehr als 200 –, auch Kirchen, Plätze, Skulpturen, Straßennamen, Bauten wie die Feldherrnhalle oder der Postpalast in der Innenstadt erschienen italienisch inspiriert, und als ich den Monopteros im Englischen Garten entdeckte, fühlte ich mich beinahe in den Parco Querini versetzt. Bloß gab es hier keine Nicoletta, mit der ich hätte reden können oder auch streiten über das, was mir Kopf und Herz erfüllte.

Es war an einem der ersten Frühlingstage, ein Hauch von Grün lag über den Bäumen, die Sonne hatte schon genug Kraft, um die schärfste Kälte aus den Steinen zu treiben. Ich hockte mich auf die Stufe zu Füßen einer der Säulen, blickte hinüber zu den fernen Kuppeln und Türmen der Stadt und schloss, geblendet vom gleißenden Licht, die Augen. Und da meinte ich sie plötzlich sprechen zu hören, so deutlich als säße ich auf der Bank neben ihrem Sockel. Nicoletta.

Während der letzten Monate in Vicenza hatte ich mich nicht ein einziges Mal bei ihr sehen lassen, wie mir plötzlich bewusst wurde. Und sie spießte diesen Punkt nach gewohnter Manier selbstverständlich sofort auf und zwang mich damit wieder einmal in die Defensive: »Ach was, natürlich habe ich dich nicht vergessen! Bestimmt steckte keine böse Absicht dahinter – höchstens die Befürchtung, dass du mir mit deinen Kommentaren zu sehr auf die Pelle rücken könntest. Versteh doch, das ist manchmal etwas heftig. – Ja, ja ich weiß, du liegst meistens richtig, aber trotzdem, kein Mensch will ständig belehrt werden und mit der Nase in seinen eigenen Mist gestupst. Man muss schließlich in Ruhe Fehler machen können, ohne dass sich wer einmischt! – Klar, das gefällt dir jetzt, dass ich von Fehlern rede. Sei bitte nicht so engstirnig, Nicoletta, ich meine es grundsätzlich. – Siehst du, genau dieses Nachtarocken wollte ich vermeiden. Nein, ich gebe nicht zu, dass mein Verdacht gegen Gianni ein Fehler sein könnte! Egal, wie sehr du drängst! Ich bin noch nicht durch mit der Sache. Lass mich erst mal richtig in München ankommen, dann sehen wir weiter. – Ob ich mich schon heimisch fühle, willst du wissen? Hm, das ist gar nicht einfach zu beantworten. Diese vielen italienischen Reminiszenzen hier führen mir dauernd vor Augen, was ich aufgebe. Es klingt bestimmt verrückt, aber während ich das Fremde zu erobern versuche, spüre ich gleichzeitig, wie die Sehnsucht nach zu Hause wächst.«

»*Nostalgia*? *Nostalgia*! Wer wird sich denn an einem so zauberhaften Ort irgendwo anders hinsehnen?«

Erschrocken riss ich die Augen auf, als sich eine Männerstimme – und dann noch auf Italienisch – in mein Gespräch mit Nicoletta schaltete. Hatte dieser Mensch sich geräuschlos angeschlichen? Oder war ich zu sehr abgetaucht in meine Gedanken? Jedenfalls hatte ich nicht mitbekommen, dass sich jemand neben mich setzte, ziemlich nahe sogar, ein Jemand mit blonden Locken und azurblauen Augen, der mich mit einer Mischung aus Spott und Neugier anlächelte.

»Wenn du tatsächlich Heimweh haben solltest, müssen wir schnell was dagegen tun«, sagte er, ehe sich meine Verblüffung gelegt hatte. »Ich heiße übrigens Enzo, und wie mir scheint, bin ich dein Landsmann – aus Apulien, aus der Nähe von Bari, um genau zu sein. Da sind früher mal die Goten durchgekommen und später viele Touristen.« Grinsend zupfte er an seinen hellen Haaren, als bedürfe es dafür einer Erklärung. »Sag mal, bist du so einsam, dass du Selbstgespräche führen musst?«, erkundigte er sich plötzlich ernst und schaute mir besorgt in die Augen.

»Nein, nein«, ich schüttelte den Kopf. Nie im Leben würde ich gestehen, dass seine Vermutung gar nicht so abwegig war. »Ich musste nur etwas mit mir klären, und da – da …«

»Ach ja, das kenne ich«, sagte er und rettete mich vor irgendwelchem albernem Gestammel, »manchmal muss man Klartext mit sich selbst reden, und da kann's schon mal laut werden.«

Wie lange mochte er neben mir gesessen und zugehört haben? Hatte er etwas mitbekommen von Nicoletta oder von Gianni? Ich schielte zu ihm hinüber. An seinem der Sonne zugewandten Gesicht war nichts abzulesen. Ein Profil wie auf alten römischen Münzen, allerdings mit einem kleinen Höcker auf der Nase und einer Art Dauerlächeln in den Mundwinkeln.

Als spürte er, was mir durch den Kopf spukte, fing er, ohne mich anzusehen, plötzlich wieder an zu reden: »Keine Sorge, ich weiß nicht, um was es bei dir ging. Nur die Nostalgia hat mich aufhorchen lassen. Komm, machen wir einen Spaziergang. Bewegung vertreibt verquere Gedanken.«

Er sprang auf die Füße und zog mich dabei mit hoch. Einen Moment länger als nötig hielt er meine Hand fest, dann lief er im Trab den Monopteros-Hügel hinab und winkte mir über die Schulter, ihm zu folgen.

Unterwegs erfuhr ich, dass er vor zwölf Jahren nach München gezogen war, weil er in seinem winzigen Heimatort keine Chance für sich sah, zumindest nicht in seinem Traumberuf: Friseur. »Einer im Dorf deckt den gesamten Bedarf«, erklärte er lachend, »ein Familienbetrieb in vierter Generation und auch nicht gerade auf der Linie, die mir vorschwebte. Eher das Rasenmäher-Prinzip.« Hier in München dagegen suchte ein alter Freund seines Vaters damals einen Mitarbeiter für sein Geschäft, Giuseppe Valentinetti, der sich als Haarkünstler verstand. »Genau wie ich es mir vorstellte«, erzählte Enzo mit zufriedenem Schmunzeln. »Giuseppe ist inzwischen im Ruhestand. Seit vier Jahren gehört der Laden mir, zwei Minuten vom Marienplatz entfernt, eine Bombenlage.«

Beim Espresso in einem Segafredo auf der Leopoldstraße versuchte er mich auszuhorchen: Wie ich hierhergeraten war, ob verheiratet oder sonstwie gebunden, welcher Job, was für Pläne. Ich gab aber nur höchst vage Auskunft, verhielt mich wie ein Nebelwerfer. Ließ das meiste und Entscheidende weg, schwindelte ein bisschen was drum herum …

Als wir uns am Odeonsplatz trennten, tauschten wir die Telefonnummern, und Enzo lud mich ein, gelegentlich für einen Haarschnitt bei ihm vorbeizukommen. Von anderen Leuten seines Berufsstandes kannte ich die Reaktion auf meinen Wuschelkopf. So eine dicke, krause, nur notdürftig gebändigte Mähne provoziert bei ihnen den Senseneffekt: am liebsten würden sie augenblicklich lossäbeln. Tatsächlich bin ich einmal in seinen Salon gegangen und habe mich bei schmelzender Italo-Popmusik bearbeiten lassen. Obwohl er kaum mehr als einen Zentimeter Haar abschneiden durfte, behandelte Enzo meinen Kopf mit einer Hingabe, die mir das Gefühl vermittelte – was vermutlich nicht unbeabsichtigt war –, er würde sich dem Rest meiner Person liebend gern auf vergleichbare Weise widmen. Daran hatte ich allerdings überhaupt kein Interesse, wie mir schon nach unserer ersten Begegnung klar geworden war. Zwar schmeichelte es mir, dass ein Mann, dazu noch ein so attraktiver, Gefallen an mir fand, doch mehr brauchte und wollte ich nicht. Zumindest jetzt noch nicht.

Derweil griente mich das Sofa in meinem Zimmer ständig boshaft an, mit hängender Unterlippe. Dieses froschmaulartige braune Ding machte sich anscheinend über mich lustig!

War ich vielleicht wirklich auf dem Weg, eine einsame Schrulle zu werden?

Enzos Abschiedsblick deutete so etwas an. Trotz aller Bemühungen hatte er mich nicht für sich gewinnen können, ein paarmal Kino, Tanzen im *Paradiso*, zusammen essen gehen, das war's. Keine Zärtlichkeiten, außer ein bisschen Händchenhalten, baci nach den üblichen Regeln, keine Spur von *zu dir oder zu mir*. Nach einigen Wochen strich er resigniert die Segel.

Mit Thorsten lief es nicht viel anders. Auf dem Geburtstag einer Kollegin machte Daniela uns miteinander bekannt. Ich mochte ihn auf Anhieb, weil er einem Jungen glich, für den ich früher als Teenie in den Ferien am Gardasee mal einen Sommer lang geschwärmt hatte. So ein großer, kerniger Typ, dem man bedenkenlos seinen Geldbeutel anvertrauen würde, wenn man durch Hochwasser schwimmen müsste. Thorsten heftete sich sofort an meine Fersen – und da blieb er auch, obwohl ich ihm mit wachsender Deutlichkeit klarzumachen probierte, dass ich ihn zwar interessant und sympathisch und sogar amüsant fand, aber als Lover dennoch nicht akzeptieren – was denn nun, wollte oder konnte?

Ein gut aussehender Mann, Banker, Porschefahrer, und diese kleine Zicke, die vor ihrem Ehedesaster davonrennt – Daniela muss geplaudert haben –, kein Wunder, dass er am Ende ein bisschen giftete, doch ich konnte es nicht ändern.

An Abenden, die ich allein zu Haus verbrachte, überfiel mich hin und wieder die Befürchtung, ich könnte zum Sexmuffel werden, traumatisiert von der unseligen Gianni-Geschichte und deshalb für alle Zeiten unbrauchbar für eine neue Beziehung, egal ob ernsthaft oder als schnelle Affäre. Sobald ich auch nur probehalber mit der Vorstellung spielte, Enzo oder Thorsten oder sonst jemandem näherzukommen, schob sich mein Ehemann dazwischen und zwang mich förmlich zum Vergleich. Lächelnd, charmant, wie zu unseren besten Zeiten. Ich brachte ihn einfach nicht aus meinem Kopf. Manchmal war ich drauf und dran, ihn dafür wieder mit einer Ladung Zorn zu überziehen, obwohl dies nun wahrlich nicht seine Schuld war.

Da nahm man sich doch besser die Wohnungsanzeigen vor und studierte mit dem Stadtplan daneben, wo man demnächst eventuell leben würde.

* * *

Die Sonne stand noch immer so tief, dass ihre durch die Fenster hereinfallenden Strahlen die Staubschicht auf dem Parkettboden meines Zimmers richtig gut zur Geltung brachten. Wegsehen nutzte nichts mehr, nur Putzen. Ich lag gerade auf allen vieren vor dem Bett und machte mit dem Staubsauger Jagd auf die darunter nistenden Wollmäuse, als mein Telefon klingelte. Mamma. Mit tränenverschleierter Stimme. Mein Vater liege im Krankenhaus, sagte sie, auf der Intensivstation. Verdacht auf Herzinfarkt oder Schlaganfall. Genaues wisse man noch nicht.

Das war am zweiten April, nachmittags gegen halb drei. Schon um vier Uhr saß ich im Zug und wurde knapp sieben Stunden später in Vicenza von meinem Bruder am Bahnhof abgeholt. Blass war er und so nervös, dass er auf der Fahrt zum Krankenhaus zweimal beinahe einen Unfall gebaut hätte.

Bei einem Gang über den Markt seien bei Papa plötzlich Sprachstörungen aufgetreten, berichtete Lorenzo unterwegs. Gestern Vormittag. Zunächst habe er die Anfangssilben aller Wörter verdreht, dann fiel ihm Mammas Name nicht mehr ein. Statt *Ilaria* brachte er nur ein hilfloses I zustande, und als sie merkte, dass etwas mit ihm nicht stimmte, konnte er bereits kaum noch gehen. Alles um ihn herum schwankte und drehte sich. Mit dem Krankenwagen wurde er ins Hospital gefahren und sofort gründlich untersucht. Von Dottore Andreotti, dem Chef der neurologischen Abteilung, mit dem Papa früher zur Schule gegangen war, und anschließend noch von einem Internisten. Gefunden hatte man bislang nichts, aber wenigstens bestand keine akute Gefahr mehr, wie die Ärzte meinten. Sie redeten von einer *rätselhaften Irritation*. Lorenzo grinste mich etwas schief an und zuckte mit den Schultern. Inzwischen habe sich die Lage ziemlich entschärft, sagte er, Papas Sprechvermögen sei wieder in Ordnung und die Schwindelanfälle fast weg, Papa sehe die Welt nicht mehr wie durch ein ständig rotierendes Kaleidoskop. Und vor zwei Stunden habe man ihn sogar auf die normale Station verlegt.

Völlig verkrampft und stumm vor Schreck hatte ich bis dahin neben meinem Bruder gesessen, jetzt konnte ich endlich durchatmen und die Schultern sacken lassen.

»Was? Du bist auch da? Extra meinetwegen aus München angereist?«, rief mir Papa entgegen, als ich den Kopf vorsichtig zur Tür hineinstreckte.

Mamma strahlte zufrieden über die gelungene Überraschung. Sie saß neben ihm auf der Bettkante und hielt seine Hand. Gegenüber hatte sich meine Schwester einen Stuhl ganz nah herangezogen. Die Finger um ihre Knie geknotet, ließ sie ihn nicht aus den Augen. Ich bekam nur einen schnellen Begrüßungsblick und ein vages Lächeln.

Meine Tante Luisa stand vor der Fensterbank und füllte eine Glasvase mit einem Strauß bunter Tulpen. Sie nickte in meine Richtung und wandte sich gleich wieder ihrer Arbeit zu. Sogar Vito, ihr Mann, war da. Ich entdeckte ihn hinter der Zimmertür, wo er leicht zusammengesunken mit ratloser Miene in einem Sessel hockte, wie ein braver Junge bei einem Höflichkeitsbesuch. Er hob kurz die Hand und murmelte etwas, das ein *Salve* hätte sein können. Offensichtlich fühlte er sich in diesem nach Parfum und Desinfektionsmitteln riechenden und mit besorgten Gesichtern gefüllten Raum höchst unbehaglich.

Ich schob mich an Valentina vorbei, beugte mich über das Bett und drückte meinem Vater einen Kuss auf die Stirn. Rosig wirkte er, wie er inmitten der Familienversammlung in seinen Kissen ruhte, beglückt von so viel Aufmerksamkeit, aber aus der Nähe sah ich die Blässe um seine Nase und hörte das Brummen des EKG-Geräts unter der Bettdecke.

»Mach dir keine Sorgen«, sagte er, ehe ich ein Wort herausbringen konnte, »das war nur ein kleines Intermezzo. Hat nichts zu bedeuten. Wer weiß«, er zwinkerte verschmitzt, »vielleicht hab ich's absichtlich inszeniert, damit du uns endlich mal besuchen kommst!«

»Jetzt witzelt er schon wieder«, seufzte Mamma, während sie mir ihre freie Hand hinstreckte, »aber gestern hat er uns einen gewaltigen Schrecken eingejagt.« Sie verdrehte die Augen bei der Erinnerung daran.

»Komm, denk nicht zurück, Ilaria. Heute strahlt er wie frisch aufpoliert«, mischte Luisa sich ein. Sie war zu mir herübergekommen, nahm mich fest in die Arme, griff nach meinem Mantel und hängte ihn an einen Wandhaken. Handfest und praktisch wie immer, schob sie mir auch noch einen Stuhl in die Kniekehlen, sodass ich mich setzen musste, ob ich wollte oder nicht.

Wieso waren Matteo und Sofia eigentlich nicht hier? Neben aller Sorge hatte ich mich die ganze Fahrt über unbändig auf die beiden gefreut. Welchen Grund konnte es geben für ihr Fortbleiben? Vom Fußende des Bettes aus ließ ich meinen Blick von einem der Anwesenden zum anderen wandern, um herauszufinden, wie ich die Lage einschätzen sollte. War das Schlimmste wirklich überstanden? Musste man doch noch einen Rückfall befürchten? Sollten die Kinder geschont werden? Ich sah, dass meinem Vater bei aller zur Schau gestellten Munterkeit hin und wieder vor Schwäche die Augen zufielen.

»Wissen die Kleinen, dass du hier bist?«, fragte Luisa in meine Überlegungen, mit einem, wie ich fand, leisen Vorwurf in der Stimme.

»Nein.« Ehe ich reagieren konnte, kam Mamma mir zuvor. »Ich fand es besser, ihnen nichts zu verraten. Für den Fall, dass etwas dazwischengekommen wäre. Bei so einem Trip auf die Schnelle ist das immer möglich.«

»Und wo sind die beiden?« Nach dieser sachlichen Erklärung wagte ich endlich, mich direkt nach ihnen zu erkundigen.

»Zu Hause natürlich. Du wirst sie gleich sehen. Überhaupt ist es längst Zeit zum Aufbruch. Papa braucht Ruhe, und wir müssen uns auch von dem Schock erholen. Also los, meine Lieben, setzt euch in Bewegung!« Mamma legte auf einmal eine fast hektische Betriebsamkeit an den Tag, rannte hin und her, zog Papas Decken und Kissen zurecht, cremte sein Gesicht, füllte die Karaffe auf seinem Nachttisch mit frischem Wasser und ließ dabei einen derartigen Redeschwall vom Stapel, dass ich keine Chance sah zu fragen, wer denn auf die Kleinen aufpasste, während die gesamte Familie im Hospital zusammengluckte.

Nur als ein Arzt hereinkam – wir hatten uns gerade der Reihe nach mit baci und guten Wünschen von Papa verabschiedet –, um zu verkünden, dass der Patient am nächsten Mittag abgeholt werden könne, hielt sie einen Moment lang inne. Aber auf dem Weg zum Auto und der gesamten Heimfahrt ging es unentwegt weiter, sie redete und redete, beschrieb mir das gestrige Schreckensszenario in schillerndsten Farben, erzählte detailliert von der Anteilnahme der Nachbarn in unserer Straße, überlegte, welche seiner Lieblingsspeisen sie zur Feier von Papas Entlassung kochen könne …

Übermüdet von der Reise und der noch nicht ganz ausgestandenen Sorge, kam mir das Auto wie eine dröhnende Schachtel vor, in der ich willenlos durch die Gegend geschossen wurde. Obwohl ich gern etwas Ruhe gehabt hätte, musste ich natürlich in der Wohnung meiner Eltern übernachten, weil mein eigenes Zuhause ja vermietet war. Den Schmerz, der mich beim Gedanken daran durchzuckte, vertrieb ich mit der Vorfreude auf Sofia und Matteo, immerhin hatte ich sie fast zwei Monate lang nicht in den Armen gehalten.

Valentina sprang als Erste aus dem Auto und lief, während Lorenzo noch mein Gepäck entlud, schon auf die Haustür zu, um aufzuschließen, doch Mamma hielt sie zurück.

»Lass uns lieber läuten«, rief sie ihr über die Straße nach.

»Warum denn?«, fragten wir drei im Chor, staunend wie kleine Kinder.

»Weil ich es will!« So diktatorisch trat sie selten auf, wir hielten den Mund und ließen sie gewähren.

Für mein Empfinden drückte Mamma den Daumen überlange auf die Klingel. Im Pulk stiegen wir die knarrenden, blank gewienerten Stufen hoch, und dann sah ich sie im Türrahmen stehen: Matteo, Sofia – und hinter ihnen Gianni.

Deshalb also das Gerede und der Kommandoton, schoss es mir durch den Kopf, während gleichzeitig meine Beine wackelig wurden und ich das Gefühl hatte, im nächsten Moment rücklings die Treppe hinabzustürzen. Ich schnappte nach dem Geländer und hielt mich daran fest, bis das Schwanken nachließ, war aber immer noch dankbar für Lorenzos Hände, die ich stützend in meinem Rücken spürte. Noch drei Stufen.

»Mamma? – Mamma!«

Wie zwei wild gewordene Hummeln sausten die beiden auf mich zu, umschwirrten mich lachend und kreischend, klammerten sich an meine Beine, hingen an meinen Armen, drückten ihre Gesichter in meinen Bauch und durchwühlten meine Haare, als ich mich hinhockte, um sie in die Arme zu schließen.

Und Gianni? Vor lauter Kindergewusel konnte ich kaum einen Blick auf ihn werfen – vielleicht wollte ich es auch gar nicht, weil ich keine Ahnung hatte, wie er auf den Überraschungscoup meiner Mutter reagieren würde und wie ich selbst mich verhalten sollte, wenn ich ihm nach so langer Zeit plötzlich wieder gegenüberstünde.

Dio mio, was hatte sie sich dabei gedacht, uns beide völlig unvorbereitet aufeinanderprallen zu lassen?

Obwohl ich die Knuddelei mit den Kleinen bewusst ausdehnte und natürlich auch genoss, musste ich mich irgendwann aufrichten und ihn ansehen. Scheinbar völlig entspannt lehnte er am Türstock, die Arme vor der Brust gekreuzt und mit einem Ausdruck in den Augen, der mir direkt ins Herz und von da in die Knie ging. Der alte Gianni-Blick: eine Mischung aus liebevoll spöttischem Lächeln und der Aufmerksamkeit eines neugierigen Beobachters. Ohne die geringste Spur von Ärger oder Feindseligkeit.

Ein Händedruck, zwei konventionelle Wangenküsschen zur Begrüßung, und wir wurden hinter dem Rest der Familie her in die Wohnung geschoben, wo Mamma schon wieder das Kommando übernommen hatte. Mit einem höchst durchsichtigen Manöver: Normalerweise nämlich war die Küche ihr ureigenstes Revier, in dem andere allenfalls Handlangerdienste verrichten durften, an diesem Abend jedoch schickte sie Valentina sofort an den Herd, um das vorbereitete Essen aufzuwärmen, die Antipasti anzurichten und den Salat zu mischen. Sie selbst hatte momentan Wichtigeres zu tun. Offenkundig wollte sie um keinen Preis riskieren, dass der abtrünnige Schwiegersohn sich zurückzog, ehe sie ihn und mich miteinander ins Gespräch gebracht hatte. Dafür musste sie persönlich sorgen.

Unter freundschaftlichem Geplapper, dabei aber mit der Unentrinnbarkeit eines Polizeigriffs, legte sie Gianni einen

Arm um die Hüften, führte ihn zu einem Sessel und pflanzte ihm, nachdem sie ihn hineingedrückt hatte, zur Sicherheit auch noch Matteo auf die Knie. Wie angenagelt saß er da, mein Mann, und bemühte sich, nicht in Gelächter auszubrechen, wie das Glitzern in seinen Augen verriet.

Ich selbst wurde untergehakt und auf das Sofa gezogen, wo sie ganz nah neben mir sitzen blieb, während Sofia sich auf die Armlehne hockte und mir die Arme um den Hals schlang. Keine Chance zur Flucht, weder für Gianni noch für mich.

»Und? Wie lange kannst du bleiben?«, eröffnete Mamma das Gespräch.

»Bis übermorgen. Am Freitag kommt eine neue Lieferung, und da sollte ich …«

»Wie«, empörte sich Mamma, »ist deine Chefin so herzlos? Diese Signora Kr-Kr…«

»Kreuzpointner«, ergänzte ich, stolz, den kratzigen Namen endlich unfallfrei aussprechen zu können. »Nein, sie ist nicht herzlos, aber sie braucht mich im Geschäft.«

Was absolut nicht stimmte, auch die angebliche Lieferung war frei erfunden. Herzlos? Im Gegenteil! *Nimm dir Zeit, so viel du brauchst,* hatte Lisa erklärt, als ich von der Attacke meines Vaters erzählte. *Ich komme schon ohne dich klar. Jetzt gehörst du zu deinen Leuten.*

Das sagte ich vorsichtshalber nicht, denn dann hätten sie mich so bald kaum wieder ziehen lassen. Viel entscheidender aber war, dass ich nicht wusste, ob ich mir selbst noch trauen konnte. Schon nach diesen wenigen Stunden zu Hause merkte ich, wie sehr ich das alles hier entbehrt hatte: vor allem und ganz besonders die warme Haut meiner Kinder, ihren Duft, die kleinen Hände, die nach mir griffen. Dazu den familiären Tumult, das Gerenne, das Stimmengewirr und die altbekannten Schwaden aus Mammas Küche. Sogar den Wind, der ganz anders roch und sich schon viel frühlingsweicher anfühlte als der in München … Wenn ich länger als unbedingt nötig bliebe, würde ich womöglich den Absprung nicht mehr schaffen.

»Kommt, ihr zwei«, Mamma streckte die Hände nach Sofia und Matteo aus, »wir sehen mal nach, was es als Nachtisch gibt. Was haltet ihr von Panna Cotta mit Himbeeren?« Das Lieblingsdessert der beiden. Ein todsicherer Trick, um sie aus dem Zimmer zu befördern.

»Und du sorgst für den Wein, solange dein Vater nicht da ist, Lorenzo«, befahl sie meinem Bruder, der ein paar Schritte entfernt in einem Sessel lümmelte und eine Zeitschrift durchblätterte. Unerbittlich wurde auch er hinausgescheucht, und die Tür wurde zugemacht.

Da saßen wir nun, Gianni und ich, allein mit uns.

»Fabelhaft, wie sie jeden auf Trab bringt.« Gianni nickte anerkennend.

»Und allen ihren Willen aufzwingt«, fügte ich hinzu.

Wir sahen uns an und prusteten plötzlich beide wie auf Knopfdruck los, lachten so heftig, dass mir die Tränen kamen, sie tropften von meiner Nasenspitze, und ich hätte nicht sagen können, ob vor Vergnügen an Mammas Verrücktheiten oder vor Rührung, weil sich dieses gemeinsame Lachen dermaßen gut und vertraut anfühlte.

Natürlich konnten sie uns draußen hören, doch niemand kam herein, um sich zu erkundigen, was bei uns los war. Ich stellte mir meine Mutter vor, die geschlossene Tür wie Pluto der Höllenhund bewachend, und musste noch mehr lachen.

»Wie geht's dir denn so? Gefällt dir die Arbeit im Modeladen?«, fragte Gianni nach einer Weile in eher unverbindlichem Konversationston. »Hast du schon eine Wohnung gefunden?« Er hatte sich ausgiebig geschnäuzt, mit diesem speziellen Trompetenstoß, den ich so gut kannte und der mich erneut in Rührung versetzte. Offenbar war er bestens informiert.

Mit dem Handrücken wischte ich mir über Augen und Nase und versuchte, entspannt zu lächeln, was garantiert nur sehr unvollkommen gelang.

»Ich schaue mich noch um«, sagte ich achselzuckend, »München ist groß und teuer, das braucht seine Zeit.«

»Verstehe.« Das Lachen war verschwunden. Mit einer steilen Falte zwischen den Brauen betrachtete Gianni mich so prüfend, dass ich mir vorkam wie ein Insekt unterm Mikroskop. Auf einmal konnte ich nichts Vertrautes mehr zwischen uns fühlen, sondern spürte stattdessen kühle Distanz. Oder bildete ich mir das nur ein? Im nächsten Moment entdeckte ich nämlich, als ich vorsichtig zu ihm hinüberschielte, etwas Weiches, fast Besorgtes in seinem Blick.

»Gut siehst du aus«, sagte er, »ein bisschen dünner vielleicht, aber es steht dir.«

»Und du? Alles in Ordnung bei dir?«, fragte ich schnell, um meine Verlegenheit zu kaschieren. Wie absurd! Jetzt fremdelte ich schon mit meinem eigenen Mann – na ja, zumindest fast noch meinem eigenen. Vor lauter Unsicherheit wickelte ich meine Beine umeinander und hätte mich sofort dafür ohrfeigen können, denn natürlich kannte er diese Gewohnheit, sie würde ihm mehr verraten, als mir lieb war.

»Meinst du beruflich oder privat?«

Der Schuss Ironie in seiner Stimme entging mir nicht. Sollte ich mich jetzt etwa erkundigen, ob er allein lebte oder eine Freundin hatte oder unser altes gemeinsames Leben vermisste? Das kam überhaupt nicht infrage!

»Ich meine deinen Job und wie es mit den Kindern läuft an euren Shuttle-Wochenenden.«

Gianni zog die Brauen hoch und warf mir einen kritischen Blick zu. »Shuttle-Wochenenden? Was soll das denn heißen? Das klingt ja nach Flughafen-Zubringer oder Überland-Bus. So eine logistische Angelegenheit, dabei …«

»Der Ausdruck stammt von Alicia«, fiel ich ihm eilig ins Wort. »Er betrifft euch drei eigentlich gar nicht, sondern nur sie selbst, weil sie die Kleinen an deinen Wochenenden zu dir bringt, als Shuttle-Service sozusagen.«

Er zuckte mit den Schultern und grinste versöhnlich. »Okay, an unseren Shuttle-Wochenenden« – er gab dem Wort einen höchst affektierten Anstrich – »also an unseren Shuttle-Wochenenden geht es uns fabelhaft. Lesen, Spielen, Kochen – ja, ich kann mittlerweile bestimmt zwanzig Gerichte kochen, lauter Leibspeisen natürlich. Beim Abschied gibt es regelmäßig Theater, aber das scheint normal zu sein, wie ich von Freunden hörte, geschiedenen Freunden. Übrigens: Den Shuttle-Service habe ich übernommen, schon ein paar Wochen nach deiner Abreise. Ich hole seitdem die Kinder bei deinen Eltern ab und bringe sie am Sonntagabend zurück.«

Demnach schien sich die Lage während meiner Abwesenheit ziemlich entkrampft zu haben, was auch Giannis Babysitter-Dienst am heutigen Nachmittag erklärte. Gianni übertrug seinen Groll oder was auch immer offenbar nicht auf meine Eltern, und die beiden hatten ihn von Anfang an besonders geschätzt, wenn nicht sogar geliebt. Sie würden die Verbindung zu ihm so leicht nicht abreißen lassen.

Und nun? Mir wollte ums Verrecken kein unverfängliches

Thema einfallen, und ihm ging es sichtlich nicht anders. Zwar erkundigte er sich nach dem Wetter in München, nach meinen Mitbewohnerinnen, nach meinen Arbeitszeiten, aber ein vernünftiges oder auch nur lockeres Gespräch kam nicht zustande. Befangen wie zwei Fremde, die nichts miteinander anzufangen wissen, saßen wir im Salotto, boten uns gegenseitig die Nüsschen an, die Mamma auf dem Couchtisch bereitgestellt hatte – *bitte*, *danke* –, hüstelten und warfen uns, wenn wir meinten, der andere registriere es nicht, verstohlene Blicke zu.

Deshalb war es fast eine Erlösung, als plötzlich die Tür aufgeklinkt wurde und Matteo seinen Kopf durch den Spalt steckte. Auf wunderbare Weise musste er den wachsamen Augen seiner Nonna entkommen sein. Wir beobachteten ihn, wie er uns einen Moment lang mit gespannter Miene musterte, die Tür leise hinter sich schloss, auf Zehenspitzen näherschlich und sich direkt vor uns aufbaute, die Hände tief in die Taschen seiner Jeans gebohrt.

»Und? Seid ihr nicht mehr verkracht?«, wisperte er, offenbar in Sorge, doch noch erwischt und vertrieben zu werden. Seine prüfenden Blicke wanderten zwischen uns hin und her.

»Verkracht?«, wiederholten wir beide unisono und schauten uns zum ersten Mal seit einer Weile wieder direkt an.

Ich merkte, dass sich in meinem Hals ein Kloß bildete. *Verkracht*. War diese Kinderformel, auf die der kleine Kerl unser schmerzhaftes häusliches Drama brachte, komisch oder nicht eher todtraurig? Wie viel Angst und Kummer mochte sich hinter diesem Wort verbergen? Ich atmete tief durch, um nicht loszuheulen, und versuchte ein beruhigendes Lächeln.

Ob Gianni ähnlich empfand, konnte ich nicht erkennen,

weil er sofort die Hand austreckte und Matteo auf seinen Schoß zog.

»Verkracht waren wir eigentlich nie«, erklärte er mit einer Stimme, die etwas mehliger als normalerweise klang. »So ist es doch, nicht wahr, Camilla?« Mir wurde ein beschwörender Blick zugeworfen. »Weißt du«, fuhr er fort und wuschelte seinem Sohn dabei zärtlich durchs Haar, »ich würde es eher eine Pause nennen. Wenn du mal mit Nino aneinandergerätst, dann gehst du …«

»Ja, genau, Papa!«, platzte Matteo dazwischen. »Vorgestern hat er mich beim Fußball umgerannt, der Blödmann! Mit dem spiel ich nicht mehr!«

»Na, siehst du.« Gianni unterdrückte ein Grinsen. »Bei den Erwachsenen ist es ganz ähnlich, nur meistens etwas ernster – leider. In ein paar Tagen ist Nino bestimmt wieder dein bester Freund, bei uns braucht es manchmal ein bisschen mehr Zeit.«

»Dann … dann habt ihr euch also immer noch lieb?« Wieder schaute Matteo hin und her zwischen uns beiden, und in seinen Augen stand so viel Hoffnung, dass es mir beinahe das Herz zerriss. Deutlicher als je zuvor erkannte ich auf einmal, was wir den Kindern antaten mit unserem Zwist.

»Aber ja!« Gianni nickte nachdrücklich. »Ich sag doch, wir machen eine Pause. – Und dann wird man sehen.« Das kam etwas leiser.

Ich nickte ebenfalls, ziemlich zögerlich allerdings, und hoffte, dass Matteo in seiner Unschuld nicht entdeckte, wie mir die Röte ins Gesicht schoss.

Nur eine Pause? Danach sah es bislang nicht aus.

Ob Mamma gelauscht hatte, bleibt ihr Geheimnis. Jedenfalls klopfte sie in genau diesem Moment energisch an die Tür und beorderte uns zu Tisch. Vor uns her balancierte Valentina ein voll beladenes Tablett durch den Flur, gefolgt von Lorenzo, der uns mit verschmitzt neugierigen Blicken taxierte. Zwischen ihnen trug Sofia den Brotkorb so andächtig wie eine Monstranz ins Esszimmer.

Giannis Versuche, sich vor der Familienmahlzeit zu verabschieden, waren an Mammas unerbittlichem Widerstand gescheitert. Ich weiß bis heute nicht, wieso diese kleine Person eine derartige körperliche Präsenz entwickeln kann, dass man buchstäblich nicht an ihr vorbeikommt, wenn sie es nicht will. Nach mehrmaligen Anläufen gab Gianni auf – was zu erwarten war. Und wurde auch noch an meine Seite platziert, ganz wie in früheren, *heilen* Zeiten.

Als sein Knie während des Essens einmal versehentlich an meines stieß, durchzuckte mich ein so heftiger Schlag, dass ich zusammenfuhr – gut sichtbar für alle, wie ich meinte, aber der Einzige, der sich etwas anmerken ließ, war Gianni. Aus dem Augenwinkel sah ich die Andeutung eines Schmunzelns, während er mit Mamma über die Herstellung eines Auberginen-Auflaufs fachsimpelte. Er stupste sogar noch einmal absichtlich nach, doch da hatte ich mich schon unter Kontrolle.

Diese Nacht! Eingeklemmt lag ich in meinem alten Bett zwischen den Kindern, die links und rechts wie Kletten an mir klebten und selbst im Schlaf nicht losließen. Doch obwohl mir fast die Luft abgedrückt wurde und ich kaum ein Auge zutat, fand ich es wunderbar, die beiden so nah zu spüren und im gleichen Rhythmus mit ihnen zu atmen. Die Kleinen hatten darauf bestanden, dass wir alle zusammen schliefen, und wollten eigentlich auch Gianni dazu bewegen, mit uns unter eine Decke zu schlüpfen. Unbedingt.

»Aber warum denn nicht, wenn ihr euch doch noch lieb habt?«, bettelte Matteo, als Gianni sich gegen neun Uhr auf den Heimweg machen wollte. Er hängte sich an seinen Arm, um ihn festzuhalten. »Ach bitte, Papa!«

»Es geht wirklich nicht, ciccio.« Sein Vater schüttelte entschieden den Kopf. »Ich habe morgen ganz, ganz früh einen Termin. So zeitig wollt selbst ihr Frühaufsteher nicht geweckt werden.« Was sollte er tun – wenn nicht lügen?

Matteo ließ nicht locker. »Dann kommen wir eben alle mit zu dir in die Via Rubicone, dann kannst du etwas länger im Bett bleiben.«

Und prompt fing auch Sofia an zu knatschen, krallte sich an Giannis Hosenbein und wollte ihn nicht gehen lassen. Nur mit der Geschicklichkeit des versierten Vaters gelang es Gianni schließlich, dem Klammergriff der beiden zu entkommen, ihnen einen Gute-Nacht-Kuss aufzudrücken und die Treppe hinabzulaufen. Ich bekam von der offenen Tür aus einen Luftkuss zugeworfen. Weg war er.

Zum Trost ging ich sofort mit den Kleinen in die Federn, obwohl ich gern noch mit dem Rest der Familie geredet hätte. Andererseits: wenn ich an meine Mutter dachte, die die Szene mit erstaunt hochgezogenen Brauen beobachtet und bestimmt jedes Wort genau registriert hatte, war es vielleicht doch besser, nicht gleich ins Verhör genommen zu werden. Erst musste ich selbst meine Gedanken und Gefühle sondieren.

Sofia hatte ein Bein über meinen rechten Oberschenkel drapiert, ich merkte, wie er langsam taub wurde, aber sobald ich mich rührte, grunzte sie und schmiegte sich noch fester an. Und auf Matteos Seite kribbelte mein Arm, den er sich unter den Kopf gezogen hatte, als wollte er sichergehen, dass ich nicht davonlief.

Vermutlich hätte ich auch ohne die drangvolle Enge keinen Schlaf gefunden.

Jetzt wusste ich also, wo Gianni lebte. Die Via Rubicone war, wenn ich mich nicht irrte, eine kleine Seitenstraße in der Nähe des Hauptfriedhofs, also nicht sehr weit von unserer Familienwohnung entfernt. Wir hätten uns jederzeit über den Weg laufen können – aber es war nie geschehen. Zufällig oder dank Giannis Umsicht?

Und was sollte das mit dem *Sich-noch-liebhaben* bedeuten? War das ernst gemeint oder nur als Trösterchen für Matteo zu verstehen? Dabei hatte Gianni mich mit einbezogen, aber traf es zu? Ob er noch etwas für mich empfand, konnte ich nicht beurteilen, mir allerdings auch kaum vorstellen, nach allem, was geschehen war. Und ich selbst? Wie stand es bei mir?

Erst als mich ein plötzlicher Hustenreiz überkam, merkte ich, dass ich vor lauter angestrengtem In-mich-gehen die Luft angehalten hatte, bis meine Bronchien revoltierten. Seltsam, wie tief ich auch in mir grub, auf Grund stieß ich dabei nicht in dieser Nacht. Gestern noch hätte ich garantiert bestritten, dass mich ein Lächeln oder eine kleine Geste von Gianni je wieder würde berühren können, höchstens tiefes Bedauern über die vergangene Liebe wäre mir als Reaktion auf ihn in den Sinn gekommen. Und bestimmt hätte ich angenommen, dass der alte Zorn bei seinem Anblick blitzartig wieder aufflammen würde. Aber weder das eine noch das andere traf zu.

Mit tauben Gliedmaßen und kitzelnder Kehle lag ich zwischen meinen Küken und wusste nicht weiter.

Bloß weg hier, sagte ich mir in der Dunkelheit, lass dich

nicht wieder umkrempeln. Wenn Gianni noch etwas für dich fühlte, hätte er sich längst gemeldet. Das war heute nur Theater unserm Kind zuliebe, und es ist auch gut so, aber du darfst nicht darauf bauen. Morgen machst du noch mit beim Staatsempfang für Papa, und dann sieh zu, dass du zurück kommst – nach München, bau dein neues Zuhause auf. Und in ein paar Wochen holst du die Kinder.

Vielleicht wäre ich, wenn ich mich hätte umdrehen können, nach diesen Überlegungen wirklich eingeschlafen, – rückblickend glaube ich es allerdings nicht.

* * *

Um ein Haar wäre ich an meiner Haltestelle vorbeigefahren, weil ich mit meinen Gedanken noch den vergangenen Tagen nachhing. Der Schlafmangel der letzten Nächte, die lange Rückreise nach München, das Schuckeln der Trambahn, das trübe Dämmerlicht vor den Fenstern – alles zusammen hatte mich in einen Zustand wohliger Müdigkeit versetzt, eine Art Trance, in der ich hinter halb geschlossenen Augenlidern die jüngsten Ereignisse noch einmal durchlebte.

Das Tamtam, das gestern Mittag, nach einer abschließenden und entwarnenden Untersuchung veranstaltet wurde, um Papa nach Hause zu geleiten, hätte nicht aufwendiger sein können, wenn er tatsächlich in allerletzter Sekunde dem Tod vom Haken gesprungen wäre.

Wieder rückte die gesamte Familie an, dieses Mal durften auch die Kinder dabei sein. Mehrere Autos, Arme voller Blumen, Gerangel um Gepäckträgerdienste. Wer soll ihn chauffieren? Wo sitzt er am bequemsten? In welchem Wagen? Vorne oder hinten? Eventuell liegend? Seine Füße berührten kaum die Stufen, als wir ihn die Treppe hinauf in unsere Wohnung bugsierten. Und beim Festmahl aus Anlass seiner Rettung musste er im eigens an den Esstisch gerückten Sofa ruhen, ließ sich, mit vor Genugtuung glänzendem Gesicht in den Polstern lehnend, sogar eine Weile lang von Mamma füttern, bis es ihm definitiv zu viel wurde. Plötzlich schwang er seine Beine vom Polster, setzte sich aufrecht hin, griff nach seinem Champagnerglas, aus dem man ihn bis dahin nur vorsichtig hatte nippen lassen, prostete in die Runde und verkündete in altgewohnter Lautstärke, dass die *alberne kleine Episode* hiermit beendet sei. *Basta, kein Wort mehr davon!*

Mamma versuchte zu protestieren, ihn wieder in die Schonlage zu räumen, aber er schob sie mit sanfter Entschlossenheit beiseite und wandte sich dem schräg gegenübersitzenden Vito zu, um das letzte Spiel von Juventus Turin gegen den AC Mailand zu diskutieren.

Er war wieder unter den Lebendigen, was er auch Gianni beweisen musste, der am Abend noch vorbeikam, zu einem mutmaßlichen Krankenbesuch, der dann jedoch in eine hitzige Debatte über die neuesten Bausünden an der Ausfallstraße nach Verona mündete.

Ja, Gianni kam tatsächlich. Gegen neun Uhr, nach dem Essen. Er half mir sogar, die Kinder ins Bett zu bringen, und versprach ihnen für den nächsten Sonntag einen Ausflug in den Tierpark von Cartigliano, wenn sie uns ohne Theater gehen ließen. Aber viel Zeit füreinander hatten wir dennoch nicht, weil Papa als der Held des Tages ihn mit Beschlag belegte. Was mir eigentlich ganz recht war, denn die Befangenheit klebte immer noch zwischen uns. So saß ich dicht neben meiner Mutter, deren Hand hin und wieder beruhigend über mein Knie strich, während ich scheinbar dem Gespräch der

Männer lauschte, in Wahrheit aber die Chance nutzte, Gianni in aller Ruhe und – wie ich meinte –ganz unverfänglich zu beobachten.

An seinen Schläfen hatte sich ein Hauch mehr Silber eingenistet, die Fältchen um seine Augen kamen mir etwas tiefer vor und so, als wären sie nicht allein durch Gelächter entstanden, sondern auch durch Kummer oder Sorgen. Genauso wie die steile Furche zwischen seinen Brauen, die ich früher nie entdeckt hatte.

Flurschäden, für die ich mich verantwortlich fühlen sollte? Ach was, ich beschloss, ihn einfach reifer, interessanter, männlicher zu finden. Und spürte im selben Moment, wie sich auf einer Subebene, die ich für längst abgetan und begraben hielt, ein Überbleibsel des alten, stacheligen Verdachts bemerkbar machte: Andere Frauen würden das zweifelsohne auch erkennen, und er …

Schnell weg mit dem Gedanken! Hastig schnappte ich mir mein Wasserglas, um ihn wegzuspülen, vielleicht zu hastig, denn Gianni wandte den Kopf und warf mir einen aufmerksamen Blick zu, erst fragend, dann plötzlich mit spöttischem Funkeln, so als wüsste er genau, was mir gerade durch den Sinn rauschte.

Es blieb an mir hängen, ihn zur Tür zu begleiten, weil Mamma, als er sich zum Aufbruch bereit machte, plötzlich in wilde Geschäftigkeit verfiel, das Fenster aufriss, um frische Abendluft hereinzulassen, Gläser auf ein Tablett räumte, meinem Vater ein mächtiges Kissen ins Kreuz schob und den ihrer Ansicht nach immer noch Leidenden energisch daran hinderte, sich für den Schwiegersohn von seinem bequemen Platz zu erheben.

Wir standen auf dem Treppenabsatz vor der Wohnungstür,

zu gehemmt für ein paar ungekünstelte Sätze und erst recht für eine Umarmung, wie ich sie mir in diesem Augenblick inständig wünschte. Ich wusste nicht, was ich wollte, was ich denken sollte oder erwartete, ich fühlte einfach nur eine überwältigende Sehnsucht, wenigstens einen Moment lang von seinen Armen umschlossen zu werden.

»Mach's gut, pass auf dich auf!« Gianni legte eine Hand auf meine rechte Wange und küsste mich federleicht auf die linke.

»Ja, du auch.« Ich musste erst schlucken, ehe ich die Worte herausbrachte.

»Und bleib nicht auf ewig in diesem Modegeschäft hängen«, rief er mir von unterwegs die Treppe hinab noch zu. »Du brauchst was für den Kopf!«

Das klang, als wollte er mich in ein anderes Leben schubsen. Ich schaute ihm übers Geländer nach, wie er mit wehenden Haaren hinunterlief. Dann ging ich verwirrt und traurig zurück in die Wohnung und legte mich sehr bald ins Bett, hochkant, an den äußersten Rand neben meine Kinder. Trotz der Enge war mir ihre Nähe ein großer Trost in dieser Nacht.

Obwohl ich nicht mehr ins Unbekannte startete, fiel mir der Abschied dieses Mal entschieden schwerer als im Februar – und nicht nur mir.

Mamma war von der München-Idee schon seit längerem kaum noch begeistert.

»Das war so eine Jungmädchen-Phantasie von mir«, hatte sie bereits bei einem Telefongespräch Anfang März erklärt. »Aber erstens lebe ich den Traum nicht selbst, und zweitens fühlt es sich gar nicht gut an, dass du so weit weg bist. Und dann vielleicht eines Tages auch die Kinder …« Ich konnte hören, wie allein der Gedanke daran sie an die Tränengrenze trieb.

Mit Matteo und Sofia lief es nicht einfacher. Vor zwei Monaten hatten sich die beiden noch mit dem *Mamma-im-Fernsehen*-Trick ködern lassen, doch das funktionierte mittlerweile nicht mehr. Sie wollten Mamma live, zum Anfassen, zum Knuddeln und überhaupt.

Als fair empfand ich es nicht, aber wenn ich nicht passen wollte, gab es nur diesen Ausweg: Ich brachte sie morgens zum Kindergarten und zur Krippe und reiste ab, bevor sie wieder nach Hause kamen. Und ich hinterließ ihnen einen Brief, verziert mit vielen dicken, bunten Herzen, den die Nonna ihnen vorlesen sollte und in dem ich versprach, sie gaaaanz bald nachzuholen. Furchtbar nur, dass zumindest ein so kleiner Mensch wie Sofia bestimmt keine Ahnung hatte, was bald oder ganz bald bedeuten sollte.

Ich wagte mir die Reaktion der beiden gar nicht vorzustellen.

* * *

Müllerstraße. Die genuschelte Durchsage des Trambahnfahrers drang im letzten Moment in mein Bewusstsein. Ich griff nach meiner Tasche und sprang zwischen den schon zusteigenden Leuten auf die Fahrbahn. Im Hinterhaus auf der gegenüberliegenden Straßenseite brannte kein Licht. Ein tristes Nach-Hause-Kommen. Aber war das Zimmer in der WG überhaupt ein Zuhause für mich? Damit ich nicht auf der Stelle losheulte, beschloss ich noch zwischen den Trambahnschienen, gleich morgen die Wohnungssuche zielstrebig anzugehen, außerdem würde ich mich beim italienischen Konsulat endlich nach Kita- und Kindergartenmöglichkeiten für meine Kleinen erkundigen. Nägel mit Köpfen machen, das stand jetzt an.

»Darf ich auch rein?«

Ich fuhr zusammen, weil ich nicht bemerkt hatte, dass mir jemand folgte und hinter mir durch die Haustür drängte.

»Entschuldige, wenn ich dich erschreckt habe.« Es war Renée, in verwegenem Outfit, wie immer, wenn sie einen Auftritt absolvierte. Zu einem bodenlangen, meergrün schillernden Schlauchkleid trug sie einen schwarzen, mit silbernen Pantern bedruckten Umhang, ihre kunstvoll verwilderte Frisur glich einem aufgeplatzten Polsterstuhl, aus dem links und rechts zwei beinahe faustgroße, strassbesetzte Mondsicheln bis auf ihre Schultern baumelten – und offenbar kniffen. Denn Renée zog sie noch vor dem ersten Treppenabsatz von ihren Ohrläppchen und rieb die schmerzenden Stellen mit erleichtertem Seufzen.

»Herrje«, ächzend hangelte sie sich am Geländer hoch. »Dieser ganze Aufwand! Du legst dich wie verrückt ins Zeug, und dann schlafen die Typen ein. Kaum zwei Meter von dir entfernt. Heute hat einer sogar geschnarcht, zwar nicht laut, aber ich hab's genau gehört. Also bitte!«

»Wo warst du denn?« Vorsichtshalber ließ ich sie vorausgehen, damit sie nicht entdeckte, wie mühsam ich mit einem Lachanfall kämpfte.

»In einem Seniorenheim in der Nähe der Fürstenriederstraße, einem sehr kultivierten. Das wird zumindest immer behauptet, und dann so was!« Sie schaute mich über die Schulter an, und ihr empörtes Gesicht sah unter dem kühnen Haarschopf so komisch aus, dass ich mich in eine Hustenattacke retten musste.

»Erkältet?«

Weil ich wegen des Gepäcks keine Hand frei hatte, drückte ich mein Gesicht schnell in den Ärmel meines Mantels und grunzte etwas, das wie ein *Nur-ein-bisschen* klingen sollte. Aber Renées Gedanken kreisten bereits wieder um ihre eigenen Angelegenheiten.

»Rilke!«, rief sie kopfschüttelnd, »wer schläft denn bei Rilke ein?! Hör doch nur!«

Mitten auf der Treppe blieb sie stehen, drehte sich um und deklamierte mit weit ausholenden Schwüngen ihrer panterbedruckten Ärmel lauthals ein paar Verse, die ich leider nicht verstand, weil mein Deutsch dazu nicht ausreichte, die sich aber sehr beeindruckend anhörten. Irgendetwas mit *Gott* und *langer Nacht* glaubte ich darin zu erkennen.

»Na? Ist das etwa einschläfernd? Aus Rilkes *Stunden-Buch.* Der Text geht doch direkt ins Herz. Furchtbar, wie stumpf die Menschen sein können!« Sie stapfte weiter die Treppe hinauf.

»Aber es sind schließlich alte Leute und vielleicht müde«, sagte ich hinter ihr mit inzwischen wieder sicherer Stimme.

»Müde?« Entrüstet wandte sie sich zu mir um. »Ich bitte dich! Es war eine Nachmittagslesung, von fünf bis halb sieben! Absolut keine Schlafenszeit. Und dann noch die Verve meines Vortrags! Ich leiere die Gedichte ja nicht einfach herunter – was man vielleicht doch tun sollte.«

»Hast du mal versucht, den Trupp ein bisschen aufzurütteln?«, fragte ich. »Mit einem Hüsteln zum Beispiel oder einem besonders lauten Satz, wenn's gerade passt?«

Renée riss entsetzt die Augen auf. »Vielleicht sogar mit einem Pfiff? O Gott, nein! Dann fallen sie womöglich vor Schreck tot vom Stuhl! Stell dir nur die Schlagzeile in der *Abendzeitung* vor: *Mörderische Rilke-Lesung! Keine Überlebenden!* Das wäre definitiv geschäftsschädigend!«

Wir waren auf ihrem Stockwerk angekommen. Während sie in ihrer großen Tasche nach dem Schlüssel angelte, warf sie mir plötzlich einen skeptischen Blick zu.

»Bist du wirklich erkältet oder gibt es ein anderes Problem? Irgendwie siehst du angeschlagen aus. Komm, lass uns einen Tee zusammen trinken auf den Ärger dieser Welt.«

Ich war schon zwei Stufen weiter gestiegen, aber die Vorstellung, mit mir und meinen Gedanken da oben allein in der dunklen, leeren Wohnung zu sitzen, erschien wenig verlockend. Und ich musste ja nicht unbedingt die ganze Palette meiner Sorgen vor ihr ausbreiten. Mit einem Hinweis auf die Krankheit meines Vaters und die lange Reise würden sich eventuelle Blässe und Mattigkeit in meinem Gesicht leicht erklären lassen. Wenigstens würde ich mich nicht so verloren fühlen. Also deponierte ich meine Reisetasche hinter der Tür und folgte Renée den kahlen Gang entlang zu ihrer Höhle.

Eine gute Entscheidung. Wie gut, erkannte ich erst bei der zweiten Tasse Jasmintee, die ich dieses Mal sogar mit im Wohnbett trinken durfte, nachdem wir einen Haufen vertrockneter Orangenschalen und ein paar Bücher – über Yoga und Meditation, wie ich mit einem schnellen Blick erspähte – weggeräumt hatten. Nur in einem Nebensatz meinte ich, meine Wohnungssuche erwähnt zu haben, doch Renée sprang sofort darauf an.

»Eine Wohnung, sagst du? Wie groß ungefähr? Für dich allein?«, wollte sie wissen.

»Zwei Zimmer sollten es schon sein«, erklärte ich. »Meine Kinder ziehen mit ein.«

»Aber hallo! Das trifft sich ja bestens!« Sie stützte sich rechts und links am Bettrahmen ab, um im Sitzen einen Freudenhüpfer hinzukriegen, und strahlte begeistert. Heute Nachmittag erst habe eine der Pflegerinnen im Seniorenheim von einer frei werdenden Wohnung in genau dieser Größenordnung gesprochen. »Claudia, eine Beinahe-Freundin von mir«, sagte Renée, »ich rufe sie gleich an.«

Es dauerte eine Weile, bis sie ihr Handy aus der unterm Bett liegenden Tasche gefischt hatte, aber dann ging alles sehr schnell. Obwohl ich das Gespräch nur einseitig mitbekam, war die Wohnung, soweit ich verstand, noch nicht vergeben, lag in einer ruhigen Straße nahe beim Waldfriedhof, sollte nicht allzu viel kosten und ab Mai neu vermietet werden.

»Was? Auch das noch?«, lachte Renée ins Telefon. »Ich fasse es nicht! Super, Claudia, super!« Mir berichtete sie weiter lachend, dass die Vermieterin, Claudias Tante, sich fast immer auf die Empfehlungen ihrer Nichte verlasse, und die wolle sich für mich einsetzen.

»Na bitte«, sie prostete mir mit ihrer leicht angeditschten Blümchentasse zu. »Die Sorge sind wir los. Glück muss man haben!«

Glück? Ich war gerührt von so viel Anteilnahme und erleichtert, weil ich mich um diesen Programmpunkt nicht mehr kümmern musste – einerseits. Andererseits nahm meine bislang noch relativ vage Zukunft jetzt plötzlich harte Konturen an, viel zu schnell für mein Empfinden und erschreckend verbindlich. Noch rund vier Wochen, und ich wäre hier – sofern alles klappte – auf Dauer etabliert.

Meine Gefühle hingen irgendwo auf halber Strecke fest.

Ich verschanzte mich hinter meiner Tasse, weil ich merkte, dass mir ein überzeugender Freudenausbruch nicht gelingen würde, höchstens ein etwas angestrengtes Lächeln und ein schwächelndes »Danke«.

Möglicherweise wäre ich ohne die Stipp-Visite in Vicenza nicht ins Trudeln geraten, aber so, wie die Dinge lagen, war ich mir meiner Sache auf einmal überhaupt nicht mehr sicher. Musste ich wirklich einen derart großen Sprung wagen, um aus meinen Kalamitäten herauszukommen? Hätte ich mich vielleicht um Gianni bemühen sollen, statt die Flucht zu ergreifen? Würden die Kinder sich hier zuhause fühlen können – ganz abgesehen von mir selbst?

Ich versuchte, eine imaginäre Strichliste anzulegen: Vorteil – Nachteil. Nachteil – Vorteil. Zog mir in meinem Bett die Decke über den Kopf und kniff die Augen zusammen, um mich besser zu konzentrieren.

Wenn ich ehrlich bin, kann ich nicht sagen, ob es Resignation war, bodenlose Müdigkeit oder vielleicht auch Trotz, was mich gegen Morgen, als die Amseln schon draußen vor meinem Fenster zwitscherten, eine Entscheidung fällen ließ: Schluss mit dem Gezauder. Ich würde die Wohnung nehmen, mich ab sofort intensiv nach einer Kinderbetreuung umsehen und mich außerdem um den Job bewerben, von dem Daniela mir vergangene Woche vorgeschwärmt hatte: eine gut bezahlte Zwitterstelle als Sekretärin und Kommunikationsassistentin in einem Geschäft für italienische Designermöbel, wenige Schritte vom Odeonsplatz entfernt. Schließlich musste ich mehr Geld verdienen, wenn die Kleinen bei mir lebten.

Aber zuallererst brauchte ich noch eine Stunde Schlaf.

Ab sofort hatte ich kaum noch Zeit für meine lieb gewordenen Streifzüge durch die Stadt, überhaupt fühlte sich mein Leben plötzlich ernsthafter, eingespannter an als bislang. Bereits am folgenden Dienstag fuhr ich nachmittags mit der

U-Bahn zur Haltestelle *Holzapfelkreuth*, wo Claudia mich aufpicken wollte, um mich meiner eventuellen Vermieterin vorzustellen. Unterwegs dankte ich dem Himmel intensiv für die Ticket-Automaten, die auf stumme Fingertipps reagierten und nicht erwarteten, dass man ein so grausam halsbrecherisches Wort verständlich formulierte. Dafür wäre mir der Name der Tante bestimmt zum Verhängnis geworden, wenn ich mich getraut hätte, ihn auszusprechen. Bärbel Zitzelsberger hieß sie, eine freundliche ältere Dame mit blau geäderter Knotennase und vernünftiger Frisur und so viel Vertrauen zu ihrer Nichte, dass sie mich ohne Einwände als Mieterin akzeptierte, obwohl ich mit meinem holprigen Deutsch und zwei »vaterlosen« Kindern sicher nicht erste Wahl war.

»Italienische Verhältnisse«, grinste ich, während wir anschließend zwei Straßen weiter gingen, um meiner zukünftigen Bleibe, die noch bewohnt war, einen Kurzbesuch abzustatten.

»Wieso? Was heißt das?« Claudia schaute irritiert zu mir hoch. Ihr dunkler Pferdeschwanz flatterte ungefähr in Höhe meiner Schulter.

»Dass das hier genauso abläuft wie bei mir zuhause. Du kennst wen, der wen kennt, der das hat, was du brauchst. Und dann geht's. Bei uns allerdings *nur* so.«

Jetzt grinste sie auch und nickte. »Verstehe. Also, wenn ich demnächst auf der Jagd nach irgendwas sein sollte, frage ich erst mal bei dir an.«

»Tu das.« Ich beobachtete sie verstohlen: klein, aber zäh, was in ihrem Beruf sicher lebenswichtig war, ein rundes, offenes Gesicht, schmale, grau-grüne Augen, die jede ihrer Empfindungen sofort verrieten. Ich hatte das Gefühl, mich mit ihr anfreunden zu können, vielleicht eine Art Francesca-Ersatz in ihr zu finden.

Mein Eindruck von der Wohnung war flüchtig, aber ausreichend. Sie lag rechts außen in der ersten Etage eines ockergelben, vierstöckigen Hauses und wirkte trotz der für die kleinen Räume zu kompakten Möbel so hell und luftig, dass ich in meiner Vorstellung sofort begann, sie in ein gemütliches Nest für die Kinder und mich umzumodeln. Familie – ohne Gianni mochte ich das Wort nicht einmal denken.

Fast täglich war ich seitdem mit Planungen beschäftigt. Welche Sachen sollte ich herholen? Die zurückgelassenen verkaufen oder einlagern? Die Wohnung in Vicenza weiter vermieten oder aufgeben? Sollte ich Gianni damit behelligen oder an ihm vorbei organisieren?

Ein anspruchsvoller Job, die Kinder, die alleinige Verantwortung – manchmal überkam mich die Sorge, das alles könnte eine Nummer zu groß für mich sein. Ganz besonders, als ich feststellte, wie absurd teuer ein bilingualer Kindergarten war, von dem ich in vollkommener Unschuld geträumt hatte, damit die Kleinen sich nicht allzu fremd fühlten. Es gab sogar mehrere davon, sämtlich mit entzückenden Namen und verlockend klingenden Angeboten, bloß für mich, selbst wenn das von Daniela in Aussicht gestellte Gehalt stimmen sollte, schier unerschwinglich. Also musste ich runterbeamen, einen *normalen* Kindergarten suchen – der Münchner Alltag hatte mich am Haken. Ich wurschtelte mich durch, von Tag zu Tag.

* * *

Mein *telefonino* klingelte fast ausschließlich abends oder sonntags, weil meine Leute wussten, dass ich dann meistens zuhause war und auch skypen konnte, wenn Matteo und Sofia sich danach sehnten. Deshalb fürchtete ich schon, es sei wieder etwas passiert, als ich den vertrauten Klingelton aus meiner Jackentasche hörte, während ich um kurz nach neun auf dem Weg zur Arbeit war. In einer Schaufensterpassage blieb ich stehen und meldete mich, ein bisschen atemlos nicht nur vom schnellen Gehen gegen den kräftigen Morgenwind.

»Pronto?«

»Hi, Camilla, ich bin's, Gianni.« Beim Klang seiner Stimme machte mein Herz einen Satz – aufgeschreckt durch Überraschung und Unruhe. Unser Zusammentreffen in Vicenza lag schon fast zwei Wochen zurück, seitdem hatte ich nichts von ihm gehört. Weshalb jetzt plötzlich dieser Anruf, wenn nicht …?

»Kein Grund zur Sorge!«, rief er, ehe ich Zeit hatte, auch nur eine Silbe herauszubringen. So eilig, als spüre er durchs Telefon meine hochschießende Panik. »Allen geht es prächtig. Ich habe die Kinder gestern noch gesehen!«

»Na dann salve, Gianni«, sagte ich mit einem Seufzer der Erleichterung. »Was gibt's?«

»Also ich will … ich fahre …« Seine Stimme verriet eine ordentliche Portion Nervosität. Dreimal musste er sich räuspern, bevor er weiterreden konnte. »Hör zu, ich bin unterwegs nach München zu einem Geschäftstermin, sitze schon seit halb acht im Auto. Und da dachte ich, wir könnten uns vielleicht sehen. Ich meine, wenn du nichts anderes vorhast. Gegen Abend vielleicht, was hältst du davon?«

Völlig benommen schwieg ich ins Telefon.

»Camilla? – Bist du noch dran? – Hörst du mich?«

»Ja, ja, alles in Ordnung.« Ich krächzte, als hätte ich eine Tüte Mehl inhaliert. »Doch, ich denke, das lässt sich machen. Wohin musst du denn?«

»In die Briennerstraße«, erklärte Gianni, »ins Büro eines Möbelherstellers. Ich habe ihm letztes Jahr bei der Mailänder Möbelmesse einen Stuhlentwurf von mir gezeigt, jetzt will er mich treffen und Details besprechen. Vielleicht wird was draus.«

»Das wäre ja großartig, ich drück' dir die Daumen!«

»Um sechs Uhr an diesem Brunnen auf dem Marienplatz? Passt dir das?«

»Bestens. Um sechs am Fischbrunnen. – Viel Erfolg!«

»Dir auch. Bis dann. – Ciao.«

Weg war er. Und ich stand da zwischen den bunt dekorierten Schaufenstern eines noch geschlossenen Ladens und hätte mich am liebsten erst einmal geschüttelt wie ein Hund, der aus dem Wasser kommt, um wieder in meinen Normalzustand zu geraten. Mein Kopf schwirrte, in der Magengrube spürte ich ein leichtes Ziehen, eine Melange aus Freude, Sehnsucht und Bangigkeit. Plötzlich wurde mir bewusst, dass ich während des ganzen Gesprächs auf ein Sommerkleid hinter einer der Scheiben gestarrt hatte und noch immer hinstarrte, ein sonnenblumengelbes Teil mit geflochtenem Ledergürtel.

Ich glaube, in genau jenem Moment hat die Hoffnung für mich die Farbe gewechselt, bei mir ist sie seitdem nicht mehr grün, wie üblich, sondern gelb, sonnenblumengelb.

* * *

Mittwochmorgens erledigt Lisa zuhause Büroarbeiten und überlässt mir das Geschäft. An diesem Tag eine hochwillkommene Gewohnheit, denn so konnte ich mich ungestört meinen eigenen Angelegenheiten widmen, anstatt pflichtschuldig herumzuwuseln, selbst wenn keine Kundschaft auf den Plan trat.

Gianni. Wie sollte ich ihm begegnen? Was für ein Gesicht

aufsetzen? Träte ich ihm freudig entgegen, wohin ich momentan tendierte, könnte das total unpassend sein. Immerhin ließ sich nicht ausschließen, dass er mit mir über unsere Scheidung reden wollte und an einer freundschaftlichen Annäherung überhaupt kein Interesse hatte. Oder es ging ihm um rein organisatorische Fragen, die Kinder betreffend oder unsere immer noch gemeinsame Wohnung. Zu reserviert durfte ich mich wiederum auch nicht geben, weil ich damit jeden positiven, vielleicht sogar emotionalen Ansatz von vornherein abgewürgt hätte.

Damit mir niemand von der Straße aus zusehen konnte und mich womöglich für eine durchgedrehte Pantomimin hielt, deren Laden man besser mied, verzog ich mich in eine der leeren Garderoben und probierte dort alles aus, was mir als eventuell passendes Mienenspiel einfiel: Lächeln von Cheese bis verhalten, Gefasstheit mit traurigem oder schicksalsergebenem Einschlag, Erwartung – besorgt oder fröhlich gespannt …

Natürlich war ich mit keinem meiner Versuche zufrieden. Wie auch? Sie wirkten alle fürchterlich gekünstelt und würden von jemandem, der mich so gut kannte wie Gianni, auf der Stelle als Theater entlarvt werden.

Zumindest wusste ich, als ich die Umkleidekabine verließ, weil eine Kundin in den Laden kam, dass ich mich nicht aufdonnern würde für unser Treffen. Jeans und Pullover mussten genügen und als Zugeständnis die neue, lindgrüne Jacke, die meine Mitbewohnerinnen vor ein paar Tagen erst an mir bewundert hatten.

Ich hätte eine Station mit der Straßenbahn fahren können, was ich manchmal tat, wenn die Zeit drängte. Aber an diesem

Nachmittag war ich viel zu früh dran. Erst halb sechs war es, als ich das Haus verließ, für den Weg brauchte ich höchstens eine Viertelstunde. Gemütlich wollte ich die Klenzestraße entlangschlendern, Schaufenster betrachten, Leute beobachten, die bei dem sanften Frühlingswetter unter fast wolkenlosem Himmel vor den Cafés saßen, den Schokoladentörtchen in der sonnenbeschienenen Auslage einer Bäckerei beim Schmelzen zusehen – nur fehlte mir die Gelassenheit. Wie an einem Gängelband fühlte ich mich vorangezogen, blieb kaum einmal stehen, nicht mal beim halb abgerissenen Gärtnerplatztheater, wo ich sonst immer im Pulk anderer Neugieriger den zwischen steil aufragenden Wänden und lärmenden Maschinen hantierenden Arbeitern zuschaute, nicht mal an roten Ampeln, wie ich es mir hier inzwischen angewöhnt hatte.

Die Rathausuhr zeigte zehn vor sechs, als ich den Brunnen erreichte. Ich lehnte mich zwischen anderen Wartenden gegen seinen Rand, den Blick dahin gerichtet, von wo Gianni meiner Meinung nach kommen würde. Rundherum Geschiebe und Gedränge, Rufen und Schnattern und in dem Sprachengewirr so viele italienische Klangfetzen, dass mich ein »Ciao, bella«, direkt neben meinem Ohr, zunächst überhaupt nicht tangierte, bis mir aufging, es war Giannis Stimme, und es war seine Hand, die sich vertraulich auf meine Schulter legte. Ich fuhr zusammen und wandte mich um. Und vergaß dabei vollkommen, mein Gesicht in einer der geprobten Spielarten zu verziehen. Wahrscheinlich sah ich nur überrascht und verdattert aus.

»Entschuldige, ich wollte dich nicht erschrecken.« Er beugte sich rasch vor, fasste mich kurz bei beiden Armen und drückte mir zwei Küsschen auf die Wangen, eins links, eins rechts, ganz konventionell. Aber er lächelte, wie ich erleichtert feststellte, lächelte breit und offen.

Da stand er nun in seinem lässigen Business-Outfit, unterm Sakko ein Hemd in dem verschossenen Blau, das ich besonders an ihm mag, die Haare leicht zerzaust, und so wirklich, so greifbar nah, so vertraut, dass die schrecklichen vergangenen Monate plötzlich wie aus meinem Bewusstsein gewischt waren und ich ihn um Haaresbreite einfach umarmt und untergehakt hätte, damit wir gemeinsam weiterzögen. Gerade noch rechtzeitig blitzte mir ein Stopp-Signal durchs Hirn und ließ mich meine Hände tief in den Jackentaschen vergraben.

»Salve, Gianni.« Mein Lächeln kam mir selbst etwas gezwungen vor.

»Setzen wir uns irgendwohin?« Suchend schaute er sich auf dem übervölkerten Platz um. »Am besten übernimmst du die Führung – als Einheimische.« Er zwinkerte mit freundlichem Spott, während in mir zu meinem Ärger wieder eine Welle von Befangenheit hochschwappte. Dass ich nur nickte, konnte mit dem Geräuschpegel um uns herum entschuldigt werden, für eine vernünftige Verständigung gab es ohnehin kaum eine Chance. Durch das Gewurrl lotste ich Gianni zu einem Café in der Theatinerstraße, vor dem man – nahe an der wärmenden Hauswand – auch um diese Uhrzeit noch draußen sitzen konnte. Es gehörte nämlich zu meinen exotischsten Münchner Entdeckungen, dass sich die Leute hier schon ab Februar beim ersten milden Sonnenstrahl im Freien niederließen. In Vicenza ein Unding! Allerdings zeigte Gianni wenig Interesse an diesem Aspekt meines neuen Lebens, und ich war froh, dass er die Entwürfe seines Stuhls dabeihatte und von dem erfreulichen Gespräch mit seinem eventuellen Geschäftspartner berichten konnte. Womöglich wären wir sonst in verlegenem Schweigen versunken. Nur wir zwei – dieses Mal ohne familiären Rahmen, ohne geläufige Umgebung, mit einem Berg von Altlasten zwischen uns. Wo, wenn überhaupt, fängt man an zu räumen, zu klären, einfach zu reden?

Der Stuhl gab zum Glück eine Menge Stoff her, ideal für die *Eröffnungsphase*, und dann hatten wir natürlich die Kinder als Thema, das uns beiden am Herzen lag. Auf seinem iPhone zeigte mir Gianni die neuesten Fotos und kleinen Videos von den beiden, Matteo ganz in Gelb mit Plastikschnabel und Watschelfüßen beim Ententanz während eines Kindergartenfestes, Sofia in vollem Schwung auf ihrem pinkfarbenen Laufrad. Wir mussten die Köpfe zusammenstecken, um die Bilder gemeinsam anschauen zu können, unsere Nasen stießen beinahe aneinander. Als das eigentlich Verbindende empfand ich jedoch das vereinte Lachen über unsere wilden, verrückten, rührenden Sprösslinge. Ich konnte mich nicht erinnern, wann ich mich Gianni zuletzt so nahe gefühlt hatte.

Inzwischen war es ungemütlich kühl geworden, auch die kuscheligen Decken, in die man sich hier wickeln konnte, halfen nicht mehr.

Gianni zog schuddernd die Schultern hoch. »Und jetzt? Gehen wir was essen? Du musst sagen, wohin.«

Ich überließ ihm die Wahl: chinesisch, indisch, griechisch, deutsch oder lieber gewohnt italienisch? Er entschied sich für die einheimische Küche, und so landeten wir in einem Gasthaus, nur ein paar Ecken weiter, typisch bairisch, gesteckt voll und unter dem bunt bemalten Gewölbe von solchem Lärm erfüllt, dass man kaum sein eigenes Wort verstand. Wir hätten uns daran stören und woanders hingehen können, aber am Ende eines langen, dicht besetzten Tisches saßen wir bei unserem Schweinsbraten wie auf einer Insel im tobenden Meer, aßen fast wortlos, grinsten uns hin und wieder einvernehmlich an und spürten, wie von unseren durch die Enge gegeneinander gepressten Knien eine Wärme ausstrahlte, die sich zunächst ums Herz herum staute und dann weiter in den Kopf stieg. Ich zumindest konnte das an mir feststellen und hatte, wenn ich ihm heimliche Blicke zuwarf, den Eindruck, dass es Gianni sehr ähnlich ging.

Sein Weg zum Hotel nahe beim Viktualienmarkt führte in dieselbe Richtung wie mein Heimweg, also liefen wir gemeinsam los, zunächst mit einer Art Sicherheitsabstand, gut einen halben Meter breit, dann immer näher beieinander, bis Gianni mir, als ein Betrunkener unseren Weg kreuzte, einen Arm schützend um die Schultern legte und ihn dort ließ und ab jetzt so dicht neben mir ging, dass ich die Bewegungen seiner Hüfte an meiner fühlte. Es war wie früher, bei unseren ersten vereinten Streifzügen durch das nächtliche Vicenza. Und wie früher hätte ich am liebsten meinen Kopf in seine Armbeuge gelehnt und dem Mond zugelächelt.

Aber wieder überfiel mich der Gedanke an die zwischen uns angehäuften Probleme und hielt mich davon ab. War es nicht falsch und verlogen, hier eng umschlungen herumzulaufen, als wären wir ein Liebespaar? Sollten wir nicht besser in nüchterner Atmosphäre klären, was uns auseinandergetrieben hatte? Vielleicht lieber reden, als einen auf zärtlich zu machen? Meine plötzliche Anspannung muss Gianni aufgefallen sein, denn er zog mich kurz an sich, drückte mich und murmelte irgendetwas in mein Haar, das zumindest beruhigend klang, auch wenn ich es nicht verstand.

An der Abbiegung zu seinem Hotel waren wir längst vorüber, ohne dass Gianni Anstalten gemacht hätte, sich von mir zu trennen. Meine Schultern fest im Griff, begleitete er mich bis vor mein Hinterhaus in der Müllerstraße. Erst im Hof, ein paar Meter von der Haustür entfernt, ließ er mich los und schaute an der öden Fassade empor, interessiert, als handelte es sich um ein Baudenkmal.

»Hier wohnst du also. Hmm. Ich hab's mir ganz anders vorgestellt.«

Demnach musste er über mein verändertes Leben nachgedacht haben. Meine Magennerven reagierten heftiger als mein Kopf. Was nun?

»Möchtest du …« Vor lauter Unsicherheit fing ich an zu stottern. »Hättest du … Willst du noch auf einen Caffè mit nach oben kommen?«

»Gern, damit ich sehe, wie du lebst!«

Zwei Schritte, und schon stand er im Hauseingang und sah mir zu, wie ich mit zittrigen Fingern den Schüssel ins Schloss manövrierte. Das gewohnte Knarzen der Treppenstufen hörte sich ganz anders an mit Gianni auf den Fersen. Warum, verflixt, machte ich mir eigentlich Gedanken darüber, wie er das alles hier fände? Zu simpel vielleicht, zu schräg, zu sehr neben der Spur für eine erfahrene Frau mit zwei Kindern? Jetzt fehlen noch die etablierten Verhältnisse, dachte ich in vorauseilendem Trotz und warf ihm über die Schulter einen nicht unbedingt milden Blick zu, den er allerdings nicht bemerkte, weil er damit beschäftigt war, das florale Muster der verblassten Wandbemalung zu studieren und dabei die im Vorübergehen auf den Türschildern gelesenen Namen zu artikulieren. *Kowalski, Ruetz, Tscherner, Heubl, Achterböck* – das war Renée –, es hakte gewaltig, und bestimmt würde sich niemand von Giannis holprigen Lauten angesprochen fühlen.

»Zwei italienische Namen und ein deutscher, Klinte, bei

dem besteht keine Verletzungsgefahr«, sagte ich, als wir im vierten Stock ankamen und hoffte, dass der spöttische Ton das Schwanken meiner Stimme überdeckte. Aus Danielas Zimmer waren gedämpftes Reden und leise Musik zu hören, Dave Brubeck wieder mal. Bei Steffi rührte sich nichts, vermutlich schwirrte sie irgendwo durch die Gegend. Umso besser, ich hatte ohnehin keine Lust auf Erklärungen und neugierige Blicke.

Und dann betrat er mein Zimmer. Gianni. Stellte sich mittendrin auf den hässlichen runden Pseudo-Perserteppich, der ein Brandloch im Parkett verbarg, und schaute sich in aller Ruhe um. Stand in dem Raum, von dem aus ich ein Leben ohne ihn, weg von ihm starten wollte, und stand immer noch dort, als ich Minuten später mit dem Caffè zurück aus der Küche kam. Lächelnd wandte er sich zu mir um, nahm eine Tasse von dem Tablett, das ich ihm hinhielt, nickte und sah sich dann weiter um, während er den Caffè mit kleinen Schlucken trank.

Was gab es denn hier groß anzuschauen? Sandra, von der die Einrichtung stammte, hatte keinen schlechten Geschmack, das würde ich nie behaupten, aber für mein Empfinden tendierte sie zu sehr zu Beige- und Brauntönen. Das eingestreute matte Pampelmusenorange hatte ich schnell ausgemerzt und als Kompensation ein paar blaue und grüne Akzente gesetzt, dazu Fotos: ein bisschen heimatlichen Palladio, viel Familie, vor allem die Kinder. Nichts Überraschendes. Was also mochte Gianni interessieren?

Ich ließ ihn in Ruhe. Mit meiner Tasse trat ich ans Fenster und blickte hinunter in den Hof, auf dessen Pflaster das durch die Häuserschneise hereinfallende Licht der Laternen bizarre, surrealistische Ornamente zeichnete.

»Das bist du«, sagte Gianni plötzlich dicht hinter mir.

»Was? Was soll ich sein?«, fragte ich, ohne mich umzudrehen.

»Alles hier«, er stand so nahe, dass ich seinen Atem im Nacken spürte. »Einfach alles.«

Jetzt fuhr ich verblüfft herum, die Tasse klirrte, als ich sie auf dem Fensterbrett abstellte. »Aber ich bitte dich. Das stammt doch alles von Sandra, die Möbel, die Farben, die Lampen.« Mit dem Kinn wies ich auf eine Standleuchte zwei Schritte von uns entfernt, in deren Schein ich seine Augen glitzern sah. Dieses Glitzern kannte ich von früher, wenn … War es möglich, dass meine Knie weich wurden?

»Ach, das Zeug«, er zuckte gleichgültig mit den Schultern. »Ich meine nicht die Sachen, die hier herumstehen, sondern die Atmosphäre, das Flair – die Luft ist einfach voll von dir.«

Wie reagiert man auf solche Worte vom Beinahe-Ex? Der dazu auch noch lächelt und tief einatmet?

Auf einmal hatte ich Angst, Angst vor dem, was sich da anbahnte, von dem ich nicht wusste, wie es enden würde. Und fühlte gleichzeitig eine fast schmerzhafte Sehnsucht. Vielleicht wäre ich geflohen – wenn es möglich gewesen wäre. Aber ich war eingeklemmt zwischen Gianni und der Fensterbank, außerdem legte er mir unverhofft seine Hände auf die Schultern, zog mich näher und näher an sich heran, bis sich unsere Nasenspitzen und schließlich unsere Lippen berührten, und wir hörten erst auf uns zu küssen, als wir im Krebsgang das Bett erreichten. Sandras sandfarbene, zum Glück wunderbar breite Spielwiese.

»Denkst du nicht«, fing ich an, nachdem mein Herzschlag sich einigermaßen eingependelt hatte, »denkst du nicht, wir …«

»Ah, da ist sie wieder, meine kopflastige Camilla.« Gianni lag auf der Seite neben mir, seine Beine um meine gewickelt, und grinste mich fröhlich an. »Nein, ich *denke* nicht! Und ich will auch im Augenblick nicht denken. Ich will mich einfach daran freuen, bei dir zu sein. Wie heißt es doch so schön: ganz im Hier und Jetzt. Da soll man ja angeblich das Glück am ehesten finden.« Er schnaufte zufrieden und schloss die Augen, als sei die Sache für ihn damit erledigt.

Glück – bei dem Wort zog sich mein Herz zusammen, und trotzdem konnte ich es nicht lassen. »Aber meinst du nicht, es wäre wichtig …«, begann ich erneut, kam jedoch nicht weiter, weil Gianni sich plötzlich hochstemmte. An die Kissen – meine blauen und grünen Akzente – gelehnt, sah er mir ernst, beinahe streng in die Augen. »Wichtig!« Mit einer Prise Spott imitierte er meinen drängenden Ton. »Es gibt so viel Wichtiges für uns! Aber das Allerwichtigste ist doch wohl das, was wir gerade erlebt haben. Dass wir uns noch so lieben können, so brennend wie beim ersten Mal – trotz allem. Wenn das nicht mehr möglich gewesen wäre, nützte Reden auch nichts. Hätten wir aber zuerst geredet und versucht, das Durcheinander zu entwirren, wären wir uns wahrscheinlich furchtbar in die Haare geraten. Das Muster kennt man ja, alles wird noch einmal ans Licht gezerrt, der Schorf von den Narben gekratzt, und am Ende bleiben nur offene Wunden. Sag bloß, das hättest du gewollt?« Jetzt lächelte er wieder und strich mir zart die Haare aus der Stirn.

Ich war so überrascht von seiner Reaktion und so erleichtert, dass ich nur den Kopf schütteln konnte.

»Na siehst du.« Er rutschte zurück an meine Seite, ganz nah, näher als zuvor und noch ein Stück näher, sein Herz schlug einen winzigen Takt schneller als meines.

»Komm«, sagte er mit einer Stimme, die dumpf aus meiner Halsmulde klang, während seine Hände mit sanft kreisenden Bewegungen über meinen Körper wanderten, »damit wir ganz sicher sein können, machen wir am besten noch einen zweiten Testlauf.«

Testlauf?, dachte ich an ihn geschmiegt. Ach, egal, wie du es nennst, mir gefällt die Idee.

Kapitel 5

Das schrille Pingeln der Trambahn riss mich jäh aus meinen Träumen. Mit einem Riesensatz sprang ich zurück auf die Bordsteinkante und sah, wie der Fahrer mir amüsiert mit dem Finger drohte. *Schienentod nach heißer Liebesnacht!* Eine tolle Titelzeile auf den Boulevard-Zeitungen wäre das geworden. Aber was für ein Unsinn! Außer mir und Gianni hatte ja niemand eine Ahnung von unserem Zusammensein, nicht einmal meine Mitbewohnerinnen.

Gianni. Obwohl draußen schon die Amseln tirilierten und durch die Vorhangspalten Streifen eines strahlend blauen Himmels blitzten, war es mir vorgekommen wie kurz nach Mitternacht, als er heute früh plötzlich sanft an meiner Schulter gerüttelt hatte. Vollständig angezogen hockte er neben dem Bett, sein Gesicht ganz nahe bei meinem. »Ich muss los«, flüsterte er. Ich fühlte seine Worte mehr, als dass ich sie hörte, während er mit dem Finger sacht über meine Brauen strich.

Auf einen Schlag war ich hellwach und wollte mich hinsetzen, doch Gianni drückte mich zurück in die Kissen.

»Nein!« Energisch schüttelte er den Kopf. »Es ist erst sieben, du kannst noch eine Stunde schlafen. Ich werde im Hotel duschen, dann zahle ich wenigstens nicht ganz umsonst«, sagte er mit dem Anflug eines Grinsens, »und falle vor allem keiner deiner Schönen hier in die Hände. Das unvermeidliche Verhör möchte ich mir gern ersparen.«

Ich wusste, dass er dabei an seine Großtante Adelia dachte, die dunkle Wolke über seinen frühen Jahren, von der er oft erzählt hatte. Unerbittlich war sie über jeden hergefallen, den er mit nach Hause brachte, um ihm im Ton geschliffenster Konversation sämtliche Details seines Lebens abzuquetschen. *Was bitte macht denn Ihr Herr Vater? – Und die Frau Mutter? – Haben Sie berufliche Pläne? – Pekuniäre Ziele? – Spielen Sie Geige oder Klavier?...* Ich konnte gut nachempfinden, dass er – besonders in unserer komplizierten Lage – keinen Wert darauf legte, von irgendwem unter die Lupe genommen zu werden. Und tatsächlich neigte speziell Daniela, wenn sie nicht gerade auf einem Ego-Trip war, dazu, anderen das Hemd über die Ohren zu ziehen.

»Abschied ist sowieso was Scheußliches.« Gianni setzte sich auf die Bettkante und schlang noch einmal fest die Arme um mich. »Ich nehme dich lieber so mit, wie du jetzt bist, warm und weich und nach Liebe duftend.«

Er schlich so leise hinaus, dass bis auf das vereinzelte Knarren einer Diele im Flur nichts von ihm zu hören war, nicht einmal das sonst übliche Scheppern der Wohnungstür.

* * *

Vom Schreck leicht benommen, blieb ich einen Augenblick am Straßenrand stehen, bevor ich hinüberging und mich auf den gewohnten Weg machte. Ich liebte die Morgenstimmung in *meinem* Viertel, wenn alles noch ruhig war, die Bürgersteige frisch gewaschen, die Geschäfte außer Zeitungsladen und Bäckerei noch zu. Die Welt kam mir dann vor wie gerade erschaffen, nagelneu, voller Licht und Glanz, die Luft vibrierend vor Erwartung – und ich mitten darin.

Ich weiß nicht, ob ich an diesem Morgen wirklich anders

aussah als gewöhnlich. Für mein Empfinden unterschied sich die Camilla, deren Spiegelbild ich im Schaufenster des Antiquitätengeschäftes an der Ecke begegnete, von der an anderen Tagen vielleicht durch das Dauerlächeln, das wie angeleimt in ihrem Gesicht hing. Obwohl ich sonst auch nicht unbedingt missmutig durch die Gegend lief. Doch Jakob, der mir sauber gestriegelt, in einem knackig gebügelten rosa Hemd, ein Stück weiter die Straße hinauf entgegenkam, hob bei meinem Anblick die Brauen und blieb vor mir stehen.

»Mein Gott, Camilla«, flötete er, wobei sich sein Kinn fast bis zum Kragen senkte, »was ist mit dir? Du siehst so – so sonnig aus! Wie ich immer sage, äh … äh …«

Um nicht loszuprusten, betrachtete ich konzentriert den kleinen blauen Polospieler auf seiner linken Hemdbrust. »Ja, genau richtig für diesen schönen Tag!« Meine Stimme gickste verräterisch. »Mach's gut, bello!« Ich umrundete ihn schnell und sah zu, dass ich weiterkam.

Auch Yossip hielt, ein Backblech mit frischen Panini in den Händen, inne und schaute mir überrascht entgegen, als ich durch die Automatiktür den Duftkreis seines Ladens betrat. Statt mir wie gewöhnlich mein Croissant unverlangt über die Theke zu reichen, zog er die Luft hörbar durch die Zähne, stand einen Moment lang wie in der Bewegung erstarrt, ehe er das Blech rasch absetzte und mir meine Tüte gab. Das Kompliment, das ich in seinen Augen – rechts und links – zu entdecken glaubte, hätte er sicher nie ausgesprochen, weil er sich nicht traute oder weil sein holpriges Deutsch ihn daran hinderte.

Ich fühlte mich so leicht und beflügelt, dass ich am liebsten wie ein kleines Mädchen die Straße entlanggehüpft wäre, was bei einer Frau in meinem Alter, gestandener Mutter von zwei

Kindern, ziemlich verrückt gewirkt hätte. Außerdem trug ich Highheels, passend zu meiner Hochstimmung, mit denen ich hüpfenderweise nicht weit gekommen wäre. Ganz unterdrücken ließ sich der Drang allerdings nicht. Also stöckelte ich mit schwingenden Hüften vorbei an den Müllmännern, die mir von ihrem scheppernden Wagen herab nachpfiffen, und dem freundlich grinsenden rumänischen Bettler, in dessen speckige Mütze die tägliche Münze geworfen werden musste. Vorbei an dem Juwelier und seinem durch die Schaufensterscheibe lächelnden Blick, während er mit einem Handstaubsauger zwischen den Siegelringen und Armreifen in seiner Auslage hantierte.

»Diese Gauner, diese miesen Betrüger!«, hörte ich Lisa schimpfen, als ich wenig später unser Geschäft betrat. Sie stand hinten im Lagerraum vor zwei geöffneten und schon halb entleerten Schachteln mit Hosen. Aktuellster Schnitt, angesagtes Dessin, wie ich auf einen Blick feststellte, aber nach Lisas Meinung von hundsmiserabler Qualität.

»Immer wieder versuchen sie's! Du orderst was auf der Messe, erlesen, hochklassig – und dann kommt dieses Zeug, das schon beim Hinschauen knittert und beult. Sieh dir bloß mal die Nähte an! Als hätte man einen wildgewordenen Esel an die Maschine gesetzt!« Eine Hose nach der anderen zog sie aus dem Karton und stopfte sie wütend wieder zurück, weil nicht eine einzige ihren Vorstellungen entsprach.

Sie hatte mir zur Begrüßung nur kurz zugenickt und rumorte weiter vor sich hin, während ich mir vorn im Laden zu schaffen machte: Die Narzissen auf der Theke brauchten frisches Wasser, ein Stapel Seidentücher musste im Regal adrett aufgeschichtet werden, die Kleider hingen zu eng auf der Stange und waren nicht ordentlich nach Größen sortiert.

Trotz meiner nicht gerade bequemen Schuhe genoss ich das Hin-und-her-Laufen, weil ich mir wunderbar schwerelos vorkam, fast so, als schwebte ich.

Ursprünglich hatte ich Lisa an diesem Tag über meine Zukunftspläne informieren wollen, aber erstens steckte ihre Laune auch ohne mein Zutun bereits tief im Keller, und zweitens war ich selbst absolut nicht in der Verfassung für ein ernstes Gespräch mit wahrscheinlich unerfreulichem Ausgang. Dass ich kündigen und einen anderen Job annehmen wollte, würde sie gar nicht gern hören. Sie hielt mich nämlich für eine *geborene Verkäuferin*, eine *hervorragende Kundenfängerin*, wie sie immer wieder betonte. Vor allem, wenn ich den Mund aufmachte. Tatsächlich gab ich zu meinem Vergnügen und zu Gunsten der Ladenkasse die Profi-Italienerin, redete, obwohl ich das Deutsche mittlerweile einigermaßen passabel beherrschte, in einer abenteuerlichen Sprachmelange, ließ das R und im richtigen Moment auch die Augen rollen und spickte meine Komplimente hemmungslos mit Vokabeln höchster Begeisterung – *splendido, incantevole, favoloso*... Die animierende Wirkung schlug sich in vollen Einkaufstüten und ansehnlichen Summen beim abendlichen Kassensturz nieder.

Während ich gerade eine versehentlich zwischen die hellen Farbtöne geratene dunkelblaue Hose zu den gedeckteren Nuancen hängte, beobachtete ich durch das Schaufenster die Ankunft von Frau Bäumler, *Signora* Bäumler, wie sie sich mit Vorliebe von mir nennen ließ. Eine unserer Stammkundinnen. Gut erhalten, fitness-gestählt, um die fünfzig, das Gesicht so stramm geliftet, dass jedes Lächeln bedrohlich wirkte, immer perfekt gestylt, immer auf der Jagd nach neuen modischen Highlights.

Nach Lisas Ansicht war sie ein typisches Mitglied der besseren Münchner Gesellschaft, was ich natürlich nicht beurteilen konnte. Für mich verbanden sich mit ihrem Auftritt Begriffe wie Champagnermousse, Luxusliner oder auch dienstbare Geister, die ihre stets makellose Garderobe in Schuss hielten.

Da stand sie draußen, ein gestreiftes Kostüm auf den Leib gebügelt, begutachtete mit Kennerblick die Auslagen, und ich freute mich bereits auf den Moment, wenn sie hereinkommen, ihre Edelshoppingtüten in dem lindgrünen Sessel vorn neben unserem Schirmständer deponieren und sich direkt vor mir aufbauen würde, um sich in meinen Pupillen zu spiegeln, während sie ihr gebauschtes Blondhaar zurechtschob. Jedes Mal tat sie das. Unausweichlich.

Und jedes Mal fiel mir dabei Signora Scarlatti ein.

Zu meiner Kinderzeit hatte sie jahrelang neben uns gewohnt und genauso routinemäßig ihr Spiegelbild in den Augen ihres Gegenübers überprüft. Und an Signora Scarlatti wiederum konnte ich nie denken, ohne mich an die Geschichte zu erinnern, die in unserer Nachbarschaft über sie kursierte, auch noch Jahre nach ihrem Umzug in die Gegend von Rom. Meine Mutter gab sie gern zum Besten, wenn bei uns irgendwelches größere Meeresgetier auf den Tisch kam. Die Signora hatte nämlich bei einer festlichen Einladung ihr Dienstmädchen angewiesen, wie der im Sud gegarte Seebarsch zu servieren sei. *Mit einer Scheibe Zitrone im Maul*, hatte sie gesagt, und als es so weit war, trug die *donna di servizio* den Fisch auf einer Platte feierlich herein und hielt die Zitronenscheibe zwischen ihren Lippen.

Zum Glück war es mir bislang immer gelungen, meine bei dieser Erinnerung aufkeimende Lachlust so weit im Zaum zu halten, dass Frau Bäumler – oder besser *Signora* Bäumler – sie für den Ausdruck besonderer Freundlichkeit halten konnte.

»Wieder so fröhlich heute«, gurrte sie aus einer Wolke *Armani Si*, den Blick tief in meine Pupillen versenkt. Nachdem die Stirnfransen gerichtet waren, fuhr sie sich auch noch mit angefeuchtetem Zeigefinger über die zu hohen Bögen gezupften Brauen.

»Blendend sehen Sie aus, Signora«, gurrte ich zurück und hielt geduldig stand, bis sie ihr Ritual beendet hatte. Ihre blauen Augen, nahe vor meinen, kamen mir blauer vor als sonst, so tiefblau, wie es sich vermutlich nur mit gefärbten Kontaktlinsen bewerkstelligen ließ. Das brachte mich auf die Idee, ihr ein raffiniert geschnittenes Seidenkleid in Nachtblau zu offerieren.

»Sie kennen sicher das Faible der Italienerinnen für Dunkelblau«, gurrte ich weiter. »Zu Ihren Haaren und vor allem den Augen, Signora – einfach umwerfend!«

Ich weiß, ich bin nicht wirklich nett, zumindest nicht immer. Aber eine Prise Manipulation macht den nicht allzu aufregenden Job als Verkäuferin wenigstens etwas spannender. Wenn jemand mit Stempelbeinen unbedingt Mini tragen will oder sich mit tropfenförmigem Hinterteil in hautenger Umhüllung schön findet, warum, bitte, ihm – in meinem Fall besser ihr – die Illusion rauben? *Sie sind ganz der Typ dafür – das steht Ihnen ausgezeichnet.* Wer hört das nicht gern und zieht leichten Herzens mit seiner Beute davon?

Signora Bäumler jedenfalls verließ die Boutique schwer bepackt. Und in meinem Schwebezustand wirkte ich offenbar antörnend genug, um im Lauf des Tages so viel zu verkaufen – unter anderem unseren schon fast aufgegebenen Ladenhüter, einen türkisfarbenen, mit gelben Schmetterlingen bedruckten Hosenanzug –, dass Lisa bei Geschäftsschluss ihren Ärger über die missratene Warensendung beinahe vergessen hatte. Aber nur beinahe, was mir ihre ungeteilte Aufmerksamkeit ersparte und damit auch die Notwendigkeit, den Grund für meine euphorische Stimmung erklären zu müssen.

Auf dem Heimweg kaufte ich eine Flasche Montepulciano, ein Stück Parmesan, Oliven und Brot und malte mir aus, wie ich gleich mit dem Genießerschmaus in meinem Zimmer säße, die schmerzenden Füße hochgelegt, und dabei aus dem Fenster ins Dunkel draußen träumte oder das neue Buch von Mario Fortunato weiterläse. Wahrscheinlich würde ich mich für das Buch entscheiden, weil Gianni es gestern Abend in den Händen gehalten und gesagt hatte, *L'Italia degli altri* sei im Moment auch seine Lieblingslektüre.

Falsch gedacht. Mein Schlüssel steckte noch im Schloss, als Danielas Stimme schon aus der Küche tönte:

»Hey, Camilla, bist du das? Ich koche gerade was Gutes. Komm, lass uns zusammen essen!«

Durch die weit offenstehende Tür sah ich sie neben dem Herd Gemüse putzen, aus einem Topf stieg Wasserdampf auf, in der Luft hing ein verführerischer Duft von Zitrone und Sellerie.

»Nett von dir, aber …«

»Kein Aber!« Der Moment, den ich höflichkeitshalber im Flur verharrte, genügte ihr, um wie ein Kugelblitz auf mich zuzuschießen, wobei sie ihre Hände an einem im Hosenbund festgesteckten Trockentuch abwischte. Und dann schnappte sie nach mir, griff sich meine Einkaufstüte, die sie nach einem kurzen Blick hinein mit einem *Das Zeug kannst du auch morgen essen* neben den Türstock stellte, und zog mich zum

Küchentisch. So schnell und zielstrebig fiel sie über mich her, dass ich keine Chance zur Gegenwehr hatte und mir auf der Stelle der Verdacht kam, sie müsse das Ganze geplant haben. Ich ahnte auch sofort, um was es ihr ging.

Zunächst tat sie allerdings so, als sei sie nur an meiner Gesellschaft interessiert. »Los, setz dich doch!« Ich wurde auf einen Stuhl gedrückt, ein Sprizz wurde mir hingeschoben, den sie in Erwartung meiner pünktlichen Heimkehr schon vorbereitet haben musste.

»Salute! Ich hoffe, du magst mein Zitronenhuhn!« An den Tisch gelehnt, prostete sie mir zu. »Wir sehen uns in letzter Zeit viel zu selten«, sagte sie zwischen zwei Schlucken. »Ich weiß kaum noch was von dir. Bevor du ausziehst, sollten wir das ändern. Findest du nicht?«

Natürlich hatte ich ihr von meinen Umzugsplänen erzählt, seither aber nie den Eindruck gehabt, dass sie besondere Sehnsucht nach meiner Nähe empfände. Überhaupt steckte hier keiner ständig mit den anderen zusammen.

»Doch, doch«, ich nickte bereitwillig. Und wartete gespannt, wie sie weiter vorgehen würde. Durch ihre im Leopardenlook gefasste Brille nahm sie mich kritisch in Augenschein.

»Du strahlst heute so. Gibt's einen Grund dafür?« Leichthin fragte sie das, während sie ihr Glas abstellte und sich wieder dem Herd zuwandte.

Aha, allmählich nähern wir uns der Sache, dachte ich, gab mich jedoch völlig ahnungslos. »Ich? Nicht dass ich wüsste. Aber du siehst besonders gut aus! Mit dieser todschicken Brille, richtig elegant!«

»Na ja, so bin ich halt – von einer Dame kaum zu unterscheiden!« Zur Bestärkung ihres Gelächters wackelte sie mit dem Po, einem kleinen, perfekt geformten Teil übrigens, resch wie die Sonntagssemmeln aus Yossips Sortiment. In meiner Sammlung könnte es einen der vordersten Plätze einnehmen.

Zwischen Vorspeisensalat und Knusperbeinchen kam sie auf dem Umweg über ihren Freund Gregor, der Huhn ausschließlich als Frikassee mochte, wenn nichts mehr an das gackernde Federvieh erinnerte, wieder auf ihr Thema zu sprechen. Zuvor hatte sich unsere Unterhaltung um Ludovico Einaudi gedreht, dessen CD *Islands* uns beim Essen begleitete und um Matteo Renzi, unseren neuen, smarten Premier, von dem Daniela sich eine Menge versprach, während ich eher dazu neigte, ihn mit Obamas vollmundiger Art zu vergleichen.

»Gregor wollte heute zum Abendessen hier sein«, sagte sie an einem Knochen nagend, »aber er hatte noch einen Termin. Irgendein Meeting mit Kollegen aus Frankreich. Eigentlich nicht schlecht, denn so kommen wir zu unserem Brutzelhuhn, außerdem …« Mitten im Satz brach sie ab und schnappte nach Luft. Natürlich wusste ich genau, wie es hätte weitergehen sollen: … *kann ich dich so viel besser ausfragen.*

»… außerdem haben wir zwei uns ja auch genug zu erzählen«, fuhr sie eilig fort.

Ich tat, als hätte ich von dem Aussetzer nichts mitbekommen. Das Zitronenhuhn schmeckte hervorragend, ich wartete ab.

»Hast du gestern vielleicht noch spät Besuch gehabt? Meine Musik war ziemlich laut, aber trotzdem kam es mir so vor, als hörte ich Schritte vom Flur. Manchmal, wenn man allein zuhause ist, kann man schon fürchten, dass Einbrecher aufkreuzen. Die sollen sich ja neuerdings auf Mietshäuser in der Innenstadt spezialisieren.« Ein Stück krosse Haut verschwand hinter ihren Zähnen, wurde knackend gekaut und mit einem Schluck Wein hinuntergespült. Ihr Gesicht ein Abbild der Harmlosigkeit.

Einbrecher!, dachte ich. In diesem Haus, das bei jedem Atemzug ächzt und knarzt! Fadenscheiniger kannst du deine Neugier kaum kaschieren.

»Gestern Abend, sagst du?« Ich kniff die Augen zusammen, als müsste ich schwer überlegen. »Hm, mir ist nichts Verdächtiges aufgefallen. Allerdings bin ich wirklich erst spät nach Hause gekommen.«

»Allein?« Sie konnte einfach nicht mehr an sich halten.

»Wieso?« Mit hochgezogenen Brauen spielte ich die Erstaunte. »Meinst du, wir hätten die Einbrecher vertrieben?«

»Wir? Dann war also doch jemand bei dir!« Endlich glaubte sie mich erwischt zu haben, wie ihre triumphierende Miene verriet. »Wer denn? Komm, erzähl mal!«

Bislang hatte ich Daniela nie als besonders neugierig erlebt. Vielleicht gab es in ihrer eigenen Beziehung gerade eine Flaute, oder sie wunderte sich, dass ich so lange schon solo herumlief. Die Beweggründe für ihre Fragerei interessierten mich im Grunde kaum, und an einem anderen Abend hätte ich mich vermutlich nicht darauf eingelassen. Aber weil meine gute Stimmung auch jetzt noch anhielt, machte ich zum Spaß mit bei diesem Katz-und-Maus-Spiel.

»Ein netter Mann, du kennst ihn nicht.« Ich gab mir Mühe, wenigstens ansatzweise sphinxhaft zu lächeln.

»War es der Typ vom Monopteros?«

Enzo, der blonde Haarkünstler. Ich wusste gar nicht mehr, dass ich ihn jemals erwähnt hatte. »Nein.«

»Dann vielleicht der smarte Thorsten? Den hättest du überhaupt nie in den Wald schicken sollen!«

»Ach, meinst du? Nein, der war's auch nicht. Ich habe doch gesagt, dass du ihn nicht kennst.«

Daniela schniefte ein bisschen beim Nachdenken. »Oh, ich hab's, der Windsurfer, mit dem ich dich neulich in der Osteria am Lenbachplatz gesehen habe!«

Windsurfer? Ich kannte keinen Windsurfer.

»So ein braungebrannter Muskelmensch«, erklärte Daniela, »sprengte fast sein Jackett.«

Das konnte nur Frau Bäumlers Neffe gewesen sein, der noch nach Ladenschluss ein Leinenkostüm für seine Tante abgeholt hatte und mich zum Dank auf eine Pizza einlud. Unter Danielas Augen. Die Welt ist zu eng, dachte ich und sagte wieder Nein.

»Abends bist du fast immer zuhause.« Sie sinnierte jetzt laut vor sich hin. »Was Neues kannst du deshalb kaum aufgegabelt haben. Ein One-Night-Stand vielleicht?«

Ich wünschte, es schlüge zwölf, und das freche Grinsen, mit dem sie mir zuzwinkerte, bliebe auf ewig in ihrem Gesicht kleben.

Eine dumme Idee, so etwas passe natürlich nicht zu mir, fuhr Daniela eilig fort und fing an, Bilanz zu ziehen: »Also: keiner aus der jüngeren Vergangenheit, keine Neueroberung, kein Schnäppchen auf die Schnelle. Was bleibt da noch?« Ihr vierter Zählfinger verharrte in der Luft. »Warte mal – warte mal. Ah, ganz klar, was Altes. Jemand, den du schon lange kennst!«

Ich wurde gespannt fixiert, zeigte aber keinerlei Reaktion, sondern widmete mich meinem Essen. Kaute genüsslich und tupfte mir ausgiebig den Mund ab, weil sich in der Deckung der Serviette so gut verbergen ließ, wie ich mich über Danielas Wissbegier amüsierte.

Sie ließ nicht locker. »Kein Nein? Dann liege ich wohl genau richtig mit meiner Annahme. Allerdings kann ich mir schwer vorstellen, dass du irgendeinen alten Schulfreund auf dein Zimmer schleppst und mit ihm die Nacht verbringst. Es muss jemand gewesen sein, der dir viel bedeutet, den du … Lieber Gott, wie vernagelt bin ich denn! Dein Mann – oder vielleicht besser dein Ex? Sag bloß, dieser merkwürdige Gianni war bei dir?«

Augenblicklich gefror mir das Lächeln in den Mundwinkeln. »Merkwürdig? Was bitte soll das heißen?« Meine Stimme hörte sich ziemlich bissig an.

»Na, das ist doch noch ein Euphemismus für sein Verhalten! Betrügt seine Frau mit jedem Rockzipfel und verschwindet, nachdem sie ihm draufgekommen ist. Soll ich mal sagen, wie ich das wirklich finde?«

»Schon gut, schon gut.« Es fehlte nicht viel, und ich hätte ihr den Mund zugehalten. Dabei konnte sie an diesen Eindruck von Gianni ja nur durch mich gekommen sein. Ich selbst musste ihn als ein testosterongesteuertes Ungeheuer dargestellt haben.

»Wieso *schon gut*? Aus welchen Sümpfen ist dieser Mensch überhaupt plötzlich hier aufgetaucht? Oder treibt er sich schon länger in München herum?«

Dio mio, was für ein fürchterliches Bild hatte ich ihr vermittelt! Ein Glück nur, dass die beiden sich nicht begegnet waren, sonst hätte sie ihm mit ziemlicher Sicherheit den Kopf abgeschraubt.

»Jetzt bleib mal auf dem Boden, Daniela! Er ist schließlich kein Mädchenschänder oder Vorortvergewaltiger.« Ich war zu betreten, um überzeugend zu klingen. »Er hatte in München zu tun und rief mich an. Wenn du ihn kennen würdest …«

»... fände ich ihn wahrscheinlich sympathisch. Oder gleich unwiderstehlich! Willst du mir etwa das beibringen?« Empört funkelte sie mich an. »Eine durchvögelte Nacht, und du bist bereit, ihm alles zu verzeihen, was er dir angetan hat? Ich glaub's nicht, ich glaub's einfach nicht!«

Ich konnte ja selbst kaum glauben, wie ich von meinen alten Gefühlen überrollt worden war, so heftig, dass alle Vorbehalte plötzlich keine Rolle mehr gespielt hatten. Aber das hielt ich eigentlich nicht für Danielas Problem.

Sie sah es offenbar anders und legte noch einmal nach: »Erkennst du denn nicht, dass er dich benutzt wie die übrigen Tussis? Monatelang lässt er nichts von sich hören oder sehen, dann kommt er her, pfeift ein Mal, steigt in dein Bett und ist am nächsten Morgen wieder auf und davon. Eine günstige Gelegenheit, ein tolles System! Und du machst mit, als wärest du hirnamputiert. Womöglich glaubst du sogar an ein Revival der großen Liebe! Denk doch bloß mal nach, Camilla. Du bildest dir da was ein, das mit der Realität nichts zu tun hat. Jede Wette, dass ich recht habe!««

Warum hielt sie nicht endlich den Mund? Inzwischen fand ich unser Gespräch überhaupt nicht mehr amüsant, und die Euphorie, die mich durch den Tag getragen hatte, war restlos verflogen.

Garantiert hätte sie mich weiter bearbeitet, wenn ich nicht plötzlich aufgesprungen wäre, weil ich mein Handy klingeln hörte. Ich zog es aus meiner in Türnähe abgestellten Tasche, lauschte mit betont ernster Miene und tat, als ginge es um eine wichtige Angelegenheit, obwohl nur Alicia dran war, anscheinend ohne Ahnung von Giannis Besuch. Ein alltäglicher Hallo-wie-geht's-Anruf, der mir den hochwillkommenen Vorwand lieferte, Danielas Fängen zu entwischen.

»Oh, ich rufe sofort zurück!«, verkündete ich ins *telefonino*, während ich meine Sachen zusammenraffte.

»Ciao, ciao! Was ganz Dringendes! Vielen Dank für das köstliche Huhn!« Schon halb im Flur winkte ich meiner verdutzten Gastgeberin zu und warf einen Moment später die Tür meines Zimmers aufatmend hinter mir ins Schloss.

Das Telefonat mit Alicia ließ sich durch den Hinweis, ich sei gerade wild beschäftigt, auf Minutenlänge beschneiden. Gianni wurde nicht erwähnt.

Danach Ruhe. Nein – eher Unruhe.

Ich stand am Fenster und schaute den letzten Vögeln zu, die sich noch auf einem der Bäume tummelten. Zwei große Krähen, umeinander flatternd, ob im Kampf oder im Liebesspiel, war in der fortgeschrittenen Dämmerung nicht auszumachen.

Hier, genau hier hatte ich auch gestern Abend gestanden, Giannis Atem im Nacken. An dieser Stelle hatte das begonnen, was Daniela spöttisch als *Revival* bezeichnete. Ein eingebildetes, aus ihrer Sicht.

Auf einmal fielen mir Bemerkungen ein, mit denen man mich damals hatte zurückpfeifen wollen, vor Monaten, als das Misstrauen gegenüber Gianni mein Leben zu dominieren begann. *Das ist die dunkle Seite deiner Kreativität*, hörte ich Alicia sagen, *du schaffst es, einen klotzigen Turnschuh als federndes Gottesgeschenk erscheinen zu lassen, aber genauso kannst du Banalitäten in Höllenspektakel verwandeln. Schlimm nur, wenn du selbst dran glaubst.* Gianni hatte sogar einmal vermutet, in meinem Kopf säße ein Dämon. *Sonst würdest du nicht so absurdes Zeug erfinden und es als Wahrheit verkaufen!* Ich sah ihn wieder vor mir, wie er mich anbrüllte, an einem der letzten Abende, ehe er sich absetzte. Und auch Mamma, die eheliche Treue für zumindest zeitweilig verzichtbar hielt, blieb trotz aller meiner – wie ich fand – unbestreitbaren Belege dabei, dass ich mir Giannis Eskapaden bloß ausdächte. *Du steigerst dich in was rein, das gar nicht existiert, lauter abwegige Hirngespinste!* Bestimmt hundert Mal traktierte sie meine Nerven mit derartigen Sprüchen.

Und jetzt kam Daniela mit den gleichen Warnungen daher: *Du machst dir was vor … Du bildest dir was ein …* Nur der Blickwinkel war verändert. Als Erste und Einzige aus meinem Umfeld hatte sie mein Misstrauen gegenüber Gianni geteilt. Allerdings kannte sie ihn nicht persönlich, sondern allein die finsteren Geschichten, die ich erzählte, und schloss daraus natürlich messerscharf, dass er sich von seinem Über-Nacht-Stopp bei mir zwar gut eingespielten Sex, aber auf keinen Fall eine Wiederbelebung unserer Ehe versprach. In ihren Augen war er ein notorischer Weibervernascher und ich eine Idiotin, die ihren irrwitzigen Hoffnungen aufsaß

Und was, wenn sie recht hatte? Wenn es sich tatsächlich so verhielt? Wenn er mit mir geschlafen hatte, weil ich praktischerweise gerade zur Hand war und keinen Widerstand leistete? Konnte es nicht sein, dass mir meine Phantasie etwas vorgaukelte, als ich meinte, wieder in unsere frühere, vertraute Zärtlichkeit einzutauchen? Während er sich insgeheim lustig machte über diese willige Frau, die sich von seinen bewährten Tricks überrumpeln und ins Bett manövrieren ließ?

Ich merkte, wie es in den hinteren Regionen meines Hirns zu rumoren begann. Rudimente des alten Argwohns, der quälenden, schon fast vergessenen Bitternis, mussten sich dort festgefressen haben. Unwillkürlich schüttelte ich den Kopf. Weg! Raus damit! Das alles erschien mir nur noch als Ballast.

Mittlerweile war es draußen dunkel geworden. Vom matten Licht der Stehlampe hinter mir beschienen, begegnete ich meinem Spiegelbild in der Fensterscheibe. Lag es an einer Unebenheit im Glas oder an mir? Auf jeden Fall fand ich mich merkwürdig verzerrt. War das mein wirkliches Ich oder ein Trugbild?

Völlig benommen stand ich da und hatte plötzlich das Gefühl, mir selbst nicht mehr trauen zu können. Was war überhaupt Wirklichkeit? Und wo fing die Einbildung an?

Dass ich zum Bett tapste, schwindelig, als bewegte ich mich auf schwankendem Grund, kam mir vor wie die Flucht an den einzigen Ort, der etwas Gewissheit bieten konnte. Das Bett war nicht gemacht, die Kissen lagen noch zerknüllt auf zerwühlten Decken und Laken, darin ein Rest von Giannis Duft. Verlässliche Spuren einer wilden Nacht, die ganz sicher kein Hirngespinst war, was auch immer Daniela davon halten mochte.

Liebe oder purer Sex? Während ich mich zwischen die objektiven Zeugen kuschelte und dem letzten Hauch Gianni nachschnüffelte, erschien mir diese Frage auf einmal vollkommen nebensächlich. Selbst wenn er mich nur als Spielzeug benutzt haben sollte, ich hatte es mit allen Sinnen genossen, außerdem wusste ich jetzt, dass ich nicht auf dem Weg war, eine eingetrocknete Schrulle zu werden. Für den Moment reichte das als Anker.

In den nächsten zehn Tagen tat sich nichts, jedenfalls nichts Besonderes. Ich ging meiner Arbeit nach wie gewohnt, klapperte Kindergärten und Möbelgeschäfte ab, traf mich zweimal mit Claudia zum Ausmessen meiner zukünftigen Wohnung – lauter handfeste Dinge, bei denen ich aber immer den Eindruck hatte, ein paar Schritte neben mir zu stehen und mir bei Aktionen zuzusehen, die ich eigentlich gar nicht wollte. Nicht mehr wollte. Eigentlich, das drang mit zunehmender Schärfe in mein Bewusstsein, hätte ich die ganze unselige Geschichte am liebsten rückgängig gemacht.

Ich schlief schlecht während dieser Zeit, nächtelang hing ich in grauen Schlieren zwischen Traum und Wachen, aus denen sich ganz allmählich mein Irrweg abzuzeichnen begann.

Gab es Beweise für Giannis Untreue? – Nein.

Hatte ich ihn je erwischt? – Nein.

War er irgendwann von irgendwem bei irgendwelchen Umtrieben beobachtet worden? –Nein.

Wäre es also denkbar, dass doch diejenigen recht hatten, die alles den Volten meiner Phantasie zuschoben? – Hm – vielleicht – ja.

Konnte es sein, dass ich mir auf den eigenen Leim gegangen war? Und nun festsaß in einer selbstgestellten Falle? – O ja, es sah ganz danach aus.

Morgens dröhnte mein Kopf vom Wirrwarr der Gedanken, schwer war er und wurde von Tag zu Tag bleierner, weil Gianni nichts von sich hören ließ. Nicht ein einziges Zeichen gab es, nichts. Dafür signalisierte Daniela umso deutlicher, wie sie die Situation einschätzte.

»Ciao, bella, was macht die Liebe?« Zwei-, dreimal probierte sie, mich mit solchen spöttisch hingeworfenen Fragen aus der Reserve zu locken. Weil ich darauf aber nur mit einem kühlen Schulterzucken reagiert hatte, begnügte sie sich anschließend mit hochgezogenen Brauen und einem süffisanten »Na?«, wenn wir uns über den Weg liefen, was ich tunlichst zu vermeiden suchte. Mehr und mehr sah es so aus, als ob sie mit ihrer These richtigläge, aber das zuzugeben kam nicht infrage. Die Genugtuung gönnte ich ihr nicht.

Ja, ich steckte ganz schön in der Falle.

Dann endlich, am elften Tag nach Giannis Besuch, fand ich abends beim Heimkommen einen Brief von ihm auf dem Tischchen im Flur, auf dem wir Schlüssel, wichtige Nachrichten und Post ablegten. Unbewusst muss ich die Tage gezählt haben, so dass ich mir bis heute sicher bin: Es war der elfte. Ein richtiger Brief lag da, inzwischen schon fast eine Seltenheit. Langes, weißes Kuvert aus kräftigem Papier, Giannis unverkennbare, schwungvolle Schrift, eine Briefmarke mit Papa Francesco drauf. Durch den Spalt ihrer angelehnten Tür, hinter der ich sie herumruscheln hörte, meinte ich Danielas neugierspitze Blicke zu spüren, obwohl sie sich nicht bemerkbar machte. Garantiert hatte sie den Absender überprüft.

Ein bisschen Folter kann nicht schaden, dachte ich und schwenkte den Brief wie einen Fächer, während ich betont gelassen den Flur entlang in mein Zimmer ging. Dort aber riss ich ihn so schnell auf, wie ich es am liebsten gleich bei seinem Anblick getan hätte. Einen Moment lang war ich enttäuscht, weil nur ein schmales Blatt zum Vorschein kam, nicht die vielen Bögen, nach denen der Umschlag sich angefühlt hatte. Und es standen auch nur wenige Sätze darauf, aber die waren von einer Art, dass mir Schauer über den Rücken rollten. Heiß und kalt.

Es sei alles so schnell gegangen, schrieb er. Um seine Gefühle zu sortieren, habe er Zeit gebraucht, darum melde er sich erst jetzt. Wie es um mich stehe? Ob ich zu einer Aussprache bereit sei, damit wir endlich Klarheit zwischen uns schaffen könnten? Als Termin schlug er den folgenden Samstag vor, da habe er noch einmal mit seinem Geschäftspartner in München zu tun. *Betrachte den Stuhl nur als Vorwand*, las ich, *tatsächlich geht es um uns. Du musst dich nicht aus dem Stand entscheiden, darum auch diese snail mail statt eines Telefonats. Rühr dich, wenn du so weit bist. Sei umarmt. Gianni*

Ein vorsichtiger Brief, der mich nicht unter Druck setzte, aber auch alles offen ließ. In welche Richtung mochte Gianni seine Gefühle *sortiert* haben? Warum kein Wort von unserer heißen Nacht? Vielleicht hatte er danach endgültig genug von mir gehabt und wollte mir das als *Klarheit* vermitteln? Das definitive Aus? Dagegen sprach wiederum der rücksichtsvolle Ton, und dass er *uns* sagte, statt allein von sich zu reden. Und mich am Ende, wenn auch nur imaginär, umarmte. Andererseits fehlte das von früher gewohnte *dein* vor seinem Namen. Ein Zeichen abwartender Zurückhaltung oder des Bruchs unserer Zusammengehörigkeit?

Ich hatte mich auf mein Bett fallen lassen, den Brief fest in der Hand, und konnte nicht aufhören, ihn wieder und wieder zu durchdenken. Jedes Wort wurde im Kopf nochmals und nochmals gedreht und gewendet, damit mir ja keine eventuell noch unentdeckte Bedeutung entginge. War der Tenor positiv oder negativ? Was sollte ich davon halten?

Die Türklingel läutete zweimal, Danielas Signal. Für Steffi galt einmal, für mich dreimal. Also musste ich mich nicht kümmern. Vom Flur tönte Stimmengewirr herüber, lautes Lachen, dann wurde die Wohnungstür zugeschlagen. Ich war allein und hielt es plötzlich nicht mehr aus mit mir und dem Ping-Pong in meinem Gehirn. Ohne Danielas holzwurmartige Fragen befürchten zu müssen, machte ich mir in der Küche einen Caffè und ging danach durch die vom Abendlicht angeschönte Fraunhoferstraße Richtung Isar, über die Reichenbachbrücke und auf dem rechten Uferweg den letzten

Sonnenstrahlen entgegen. Möglicherweise würde die Bewegung den Druck aus meinen Kopf nehmen. Hunde, Kinder, Jogger, Biertrinker, Flaneure, Radfahrer – im hier üblichen Trubel könnte ich eventuell das Gefühl haben, nicht die Einzige zu sein, der manches durcheinandergeriet.

Auf halber Strecke zur Wittelsbacherbrücke setzte ich mich auf einen der dicken Steinblöcke am Wegrand, weil das Denken im Gehen doch nicht ganz so gut funktionierte, wie ich gehofft hatte. Probehalber schloss ich auch noch die Augen. Die Arme um meine hochgezogenen Knie geschlungen, hockte ich da und versuchte, den Blick nach innen zu wenden. Ich wollte mich selbst unter die Lupe nehmen, ich musste es tun, denn wenn Gianni auf Klarheit zwischen uns drang, sollte ich zuerst einmal mit mir selbst im Reinen sein.

Vielleicht lag es an dem Sitzplatz, dass ich mich gerade jetzt an meine steinerne Freundin erinnerte, vielleicht auch an meiner Innenschau, in die sie sich schon immer gern eingemischt hatte, jedenfalls hatte ich plötzlich Nicolettas Stimme im Ohr, zum ersten Mal wieder seit vielen Wochen. Gedämpft zwar, aber deutlich genug, um sie zu verstehen. Ein leicht mokanter Unterton ließ sich nicht überhören, völlig unpassend, wie ich fand.

»Wieso redest du vom großen Aufräumen?« Ich sprach ebenfalls mit leiser Stimme, obwohl sich niemand in meiner unmittelbaren Nähe befand und rundherum genügend Sonderlinge unterwegs waren, die mit sich selbst redeten, sodass ich kaum aufgefallen wäre, wenn ich lauter gesprochen hätte. Aber nach Geschrei war mir gar nicht zumute. »Ach, Nicoletta«, seufzte ich, »kannst du nicht etwas milder mit mir umgehen? Es ist doch schon schwer genug, wenn man nicht mehr weiß, wie man sich selbst einschätzen soll. – Nein, ich übertreibe nicht! Wenn ich im Hinblick auf Gianni tatsächlich gesponnen habe, kann es doch sein, dass ich generell spinne. Vielleicht bilde ich mir ja ständig was ein und verwechsle es mit der Realität. – Dann wäre ich komplett verrückt, und das bezweifelst du? Vielen Dank, Nicoletta, sehr nett von dir. Wenigstens diesen Punkt hätten wir schon mal geklärt. Aber warum sonst bin ich so konfus? – Oh, du meinst, weil ich mich verändert habe? Lass mich nachdenken. Hm, das könnte stimmen. Wahrscheinlich hast du recht. Ich bin nicht mehr die Camilla, die in Verdächtigungen badete, zumindest was Gianni betraf, auch wenn sie sich noch manchmal aus dem Untergrund meldet. Und die andere, für die hier ein völlig neues Leben beginnen sollte, will ich nicht wirklich sein. Das ist mir inzwischen aufgegangen. Was mache ich denn nun? Komm, Nicoletta, als die große Durchblickerin hast du doch sicher eine Idee!«

Während ich auf ihre Antwort wartete, mit der sie sich ungewöhnlich viel Zeit ließ, trieb ein dicker Ast in den Wellen des von der späten Schneeschmelze angeschwollenen Flusses vorbei, verfing sich kurz in Geröll und Baumstämmen und schoss weiter. Ich schaute ihm hinterher – und fuhr zusammen, überrascht vom Sprühregen aus dem nassen Fell eines großen, puscheligen Hundes. Direkt neben meinem Stein musste er sich nach dem Tauchbad schütteln und hob, kaum eine Handbreit von mir entfernt, auch noch ein Bein, um durch Gräser und Kuhblumen an die Schmalseite zu pinkeln, bevor er, einen Stock in der Schnauze, wieder zum Wasser sprang.

»Walter! Walter, willst du wohl!« Der Typ, der ihn von einem rostigen Fahrrad aus zurückzupfeifen versuchte, gehörte zweifelsohne zu dem unter der Reichenbachbrücke hausenden Trupp Obdachloser. Abgesehen vom malerisch vergammelten Outfit, ließen die an seinem Lenker baumelnden, mit klirrenden Flaschen gefüllten Plastikbeutel darauf schließen.

Keine Sekunde lang kümmerte sich Walter um die Kommandos seines Herrn. Stöckchenschwingend tobte er völlig unbeirrt weiter durch die Uferwellen, umrundete im Gras turtelnde Pärchen und scheuchte kleinere Kollegen auf aus ihrem beschaulichen Trott, so wie zuvor mich aus meinem konspirativen Disput. Ein nasser, schwanzwedelnder Irrwisch, dem ich zu verdanken hatte, dass ich immer noch unschlüssig den Heimweg antreten musste.

Wer weiß, wie lange ich um die passende Antwort an Gianni gerungen hätte, wäre mir beim Nachhausekommen nicht Daniela begegnet. Zwischen Bad und Küche kreuzte sie gerade den Flur, als ich die Wohnungstür hinter mir schloss, und blieb bei meinem Anblick sofort stehen. Natürlich gehörte es zu unseren normalen Umgangsformen, dass man nicht einfach aneinander vorbeilief, doch die Art, in der sie sich da mitten im Gang postierte und mir erwartungsvoll entgegenschaute, gab meinem Hirn anscheinend den entscheidenden Kick. Arme in die Hüften gestemmt, Standbein und Spielbein betont lässig arrangiert, auf dem Gesicht ein breites Lächeln – ein Bild der Zufriedenheit, wie eingeschmiegt in sich selbst stand sie da. Auf einen Blick war ihr anzusehen, dass sie vollkommen sicher war, mit ihrer Version des Gianni-Besuchs richtigzuliegen. So sicher, dass ihr Fragen überflüssig erschienen.

»War ja klar, dass es so ausgehen würde«, sagte sie und bemühte sich, ihre Stimme nicht allzu triumphierend klingen zu lassen. »Zum Glück trägst du's mit Fassung.«

»Was? Wovon redest du?« Mit aufgerissenen Augen spielte ich die Ahnungslose.

»Na, von dem Brief natürlich, dem Abschiedsbrief. Ich wusste es gleich, als ich ihn in der Post fand.«

»Abschiedsbrief? Wieso das denn?« Jetzt war ich echt erstaunt.

»Aber ich bitte dich, Camilla! Wer schreibt denn noch richtige Briefe? Und wenn überhaupt, dann nur welche mit schwerwiegendem Inhalt. Was konnte das bei euch beiden schon sein? Die Scheidung natürlich, was sonst! Nachdem er sich noch einmal mit dir vergnügt hat, gibt er dir endgültig den Laufpass. Immerhin bringt er genügend Anstand auf, es dir nicht per SMS mitzuteilen. Für so einen Typ wäre das sicher die normale Form. Sei bloß froh, dass du ihn los bist, an jedem Finger kannst du zehn haben, die besser sind als dieser *mascalzone*!«

Ich weiß, ich hatte sie selbst so gebrieft, und ich hätte ihr dankbar sein sollen für ihre Solidarität, wollte aber dennoch nicht hören, wie verächtlich sie sich über Gianni äußerte – und spürte auf einmal das dringende Bedürfnis, mich wenigstens ein bisschen dafür zu rächen.

»Du hast es dem Brief tatsächlich von außen angesehen?«, fragte ich übertrieben ernsthaft.

»Ganz eindeutig.« Stolz reckte sie ihr kleines Kinn. »Meine Theorie kennst du ja.«

Ich nickte. »Klingt interessant. Aber kann die Sache in der Praxis nicht mal anders laufen?«

Sie wechselte Standbein und Spielbein, verschränkte die Arme vor der Brust und schaute mich leicht irritiert an. »Was willst du damit sagen?«

»Dass du dich irren könntest!«

»Bestimmt nicht bei diesem Brief«, sagte sie kopfschüttelnd. »Dem roch man den Inhalt ja förmlich an!«

»Auf Nasen ist eben auch kein Verlass mehr.« Plötzlich musste ich lachen. Vielleicht wegen der Albernheit unseres Gesprächs, die mir schlagartig bewusst wurde, vielleicht auch aus Erleichterung, weil ich in diesem Moment ganz unerwartet erkannte, wie ich auf Giannis Brief reagieren sollte. Und das teilte ich Daniela mit.

»Der mascalzone, wie du ihn nennst«, sagte ich und imitierte ihren abfälligen Ton, »möchte am nächsten Wochenende noch einmal herkommen, zum Reden, zum Klären. Ob es ein Abschiedsbrief war, der dir in die Finger geraten ist, hängt vom Ausgang ab, auf jeden Fall freue ich mich erst mal.«

»Aufs Bett?«, fragte Daniela etwas spitz. Sie hatte sich inzwischen an den Pfosten der Küchentür gelehnt und atmete tief durch, so als müsste sie den Fehlschlag ihrer Spekulation verwinden oder die Vorstellung, dass ich jemandem, den sie dank meiner Schilderungen für ein absolutes Scheusal hielt, eine Chance geben wollte.

»Nicht nur.« Ich grinste sie versöhnlich an. Was ich mir eigentlich davon erhoffte, nämlich endlich wieder festen Boden unter die Füße zu bekommen, musste und wollte ich ihr nicht erklären. Stattdessen schlug ich vor, zusammen Nudeln zu kochen und mit einem Glas Rotwein anzustoßen auf alle Schufte dieser Welt – nachdem ich *meinem* geantwortet hätte.

Das musste unbedingt sofort geschehen, damit ich nicht erneut ins Schleudern geriet, und zwar in einer Form, die außer meiner Bereitschaft, mit ihm zu reden, kaum etwas von mir preisgab und den Spielraum durch keine Erwartungen einengte. Nicht weniger vorsichtig als sein Brief. Sollte ich zum Schluss schreiben, dass ich mich auf ihn freute, wie es mir Daniela gegenüber spontan entschlüpft war? Warum eigentlich nicht? Schließlich hatte er mich auf dem Papier umarmt. Und seinem Beispiel folgend, ließ ich das Possessivpronomen vor meinem Namen ebenfalls weg. Wer weiß, welchen tieferen Sinn er damit verband.

Ein kurzer Brief, ich trug ihn vorsichtshalber gleich zum Postkasten und war bei meiner Rückkehr erleichtert, Daniela schon in der Küche hantieren zu sehen, weil ich allein mit mir garantiert von Zweifeln überfallen worden wäre. *Vielleicht hätte ich besser – warum nicht so – oder überhaupt alles ganz anders ...* Das Endlosband mit Bedenken lag abrufbereit im Hinterkopf und würde sich prompt abgespult haben, bis ich, in seinen Schleifen verfangen, vermutlich losgerannt wäre, um durch den Briefkastenschlitz nach meinem Kuvert zu angeln.

Zum Glück war meine Mitbewohnerin weder besonders rechthaberisch noch nachtragend, und nachdem wir Spaghetti Aurora gegessen und auf die Schlurche dieser Welt mehrmals gehörig angestoßen hatten, fragte sie irgendwann, ob ich ihr ein Foto von Gianni zeigen könnte. Möglicherweise sähe er ja gar nicht aus wie der aalglatte Weiberfänger mit fünf Pfund Gel auf dem Kopf und Goldkettchen im Brusthaar, zu dem sie ihn in ihrer Vorstellung stilisiert hätte, was ihr eine Hilfe wäre beim Versuch, Verständnis für meine Nachsicht ihm gegenüber zu entwickeln. *Meine Nachsicht!* Aus ihrem Mund klang es wie ein Akt der Gnade. Nur sollte der dringend umgeleitet werden! Wer hier Nachsicht brauchte, das stand mir plötzlich glasklar vor Augen, war einzig und allein ich. Zum ersten Mal spürte ich Scham, heftige sogar. Ja, ich schämte mich für meine Umtriebe und war froh, auf der Suche nach einem Foto wenigstens ein paar Minuten lang in meinem Zimmer verschwinden zu können.

Komisch, die Sachen sind immer da, wo man zuletzt guckt! Der Standardspruch unseres ehemaligen Hausmeisters in der Contrà S. Marco fiel mir wieder ein, als ich endlich ein Gianni-Bild ganz hinten in meiner Dokumentenmappe entdeckte, zwischen alten Zeugnissen und Bescheinigungen. Gerade bevor ich aufgeben wollte, weil es mir plötzlich absurd vorkam, dass ich bei meinem zornigen Abzug aus Vicenza ein Foto von ihm eingesteckt haben sollte. Aber da war er, an eine Säule vor der Basilica gelehnt, die wie immer etwas zu langen Haare vom Wind zerzaust. Und diesem fröhlich in die Sonne blinzelnden Mann hatte ich die ungeheuerlichsten Geschichten angehängt. Ich selbst konnte es kaum noch glauben – und schon gar nicht Daniela, als ich das Bild vor ihr auf den Küchentisch legte.

»Was? Das soll er sein?« Verblüfft schaute sie zwischen dem Foto und mir hin und her. »Wie ein Lüstling wirkt der wahrlich nicht! Eher verträumt, sensibel. Wenn ich ihn früher gesehen hätte, würde ich dir deine Geschichten niemals abgekauft haben.«

So wie alle, die ihn kennen, dachte ich und zuckte verlegen mit den Schultern. »Na ja, man sieht den Menschen nicht immer an, auf was sie aus sind.« Zugegeben, ein wenig überzeugender Versuch der Exkulpation.

Daniela verdrehte auch prompt die Augen. »Das mag ja manchmal stimmen, aber bei diesem Mann hier ganz sicher nicht.« Sie hatte das Foto in die Hand genommen, um es näher anzuschauen. Von meinem Platz auf der anderen Tischseite aus beobachtete ich sie dabei, überrascht durch ihre völlig veränderte Einschätzung. Gut möglich, dass der Rotwein nicht ganz unbeteiligt war an dem unerwarteten, kompletten Meinungsumschwung. »So ein klares, offenes Gesicht«, erklärte sie mit Nachdruck »das kann nicht die Maske eines Ekelpakets sein. Nie im Leben! Immerhin«, plötzlich hob sie den Blick und nahm mich scharf ins Visier, »immerhin scheinst du's mittlerweile ja selbst zu ahnen. Ich frage mich nur, wer dich gestochen hat – nein, besser getreten, dass du auf dermaßen finstere Gedanken verfallen konntest.«

Gestochen, getreten – als ich spät in der Nacht aufwachte, weil mich der Vollmond durch einen Vorhangspalt mit grellem Licht übergoss, fielen mir augenblicklich wieder Danielas Worte ein, die mir vorhin beim Einschlafen noch lange im Kopf herumgespukt waren. Nein, sie trafen nicht den Kern der Sache. Vielmehr kam es mir so vor, als wäre ich von einem Fieberwahn erfasst worden, der alle Konturen verwischte, in dem alle Grenzen der Wahrnehmung verschwammen. Und aus dem ich gerade wieder aufzutauchen begann. War das Fieber überwunden? Endgültig? Oder machte es nur eine Pause und würde mich bei passender Gelegenheit wieder anspringen? Mal dir das jetzt nicht aus, ermahnte ich mich selbst und zeigte dem Mond entschlossen den Rücken. Zu welchen Kapriolen meine Phantasie in der Lage war, wenn man sie von der Kette ließ, musste ich mir nicht erneut beweisen, schon gar nicht in dieser Nacht.

* * *

So ein klares, offenes Gesicht – mit der Beschreibung hatte Daniela schon eher richtiggelegen. Ich brauchte nur eine Hand zu heben, um es zu berühren, über den silbrig schimmernden Dreitage-Bart zu streichen, nicht einmal eine Armlänge war dieses Gesicht von mir entfernt. Leicht zerknautscht sah es aus nach einer Nacht mit viel zu wenig Schlaf, aber sehr entspannt. Die Beine weit von sich gestreckt, lehnte Gianni lässig neben mir in einem Sessel vor dem Stadtcafé, auf unserem Tisch der zweite, vielleicht auch bereits dritte Caffè dieses Morgens, über uns ein großer Schirm als Schutz vor der Beinahe-schon-Mittagssonne.

Möglicherweise machte ich einen ähnlich *gebrauchten* Eindruck, ganz sicher aber war ich genauso entspannt. Diese heiter-gedämpfte, auf unfromme Art irgendwie heilige Sonntagsstimmung hatte ich schon immer geliebt, und dann hockten wir auch noch wie ein in Harmonie eingesponnenes altes Ehepaar, bei dem es keiner Worte bedurfte, an der wärmenden Mauer. Ein Bild des Glücks, fand ich selbst, als ich mir unsere Außenwirkung probehalber kurz vorstellte. Nichts ließ auf die Turbulenzen schließen, die kaum ein paar Stunden hinter uns lagen.

Gianni war am Samstagmittag angekommen, hatte wieder in *seinem* Hotel am Markt eingecheckt, mich nach einer kleinen Charmeattacke auf Lisa aus dem Laden losgeeist und schnurstracks zu seinem Zimmer geschleppt. Natürlich schossen mir unterwegs Danielas freche Anspielungen durch den Kopf, aber sie störten mich nicht. Ich wäre ihm überall hin gefolgt, wie ich mit weichen Knien registrierte.

»Stell dir vor, die sind schon seit sieben Jahren verheiratet und haben angeblich immer noch Spaß im Bett!«, hatte ich kürzlich auf einer Party eine Brünette mit Zitronenmund über irgendwen zischeln hören. Die Ärmste! Von Qualität schien sie keine Ahnung zu haben, davon, wie kostbar so eine gewachsene Intimität sein konnte. Tausendmal besser, fand ich, als ein ständig neuer Stachelbeerhintern, was durch die vergangene Nacht gerade wieder bestätigt worden war.

So stürmisch wie beim letzten Mal hatten wir uns nicht

geliebt, dafür aber umso genießerischer, mit der Erfahrung langen zärtlichen Umgangs. Gegen neun Uhr trieb uns der Hunger auf die Beine, ein paar Ecken entfernt aßen wir eine Quiche mit Salat. Knie an Knie saßen wir uns in dem kleinen Lokal gegenüber, während die Luft zwischen uns vor Spannung zu schwirren schien. Nach dem Caffè kehrten wir sofort zurück zu unserem Lager, einem breiten Mahagonibett, umgeben von zartblau gestreiften Wänden, und liebten uns noch einmal, blieben danach eng umschlungen liegen.

Ich muss irgendwann eingeschlafen sein, jedenfalls war ich einen Moment lang völlig verwirrt, als ich die Augen aufschlug und Giannis Gesicht unmittelbar vor mir sah. Reglos lag er da, so nahe, dass sein Atem sich mit meinem mischte, und schaute mich an, ernst und konzentriert, als wäre ich ein rätselhaftes Studienobjekt. Von draußen hörte man das Schlagen einer Kirchturmuhr – halb drei.

»Was ist?« Ich wollte mich aufrichten, aber dazu musste ich erst seinen Arm von meiner Schulter streifen und meinen Arm unter seiner Hüfte hervorziehen. »Was ist?«, fragte ich noch einmal nach gelungener Operation, auf meinen rechten Ellbogen gestützt.

Er krauste die Brauen, ohne mich aus den Augen zu lassen. »Ich beobachte dich schon eine ganze Weile, während du geschlafen hast, und überlege, mit wem ich hier eigentlich zusammen bin.«

»Wieso? Was soll das heißen?«

»Na ja, es gibt immerhin drei Möglichkeiten«, erklärte er und grinste etwas schief, »die Camilla, die ich geheiratet habe, die andere, vor der ich mich retten musste, und dann noch diese neue, die mir vertraut vorkommt und trotzdem unähnlich.«

Ich fiel zurück in die Kissen. Jetzt war es also so weit, jetzt ging es an die Aussprache, um Klarheit zwischen uns. Dabei hatte ich keineswegs das Gefühl, in mir selbst schon jeden Winkel durchleuchtet zu haben. Würde er die noch immer nicht ganz behobene Konfusion in meinem Innern verstehen, wenn ich ihm davon erzählte? Oder sollte ich ihn einfach um Generalamnestie bitten für alles Zerstörerische, das sich zwischen uns aufgehäuft hatte – die gesamte Schuld auf mich nehmen, obwohl er ja vielleicht doch … Du lieber Gott – für einen Moment musste ich die Luft anhalten –, wie lange würde es denn noch dauern, bis auch der allerletzte Krümel von Verdacht in mir ausgerottet war?

Als wollte er mich aus einem Strudel an Land ziehen, nahm Gianni plötzlich meine Hand und hielt sie ganz fest. »Weißt du noch, wie es anfing? Erinnerst du dich an einen besonderen Vorfall? Habe ich dir Grund gegeben für dein Misstrauen? Komm, erzähl einfach, was wann aus dem Ruder gelaufen ist. Vielleicht können wir es zusammen verstehen.«

Er sprach ruhig, ohne eine Spur von Vorwurf, durch ihn musste ich mich nicht bedrängt fühlen, die Beklemmung, die ich plötzlich spürte, konnte deshalb nur von mir selbst ausgehen. Eine üble Mischung aus engstirnigen Beobachtungen, peinlichen Visionen und dem galligen Vergnügen an verleumderischem Gerede schwappte auf mich zurück.

Ich versuchte, mich in Selbstironie zu retten, während ich von meinen Anfängen als – na ja – Fast-Stalkerin berichtete: Gleich zu Beginn kam Marta vor, die knopflöchrige, putzende Nachbarin, deren vermeintliche Attraktivität ich inzwischen nicht mehr erkennen konnte; das Mondscheingespräch mit Lucia, der Lady von der Stadtverwaltung; die grellblonde, kurvenreiche Wurstverkäuferin im Supermarkt, durch die, wie ich damals annahm, ein besonderer Appetit auf Mortadella bei ihm geweckt worden war, so dass er immer wieder hinmusste …

»Ich habe einfach alles durch deine Brille gesehen«, sagte ich schließlich, nachdem ich mein Gedächtnis nach möglichst vielen Situationen, Szenen und Figuren abgefischt hatte, »und aus dieser Perspektive …«

Bis dahin hatte mir Gianni geduldig zugehört, hatte einige Male sogar genickt, als könnte er sich in mich hineinversetzen. Damit war jetzt urplötzlich Schluss. Er stieß meine Hand weg, stemmte sich hoch und fauchte mich von oben an. Wütend, empört.

»Durch *meine* Brille?, sagst du? *Meine* Brille? Was für eine Brille soll das denn bitte sein? Und welche Perspektive? Begreifst du eigentlich noch immer nicht, wie abwegig das alles ist?«

Ich nickte unter dem Laken hervor, das ich mir schnell bis ans Kinn gezogen hatte, weil ich mich auf einmal so hilflos und bloßgestellt fühlte. »Doch, doch. Aber du wolltest doch wissen, was …«

»Stopp!« Er fiel mir energisch ins Wort. »Ich will nicht wissen, was du mir im Einzelnen angehängt hast, das habe ich zur Genüge mitbekommen. Mir geht's um den Auslöser für diesen ganzen Irrsinn! Irgendwas muss doch passiert sein, das dich auf solche Ideen gebracht hat. Was war das?«

Ja, was war das? Starr lag ich unter dem Leintuch und gab mir Mühe, durch den Wust von Verdachtsmomenten, vagen Ahnungen, Zweifeln und verschwommenen Phantasien zum Grund vorzudringen. Ich strengte mich wirklich an, aber es fiel mir nichts ein. Vielleicht dachte ich zu heftig nach, und der Druck verhinderte den klaren Blick. Ich spürte genau, dass da etwas war, nur konnte ich es nicht orten.

Meine Erinnerung stellte sich quer in dieser Nacht, so was kommt vor, und es gibt Leute, die darin einen Sinn erkennen. Ich allerdings war noch nicht so weit.

»Ich weiß es nicht, ich erinnere mich nicht.« Um bei diesem Geständnis nicht allzu jämmerlich zu wirken, setzte ich mich ebenfalls auf und hockte, den Rücken an das Kopfteil des Bettes gelehnt, die Arme um meine Knie geschlungen, auf Augenhöhe neben Gianni. Eine Zeit lang saßen wir stumm da, Seite an Seite, nur als Gianni einmal hustete, trafen sich kurz unsere Schultern.

»Könnte es sein«, sagte er nach einer Weile, »dass es war wie eine schwere Infektion, deren Überträger man nicht kennt …«

»… den man aber, wenn man ihn fände, am liebsten lynchen würde«, ergänzte ich.

Gianni nickte. »Klar, weil er einem so vieles vermasselt hat: die Weltreise …«

Ich: »… das Galadiner –«

Er: »… den Himalaya-Aufstieg …«

Ich: »… oder ein paar Jahre Leben …«

Er: »… Liebesleben, noch viel schlimmer!«

Vor ein paar Minuten hatte ich noch gedacht, dass er mich gleich aus seinem Bett und auch aus dem Zimmer werfen würde. Stattdessen legte Gianni nun einen Arm um meine Schultern und zog mich so nah an sich heran, dass unsere Nasenspitzen einander berührten. Manchmal kann eingespielte Liebe Abgründe mit einem Sprung überbrücken. Wir schauten uns an und sagten fast gleichzeitig: »Ich liebe dich.«

* * *

»Hast du Hunger?«

Giannis Stimme und ein kleiner Stoß seines Ellbogens holten mich zurück unter den Sonnenschirm.

Hunger? Hatte ich Hunger? Blinzelnd blickte ich um mich und blieb zwei Tische vor uns bei einem Mann hängen, dem die Lust am Essen selbst von hinten anzusehen war. Mit durchgedrücktem Kreuz saß er auf der Vorderkante seines Sessels und machte sich zügig über den Nachschub her, den der Kellner eben im Austausch gegen leer gegessenes Geschirr bei ihm ablud: einen üppig gefüllten Brotkorb, Wurst- und Käseplatten, eine Schüssel, in der Rührei dampfte oder eine Suppe. Ein eher schmaler, drahtiger Typ. Kaum vorstellbar, wie er das alles in sich unterbringen wollte. Doch es schien zu passen, was vielleicht daran lag, dass ein Großteil der Speisen ein Stück nach oben wanderte, in die Ohren nämlich. Jedenfalls kam es mir so vor, als mein Blick auf sie fiel, ungewöhnlich große, fleischige Ohren, gut durchblutet, in der Form ein bisschen wie Fledermausflügel, die bei jedem Bissen, den er sich zuführte, genießerisch bebten. Wirklich, es war nicht zu übersehen.

»Hier, was hältst du von einem Tomaten-Ingwer-Süppchen?« Gianni schob mir die Speisekarte zu. Mag sein, dass der Anblick des emsigen Essers seinen Appetit angeregt hatte, auf mich jedoch wirkte er eindeutig abtörnend. Das Süppchen würde mir unweigerlich in die Ohren gestiegen sein, eine Vorstellung, die mir überhaupt nicht behagte, vielleicht auch – und das gefiel mir noch weniger – in die Nase, als dem auffälligsten Vorsprung an meinem Kopf.

»Nein, danke, im Moment nicht.« Ich drehte meinen Stuhl weit genug herum, um ein anderes Blickfeld zu haben. Zeitungsleser, ein grimmig vor sich hin schweigendes Pärchen, eine Clique, die unter schrillem Gelächter auf irgendetwas anstieß…

Zwei mit Laufrädern durch die Gegend flitzende Dreijährige müssen den Wunsch in mir geweckt haben: »Zeig mir doch noch einmal das letzte Video von den Kindern«, bat ich und streckte meine Hand aus.

»Etwa die fünfunddreißigste Runde.« Gianni schmunzelte, während er sein iPhone aus der Tasche zog und mir überreichte. »Gegen die Sehnsucht kann man auch was anderes tun.«

Statt auf seine Bemerkung einzugehen, zuckte ich mit den Schultern und schaute Sofia und Matteo zu, wie sie auf einem Spielplatz herumtobten, lachten, kreischten und am Ende heulten, weil dem Ball, mit dem sie gerade Weltmeisterschaft spielten, die Luft ausging. Die Großaufnahme zeigte den Schuldigen: einen Nagel in der blau schillernden Außenhaut. Wie weit weg sie waren…

Ganz vage und so vorsichtig, dass kaum etwas Fassbares übrig blieb, hatten wir in den vergangenen Stunden mehrmals die Idee meiner Rückkehr nach Vicenza gestreift. Und in einem Winkel meines Herzens muss ich längst dazu entschlossen gewesen sein, auch wenn es noch nicht auf der Bewusstseinsebene angelangt war.

Das iPhone in den Händen, saß ich da und hing meinen Gedanken nach, als eine Schar lässig gekleideter Leute laut palavernd quer über den Jakobsplatz auf das Café zukam. Ohne besonderes Interesse schaute ich hin – und erstarrte. In ihrer Mitte schlenderte ein Mann, den rechten Arm um die Hüften einer langen Blonden drapiert. Paolo! Unverkennbar! In typischer Pose! Was tat der in München? Vor Überraschung stockte mir der Atem, ich schnappte nach Luft, doch dann hörte ich ihn reden, diesen Macho, diesen Oberprotz. Er war jetzt nah genug. – Und er sprach bairisch! Breit. Ohne den geringsten italienischen Anklang.

»He, Camilla, was ist mit dir?«

Giannis Stimme klang wie durch Ohropax gefiltert, ich spürte seine Hand auf meinem Arm und merkte, dass ich kerzengerade und sprungbereit an der äußersten Kante meines Sessels saß, die Augen – vermutlich mit glasigem Ausdruck – auf die Tür gerichtet, hinter der der falsche Paolo samt seiner Entourage soeben verschwunden war.

»Camilla? Ca-mi-lla!« Spöttisch und zugleich freundlich zog Gianni meinen Namen in die Länge.

Einen Moment lang starrte ich weiter Richtung Tür, bis ich den Irrtum verdaut hatte, und sackte dann, wie von einem schmerzhaften Stich getroffen, gegen meine Rückenlehne. Es fühlte sich an, als wäre gerade eben etwas Abgekapseltes in meinem Innern aufgeplatzt. Urplötzlich war die Erinnerung wieder da, zum Greifen nah, und ein ätzend bitterer Geschmack kroch mir die Kehle hoch. Vielleicht hätte ich mich übergeben, wäre ich nicht schnell genug an das Wasserglas neben meiner Kaffeetasse gekommen. Mit gierigen Schlucken schaffte ich es knapp, die Übelkeit wegzuspülen.

Dabei nahm ich aus dem Augenwinkel Giannis erstauntes Gesicht wahr, sah, wie er mich besorgt fixierte und den Kellner mit einem Handzeichen um noch mehr Wasser bat.

»Was hast du nur?« Wieder griff er nach meinem Arm. »Du siehst ganz grün aus! Ist was passiert?«

Ich schüttelte den Kopf, vorsichtig, damit ich nicht doch noch spucken musste. »Bloß eine Verwechslung.«

»Was für eine Verwechslung? Wen glaubtest du denn zu sehen?«

Ich schluckte ein paar Mal trocken durch, ehe ich den Namen herausbrachte: »Paolo.«

»Paolo? Wer bitte ist Paolo?«

»Dieser ... dieser Werbemensch, mein ehemaliger ... ach, du weißt doch ...«, stammelte ich.

»Meinst du den alten Verführer?« Mit hochgezogenen Brauen schaute Gianni mich verwundert an. »Der soll sich hier herumtreiben?«

»Ja – das heißt nein. In Wirklichkeit war es nämlich gar nicht er, sondern irgendein Typ, der ihm ähnelt wie ein Krokodil dem anderen.«

»Krokodil? Das klingt ja ziemlich eindrucksvoll«, sagte Gianni grinsend.

Für meine Begriffe klang es eher gefräßig, und ich sah absolut keinen Grund, sich über die Situation zu amüsieren.

»War die Geschichte nicht schon lange abgehakt?«

Ich nickte. »Ja, das meinte ich auch.« Tatsächlich hatte ich geglaubt, Paolo bereits vor einer Ewigkeit aus meinem Leben gestrichen zu haben, und wenn er mir doch zufällig irgendwann mal in den Sinn kam, konnte ich ohne Unbehagen an ihn denken. – Bis vorhin ...«

»Und warum bist du dann so erschrocken?«

»Weil er der Auslöser ist!«

»Wer? – Was?«

»Paolo! Er ist der Grund für meine – für unsere Probleme. Ich erinnere mich jetzt!«

»Bist du sicher?«

»Ganz sicher. Dieser Doppelgänger hat mir die Augen geöffnet. Ich weiß es wieder.« Unter Giannis erstaunten Blicken richtete ich mich in meinem Sessel auf.

»Und was weißt du? Kannst du dich vielleicht etwas klarer ausdrücken?« In seiner Stimme schwang ein Hauch Ungeduld. Womöglich nahm er an, dass meine Phantasie erneut mit mir durchginge.

»Aber ja«, sagte ich, »als Paolo, egal, ob echt oder falsch, da drüben über den Platz kam, fiel mir auf einmal der Nachmittag wieder ein, der Nachmittag im vergangenen September, an dem es losging mit meiner – meiner fixen Idee.« Ich sagte wirklich *fixe Idee*! Bis vor Kurzem noch wäre mir so ein Eingeständnis um keinen Preis über die Lippen gekommen.

»Was ist denn passiert an diesem Nachmittag?«

»Eigentlich nicht viel. Ich habe Paolo unterwegs an der Piazza Marconi bemerkt, nur von Weitem, mit schnuckeliger Begleitung natürlich. Das war der Zündfunke.«

»Zündfunke. Aha.« Mehr Skepsis passte nicht in ein Paar Augen.

»Genau«, sagte ich und schaute trotzig zurück. »In dem Moment sprang mich nämlich blitzartig die Vorstellung an, du würdest dich genauso wie er verhalten – ein notorischer Frauenfänger, ausgefuchst, zielstrebig, unersättlich. Ich habe dich in seine Haut gesteckt, du spieltest plötzlich seine Rolle, und ich konnte nicht mehr aufhören, mir auszumalen, was du wo mit wem gerade triebest. Anfangs habe ich noch hin und wieder versucht, mich zurückzukatapultieren auf den Stand vor diesem unseligen Nachmittag, aber es klappte nicht. Im Gegenteil. Die ewige *Das-tun-doch-alle*-Parole von Mamma und Konsorten saß mir fest im Kopf, und irgendwann hat mich das Ganze einfach überrollt. – Verstehst du?«, schloss ich hoffnungsvoll.

Gianni saß schweigend da, seine Finger trommelten ein paar Takte auf die Tischplatte. »Nein«, sagte er endlich, »ich verstehe nicht.«

Wie sollte er auch? Sogar in meinen eigenen Ohren klang ziemlich absurd, was ich hier erzählte. »Schon in Ordnung«, murmelte ich zerknirscht, »eigentlich versteh ich's ja selber nicht.«

»In Ordnung? In Ordnung?«

Gianni zischte so laut, dass der Zeitungsleser am Nachbartisch seine *Süddeutsche* sinken ließ und uns über den Brillenrand interessiert musterte, aber sofort mit seiner Lektüre fortfuhr, als keine Schlägerei bei uns ausbrach.

»Gar nichts ist in Ordnung!« Das Zischen verwandelte sich in eine Art Grummeln. »Wieso hängst du mir die Gewohnheiten deines verflossenen Lovers an? Was bringt dich dazu, mich in seine Rolle zu drängen? Liebst du ihn etwa noch und trauerst ihm nach? Kam daher deine Wut auf mich?«

»Ach was, so ein Unsinn!«

Unser Nachbar hob wieder den Kopf, dieses Mal, weil *mein* Protest allzu gut hörbar war. Beim Weitersprechen – leiser – schickte ich ein künstliches Entschuldigungslächeln in seine Richtung.

»Liebe! Das kannst du vergessen. Schon damals hatte ich das Gefühl, nur verschossen zu sein, wahrscheinlich war ich nicht mal richtig verliebt. Bei der Wut sieht es allerdings anders aus … Nicht auf dich!«, schob ich eilig nach, als ich Giannis irritierte Miene bemerkte. »Auf ihn, auf Paolo bin ich wütend. Und wie! Sogar stocksauer und mit jedem Augenblick mehr, stelle ich gerade fest!«

»Ausgerechnet jetzt? Warum das denn?«

»Weil mir erst in diesem Moment richtig aufgeht, was er mir angetan hat. Mir und auch dir! So ein Mistkerl! Der kann von Glück sagen, dass er nicht meinen Weg kreuzt!«

Gianni stupste mir seinen Ellbogen in die Rippen und wies

mit dem Kinn auf eine Gruppe, die eben das Café verließ, sich nach links wandte und nahe an unserem Tisch vorbeikommen würde.

»Wie wär's mit einer Attacke auf seinen Doppelgänger? Hat er nicht zu diesem Trupp gehört?«

Ich nickte.

»Und welcher ist es?«

»Der mit dem karierten Schal.«

Aus knapp zwei Metern Entfernung schmolz die Ähnlichkeit auf ein Minimum zusammen. Dieser hier war etwas kleiner und breiter, leicht o-beinig, wie ein Fußball- oder Hockeyspieler, und sein Gesicht – nein, es war nicht Paolo, ganz eindeutig. Das elegant um den Hals geschlungene Tuch kam dem Original noch am nächsten und natürlich die Alles-meins-Hand auf dem Po seiner Begleiterin. Bei seinem Anblick rührte sich nichts in mir. Absolut nichts.

Seelenruhig konnte ich Gianni beobachten, der dem Fake mit ungebremster Neugier entgegenschaute, zusah, wie er unter großen Gesten und bairischem Redeschwall an uns vorbeiflanierte und Richtung Sebastiansplatz entschwand.

»Kein schlechter Typ«, er grinste mich von der Seite an, nachdem die Show vorüber war, »Geschmack hattest du wohl schon immer.«

Demonstrativ gelassen zuckte ich mit den Schultern. »Na ja, sonst wäre ich kaum an dir hängengeblieben.«

* * *

Spät in der Nacht riss mich ein einzelner Kneipenheimkehrer mit schrägem Gesang aus dem Schlaf. Schade, denn nun entging mir das Ende eines Traumes, in dem ich gerade in einen heftigen Disput verwickelt war. Der Traum drehte sich darum, dass ich einen Elefanten entsorgen musste und mich deswegen an Vito, Tante Luisas Mann, gewandt hatte. Obwohl er dem echten Vito nicht im Entferntesten ähnelte, gab er mir dennoch den onkelhaft freundlichen Rat, in der Apotheke an der nächsten Straßenecke um Beistand zu bitten, dort kenne man sich mit solchen Fällen aus.

Ein dunkel getäfelter Raum, bis an die Decke gefüllt mit Tiegeln und Flaschen, aseptische Gerüche. *Sie wünschen bitte?* Das Apothekergesicht nüchtern-kühl über weißem Kittelkragen. – *Ich habe einen Elefanten zu entsorgen und brauche Ihre Hilfe.* – Skeptische Blicke hinter randlosen Brillengläsern. *Wieso entsorgen? Lebt er nicht mehr? – Doch, aber nur ein bisschen, er ist fast tot und glibbert schon. – Glibbert? Und bloß deswegen wollen Sie ihn loswerden? – Sie sollten ihn mal sehen, ganz beige und matschig. Außerdem passt er nicht in meine Wohnung. – Aha. Moment bitte.* Der Mann verschwindet durch eine Tür und kommt Sekunden später mit seinem Kollegen zurück. Zwei Köpfe größer, noch keimfreier, noch gebügelter, noch strenger. *Wie ich höre, wollen Sie einen Elefanten entsorgen. Was haben Sie gegen Elefanten? – Ich? Gar nichts, aber es geht einfach nicht mehr. Er riecht, und man kann ihn auch nicht mehr falten.* – Der viereckige Apothekersmund knickt nach unten, entrüstet. *Sieh an, praktische Erwägungen also, obwohl er noch lebt. Kein Herz für Tiere, scheint mir. Wie wär's mit einer Prise Pflege und Zuwendung? Vielleicht erholt er sich ja. – Aber ich …*

Und dann grölte der Kerl da draußen an der Müllerstraße: »Resi, i fahr di mit dem Traktor heim …«, lauthals, genau durch die Häuserlücke. Ich schreckte hoch, nur kurz, und kniff sofort meine Augen wieder zu, weil ich unbedingt wissen wollte, wie die Elefanten-Sache weiterging, doch es war vorbei mit dem Traum, und auch der Schlaf kam nicht wieder. Eine Weile lang versuchte ich, konzentriert an gar nichts zu denken, danach malte ich mir aus, ich läge an einem einsamen Strand und lauschte auf das immer gleiche Anrollen der Wellen, aber als keines meiner Hausmittel half, resignierte ich. Dann eben nicht.

Statt des modrigen Elefanten, dessen Bild mir bis dahin noch fest im Kopf gehaftet hatte, sah ich auf einmal Gianni vor mir. Gianni, wie er mich wenige Stunden zuvor zum Abschied küsste, die Hände zart um mein Gesicht gelegt. Wie er lange, lange aus dem Autofenster winkte, während er die Fraunhoferstraße hinunterfuhr in die schon beginnende Dämmerung, eigentlich viel zu spät für die weite Reise. Und ich sah mich selbst wieder am Straßenrand stehen, ihm nachschauend, bis sein Wagen vom Verkehr geschluckt wurde – zurückgeblieben in einem ziemlichen Chaos von Gefühlen. Ich würde wieder nach Vicenza gehen, sobald hier alles geregelt war, das hatten wir beschlossen. Und von der Kopfhaut bis zu den Fußsohlen spürte ich das Kribbeln der Vorfreude, unter die sich allerdings eine Spur von Trauer mischte, weil ich mein gerade erst erobertes neues Umfeld würde verlassen müssen – Jakob zum Beispiel, der, ohne mich entdeckt zu haben, auf der gegenüberliegenden Straßenseite in unverwechselbarer Haltung am Türrahmen seiner Boutique lehnte und ein Schwätzchen mit der Inhaberin des Nachbarladens hielt. Schluss mit der stolzen Vision vom eigenständigen Leben, doch dafür das Wiedereintauchen ins familiäre Nest. Ein mittlerweile ausgekühltes Nest. Würde es sich wieder anwärmen lassen? Ob wir vergessen könnten, was sich darin abgespielt hatte – oder zumindest verwinden? Würden wir unserer Liebe wieder trauen können, aufrichtig miteinander umgehen? Und wenn wir uns irrten? Hätten wir uns mehr Zeit lassen sollen?

An diesem Punkt der Rückschau hielt ich es nicht mehr aus unter meiner Decke. Ich strampelte mich frei, setzte mich auf und holte ein paarmal tief Luft, bis der Anfall von Panik verflogen war. Ja, es gab noch manches zu bereinigen zwischen uns, wir würden eine Menge Geduld und Verständnis und Zuversicht brauchen, aber eine Kehrtwende kam jetzt nicht mehr infrage. Entschlossen knipste ich die Nachttischlampe an, holte Papier und Stift und begann, gegen die Kissen gelehnt, eine To-do-Liste zu verfassen.

Verwundert stellte ich fest, wie sehr ich mich hier bereits eingesponnen hatte, das musste nun alles zurückgespult werden: Mit einem Tulpenstrauß wollte ich zu der freundlichen Frau Zitzelsberger nach Holzapfelkreuth fahren – schon jetzt vermisste ich die bairischen Zungenbrecher! – und um Verständnis bitten für die Wohnungsabsage. Zum Glück war der Vertrag noch nicht unterschrieben, genau so wenig wie der mit meinem anvisierten neuen Arbeitgeber, bei dem mich hoffentlich eine kleine Schwindelgeschichte über familiäre Probleme exkulpieren würde. Dann galt es Abschied zu nehmen von Lisa, die so stolz war auf ihr original italienisches *Top-Personal*, vom Kioskbesitzer und dem rumänischen Bettler, neben Yossip die Eckpfeiler meiner allmorgendlichen Rennstrecke.

Renée, der ich zwei Tage später im Treppenhaus begegnete, hielt mich am Jackenärmel fest, bis ich versprach, sie noch einmal zu einer Lesung zu begleiten, am nächsten Samstagabend, in einem Seniorenheim nahe der Isar. Sie las aus Rilkes *Buch der Bilder*, gehüllt in eine tizianrote Kutte voller schwarzer Pailletten, die sich bei näherem Hinsehen als Skarabäen erwiesen, und drückte mir, nachdem wir noch einen Yogatee in ihrem Wohnbett getrunken hatten, zur Erinnerung ein schmales Bändchen Rilke-Gedichte in die Hand, alles selbst kopiert, wie auch die Signatur des Dichters, die sie perfekt beherrschte.

Der Abend wechselt langsam die Gewänder, die ihm ein Rand von alten Bäumen hält – las ich noch spät in meinem Zimmer, war aber innerlich vermutlich schon zu sehr auf Italien umgepolt, als dass ich mit dem dunkel mystischen Raunen noch etwas hätte anfangen können.

Daniela – Daniela zeigte sich natürlich keineswegs überrascht von meinem Entschluss, sondern behauptete im Gegenteil, es sofort gespürt zu haben, nachdem sie Giannis Foto gesehen hatte. Auf der Stelle. »Du weißt schon, meine Nase!«, sagte sie tatsächlich, völlig unbekümmert um beinahe noch ofenwarme Irrtümer. Und bei ihrem Weihnachtstrip nach Vicenza würde sie kontrollieren, ob ich nicht wieder irgendwelchen verrückten Ideen verfallen wäre. Für ihre mahnenden Worte hatte sie sich eigens die schwarzbraune Kastenbrille aufgesetzt und ähnelte mit ihrer dahinter gelupften rechten Braue in geradezu verheerender Weise einer strengen Oberlehrerin. Der kleine Schatz!

Merkwürdigerweise fiel mir der Abschied von Jakob fast am schwersten. Ein so trauriges Pferd! Seine dunklen Augen schauten mich ungläubig an. »Zurück nach Vicenza? Aber du gehörst doch hierher! Du kannst doch nicht einfach …« Er stammelte und schluckte. »Warum denn so plötzlich? Wie ich immer sage … äh … äh …«

»Ich komm dich besuchen, Jakob. Ganz bald. Versprochen!«, sagte ich schnell. Einen Moment lang war ich versucht, ihn zu umarmen, aber seine überakkurate Steifheit hielt mich davon ab. Also drückte ich ihm nur die Hand und winkte ihm von der Mitte der dicht befahrenen Straße aus zu, als ich hörte, was er mir nachrief: »Und ein schönes Weiterleben noch!«

»Dir auch!«, schrie ich, heil auf der anderen Seite gelandet, durch das Autogedröhn zurück, und rannte schnurstracks nach Hause, weil ich so gerührt war. *Nach Hause* – eigentlich galt das hier schon nicht mehr.

Am sechzehnten Mai kamen zwei stramme Männer, abermals – klar – von Papa in Gang gesetzt, und verstauten meine Habseligkeiten in einem riesigen, dottergelben Speditionswagen, der, knapp neben den Trambahnschienen geparkt, für ordentlich Protestklingeln und -hupen sorgte. Allerdings höchstens zehn Minuten lang. Dann war die Straße wieder frei und alles verschwunden, was zu mir gehörte. Als ich es verließ, sah das Zimmer so sandramäßig aus wie vor meiner Ankunft. Ich selbst nahm den Zug.

Außer Gianni hatten sich meine Geschwister und sogar Alicia, die natürlich sofort informiert worden war, angeboten, mich abzuholen, aber ich wollte diesen Abschnitt meines Lebens allein mit mir beschließen. Ganz bewusst Abschied nehmen. Ein letztes Mal mit der Tram durch die inzwischen so gut bekannten Straßen zuckeln, mir am Bahnhof von der nervkitzelnden, quirligen Aufbruchsstimmung über die leise Wehmut hinweghelfen lassen und während der Fahrt die vergangenen Monate noch einmal in Ruhe rekapitulieren, so als verfasste ich ein imaginäres Tagebuch.

Den Bruchteil einer Sekunde lang zögerte ich vor dem Wagen, in dem ein Platz für mich reserviert war. Letzte Gelegenheit umzukehren. Ach was, ich warf meine Reisetasche die Stufen hinauf und stieg hinterher.

Mit der Ruhe war es im Großraumwagen allerdings so eine Sache. Erst spielten ein paar dänische oder schwedische Kinder – genau ließ sich das ihrem Geschrei nicht entnehmen – Fangen im Mittelgang, bis die Schwingtür am hinteren Ende des Wagens dem Schaffner vor den Bauch knallte. Aus dem daraufhin augenblicklich abgesenkten Lärmpegel schälten sich jedoch umso vernehmbarer die Laute anderer Mitreisender heraus.

Zwei Reihen hinter mir waren drei Damen in ein medizinisches Fachgespräch vertieft. »Schleimbeutelentzündung«, erklärte die eine mit Drahtbürstenstimme, »chronisch. Darum ist das Knie so dick. Ich muss es hochlegen. Hoffentlich stört's euch nicht.« – »Ach wo«, vibrierte die Zweite wie aus einem Tränental, »solange es nichts Schlimmeres ist. Meiner Nachbarin haben sie gerade die falsche Niere entfernt, jetzt hat sie nur noch die mit dem Tumor. Todesurteil, wenn ihr mich fragt.« – »Es gibt einen neuen Stuhltest«. Die Dritte klang nach Unmengen Cremetörtchen. – »Wie, hat Günther Darmkrebs?«, das war die Drahtbürste. – »Weiß nicht«, seufzte das Törtchen, »er brummt auf dem Sofa.«

In das bekümmerte Schweigen der drei schnitt von weiter vorn eine scharfe Chefstimme. »Ich erwarte … Nein, das akzeptiere ich nicht … Hören Sie … Sie werden auf der Stelle …«

Als dieser Mensch sein Handy endlich weglegte, war ein anderer schon längst damit beschäftigt, uns alle über den neuesten Stand seines Immobilienkaufs in den Marken zu informieren, unüberhörbar. Irgendwer schien einen Katarrh zu haben und schnaubte ungefähr im Minutentakt walrossähnlich in sein Taschentuch. Dagegen ließ sich nichts machen, wohl aber gegen den kleinen, schmierigen Typ, der irgendwo, ich weiß nicht, an welchem Halt, zustieg. Ein ausgesprochen unangenehmer Landsmann von mir. Er schob sich, als er sah, dass ich allein saß, auf den Sitz mir gegenüber, ließ sich nach vorn rutschen, vermutlich in der Hoffnung, unter dem Tischchen zwischen uns an meine Beine stoßen zu können, und griente mich mit braunen Zahnstummeln *verführerisch* an. Er roch stark nach Tabak und sah entsprechend aus: wie ein aufgeweichter Zigarrenstummel. Mit unerbittlichem Permafrost-Blick starrte ich ihn in die Flucht und beschloss anschließend, lieber zu lesen, als meinen Gedanken nachzuhängen. Mario Fortunatos Buch *I giorni innocenti della guerra* würde mich abschotten gegen lauter Menschen, die offenbar glaubten, umso ungenierter sein zu können, je dichter sie aufeinanderhockten.

Ich gehöre zu den Leuten mit eingebautem Wecker. Egal, wie unchristlich der Zeitpunkt ist, an dem ich einsatzbereit zu sein habe, ich wache in jedem Fall termingerecht auf. Deshalb konnte ich auch auf dieser Fahrt, als mir irgendwann der Kopf zur Seite sackte und das Buch aus den Händen glitt, seelenruhig meinem Schlafbedürfnis nachgeben und hatte beim Aufwachen, während der Zug schon durch die vertraute Landschaft rauschte, noch eine gute Viertelstunde Zeit, mich für die Ankunft in meinem neuen alten Leben zu wappnen. Vor allem für den Begrüßungssturm der Familie, die natürlich nahezu vollständig am Bahnsteig stand: Mamma, Papa, Matteo, Sofia, Valentina, Tante Luisa und ihr Vito, selbst Sitting Bull war erschienen, in einem todschicken, passend zur Haarfarbe perlgrauen Kostüm, für das sie mit kessen Blicken gleich Komplimente einforderte. Gianni hielt sich etwas im Hintergrund, das Gesicht so weit verdeckt von einem gigantischen Strauß roter Rosen, dass nicht auszumachen war, ob er sich über den lautstarken Wirbel des Clans amüsierte oder seine Rührung verbergen wollte.

Wie ein Pokal wurde ich herumgereicht, geherzt, geküsst, gedrückt und schließlich auch noch von Giannis Rosen gestochen, wobei die Kinder unentwegt *Mamma-Mamma* rufend an meinen Beinen hingen und nicht einmal losließen, als man mich aus dem Bahnhofsgebäude Richtung Auto schob.

Organisatorisch war zum Glück alles geklärt. Ich hatte nämlich in einem letzten Skype-Gespräch von München aus mitgeteilt, dass ich nach Vereinbarung mit Gianni zunächst allein in unser früheres Zuhause ziehen und es, nachdem mein Vater die Interims-Mieterin in das Appartement eines Freundes umgetopft hatte, wieder wohnlich machen wollte, ehe die Familie zurückkehrte. Es sollte ein weicher Übergang werden, behutsam, damit keine alten Verletzungen aufbrächen.

Die nächsten zehn Tage kamen mir seltsam zerfranst vor. Meistens übernachtete ich im Gästebett meiner Eltern, eng umzingelt von den nachholbedürftigen Kindern, zweimal mit Gianni auf seinem spartanisch schmalen Lager, wobei ich reumütig einsehen musste, wie wenig es der Lustwiese ähnelte, zu der ich es in meinen Phantasien umgemodelt hatte. Ein paarmal, wenn ich besonders müde war, schlief ich auch auf meiner Hälfte des Ehebettes, das sich langsam wieder behaglich anzufühlen begann. Ich wienerte die Böden, polierte die Möbel, rückte dem Rotweinfleck zu Leibe, den einer meiner Wutanfälle auf dem schmalen, sandfarbenen Teppich vor unserem Sofa hinterlassen hatte. Ich kaufte Geranien in einem exotischen Burgunderrot für unsere Balkons, holte Spielsachen, Bücher und Kleider aus ihrem Zwischenlager im Keller, füllte die Küchenschränke mit Vorräten und drehte, während ich herumwuselte, den CD-Player oft hemmungslos auf. Vivaldi und AC/DC und Gianna Nannini gegen die bösen Geister, die sich hier mal breitgemacht hatten. Beim Fensterputzen wurde ich von Marta begrüßt. Sie trat auf der gegenüberliegenden Straßenseite plötzlich an die Brüstung ihres Balkons. »Buon giorno, Camilla, seid ihr wieder da?«, rief sie lachend herüber und winkte. Ihre Oberlippe klebte wie gewohnt über den Schneidezähnen, das Jeanskleid spannte um Bauch und Busen. Kaum fassbar, dass sie mir vor nicht allzu langer Zeit noch als Ausbund weiblicher Reize erschienen war.

»Buon giorno, Marta! Ja, endlich!« Mit dem Putzlappen in der Hand winkte ich übertrieben herzlich zurück, so als ließen sich damit die giftigen Gedanken wieder einfangen, die ich damals in ihre Richtung verschossen hatte.

Die erste Fahrt auf meiner geliebten hellblauen *bicicletta*. Zunächst kurvte ich eine Weile lang wahllos durch die Stadt, schnupperte die unverkennbaren Gerüche, nahm Straßen, Plätze, Brücken und Winkel wieder in Besitz und landete irgendwann unversehens im Parco Querini, bei meiner steinernen Freundin. Am frühen Morgen war ein heftiger Schauer niedergegangen, und jetzt, zur Mittagszeit, hing noch immer ein frischer, würziger Hauch in der Luft, und feuchter Glanz lag auf dem satten Grün der Blätter und Gräser. Ich musste erst die Bank neben Nicolettas Sockel trockenreiben, bevor ich mich setzen konnte, ohne einen nassen Hosenboden zu riskieren.

»Genau deshalb bin ich nicht eher gekommen«, sagte ich, während ich ein drittes Papiertaschentuch zum Einsatz brachte, »weil ich die ganze Zeit wischen, putzen und räumen musste. Bitte erspare mir deine Vorwürfe, schließlich bin ich jetzt da und bleibe auch. – Warum-wieso-weshalb ich überhaupt wie ein Putzteufel in der Wohnung herumhantiere, willst du wissen? – Nein, Nicoletta, natürlich hat die Hamburgerin keinen Dreck hinterlassen, und darum geht's auch gar nicht. Ich habe einfach das Gefühl, dass überall Spuren kleben könnten, irgendwelche Rückstände unseres Streits, die vielleicht noch Gift absondern. – Desinfektionsmittel? Du schlägst den Gebrauch von Desinfektionsmitteln vor? Das wäre vermutlich zu simpel. Ich glaube, ich muss richtig ran an die Sache, um sie in den Griff zu kriegen. Weißt du, was mir bislang am allermeisten geholfen hat? – Pass auf, es klingt vielleicht albern, und ich geb's auch nicht gern zu. Trotzdem: Am hilfreichsten war für mich, den Rotweinfleck aus unserem Teppich zu beseitigen. – Ja, du hast richtig gehört. Den Rotweinfleck! Er sieht nämlich aus wie Paolo. Paolo im Profil, haargenau.« Von schräg unten schaute ich Nicoletta an, blinzelnd, weil ein paar Sonnenstrahlen das Blattwerk über ihr durchdrangen und sie in blendendes Licht tauchten. Dennoch bemerkte ich das skeptische Schmunzeln, mit dem sie mich musterte. »Ich schwör's dir«, versicherte ich nachdrücklich. »Du kannst mir glauben. Vielleicht würde niemand sonst die Ähnlichkeit erkennen, aber für mich ist es eindeutig. Die Nase, die Stirn, die Lippen – ganz klar Paolo. Der muss natürlich verschwinden. Unbedingt. Diesem Typ verdanken wir eine Menge Unheil. Ich will ihn nicht ständig vor Augen haben, um keinen Preis. – Ja, ja, die gängigen Hausmittelchen habe ich alle durchprobiert, Salz, Milch, Rasierschaum … Er ist auch nur noch ganz schwach zu sehen. Auf dem Weg hierher habe ich einen Fleckenentferner besorgt, speziell für hartnäckige Fälle, damit werd ich's bestimmt packen. – Gianni? Wie Gianni sich dazu verhält? Ach, wunderbar. Weißt du, er lässt mich einfach machen. Ohne Vorwürfe, ohne Druck, ohne Forderungen. Manchmal habe ich den Eindruck, er betrachtet mich als eine Art Rekonvaleszentin, die langsam wieder in die Gänge kommt und dabei eine Menge liebevolle Unterstützung braucht.«

Ganz plötzlich hatte ich keine Lust mehr, Nicoletta Rede und Antwort zu stehen. Die Bank neben ihrem Sockel war mittlerweile trocken und warm von der Sonne, und ich fühlte einen unwiderstehlichen Drang, mich darauf auszustrecken. Ein Weilchen vor mich hin dösen und dem Glücksgefühl nachspüren, das mich, seit ich wieder hier lebte, mit jedem Tag mehr erfüllte. Um Haaresbreite hätte ich es verspielt – wegen eines miesen Gockels! Wie ein schwarzer Blitz durchfuhr mich der Gedanke daran. Bloß weg damit! Ich kniff die Augen zu und tauschte hinter den Lidern die Bilder: sah Gianni, wie er nach und nach die Lücken im Bücherregal wieder auffüllte, Stifte, Skizzenblöcke und Zeichenrollen zurück ins Arbeitszimmer trug und – das war erst gestern geschehen – seine geliebten alten Wanderschuhe an ihren angestammten Platz hinter der Wohnungstür räumte. Ich sah ihn den frischen Geruch in den Räumen einatmen und mir zuzwinkern, so als wüsste er genau, weshalb ich meine Schrubb-Orgien veranstaltete. Vielleicht war es nur Einbildung, aber er kam mir allmählich vor wie ein Verbündeter, ein überaus großherziger, der sich, statt mich mit Vorhaltungen zu überziehen, an meiner Seite den Schatten unserer Vergangenheit stellte.

Der letzte Tag im Mai. Ein wunderbar warmer, fast schon sommerlicher Tag. Wie früher so oft saß ich, von der Nachmittagssonne beschienen, an der Piazza dei Signori vor meiner Lieblings-Cafeteria und gab mich dem Gefühl hin, endlich angekommen zu sein. Seit Anfang der Woche wohnten wir wieder alle in der Contra S. Rocco, die Kinder, Gianni und ich, und gewöhnten uns an das neue alte Miteinander. Ein-, zweimal, als ich mit ein paar Minuten Verspätung am Kindergarten erschien, um die beiden abzuholen, hatte ich an Sofias Reaktion gemerkt, dass sie insgeheim fürchtete, ich könnte wieder verschwinden. Wie ein Klammeräffchen hängte sie sich an meinen Hals, wollte nach Hause getragen werden und dabei ganz genau erzählt bekommen, was wir morgen, übermorgen und an den Tagen danach tun würden. Zur Sicherheit.

Vom Plan für die nächste Woche war sie – und Matteo genauso – dermaßen begeistert, dass beide, kaum war die Wohnungstür geöffnet, ins Kinderzimmer stürzten und auf dem runden Sternenmusterteppich in der Mitte alles anhäuften, was mit auf die Reise sollte. Wir hatten nämlich vor, vom kommenden Mittwoch an bis übers Wochenende in das Ferienhaus unseres Freundes Salvatore Mariotti nach Isola Verde zu fahren, ein paar Kilometer südlich von Chioggia, direkt am Meer. Und dazu brauchte man aus Sicht der Kleinen natürlich außer einem Berg von Schaufeln, Förmchen, Eimern und Sandbaggern auch Puppenzeug, Schwimmreifen, Sonnenhüte, Bälle, Taucherbrillen, Flipflops und tausenderlei weiteren Kram. Mir dröhnte bereits ihr unvermeidliches Gezeter in den Ohren, wenn die Hälfte davon aus Platzgründen gestrichen werden musste, und ich glaubte wieder Giannis aus früheren Zeiten wohlbekannten Kommentar zu hören, dass *richtige Menschen* mit nur einer kleinen Tasche auf Reisen gingen.

Doch jetzt lehnte ich erst einmal zwischen vielen anderen Gästen in einem Sessel vor dem *Alle Colonne*. Während Matteo und Sofia ein paar Schritte entfernt mit einem Rudel von

Kindern auf den Sockeln der beiden weißen Steinsäulen herumturnten, Weitsprung übten und Fangen spielten, trank ich meinen Caffè, genoss das unverwechselbare Flair der Piazza und schaute, träge blinzelnd wie eine Tempelkatze, den Flaneuren zu, die sich durch diese Kulisse aus strengen Formen und weichen, verwaschenen Farben bewegten. Aus dem Stimmengewirr rundherum drangen zwei zu mir durch, auf Deutsch, mit einem mir aus München vertrauten Anklang. »Diese vielen Tauben!«, grummelte ein Mann. »Wo kommen die eigentlich alle her?« – »Weiß nicht.« Das war eine Frau in leicht quakigem Ton. »Ich glaube, die bilden sich hier.«

Ein interessanter Aspekt. Ich wollte mich gerade zu den beiden umdrehen, die irgendwo in der Nähe sitzen mussten, als sich eine Hand auf meine Schulter legte.

»So eine Überraschung!«, sagte jemand direkt hinter mir. »Schön, dich zu sehen!«

Ich warf einen Blick auf die Hand und einen nach schräg oben. Paolo! Tief gebräunt, das Hemd unterm Leinensakko zwei Knöpfe zu weit geöffnet, wie ich bemerkte, als er um mein Tischchen herum auf mich zu trat.

»Du erlaubst doch?« Ohne eine Antwort abzuwarten, rückte er einen der Stühle zurecht und setzte sich mir gegenüber. Breit lächelnd. »Noch ein Caffè für dich? Nein? Aber ich brauche einen.«

Mit zufriedenem Seufzen lehnte er sich zurück, nachdem er dem Kellner ein Zeichen gemacht hatte, und fasste mich ins Auge. Oder wie sagt man, wenn jemand einen völlig ungeniert betrachtet? Von oben bis unten, Haare, Gesicht, Schultern, Busen, Beine. Vielleicht bäte er mich gleich aufzustehen, damit er seine Begutachtung auch von hinten durchführen könnte.

Merkwürdigerweise ließ mich sein Gebaren vollkommen

kalt. Ich ärgerte mich nicht einmal über die dreiste Musterung, sondern stellte überrascht fest, dass mir sein selbstgefälliges Machogehabe nur albern und lächerlich vorkam. Erst recht, als er anfing, mich mit Komplimenten zu überziehen.

»Du gehörst zu den wenigen Frauen, die mit den Jahren immer schöner werden«, schnurrte er, drei Pfund Kreide in der Stimme. »Diese Fältchen – ach was, die zarten Linien um Augen und Mundwinkel! Wie viel reizvoller als ein Lärvchen ohne Lebensspuren!«

Ich klebte mir ein Lächeln an die Lippen und sagte nichts.

»Und die Figur, soweit ich es beurteilen kann, scheint sie immer noch so knackig zu sein wie damals, du weißt schon, zu unserer Zeit. Eine Siebzehnjährige könnte grün werden vor Neid.« Er grinste anzüglich. Unterm Tisch schob er seinen Schuh in Richtung meines linken Fußes. Ich drehte mich zur Seite, schlug die Beine übereinander und wartete ab, was ihm noch einfiele.

Säusel, Säusel. Kühl ließ ich sein Gerede an mir herunterrauschen, bis er von der Lobhudelei umschwenkte auf handfeste Absichten. Da war ich plötzlich hellwach und ganz bei der Sache.

»Wir standen uns doch mal sehr nahe«, sagte er, und für einen Moment gelang es ihm sogar, seine Hand auf meine zu legen. »Wieso haben wir uns eigentlich aus den Augen verloren? Vielleicht sollten wir da wieder anfangen, wo wir damals aufgehört haben. Was meinst du?«

Ob er die Orientierung verloren hatte in seinen unzähligen Frauengeschichten? Sich wirklich nicht mehr erinnerte? Oder wollte er nur seine Verführungskunst beweisen, indem er mich erst demütigte und dann wieder ins Bett bekam? Egal. Ich schaute ihn an, sah das Glitzern in seinen Augen und das

Haifischlächeln mit blitzenden Zähnen, die garantiert am liebsten auf der Stelle in einen reschen Po oder Busen gebissen hätten, und erkannte überrascht, vor allem aber erleichtert, dass mir in der Tat komplett egal war, was er dachte, fühlte oder plante. Dieser Typ, der mir beinahe die Flügel gebrochen hätte, war für mich bestenfalls noch ein Studienobjekt.

»Also, was ist?«, hakte er nach. »Können wir uns sehen?«

Zu meinem eigenen Erstaunen nickte ich. »Ja.«

Ich sagte tatsächlich Ja, spontan, ohne auch nur eine Sekunde lang zu überlegen. Bis heute weiß ich nicht wieso. Erst danach durchzuckte mich die Idee, den Spieß einfach umzudrehen. Ab jetzt würde *ich* die Konditionen vorgeben und mein Spiel mit ihm treiben.

Eine Chance dazu bot sich schon im nächsten Augenblick: »Fabelhaft«, schnurrte er mit siegesgewissem Rundblick über das uns umgebende Volk. »Ehrlich gesagt, hab ich's nicht anders erwartet. Ich schlage vor, wir fahren am Samstag nach Schio, wir …«

Sein Mund blieb vor Verblüffung offen stehen, als ich ihm blitzartig in die Parade fuhr. Ausgerechnet zu Gioia und Alfredo! Was bildete er sich ein!

»Nein«, erklärte ich mit Nachdruck, »das wird nicht gehen. Ich denke, wir treffen uns in Chioggia, am nächsten Donnerstag gegen zwölf auf der Terrasse vom Grand Hotel Italia. Das kennst du doch, oder?«

»Natürlich, ich bitte dich! Aber warum Donnerstag und gerade Chioggia?«

Ich zuckte betont nonchalant mit den Schultern. »Weil ich dort in der Nähe zu tun habe. Wenn es dir allerdings nicht passt …«

»Doch, doch, ich wundere mich nur.« Wie sehr, verriet sein

Gesichtsausdruck. »Soll ich dich vielleicht abholen? Eine gemeinsame Autofahrt wäre doch sehr nett, was meinst du?«

Mit einer Hand auf meinem Schenkel? Zum Aufwärmen?

»Nein, danke«, sagte ich und warf ihm ein Kunstlächeln zu. »Um zwölf vorm Italia, einverstanden?«

»Aber ich – könnten wir nicht ...«

Welche Einwände er noch vorbringen wollte, habe ich nie erfahren, weil in genau diesem Moment ein Riesengeschrei ausbrach.

»Mamma! Mamma!« – »Mamma, schnell! Sofia blutet!« – »Mamma! Mamma!« Die Stimmen meiner Kinder. Ich sprang so schnell hoch, dass der Stuhl hinter mir umkippte.

»Sind das deine Sprösslinge?«, hörte ich Paolo noch fragen, als ich auf die beiden zustürzte.

»Ja klar«, rief ich über meine Schulter. Wer sonst sollten sie sein? Wie dämliche Fragen konnte einer eigentlich stellen?

Im Verhältnis zu dem Tränenstrom, der ihr kleines Gesicht mit feucht glänzenden Rinnen überzog, war Sofias Blutverlust eher gering: vier oder fünf Tropfen unter einer Schürfwunde am linken Knie, aber unbedingt genug, dass sie auf meinen Arm und mit der für Schwerverletzte gebührenden Vorsicht an unseren Tisch getragen werden musste. Ein Eis würde den Schmerz lindern. Am besten Zimt und Schokolade. Und für Matteo, den Retter, der sie nach einer zu eng genommenen Kurve um den Säulenfuß vom Pflaster aufgelesen hatte, Stracciatella und Vanille.

Zwischen Tassen und Wassergläsern entdeckte ich ein paar Münzen, Paolos Obolus für den Caffè. Ich wischte sie zur Seite und widmete mich meinen Kindern.

* * *

Der Klatschmohn. Der Klatschmohn, glutrot und in wilder Fülle kurz vor Chioggia am Straßenrand blühend, war das Einzige, was ich unterwegs von der Umgebung wahrnahm. Ich konnte nämlich kaum einen Blick nach draußen werfen, weil die Kleinen auf der Rückbank pausenlos meine Aufmerksamkeit einforderten. Keine Ahnung, ob sie durchdrehten aus lauter Freude über unsere erste wiedervereinigte Autotour oder vor Ungeduld, endlich am Meer herumtoben zu können, vielleicht auch aus Übermüdung, nachdem sie morgens schon gegen halb fünf in unserem Schlafzimmer erschienen waren, fertig, wenn auch etwas merkwürdig angezogen, mit Taschen und Spielsachen behängt und entschlossen, auf der Stelle loszufahren. Was sie so kirre machte, ließ sich nicht feststellen, und es spielte eigentlich auch keine Rolle, weil das Ergebnis in jedem Fall das Gleiche war: *Will dies!-Will das!-Hunger!-Durst!-Muss aufs Klo!- Meine Puppe!-Der haut mich!-Nicht die CD!-Die auch nicht!-Hab Bauchweh!-Das ist meins!-Nein, meins!-Wann sind wir daaaa?* Typisches Kinderreisechaos, das ich nie mehr hätte vermissen mögen! Allerdings sollten Mütter vielleicht ein eingebautes Kugelgelenk in der Taille haben, damit sie sich vom Beifahrersitz aus besser und vor allem schneller nach hinten wenden können, und zwischendurch geschmeidig in den Fußraum abtauchen, um dringend benötigte Geräte und Futtermittel aus dem ihre Füße umgebenden Wust zu fischen. Ich jedenfalls musste mich, als ich vor dem Haus aus dem Auto stieg, erst einmal zurechtrenken, ehe ich mich wieder in üblicher Weise bewegen konnte. Derweil holte Gianni den Schlüssel aus seinem Versteck unter einem der Agaventöpfe am Begrenzungsmäuerchen, und die Kinder rannten barfuß und laut kreischend über den Strand, der jenseits einer schmalen Zufahrtstraße, nur wenige Meter vom Vorgarten entfernt begann.

Die Nachbarn zur Linken, Simona und Edoardo Foresta, zwei agile Mailänder Pensionäre, winkten aus ihrem Küchenfenster und beobachteten offenkundig amüsiert, wie Gianni und ich ameisenartig hin und her liefen, um den Berg unserer Ausrüstung vom Auto ins Haus zu verlagern. »Chi è morto? Chi è morto?«, riefen sie lachend, als wir mit vereinten Kräften schließlich noch eine schwarze Dachbox vorbeischleppten, in der Gianni, einem jähen Anfall von vermeintlicher Genialität folgend, das Bettzeug der Familie samt den Badetüchern verstaut hatte. Weil der Kofferraum sonst bersten könnte! Leicht verlegen grinsten wir zu ihnen hinüber.

Wir kannten die beiden von früheren Aufenthalten in Salvos Haus. Seit Jahren schon genossen sie die Frühlingsmonate in ihrem Domizil nebenan und überließen es, sobald die Woge der Touristen anrollte, gut zahlenden Feriengästen meist aus Deutschland oder Holland. Zwei leidenschaftliche Köche, die den Großteil ihrer Zeit bruzzelnd und schmurgelnd am Herd verbrachten, und froh waren über jeden sachverständigen Besucher, mit dem sie die Resultate ihrer Experimentierlust teilen konnten. Ohne diesen Hintergrund hätte man ihre Einladung zum Abendessen vielleicht als Entschädigung für die spöttische Begleitung unserer Ankunft verstehen können, aber wir wussten ja Bescheid. Deshalb und weil die auf einem Bett von Zucchini mit Schalotten und Knoblauch im Ofen gegarten Doraden tatsächlich geradezu himmlisch schmeckten, taten wir ihnen den Gefallen und strahlten wie auf einem kulinarischen Selfie breit und genießerisch mit den beiden um die Wette.

Ein scharfer, kühler Wind wirbelte kleine Sandfontänen vor unseren Füßen hoch und fuhr uns ruppig in die Haare, als

Gianni und ich noch einen späten Strandspaziergang machten. Kurze Wellen schlugen hart ans Ufer und dicke, schnell ziehende Wolken ließen dem Dreiviertelmond nur Zeit für ein sekundenlanges Aufblitzen.

»Heute Nacht gibt es Regen«, sagte Gianni mit in den Nacken gelegtem Kopf, »hoffen wir, dass es morgen schön wird.«

Ich nickte, fest bei ihm untergehakt. »Ja, warten wir ab, was kommt.«

* * *

»Scusi!« Ein kräftiger Mittvierziger in kanarienbuntem Radleroutfit stieß auf dem Weg zur Toilette so heftig an meinen Tisch, dass der Latte macchiato darauf drohte abzustürzen. In einem dunklen Korbsessel saß ich umgeben von Caffètrinkern, Zeitungslesern, Dauerrednern und Leuteguckern unter einem der großen weißen Sonnenschirme auf der bis in den letzten Winkel besetzten Terrasse des Grand Hotel Italia. Gleich zwölf.

Fast anderthalb Stunden lang hatte ich mich durch das hier an jedem Donnerstag fällige Marktgedränge geschoben, hatte an einem Stand mit Küchenutensilien auf dem Corso del Popolo eine große Pfanne erstanden, weil die in Salvos Haus für vier Leute nicht reichte, danach am Wühltisch eines Kleiderhändlers zwei mit Seesternen bedruckte T-Shirts für die Kinder, eins in Pink (klar!), eins in Dunkelblau, und am Stand mit Wurst und Schinken Giannis geliebte Salami Cacciatore und ein Stück Pancetta mit Rosmarin. Bei den Gemüse- und Obsthändlern am Canale Vena kaufte ich den unerlässlichen, chioggia-typischen Radicchio Rosso, dazu Karotten und Blattspinat, außerdem Erdbeeren und zwei Händevoll der ersten knackigen Kirschen, und zum Schluss noch unter dem scharlachroten Sonnensegel des Fischmarkts hinter dem Palazzo Granaio Seezungen und Venusmuscheln. Der Gedanke an die Spaghetti Vongole zum Abendessen ließ mir schon beim Abwiegen das Wasser im Mund zusammenlaufen.

Inzwischen waren die Einkäufe im Kofferraum meines Autos auf dem großen Parkplatz am Campo Sportivo verladen, Fisch und Muscheln vorsorglich in einer Kühltasche, und ich saß am vereinbarten Treffpunkt – leicht angespannt, wie ich mir eingestehen musste, weil ich im Grunde immer noch nicht begriff, was mich hierhergetrieben hatte und was das Ganze sollte.

Mein Terrassenplatz war strategisch optimal: Mit dem Rücken zur Eingangstür, links freie Sicht auf den Hafen von Chioggia mit Segel- und Motorschiffen, die Anlegestelle des Linienverkehrs Richtung Venedig und Pellestrina nur wenige Schritte entfernt; rechts im Blick das dichte Gewusel und Gewimmel zwischen den Marktständen auf dem Corso del Popolo; geradeaus, jenseits der Piazzetta Vigo, die majestätisch geschwungene Brücke über den Canale Vena. Dazu, unmittelbar vor mir, neben dem Latte macchiato, ein Stück *torta al limone* als kleine Nervenstärkung, die mir, wie ich fand, in diesem Moment ganz guttun könnte.

Die Fähre aus Pellestrina hatte eben angelegt und spuckte ihre Passagiere aus: einen Pulk von knallfarbenen Rennradfahrern, kinderreiche Familien, Wanderer mit Rucksäcken und derben Schuhen, kamerabehängte Ausflügler und ein paar alte Frauen, die aussahen, als kämen sie zum Verwandtenbesuch übers Meer.

Alle kreuzten mein Blickfeld, zogen direkt weiter zum Corso oder quetschten sich mit anderen, vom Markt heranströmenden Leuten auf die ohnehin schon überfüllte Terrasse und an die umlagerte Theke im Innenraum des Cafés. Lachen, Schnattern, Rufen, kratschendes Stühlerücken.

Ich fragte mich gerade, ob ich Paolo in diesem Trubel überhaupt finden würde, oder er mich – da entdeckte ich ihn. Wie hatte ich nur annehmen können, dass er sich ohne großes Tam-Tam, *ganz normal* von links oder rechts oder von sonst woher näherte! Doch nicht Paolo! Die Inszenierung, die er hinlegte, hätte mir eigentlich selbst einfallen müssen!

Ich sah ihn plötzlich gegenüber auf dem Zenit der Ponte di Vigo stehen. Hoch aufgerichtet verharrte er dort für ein, zwei Minuten, der Lagune zugewandt, als genösse er die Aussicht übers Wasser zur Insel Pellestrina und zum fernen Venedig, in Wirklichkeit aber – ich war mir meiner Sache absolut sicher –, um eventuellen Zuschauern, mich eingeschlossen, den Anblick seiner umwerfenden Erscheinung auf dieser prachtvollen Bühne nicht nur einen Wimpernschlag lang zu gönnen. Dann setzte er sich lässig in Bewegung, schritt die breit geschwungenen weißen Treppenstufen hinab und überquerte die Piazza mit siegesgewissem Lächeln. Schick wie ein Model aus der Männer-Vogue in fliederfarbenem Poloshirt, das einen Ton dunklere Sweatshirt um die Schultern geworfen, auf der Nase eine grau-silbern verspiegelte Sonnenbrille. Gucci, wie ich wenig später feststellte.

Vielleicht bemerkt er mich gar nicht hier an der Rückwand, wenn ich mich klein mache, schoss es mir durch den Kopf, und schon duckte ich mich tiefer in meinen Sessel. Fehlanzeige. So als putzte seine Selbstgefälligkeit ihm den Weg frei, öffnete sich eine Schneise im Gedränge, durch die er zielgerichtet auf mich zukam, natürlich nicht ohne die Schönen links und rechts mit schnellen Seitenblicken zu taxieren. Gewohnheitsmäßig. Zum Glück schwappte die Schneise gleich wieder zu, nachdem er sich in den Sessel neben mir gesetzt hatte. Niemand achtete mehr auf uns, während Paolo einen Begrüßungskuss auf meine rechte Hand drückte und irgendetwas von *sich freuen* oder dergleichen sagte, was aber bei dem Geräuschpegel rundherum nur ansatzweise bei mir ankam. Mit gerunzelten Brauen lehnte er sich zurück, stützte die Ellbogen auf die Armlehnen seines Sessels und stippte die Kuppen seiner ausgestreckten Finger gegeneinander. Ganz eindeutig enttäuscht, wenn nicht sogar verärgert über die Situation.

»Wieso gerade hier? – Weshalb sollten wir uns ausgerechnet hier treffen?« Er musste zweimal fragen, weil ich ihn kaum verstand.

Ja, wieso? Weshalb? Vielleicht wegen der Anonymität in der Menschenmenge? Weil ich ihn auflaufen lassen wollte? Oder ihm nicht ausgeliefert sein mochte? Genau konnte ich es selbst nicht ausloten. Deshalb zuckte ich mit den Schultern. Cool, wie ich hoffte. »Was spricht dagegen? Mir gefällt es hier.«

»Tatsächlich?« Missbilligend blickte er um sich und winkte ab, als die Kellnerin nach seinen Wünschen fragte. »So hatte ich mir unser Wiedersehen eigentlich nicht vorgestellt.«

»Ach ja, und wie dann?«

Eine Gruppe junger Leute mit monströsen Backpacker-Rucksäcken ließ sich unter lautem Palaver in irgendeiner skandinavischen Sprache am Nachbartisch nieder und rückte ihm dabei so nahe, dass er seinen Stuhl zur Seite schieben musste, um noch Bewegungsfreiheit für seine Beine zu haben.

»Jedenfalls nicht eingekesselt in einem Massenauflauf!«

»Du meinst wohl intimer, stimmt's?« Ich glaube kaum, dass

er meinen ironischen Ton wahrnahm, vielleicht hörte er nicht einmal die Frage, weil ein baumlanger Mensch nebenan gerade fanfarenartig in sein Taschentuch schnaubte.

»Komm, Camilla, lass uns woandershin gehen!«

Offenbar wild entschlossen, klemmte Paolo einen viel zu großen Geldschein unter meinen Kuchenteller, griff nach meinem Arm, zog mich hoch und schob mich vor sich her Richtung Piazza.

»Und?«, fragte ich über die Schulter, während wir uns zwischen Tischen, Stühlen, Taschen und Beinen durchschlängelten. »Wohin willst du jetzt?«

»Irgendwohin, wo es weniger voll ist!«

»Da gibt es nichts, nicht donnerstags und bei diesem Wetter!«

Nach einer Reihe von grauen Tagen hatte die Sonne anscheinend alles, was laufen konnte, auf die Straßen gelockt. In den Bars und Restaurants der Innenstadt würde sich, das wusste ich aus Erfahrung, kein freier Platz finden lassen, schon gar kein verschwiegener, wie er Paolo vorschwebte.

»Porca miseria!«, knirschte er hinter mir. »Mannaggia!«

»Das Boot, wir könnten das Boot nehmen«, hörte ich mich unverhofft sagen – und hatte wieder einmal Grund, über mich selbst zu staunen. Wieso kam mir das gerade jetzt in den Sinn und platzte auch noch aus mir heraus? Wie konnte ich nur?! Schlucken, Luftanhalten nutzte nichts mehr. Es ließ sich nicht zurückholen. Zu spät.

Paolo packte mich bei den Schultern und drehte mich zu sich um. »Ein Boot? Wir zwei auf dem Wasser – ganz allein? Das wäre ein Traum! Los, *tesoro*, sag schon, was für ein Boot soll das sein?«

Aha, ich avancierte schon wieder zum Schätzchen! Sein

Gesicht glänzte vor Begeisterung. Mit Ausweichmanövern würde er sich nicht mehr abspeisen lassen.

»Das Familienboot.« Meine Stimme klang alles andere als enthusiastisch, doch das störte ihn nicht.

»Ein Familienboot? Wirklich? Warum hast du nie davon erzählt?«

Ich hob die Brauen, betont gleichmütig. »Wozu? Es hat sich nicht ergeben. Das Boot gehört meinem Clan schon seit Jahren, und wer von uns gerade hier ist, kann es benutzen. Aber vielleicht sollten wir lieber ...« Hätte ich doch nur den Mund gehalten!

»Nein! Kein *Aber*! Besser könnte es nicht sein, um dem Gewühl hier zu entkommen. Wo liegt es? Los, lass uns gehen!«

»Also gut.«

Was sollte ich tun? Durch das quirlige Markttreiben ging ich den Corso entlang, immer ein paar Schritte vor oder hinter Paolo her, auf jeden Fall nie so dicht an seiner Seite, dass ihm die Idee kommen könnte, seinen Arm besitzanzeigend um meine Schultern zu legen.

»Einen Augenblick! Warte hier, ich bin gleich zurück!«

Ungefähr auf Höhe des Rathauses verschwand er in den Laubengängen rechter Hand hinter einem großen Marktstand mit Taschen, Gürteln und Geldbörsen. Der letzte Moment, wo ich noch weglaufen, in einer der schmalen Seitengassen verschwinden und das Ganze hier sein lassen könnte, zischte es mir durch den Kopf – aber ich blieb stehen, wie vom Ledergeruch festgeklebt. Und da war Paolo auch schon wieder, breit lachend, eine Tüte mit einer Flasche Ferrari Champagner und zwei Gläsern unterm Arm.

»Komm weiter«, drängte er. »Wohin müssen wir eigentlich?«

»Zum Canale San Domenico.«

»Aber wieso? Da liegen doch die großen Fischkutter!«

Ich schüttelte den Kopf. »Nicht nur, du wirst sehen.«

An der Chiesa di San Giacomo bogen wir nach links ab, passierten eine Brücke und wandten uns vor der nächsten Brücke nach rechts. Hier, auf dieser Seite des Fondamenta San Domenico schaukelten eine Menge bunte Segel- und Motorboote im Wasser, kleine, gemessen an den Hochseeschiffen auf der anderen Seite. In der Luft hing der Geruch von Meer, verrottetem Fisch und Dieselöl. Mittlerweile war es kurz nach eins. Durch die geschlossenen Fensterläden drangen typische Mittagsgeräusche: Reden, Lachen, Tellerklappern, dazwischen die sonoren Stimmen der TV-Nachrichtensprecher. Weit und breit kein Mensch zu sehen. Nur eine einsame Katze sonnte sich auf der Mole neben ein paar Tauen und Netzen und strich neugierig um unsere Füße, als wir bei dem Boot meiner Familie anhielten.

Anscheinend war erst kürzlich jemand damit herumgekurvt. Emiliano wahrscheinlich, ein angeheirateter Vetter von Onkel Vito, der ein paar Ecken weiter in der Calle Fabris eine Wohnung besaß. Jedenfalls war die Persenning entfernt und ordentlich verstaut. Umso besser, die Arbeit konnten wir uns also sparen.

Ich wühlte nach dem Schlüssel, den ich wie bei allen unseren Touren in diese Region vorsorglich eingesteckt hatte, und kicherte dabei in die Tiefen meiner Umhängetasche, weil Paolo beim Anblick des weißen, schnittigen Motorbootes komplett aus dem Häuschen geriet.

»Geniale! Fantastico!« Kein Wunder, denn es sah nicht nur rasant aus, sondern verfügte außerdem über eine geräumige, blau gepolsterte Liegefläche im Bug, genau richtig nach den Vorstellungen eines notorischen Verführers.

Und er breitete sich auch sofort in animierender Pose darauf aus, während ich mich hinter das Lenkrad setzte, das Boot vorsichtig aus der Lücke zwischen zwei Jollen herausmanövrierte und durch den im Sonnenlicht gleißenden Kanal der Lagune entgegensteuerte.

Nach einer Stunde kam ich zurück.

Bis auf einen gebeugten Mann mit Krückstock und Sonnenhut, der eine Promenadenmischung spazierenführte, war die Mole noch immer menschenleer. Der Alte blieb stehen und beobachtete aus dem Schatten seiner Hutkrempe, wie ich heranfuhr und das Boot an seinem Liegenplatz vertäute.

»Oh, Signorina«, er schwenkte seinen Stock, »ganz allein unterwegs?«

»Warum nicht?«, rief ich, winkte ihm zu und ging über die sonnenwarmen Steine davon. Sanft schwappten die Wellen gegen die Kaimauer.

Obwohl ich mich bemühte, Gianni nicht zu stören, wurde er wach, als ich knapp dreißig Minuten später meine Einkäufe ins Haus trug. Vielleicht hatte er das Rascheln der Tüten gehört oder – trotz Zehenspitzengangs – meine Schritte auf den sandigen Fliesen der Terrasse. Von seinem Lettino im Schatten des Balkonvorsprungs aus schaute er schläfrig zu mir herüber, murmelte etwas freundlich Klingendes und seufzte zufrieden, als ich ihm ein Zeichen gab, liegen zu bleiben.

»Schlafen die Kleinen?«, fragte ich im Vorübergehen.

»Hmm. Seit fast einer Stunde – total erschöpft.«

In der Küche räumte ich die Reste vom Mittagessen weg –

Gianni hatte anscheinend Nudeln mit Tomatensauce gekocht –und verstaute die frischen Vorräte. Dann ging ich hinaus und legte mich in den zweiten Liegestuhl an seiner Seite.

Blau-goldener Dunst hing über dem Wasser und verwischte den Horizont, ein weicher Wind strich durch die Büsche am Nachbarzaun.

»Was für ein wunderbarer Tag«, sagte Gianni leise.

Ich nickte. »Ja, und so friedlich das Meer.«

Nachwort

Sowohl Handlungsablauf als auch Figuren dieses Romans sind reine Phantasieprodukte. Sollte es dennoch irgendwelche Ähnlichkeiten mit realen Personen oder Ereignissen geben, könnte das nur auf zufälligen Übereinstimmungen beruhen und ist nicht beabsichtigt.

Mein besonderer Dank gilt unserer Hausärztin, Christine Kalteis, für die Initialzündung zu diesem Buch. Für hilfreiche Informationen und Hinweise Vicenza betreffend danke ich Silvia Calamati und ihrem Team in der dortigen Biblioteca Bertoliana. Lidia Kluge, Münchener Italienierin, bewahrte mich vor manchem »Missgriff« in Bezug auf ihr Heimatland, ich habe ihr sehr zu danken. Danke auch an Werner Kroener mit seinen italienischen Reminiszenzen, an Eva Friedrich, die mir bei manchen Überlegungen zur Seite stand, und – wie inzwischen schon gewohnt – an meine aufmunternde, optimistische Lektorin, Ursula Bergenthal.

München, im Januar 2015

Brigitte Beil